竭宝峰◎主编

生活剪影

辽海出版社

责任编辑：于文海　孙德军

图书在版编目（CIP）数据

感悟青少年的哲理美文/竭宝峰主编.—沈阳：辽海出版
社，2009.07（2015.5 重印）

（文化百科丛书）

ISBN 978－7－80669－023－9

Ⅰ.①感…　Ⅱ.①竭…　Ⅲ.①散文－作品集－世界②随笔－作品集－世
界　Ⅳ.①I16

中国版本图书馆 CIP 数据核字（2009）第 095199 号

感悟青少年的哲理美文

主编：竭宝峰

生　活　剪　影

出　版：辽海出版社	地　址：沈阳市和平区十一纬路 25 号
印　刷：北京一鑫印务有限责任公司	字　数：700 千字
开　本：700×1000mm　1/16	印　张：40
版　次：2009 年 7 月新 1 版	印　次：2015 年 5 月第 2 次印刷
书　号：ISBN 978－7－80669－023－9	定价：149.00 元（全 5 册）

如发现印装质量问题，影响阅读，请与印刷厂联系调换

《感悟青少年的哲理美文》
编委会

总　序

哲理，一般有两种意思。一是指能使人的精神新生的原理或概念；二指关于宇宙和人生根本的原理。

哲理，是感悟的参透，思想的火花，理念的凝聚，睿智的结晶。哲理不受时空限制，它纵贯古今，横亘中外，包容大千世界，透析人生社会，寄寓于人生百态，闪现在思维瞬间。

有事物即有哲理，这是不以人的意志为转移的。不同的人对同一事物会有不同的认识和感悟，因为哲理是世界观，是方法论，不同的世界观，不同的方法论，会引出不同的认识，这也是不足奇怪的。

美文，是一个与时俱进的概念。它可以指作为独立文体的美文。周作文最早从西方引入"美文"的概念，于1921年发表《美文》，提倡"记述的"、"艺术的"叙事抒情散文，"给新文学开辟出一块新土地"。经过一大批学者、作家的应和和拓荒，彻底打破了美文不能用白话的迷信。美文作为一种独立文体的地位遂得以在文学史上确立。作为独立文体的美文，实质是散文的一种。

广义的美文是指不带实用目的，专供直觉欣赏的作品。带有实用目的的写作，如新闻、公文、论述等可统称为杂文。美文重感性，长于抒情；杂文重知性，长于达意。不过两者也不是界线分明，杂

文写好了，可以与美文欣赏，美文中也往往有实用的目的。

哲理美文有自己的艺术特色。哲理美文的象征思维：哲理美文因为超越日常经验的意义和自身的自然物理性质，构成了本体的象征表达。它摒弃的是浅薄，而是达到一种与人的思想性相通、生命交感、灵气往来的境界。哲理美文的联想思维：由于哲理美文是个立体的、综合的思维体系，经过联想，文章拥有更丰富的内涵。哲理美文中的情感思维：哲理美文在本质意义上是思想表达对情感的一种依赖。由于作者对生活的感悟过程有情感参与，理解的结果有情感及想象的加入，所以哲理美文中的思想就不是枯燥的说教和议论，而是寓含了生活情感的思想。

由于哲理美文的上述特色，时常阅读这类文章，自然能在潜移默化中受到启迪和熏陶，经受思想的洗礼和升华。这种内化作用要比其他文体更为巨大。

哲理美文以种种形象来参与生命的真理，从而揭示万物之间的永恒相似。它因其深邃性和心灵透辟的整合，给我们一种透过现象深入本质、揭示事物的底蕴，观念具有震撼性的审美效果。

本书选编的哲理美文有散文，也有杂文。有与心灵的约会，有生活的剪影，有对青春的记忆，有对人生的体味，也有对往事的遥想。

无论涉及到哪个层面，只要把握哲理美文的思维方式，去感受哲理美文所蕴藏的深厚文化积淀，都可以得到文学艺术的享受和思想的感悟。

本书编委会

目　录

雪 …………………………………… ※ 鲁　迅 001

暴风雨之前 ……………………… ※ 瞿秋白 003

看花 ……………………………… ※ 朱自清 005

面具 ……………………………… ※ 许地山 009

美丽的谎言 ……………………… ※ 晓　晴 010

人生第一桶金子 ………………… ※ 文　夫 012

海上漂泊七天六夜 ……………… ※ 牛　汉 015

一张滴着眼泪的讨债单 ………… ※ 张　丰 017

嫩肩扛起生活的艰辛 …………… ※ 袁　彬 018

熬过严冬的女人 ………………… ※ 策　星 021

开始新的生活 ……………… ※ 奥格·曼狄诺 027

生活，就是追求力量 …………… ※ 爱默生 031

快乐不是自来水 ………… ※ 迪尼斯·普雷格 034

为何自讨苦吃 …………… ※ 弗兰克·苏里文 037

两条路 …………………………… ※ 让·保尔 039

生活的道路 ……………………… ※ 托尔斯泰 041

在希望中生活 …………………… ※ 狄克斯 045

石头下面的一颗心 ……………… ※ 雨　果 046

早晨的祷告 ……………………… ※ 里尔克 048

孟加拉风光——西来达 ………… ※ 泰戈尔 050

患白血病的小女孩 …………………………………… ※ 刘子江 052

无字的遗嘱 …………………………………………… ※ 王婷婷 056

两条珍贵的白鱼 ……………………………………… ※ 古时月 058

无价小珍珠 …………………………………………… ※ 亮　心 061

震撼心灵的义举 ……………………………………… ※ 吴义柱 065

生命不能重来 ………………………………………… ※ 张子俊 068

生活中的事情 ……………………………………… ※ 戴尔·卡耐基 070

生活在此刻 ………………………………………… ※ 丽莎·普兰特 072

天国 ………………………………………………… ※ 海伦·凯勒 074

简单的生活 ………………………………………… ※ 爱琳·詹姆丝 076

生与死 …………………………………………… ※ 威廉·赫兹里特 078

沙葬 ………………………………………………… ※ 雨　果 080

软弱的人类 …………………………………………… ※ 卢　梭 082

消极抵抗 ……………………………………………… ※ 甘　地 084

我的优势是我努力 …………………………………… ※ 张长江 087

夜颂 …………………………………………………… ※ 鲁　迅 088

囚绿记 ………………………………………………… ※ 陆　蠡 090

一个暑期工的收获 …………………………………… ※ 王子丰 093

地摊人生 ……………………………………………… ※ 刘黄河 095

感动外商的打工仔 …………………………………… ※ 赵子俊 097

再试一次，好吗？ …………………………………… ※ 姚　平 099

我现在就付诸行动 ………………………………… ※ 奥格·曼狄诺 102

在无边的旷野上，在凛冽的天宇下，闪闪地旋转升腾着的是雨的精魂……

雪

※ 鲁　迅

暖国的雨，向来没有变过冰冷的坚硬的灿烂的雪花。博识的人们觉得他单调，他自己也以为不幸否耶？江南的雪，可是滋润美艳之至了；那是还在隐约着的青春的消息，是极壮健的处子的皮肤。雪野中有血红的宝珠山茶，白中隐青的单瓣梅花，深黄的磬口的腊梅花；雪下面还有冷绿的杂草。蝴蝶确乎没有，蜜蜂是否来采山茶花和梅花的蜜，我可记不真切了，但我的眼前仿佛看见冬花开在雪野中，有许多蜜蜂们忙碌地飞着，也听得他们嗡嗡地闹着。

孩子们呵着冻得通红，像紫芽姜一般的小手，七八个一齐来塑雪罗汉。因为不成功，谁的父亲也来帮忙了。罗汉就塑得比孩子们高得多，虽然不过是上小下大的一堆，终于分不清是壶卢还是罗汉，然而很洁白，很明艳，以自身的滋润相粘结，整个地闪闪地生光。孩子们用龙眼核给他做眼珠，又从谁的母亲的脂粉奁中偷得胭脂来涂在嘴唇上，这回确是一个大阿罗汉了。他也就目光灼灼地嘴唇通红地坐在雪地里。

第二天还有几个孩子来访问他，对了他拍手，点头，嘻笑。但他终于独自坐着了。晴天又来消释他的皮肤，寒夜又使他结一层冰，化作不透明的水晶模样，连续的晴天又使他成为不知道算什么，而嘴上的胭脂也褪尽了。

但是，朔方的雪花在纷飞之后，却永远如粉，如沙，他们决不粘连，撒在屋上，地上，枯草上，就是这样。屋上的雪是早已就有消化了的，因为屋里居人的火的温热。别的，在晴天之下，旋风忽来，便蓬勃地奋飞，在日光中灿灿地生光，如包藏火焰的大雾，旋转而且升腾，弥漫太空，使太空旋转而且升腾地闪烁。

在无边的旷野上，在凛冽的天宇下，闪闪地旋转升腾着的是雨的魂……是的，那是孤独的雪，是死掉的雨，是雨的精魂。

　　没有暴风雨的发动，不经过暴风雨的冲洗，是不会重见光明的。暴风雨呵，只有你能够把光华灿烂的宇宙还我们！只有你！

暴风雨之前

※ 瞿秋白

　　宇宙都变态了！一阵阵的浓云；天色是奇怪的黑暗，如果它还是青的，那简直是鬼脸似的靛青的颜色。是烟雾，是灰沙，还是云翳把太阳蒙住了？为什么太阳会是这么惨白的脸色？还露出了恶鬼似的雪白的十几根牙齿？这青面獠牙的天日是多么鬼气阴森，多么凄惨，多么凶狠！山上的岩石渐渐的蒙上一层面罩，沙滩上的沙泥簌簌的响着。远远近近的树林呼啸着，一忽儿低些，一忽儿高些，互相唱和着，呼啦呼啦……嘁嘁嘶嘶……宇宙的呼吸都急促起来了。一阵一阵的成群的水鸟，不知道在什么地方受着了惊吓，慌慌张张的飞过来。它们想往那儿去躲？躲不了的！起初是偶然的，后来简直是时时刻刻发见在海面上的铄亮的，真所谓飞剑似的，一道道的毫光闪过去。这是飞鱼。它们生着翅膀，现在是在抱怨自己的爷娘没有给它们再生几只腿。它们往高处跳。跳到那儿上？始终还是落在海里的！海水快沸腾了。宇宙在颠簸着。一股腥气扑鼻子里来。据说是龙的腥气。极大的暴风雨和霹雳已经在天空里盘旋着，这是要"挂龙"了。隐隐的雷声一阵紧一阵松的滚着，雪亮的电闪扫着。一切都低下了头，闭住了呼吸，很慌乱的躲藏起来。只有成千成万的蜻蜓，一群群的哄动着，随着风飞来飞去。它们是奇形怪状的，各种颜色都有：有青白紫黑的，像人身上的伤痕，也有鲜丽的通红的，像人的鲜血。它们都很年青，勇敢，居然反抗着青面獠牙的天日。据说蜻蜓是"龙的苍蝇"。将要"挂龙"——就是暴风雨之前，这些"苍蝇"闻着了龙的腥气，就成群结队的出现。暴风雨快要来了。暴风雨之中的雷霆，将要辟开黑幕重重的靛青色的天。海翻了个身似的泼天的大雨，将要洗干净太阳上的白翳。没有暴风雨的发动，不经过暴风雨的冲洗，是不会重见光明的。暴风雨呵，只有你能够把光华灿烂的宇宙还给我们！只有你！但是，暂时还只在暴风雨之前。"龙的苍蝇"始终只是些苍蝇，还并不是龙的本身。龙固然已经出现了，可是，还没有扫清整个的天空呢。

春光太短了，又晴的日子多；今年算是有阴的日子了，但狂风还是逃不了的。

看 花

※ 朱自清

生长在大江北岸一个城市里，那儿的园林本是著名的，但近来却很少；似乎自幼就不曾听见过"我们今天看花去"一类话，可见花事是不盛的。有些爱花的人，大都只是将花栽在盆里，一盆盆搁在架上；架子横放在院子里。院子照例是小小的，只够放下一个架子；架上至多搁二十多盆花罢了。有时院子里依墙筑起一座"花台"，台上种一株开花的树；也有在院子里地上种的。但这只是普通的点缀，不算是爱花。

家里人似乎都不甚爱花；父亲只在领我们上街时，偶然和我们到"花房"里去过一两回。但我们住过一所房子，有一座小花园，是房东家的。那里有树，有花架（大约是紫藤花架之类），但我当时还小，不知道那些花木的名字；只记得爬在墙上的是蔷薇而已。园中还有一座太湖石堆成的洞门；现在想来，似乎也还好的。在那时由一个顽皮的少年仆人领了我去，却只知道跑来跑去捉蝴蝶；有时掐下几朵花，也只是随意走着，"卖栀子花来。"栀子花不是什么高品，但我喜欢那白而晕黄的颜色和那肥肥的个儿，正和那些卖花的姑娘有着相似的韵味。栀子花的香，浓而不烈，清而不淡，也是我乐意的。我这样便爱起花来了。也许有人会问，"你爱的不是花吧？"这个我自己其实也已不大弄得清楚，只好存而不论了。在高小的一个春天，有人提议到城处 F 寺里吃桃子去，而且预备白吃；不让吃就闹一场，甚至打一架也不在乎。那时虽远在五四运动以前，但我们那里的中学生却常有打进戏园看白戏的事。中学生能白看戏，小学生为什么不能白吃桃子呢？我们都这样想，便由那提议人纠合了十几个同学，浩浩荡荡地向城外而去。到了 F 寺，气势不凡地呵叱着道人们（我们称寺里的工人为道人），立刻领我们向桃园里去。道人们踌躇着说："现在桃树刚才开花呢。"但是谁信道人们的话？我们终于到了桃园里。大家都丧了气，原来花是真开着呢！这时提议人 P 君便去折花。道人们是一直步步跟着的，立刻上前劝阻，而且用起手来。但 P 君是我们中最不好惹的；"说时迟，那时快"，一眨眼，花在他的手里，道人已跟跄在一旁了。那一园子的桃花，想来总该有些可看；我们却谁也没有想着去看。只嚷着，"没有桃子，得沏茶喝！"道人们满肚子委屈地引我们到"方丈"里，大家各喝一大杯茶。这才平了气，谈谈笑笑地进城去。大概我那时还只懂得爱一朵朵的栀子花，对于开在树上的桃花，是并不了然的；所以眼前的机会，便从眼前错过了。

以后渐渐念了些看花的诗，觉得看花颇有些意思。但到北平读了几年书，却只到过崇效寺一次；而去得又嫌早些，那有名的一株绿牡丹还未开呢。北平看花的事很盛，看花的地方也很多；但那时热闹的似乎也只有一班诗人名士，其余还是不相干的。那正是新文学运动的起头，我们这些少年，对于旧诗和那一班诗人名士，实在有些不敬；而看花的地方又都远不可言，我是一个懒人，便干脆地断了那条心了。

后来到杭州做事，遇见了 Y 君，他是新诗人兼旧诗人，看花的兴致很好。我和他常到孤山去看梅花。孤山的梅花是古今有名的，

但太少；又没有临水的，人也太多。有一回坐在放鹤亭上喝茶，来了一个方面有须，穿着花缎马褂的人，用湖南口音和人打招呼道，"梅花盛开嗒！""盛"字说得特别重，使我吃了一惊；但我吃惊的也只是说在他嘴里"盛"这个声音罢了，花的盛不盛，在我倒并没有什么的。有一回，Y来说，灵峰寺有三百株梅花；寺在山里，去的人也少。我和Y，还有N君，从西湖边雇船到岳坟，从岳坟入山。曲曲折折走了好一会，又上了许多石级，才到山上寺里。寺甚小，梅花便在大殿西边园中。园也不大，东墙下有三间净室，最宜喝茶看花；北边有座小山，山上有亭，大约叫"望海亭"吧，望海是未必，但钱塘江与西湖是看得见的。梅树确是不少，密密地低低地整列着。那时已是黄昏，寺里只我们三个游人，梅花并没有开，但那珍珠似的繁星似的骨都儿，已经够可爱了；我们都觉得比孤山上盛开时有味，大殿上正做晚课，送来梵呗的声音，和着梅林中的暗香，真叫我们舍不得回去。在园里徘徊了一会，又在屋里坐了一会，天是黑定了，又没有月色，我们向庙里要了一个旧灯笼，照着下山。路上几乎迷了道，又两次三番地狗咬；我们的Y诗人确有些窘了，但终于到了岳坟。船夫远远迎上来道："你们来了，我想你们不会冤我呢！"在船上，我们还不离口地说着灵峰的梅花，直到湖边电灯光照到我们的眼。

　　Y回北平去了，我也到了白马湖。那边是乡下，只有沿湖与杨柳相间着种了一行小桃树，春天花发时，在风里娇媚地笑着。还有山里的杜鹃花也不少。这些日日在我们眼前，从没有人像煞有介事地提议，"我们看花去。"但有一位S君，却特别爱养花；他家里几乎是终年不离花的。我们上他家去，总看他在那里不是拿着剪刀修理枝叶，便是提着壶浇水。我们常乐意看着。他院子里一株紫薇花很好，我们在花旁喝酒，不知多少次。白马湖住过一年，我却传染了他那爱花的嗜好。但重到北平时，住在花事很盛的清华园里，接连过了三个春，却从未想到去看一回。只在第二年秋天，曾经和孙三先生在园里看过几次菊花。"清华园之菊"是著名的，孙三先生还特地写了一篇文，画了好些画。但那种一盆一干一花的养法，花是好了，总觉没有天然的风趣。直到去年春天，有了些余闲，在花开前，先向人问了些花的名字。一个好朋友是从知道姓名起的，我想看花也正是如此。恰好 Y 君也常来园中，我们一天三四趟地到那些花下去徘徊。今年 Y 君忙些，我便一个人去。我爱繁花老干的杏，临风婀娜的小红桃，贴梗累累如珠的紫荆；但最恋恋的是西府海棠。海棠的花繁得好，也淡得好；艳极了，却没有一丝荡意。疏疏的高干子，英气隐隐逼人。可惜没有趁着月色看过；王鹏运有两句词道："只愁淡月朦胧影，难验微波上下潮。"我想月下的海棠花，大约便是这种光景吧。为了海棠，前两天在城里特地冒了大风到中山公园去，看花的人倒也不少；但不知怎的，却忘了畿辅先哲词。Y 告我那里的一株，遮住了大半个院子；别处的都向上长，这一株却是横里伸张的。花的繁没有法说；海棠本无香，昔人常以为恨，这里花太繁了，却酝酿出一种淡淡的香气，使人久闻不倦。Y 告我，正是刮了一日还不息的狂风的晚上；他是前一天去的。他说他去时地上已有落花了，这一日一夜的风，准完了。他说北平看花，是要赶着看的：春光太短了，又晴的日子多；今年算是有阴的日子了，但狂风还是逃不了的。我说北平看花，比别处有意思，也正在此。这时候，我似乎不甚菲薄那一班诗人名士了。

你看那红的，黑的，白的，青的，喜笑的，悲哀的，目眦怒得欲裂底面容，无论你怎样褒奖，怎样弃嫌，他们一点也不改变。

面 具

※ 许地山

人面原不如那纸制底面具哟！你看那红的，黑的，白的，青的，喜笑的，悲哀的，目眦怒得欲裂底面容，无论你怎样褒奖，怎样弃嫌，他们一点也不改变。红的还是红，白的还是白，目眦欲裂底还是目眦欲裂。

人面呢？颜色比那纸制底小玩意儿好而且活动，带着生气。可是你褒奖他底时候，他虽是很高兴，脸上却装出很不愿意底样子；你指摘他底时候，他虽是懊恼，脸上偏要显出勇于纳言底颜色。

人面到底是靠不住呀！我们要学面具，但不要戴他，因为面具后头应当让他空着才好。

只有最美丽的人才能编出更美丽的谎话……

美丽的谎言

※ 晓　晴

因为忙于厂里的技改，杰已经有半年没陪妻子上街了，总觉得挺欠意。比杰大三岁的大李就开导杰说："女人都是孩子，好哄。"

杰信以为真，还真的哄了妻子一回。

这就是，他给妻子买了件风衣，其实就是本地货，也就是家门口买的，可他却海侃神吹地虚构了一大串感人至深的情节，还故意装作气喘嘘嘘的样儿，添油加醋地说："看清楚了，这，可是跑遍了全城才买到的，那卖衣服的老板还夸我有眼力，说我一眼就看出了这衣服是意大利风格……"

果然，杰的这番"花言巧语"打动了妻子，妻子无比甜美地笑笑，还搂了杰一下，上帝似地给了杰一个吻。

万岁！杰差点为这美丽的谎言蹦了起来！

杰心满意足地打了个哈欠，睡了，是枕着妻子的笑容睡的：因为，妻子那美丽的笑容太迷人了，她居然没发现杰讲的那些话全是水货。

杰自鸣得意：事情肯定就这么过去了。

可是，当杰偶然看到了妻子的日记，才发现妻子为了"哄"他，

也向他撒了一个更美丽的谎。

　　日记要上是这么写的：真想不到，我可爱的丈夫也学会骗我了，这准是那个该死的大李教的。明明是件式样极普通的衣服，却说是意大利风格的；明明是在家门口买的，却说是跑遍了全城买的。其实他哪里知道，那卖衣服的小老板就是我小学的同学……不过，我无论如何也不忍心揭穿杰，他太累了，他那个技术革新的担子太重了，我得哄他！我就故意笑眯眯地吻了他一下，没想到他立刻高兴的孩子似的！他真傻，傻得可爱，他大概永远也不会发现，我的那些笑和我的那个吻原来是我向他撒的一个更美丽的谎……啊！我可怜的小丈夫！我可爱的大孩子！

　　看着这日记，杰觉得鼻子直发酸，但他也发现了一个亮晶晶的秘密，这就是：

　　只有最美丽的人才能编出更美丽的谎话……

我学会的一切令我受用终生。

人生第一桶金子

※ 文　夫

　　在 1992 年的鲁南偏远县城，对一个 20 岁的贫穷乡下少年来说，500 元钱意味着什么？那无异于一桶沉甸甸的金子。

　　在家里穷得连化肥都买不起的时候，我毫不犹豫地辍学回家了。大学梦在瞬间破灭。老师和同学们苦苦挽留，甚至表示要替我交学费，我笑着谢绝了。面对一穷二白的家，我浑身有使不完的力气，觉得自己应该像个男子汉一样撑起这个家。我开始四处找工作。适合我做的工作有许多，比如到工地去给泥水匠搬砖头，到钢铁厂去烧锅炉，到大修厂当学徒，可我都不愿意去干。我嫌报酬太少，最多的月工资才 120 元，远低于我的想象。

　　有一天，四叔要我到漂白粉厂去试一试。那家漂白粉厂在城郊，四叔已在那里工作了半年多，收入颇丰。只是从四叔那消瘦的脸庞可以看得出来，那不是好活儿。

　　我答应去试一试。第一天上班，恰逢装车，工地上，一袋袋漂白粉码成了一座小山。50 公斤一袋的漂白粉很沉，但不知道怎的，我竟坚持下来了。下班时我在心里算了一笔账，全天一共扛了 220 袋，共计 11 吨。我吓了一大跳。

晚上，我吃不下饭，只觉得心口发紧。奶奶问我怎么了，我强装笑颜说："今天扛了220袋漂白粉，一袋一毛钱，我挣了22元。"晚饭后，我早早地回屋里休息。突然，胸口一阵郁闷，一口腥热的东西从嘴里涌了出来，那是鲜红的血。但我没有声张，悄悄将脏衣服洗了。

第二天，我早早醒来，喝了一碗鸡蛋汤，又去上班。我不愿丢掉这个挣大钱的机会。踏着自行车，吹拂着树荫下的习习凉风，我觉得这个夏天充满了希望。从这天开始，我成了一名漂白粉厂的全过程生产工人。

漂白粉的生产过程很简单。用水将石灰块泡开，用铁筛筛出细末，剔掉石块杂质，装进氯气库进行化学反应，3天后拉出来装进袋子。但我敢说生产漂白粉是世界上最苦最累的活，因为全靠手工操作。

那时厂里没有自来水，所有水都需要从水井里打上来，再用桶提到厂房里。石灰堆像个永不知足的喝水机器，一车石灰要喝几百桶水。每天，我的手指都被水桶的铁提圈勒得又红又肿。

筛石灰时，为了防止石灰粉腐蚀皮肤，再热的天气也要穿三层以上的衣服，扎上裤角衣袖，用毛巾围紧脖子，嘴上还要扣着一个又重又笨又透不过气的防毒面具。为了多挣一些钱，我常在中午加班筛灰。顶着烈日，身体在层层包裹里大汗淋漓，石灰粉末无孔不入，和汗水溶在一起，身上仿佛就像爬了一万只蚂蚁在咬，火辣辣地疼。偶尔防毒口罩一松动，一团粉尘扑来，会呛得满脸泪水。就在这样的环境下，我一锨一锨筛掉了一堆又一堆的石灰。

比起到氯气库将漂白粉运出来，筛石灰算得上一件很轻松的活。由于闷了3天，库里几乎没有氧气，温度高达50多度。进去的时候首先要深呼吸三次，然后钻进去一口气用铁锨将漂白粉铲满一袋子，再飞快地拉出来。整个过程只需3分钟，却像一个小时那么难熬。

夜里加班是最迫不得已的事。休息的时候，躺在沾满露水的草地上，望着天空的星星，想着自己的将来，稍不留神就睡着了。每次被人叫的时候都睡意正浓，浑身酸痛，真想什么都不管一觉睡到天亮。

发薪的前几天，为了凑足500元这个整数，我和四叔又抓紧时间各自加了几处中午班。去河里洗澡时，四叔看着我身上被漂白粉灼伤的如鱼鳞一般的皮肤，哭了。我向四叔炫耀地鼓起胳膊上的肌肉说："这没什么。"

我领到平生第一次用自己的双手挣到的500元钱，我觉得自己是世界上最富有的人。我知道我创造的远远不止这么多，但我仍然感到很幸福。我装着这笔钱和四叔、工友们到城里的小酒馆里大醉了一次，然后给自己留下20元零花钱，剩下的一股脑儿交给了奶奶。

奶奶终于发现了我身上的伤，再也不肯让我去卖命。二叔又给我找了个在工地上打磨地面的活儿。几年过去了，现在，我已经有了一份清闲的工作，月收入也远远超过500元，但我始终认为，那第一次领到的500元是我人生中最大的一笔财富。因为，在我挣得那笔钱的同时，我学会了忍耐与承受，学会了怎样去做一个勇于向自己挑战的男人，这足使我受用终生。

我们活着，手中也有金币。

海上漂泊七天六夜

※ 牛 汉

不久前，我正在旅顺口和朋友一起办事，听说陈家村有三位渔民因为木船机器出了故障，在海上漂了 7 天 6 夜，船上什么吃的都没有，村里人都以为他们死了，谁也没想到他们活着回来了。我们听了，连忙赶去采访。

三位渔民脸晒得黑红，坐在我们面前，讲述着曾经发生的故事，面带笑容，语气平淡，好像不是他们自己亲历而是发生在别人身人似的。

"你们开始的时候想到会漂 7 天吗？"

"没有，我们想再坚持一天，明天就会有人来救我们。如果一开始就知道要等 7 天，受这么多罪，我们可能会受不住。"

为首的一位年纪较大的渔民说，他是这艘船的主人。

"第六天下午，我觉得自己坚持不住了，喝进去的海水在胃里翻腾，难受死了，就在这时候我们听见了马达声，看见有一条船朝我们开来，我们三人趴在船上喊救命，可是当船驶近的时候，船上的人却冲我们说：你们慢慢漂吧。我绝望地趴在船帮上想跳海自杀，是他救了我。"年纪较小的帮工感激地指着船主说。

船主不好意思地摸摸后脑勺：其实也没什么，我只是给他们讲了一个5枚金币的故事。

"小时候，我生活在内蒙古草原，有一次，我和爸爸在草原上迷了路，我又累又怕，到最后快走不动了。爸爸就哄我，他从兜里掏出5枚硬币，把一枚硬币埋在草地里，把其余4枚放在我的手上，说：'人生有5枚金币，童年、少年、青年、中年、老年各一枚，你现在才用了一枚，就是埋在草原上的那一枚，你不能把5枚都扔在草原，你要一点点地用，每一次都用出不同来，这样才不枉人生一世。今天我们一定要走出草原，你将来也一定要走出草原，世界很大，人活着，就要多走些地方，多看看。不要让你的金币没用就扔掉。'我们走了一天一夜，终于走出了草原。我一直记得父亲说过的话，也一直保存着那4枚硬币。25岁的时候，我从电视上看到大海，我把第二枚金币埋在草原，带着其余的3枚硬币一个人乘车来到大连旅顺口，当了一名水手。今年是我来海上的第9个年头了，我刚刚用攒下的钱买下这条12马力的新木船。我一生的梦想，是能拥有一条可以远洋的100马力以上的铁船。我们还年轻，还有人生的3枚金币，不能就这么把它们都扔到大海里，我们一定要活着回去！从我讲这个故事到被救，才十几个小时。我们真的活着回来了！"

海上漂泊7天6夜，他们喝海水，吃鱼饵，忍受着肉体和精神上双重的痛苦，直到现在他们因为海水中毒而全身浮肿，胃出血，脚溃烂，但他们坐在我们面前，面带笑容，语气平淡。对他们来说，所有的灾难都已成为过去，重要的是他们还活着，还拥有人生的3枚金币，这比什么都重要。

一点小小的改进，一种新的方式就会给自己带来好运气。

一张滴着眼泪的讨债单

※ 张 丰

一位朋友在一家外企做会计。公司的贸易业务很忙，节奏也很紧张，往往是上午对方的货刚发出来，中午帐单就传真过来了。随后就是快寄过来的发票、运单等。朋友的桌子上总是堆满了各种讨债单。

讨债单太多了，都是千篇一律地要钱，朋友常有不知该先付谁的好，经理也一样，总是大概看一眼就扔在桌上，说："你看着办吧。"但有一次是马上说："付给他。"仅有一次。那是一张从巴西传真来的帐单，除了列明货物标的、价格、金额外，大面积的空白处写着一个大大的"SOS"，旁边还画了一个头像，头像正在滴着眼泪，简单的线条，但很生动。这张不同寻常的帐单一下子引起朋友的注意，也引起了经理的重视，他看了便说："人家都流泪了，以最快的方式付给他吧。"

经理和这位朋友心里都明白，这个讨债人未必在意真的流泪，但他却成功了，一下子以最快的速度讨回大额货款。因为他多用了一点心思，把简单的"给我钱"换成了一个富含人情味的小幽默、花絮，仅此一点，就从千篇一律中脱颖而出。

劳动让我心境澄澈、开阔；诸多的艰难困苦，更让我懂得了人生的真谛，幸福的意义。

嫩肩扛起生活的艰辛

※ 袁 彬

第一次打工，是我走进大学校门那年，迫于实实在在的生计。

1996 年，我考上了省城的一所重点大学。学校实行并轨制，每年要交两千元的学费。我家世代为农，这些年，为了我和弟弟读书，父母省吃俭用，辛苦劳作，他们把我供至高中毕业，已经到了心血所能承受的极限。当我怀着复杂的心情捧着大学录取通知书呈到父母面前时，父母那种夙愿实现的喜悦只持续了片刻，他们和我一样，面对数千元的入学费用一筹莫展。

世上最美的事物，我想亲情就是其中的一种。我的父母变卖了他们结婚时最心爱的物品，两个人走遍了邻村所有认识的老乡，总算让我在开学那天走进了学校。

大一的功课很紧张，可是，我和许多的同学都有一样的心理：我们这些靠借钱走进校门的学生，如果想继续读下去，我们必须靠自己解决学费和生活费。

我的家里因为有弟弟在读高三，加之又遭了水灾，家境更困难了，父母为此老了许多。我暗暗下决心，一定要找份工作，一定要

自己挣钱完成学业！

像我这样的女孩子，见生人说话都脸红，闯社会找工作这在想象中真比登天还难啊！我每天都疯狂地寻找着招工信息。那是国庆节期间，有家公司招八名促销小姐。也许他们看我是学中文的，普通话很流利，语言表达也不错，面试顺利过关了。公司的一个经理和我们谈妥了条件：每周六、周日促销两天，每天工作八小时，工资每天 25 元，干得好以后还继续聘用，干不好随时解雇。

经过短期培训后，我终于开始了第一次打工。

工作其实并不复杂，主要是给一种正规品牌的速冻水饺作促销。我们的任务便是介绍商品，招揽顾客，吸引他们购买。

对于我们这些学生，万事开头难，第一次的经历真是叫人刻骨铭心。

当我身披绶带，站在一家超市的冷柜前，最大的愿望便是赶快逃脱。可是理智却告诉我机会难得，要好好把握。超市的顾客多了起来，好奇的目光纷纷投向我。众目睽睽之下，我顿时慌了手脚，刚刚背得烂熟的广告词早忘到爪哇国去了，脑海里一片空白，什么话也说不出来。在众人面前，我觉得自己像个罪人，恨不得找个地缝钻进去。

这时，低着头的我听到旁边我的同学兼搭档有条不紊地介绍着产品的种类、价格。我抬眼望去，她已迎来了第一批顾客。她悄悄地告诉我："咱们是做广告，产品是正宗产品，怕什么！我喊一嗓子，你跟一嗓子，喊出来了，就什么都不怕了。"同学喊了一声，可是，我的声音却卡在嗓子里，怎么也没有勇气喊出来。我努力了数次，终于，我怯怯的声音大了起来，胆子壮了不少。不一会儿就吸引了一些顾客，也开始有人选购产品。我的脸不再发烧了，我暗自兴奋，冲着同学感激地笑了笑。

叫劲的时刻应该顶住。几笔生意做成后，我渐渐由笨拙到熟练，由手忙脚乱到轻松自如。

正在我兴奋不已的当儿，发生了一件事。一个中年妇女走过来，轻蔑地看着我说："你们这些人，都是骗子！"我顿时呆住了，我长这么大从没有人对我如此恶言恶语，我顿生一股愤怒。可是，我马上就明白了自己的处境，就是人家动了手，我也不该还手。我说我们不是街上的小商小贩，我们的产品是正规厂家生产的合格产品，我们是如实介绍产品，如有意见可向经理反映。她在我温和的态度面前愣住了，那些以前与我打过交道的老顾客都过来帮我说话，说这家饺子不错，说我是个勤工助学的大学生。那个妇女悻悻而去。面对众人对我们这些穷学生的理解和爱护，我热泪盈眶。

这件事以后，我专门阅读了一些消费心理学方面的书。我在介绍产品时措词更加谨慎、严格了。我要求广告用词一定要真实可靠，反对弄虚作假，夸大其词。只介绍、导购，不诱导、误导消费者。我朴实无华的广告词反而激发了顾客对我的信任，他们还主动替我宣传，让我的委屈和疲劳一扫而空，我工作起来更充满了活力。

学校在城郊，从学校坐车到市区要二十分钟，在学校吃过早饭，只有等到晚上下班才能回校。为了节省点钱，我舍不得吃三元一盒的盒饭，饿了就吃方便面。常常忙得头昏脑涨，坐着最后一班公共汽车往回赶路时，才感到浑身酸痛。我羡慕校园里那些轻松的身影，可是，我的父母是农民，他们不能给予我富裕、轻松的生活，甚至我能走进大学都已成了我生命的莫大幸运，我要比别人过早地面对和承受生活的艰辛。苦恼是有的，可是，只要我挺直腰杆，选择坚强，就能学会迎风行船，逆流而上。更重要的是，劳动让我心境澄澈、开阔；诸多的艰难困苦，更让我懂得了人生的真谛，幸福的意义。

在最冷酷的严冬，我认识到我心中潜藏着无比热情。

熬过严冬的女人

※ 策 星

1992 年我 30 岁，已结婚 7 年了，婚姻很美满。我在圣弗兰西斯科一家公司任管理顾问。这职业富有挑战性，我喜欢这份工作。两年前的我还是个活泼健康的人，所以当医生说我最多还能活 3 年时，我简直如五雷轰顶。和许多人一样，我以前从未听说过硬皮病。这是种不治之症，它会使我的机体组织——从皮肤到内脏——慢慢硬化。

我的身体会慢慢变成一块僵硬的石头！我奔向图书馆，查找一切关于这种病的材料。然而结果让我大为震惊。硬皮病导致机体结缔组织中角质和纤维蛋白分泌过盛。尽管这种病比多发性硬化、肌肉营养障碍、胞囊纤维化等病更为常见，但人们对它的发生机理却所知甚少。记得当时我对医生说："你是说我这两年内将死掉，而大家对这种病竟一无所知?"我虽然为此震惊，但并不想以自怜来捱时日。

我面临的选择很简单：消极等死或是按自己的方式重新生活。和这种使人憔悴不堪、容颜晦暗乃至致人于死地的恶疾打交道，就像一场残酷的斗争，但我因此也有了特殊的机会和条件来作些有意义的贡献。我想的就是寻找一种可以治愈的方法。这个想法激动人心，也是具有开创性的。

我每每自认为身材矮小但意志坚强。我只有 5 英尺高（1.52米），体重从没超过 100 磅。我是在奥玛哈长大的，年轻的时候是个出色的花样滑冰选手，到处巡回表演。17 岁的时候，我意识自己需要更加多姿多彩的生活，于是退出冰坛，入加利福尼亚州克莱蒙特的普利策学院学习。入学第一天，我邂逅了马克·斯凯尔，整个大学期间我一直把他视为最知心的男友。但父亲 5 年后说我和马克已经相爱了。他言中了，1977 年我和马克结了婚。不久我获得斯坦福大学的商业管理硕士学位，并入世界上顶尖的管理决策咨询公司——迈克·肯西公司工作。

可在 1982 年年初，我突然感到精力衰竭，有一阵甚至卧床不起。我的关节肿胀疼痛，手掌一冷就发青，手指甚至连笔都握不住。以后的两年中，我接受过内科医生、皮肤病专家、风湿病专家、传染病及肺病专家的检查，但他们都诊断不出到底是什么毛病。后来我的面部肌肉开始缩紧，以至于连嘴唇都合不扰。直到 1984 年我因剧痛和呼吸困难住院治疗，才被确诊患了严重的硬皮病。那时我的病已很危重，这次诊断的结果已没有任何疑义了。

那一年中，我因病无法工作。我和丈夫决定要个孩子。我从书中了解到只要我能安全地度过孕期，我就能像其他健康的妇女一样有机会生下一个健康的婴儿。但医生告诉我不要去冒险，尽管他们说不出个所以然来。从一怀孕我就碰上了麻烦，4 个月时开始挛缩，不得不服药以避免流产。整个孕期我住院出院，直到 1985 年 3 月生下迈克斯。迈克斯早产 6 个礼拜，生下来时只有 5 英磅 6 盎司。产科医生说这简直是个奇迹。而对我来讲怀孕是个真正的转折点。我决定再不相信任何人对硬皮病都无能为力这类话，我比任何人都更清楚我的疾病和身体。

很长一段时间我的身体才慢慢康复。我全身心地爱着迈克斯，

心无旁骛，我有了新的目标：1986 年我运用了我的商业和管理技巧，设立了"硬皮病研究基金会"，召集组织科学、医学界和商界的精英人士共同研究克服这一疑难顽症，意在通过这种便捷的合作途径来找出一种有效的治疗方法，并为此病的研究募集资金。当基金会初见眉目时，迈克斯已经 3 岁半了。马克和我又想再要一个孩子。这次产科大夫忠告我不论做出什么决定，不要依赖上次怀孕的经验。1988 年 11 月，我顺利地生下萨曼姗，这次没有早产。

操持基金会的事务，抚育两个孩子健康成长，和病魔作顽强斗争——这一切简直像一场没有终止的战斗。我努力学会慢慢走路。我的肺的伸缩性能丧失殆半，只有 38% 的肺尚能正常工作，这影响着我的体力。任何需要手指灵活性的事儿——比如开门，钉衣服扣儿——我都无从措手。我用了好几年的时间才学会如何应诸如此类的麻烦，但困难仍是接踵而来。比如，我可以驾车，但必须是装有特制的把手和门锁的车。甚至穿衣服，卷头发这类小事儿对我而言也是严峻的挑战。

破皮病使我的容颜憔悴、面目全非。我已经习惯于人家盯着我看了。我已学会将自我和躯壳分离开来。内在的人格、真正的自我迥异于镜中的脸孔，生命并不由我身体的活动和表征来决定其意义。1990 年，我和丈夫决定创造第三次奇迹。我又怀孕了，同时因迈克的工作关系，全家搬到加州的萨塔·巴巴拉，基金会也跟着赶来。搬家的安置，收拾房子，我感到少有的疲累和紧张，也许因此，我怀孕 9 个月就生下了蒙塔娜。她生下来时重 6 英磅 4 盎司，是我三个孩子中出生时最重的一个。

不论将来命运如何多舛，生育和抚养孩子始终是我们引以为慰的事。10 岁的迈克斯，6 岁的萨曼姗，4 岁的蒙塔娜——他们是我生命中快乐的支柱——每天 24 小时无与伦比的快乐——然而不仅仅是欢乐，他们使我坚持活下来。因为我知道他们离不开我，我想让他们感受慈爱和安全。要是我现在能够在他们身上培养足够的自信，那么他们不论到哪里，不论我在不在身边，都能把握住这种自信。我并不对他们隐瞒我的疾病。我告诉他们我顽疾缠身，容易受伤，绕我膝下，须加小心。慢慢地我让他们了硬皮病，因为他们也想知道。

当然我的疾病也影响了他们。有一次我到迈克斯的学校去，就有一些小家伙对我指指戳戳，大笑不止。迈克斯向他们喊道："不要嘲笑我的妈妈，她有硬皮病。"我感到欣慰和自豪，因为儿子接受我的病。和孩子们在一起，我尽量像个常人一样做事情。迈克斯滑冰时，我也跟着参加，尽管我必须加倍小心。我鼓励孩子们把他们的朋友带家里来玩，所以我家常有一大堆小孩子，闹得沸反盈天，凌乱不堪。但我并不介怀这种琐屑小事。

最难忍爱的是疾病带来的无休止的痛苦。我常常不出一周就得接受医生们的检查。我承受着常人难以想象的苦痛。一旦躺的时间长了，我的关节就会发僵。有时候我望着卧室的厨房的过道，心想："这段距离可真漫长。"然而转念又提醒自己："那好，齐步走，你能做得到。"我用最简捷方便的方式来处理事情，比如我给孩子们买不带带扣的鞋子，因为我无法给他们系鞋带。我们的吃饭也很简单：饭菜放在孩子们触手可及地方，他们自己收拾餐桌、碗筷。但我和孩子们一块用早餐，为他们准备午饭，给孩子们梳头，送他们上学。我觉得这样很必要。

家人、朋友和医生不再把我看成是柔弱的病人，而是上天的造化。我活的年头已超过任何人先前做过的断言。我自信个中原因在于我的坚忍决心；我要活下去，战胜病魔。我定期做理疗，活动筋骨，增强肌肉力量。针灸减轻了我的痛苦。我还和一位营养专家制定了一份特殊的食谱。经过一次次的失误和摸索，我发现忌食牛排、巧克力和酸性食物对我很有好处。几年中，我尝试过好几种实验疗法，尽管并不能使我痊愈，但它们却确实可以帮助提高患者的生命质量。我还不时地对症服用其他抗菌或消炎药物。

对我来说在有生之日尽我所能，做出点什么是最重要的。我想独立，我决定不再让我的疾病总成为全家人的头等大事。我如愿以偿了，尽管这样的生活并不轻松。我庆幸有迈克这样的好丈夫。我深知他一直在为我的病痛而备受煎熬。我曾经以为彼此应相忘江湖，而他却一直深爱着我。我曾想他应该有个健康的妻子，可以同去滑冰及做一切喜欢的运动。然而作为风风雨雨患难与共的夫妻，我觉得自己也应给他的生活带来些什么。他为我，也为基金会的骄人业绩感到自豪；他把全美健康协会会长对我的一席赞扬告诉给身的边的每个人："莎蓉女士，我了解你所做的全部努力。我想这预示着这项疾病的科学研究的美好前景。"

硬皮病研究基金会有两个中心，一个在圣弗兰西斯科；一个在华盛顿特区。它们在病情诊断和识别引发此病的细胞研究上取得许多进展。基金会所募集的每一块美金（远超过 3000 万美元）都投入研究工作。（相比较起来，肌肉营养障碍研究每年获得 8000 万元的联邦财政资助，硬皮症每年只有 1600 万美元，而患硬皮病的人要比前者多一倍）。我们每年一度最大的募捐活动在洛杉矶举行，名为"辛酸剧，热心肠"。大腕喜剧明星如罗宾·威廉姆斯、盖瑞·赛德琳和鲍勃·塞盖特也参与募捐。我还促使诸多科学领域中的顶尖专家着意于硬皮病的研究。我在这方面的才能何来？仅仅在于我的执着和诚恳。当我获知莉莉·汤姆琳有个姑姑死于硬皮病，于是就给这个名演员写信、打电话、发电传，这样一直坚持了 5 年她才答应见 110 分钟。我们交谈了好几个小时。现在她已成了基金会主要的资助者之一。

像安·怀蕊、琳达·盖瑞、玛丽露·海纳和达娜·戴兰妮等明星都积极襄助，对攻克这个生育期易患的顽疾的事业慷慨解囊。实际上，要是男人和孩子们也易染上这种疾病的话，我们的日子要会比目前好过得多。以前从没有人挺身而出，呼吁公众的力量，组织募捐来对付这种疾病。必须让人们知道，硬皮病会使孩子们失母爱。

作为基金会的主席，我在电视上抛头露面，到国会、全美协会和其他联帮机构去让大家了解这种疾病。尽管我以前名不见经传，但现在已是家喻户晓。我因此获得5000美元的"美利坚奖"。这项奖由"积极思想基金会"创设，用来表彰那些代表美国精神的无名英雄。这给那些挣扎于痛苦惊惶中的人们带他们最需要的东西：希望，真让人欣慰之至。也许这能使他们渡过难关。

我的目标是痊愈。我不知道这能不能实现，因为我们在和时间赛跑。尽管前路漫漫，荆棘丛生，但我充满乐观，信心百倍。也许当找到一种治愈方法时，对我已是为时太晚，但起码我证明了这一点：我的孩子们将知道我是谁、我代表了什么。我只希望一天能多有几个小时，还有很多事情要做。

事实上，成功与失败的最大分别，来自不同的习惯。好习惯是开启成功的钥匙，坏习惯则是一扇向失败敞开的门。

开始新的生活

※ 奥格·曼狄诺

今天，我开始新的生活。

今天，我爬出满是失败创伤的老茧。

今天，我重新来到这个世上，我出生在葡萄园中，园内的葡萄任人享用。

今天，我要从最高最密的藤上摘下智慧的果实，这葡萄藤是好几代前的智者种下的。

今天，我要品尝葡萄的美味，还要吞下每一颗成功的种子，让新生命在我心里萌芽。

我选择的道路充满机遇，也有辛酸与绝望。失败的同伴数不胜数，叠在一起，比金字塔还高。

然而，我不会像他们一样失败，因为我手中持有航海图，可以领我越过汹涌的大海，抵达梦中的彼岸。

失败不再是我奋斗的代价。它和痛苦都将从我的生命中消失。失败和我，就像水火一样，互不相容。我不再像过去一样接受它们，我要在智慧的指引下，走出失败的阴影，步入富足、健康、快乐的乐园，这些都超出了我以往的梦想。

我要是能长生不老，就可以学到一切，但我不能永生，所以，在有限的人生里，我必须学会忍耐的艺术，因为大自然的行为一向是从容不迫的。造物主创造树中之王——橄榄树需要一百年的时间，而洋葱经过短短的九个星期就会枯老。我不留恋从前那种洋葱式的生活，我要成为万树之王——橄榄树，成为现实生活中最伟大的推销员。

怎么可能？我既没有渊博的知识，又没有丰富的经验，况且，我曾一度跌入愚昧与自怜的深渊。答案很简单，我不会让所谓的知识或者经验妨碍我的行程。造物主已经赐予我足够的知识和本能，这份天赋是其他生物望尘莫及的。经验的价值往往被高估了，人老的时候开口讲的多是糊涂话。

说实在的，经验确实能教给我们很多东西，只是这需要花费太长的时间。等到人们获得智慧的时候，其价值已随着时间的消逝而减少了。结果往往是这样，经验丰富了，人也余生无多。经验和时尚有关，适合某一时代的行为，并不意味着在今天仍然行得通。

只有原则是持久的，而我现在正拥有了这些原则。这些可以指引我走向成功的原则全写在这几张羊皮卷里。它教我如何避免失败，而不只是获得成功，因为成功更是一种精神状态。人们对于成功的定义，见仁见智，而失败却往往只有一种解释，即失败就是一个人没能达到他的人生目标，不论这些目标是什么。

事实上，成功与失败的最大分别，来自不同的习惯。好习惯是开启成功的钥匙，坏习惯则是一扇向失败敞开的门。因此，我首先要做的便是养成良好的习惯，全心全意去实行。

小时候，我常会感情用事，长大成人了，我要用良好的习惯代替一时的冲动。我的自由意志屈服于多年养成的恶习，它们威胁着我的前途。我的行为受到品味、情感、偏见、欲望、爱、恐惧、环

境和习惯的影响，其中最厉害的就是习惯。因此，如果我必须受习惯支配的话，那就让我受好习惯的支配。那些坏习惯必须戒除，我要在新的田地里播种好的种子。

我要养成良好的习惯，全心全意去实行。

这不是轻而易举的事情，要怎样才能做到呢？靠这些羊皮卷就能做到。因为每一卷里都写着一个原则，可以摒除一项坏习惯，换取一个好习惯，使人进步，走向成功，这也是自然法则之一，只有一种习惯才能抑制另一种习惯，所以，为了走好我选择的道路，我必须养成一个好习惯。

每张羊皮卷用三十天的时间阅读，然后再进入下一卷。

清晨即起，默默诵读；午饭之后，再次默读；夜晚睡前，高声朗读。

第二天的情形完全一样。这样重复三十天后，就可以打开下一卷了。每一卷都依照同样的方法读上三十天，久而久之，它们就成为一种习惯了。

这些习惯有什么好处呢？这里隐含着人类成功的秘诀。

当我每天重复这些话的时候，它们成了我精神活动的一部分，更重要的是它们渗入我的心灵。那是个神秘的世界，永不静止，创造梦境，在不知不觉中影响我的行为。

当这些羊皮卷上的文字被我奇妙的心灵完全吸收之后，我每天都会充满活力地醒来。我从来没有这样精力充沛过。我更有活力，更有热情，要向世界挑战的欲望克服了一切恐惧与不安。在这个充满争斗和悲伤的世界里，我竟然比以前更快活。

最后，我会发现自己有了应付一切情况的办法。

不久，这些办法就能运用自如。因为，任何方法，只要多练习，就会变得简单易行。

经过多次重复，一种看似复杂的行为就变得轻而易2举，实行起来就会有无限的乐趣。有了乐趣，出于人之天性，我就更乐意常去实行。于是，一种好的习惯便诞生了。习惯成为自然。既是一种好的习惯，也是我的意愿。

今天，我开始新的生活。

我郑重地发誓，决不让任何事情妨碍我新生命的成长。在阅读这些羊皮卷的时候，我决不浪费一天的时间，因为时光一去不返，失去的日子是无法弥补的。我也决不打破每天阅读的习惯。事实上，每天在这些新习惯上花费少许时间，相对于可能获得的快乐与成功而言只是微不足道的代价。

当我阅读羊皮卷中的字句时，决不能因为文字的精练而忽视内容的深沉。一瓶葡萄美酒需要千百颗果子酿制而成，果皮和渣子抛给了小鸟。葡萄的智慧代代相传，有些被过滤，有些被淘汰，随风飘逝。

只有纯正的真理才是永恒的，它们就精练在我要阅读的文字中。我要依照指示，决不浪费，种下成功的种子。

今天，我的老茧化为尘埃。我在人群中昂首阔步，不会有人认出我来，因为我不再是过去的自己，我已拥有新的生命。

> 真诚的追求战无不胜，哪里有付出，哪里就有收获，这就是生活的真理。

生活，就是追求力量

※ 爱默生

人类社会发展到今天，我们仍不无遗憾地发现，我们仍无法为一个人所可能具有的才能开列一张清单，而我们所能做的只是把一个人的见解奉为金科玉律。又有谁能够为一个人的影响力划定一条界线呢？有那么一些人，他们能够把整个民族吸引到身旁，并且引导着人类的生活。然而，他们并没有什么特异功能，他们所凭借的只是自身和他的民族之间相互吸引的感应力而已。

在人世间，假如说人的心灵能够与自然形影相随的话，换句话说，就是人心和自然之间真有某种神秘的联系的话，那么，也许有些人身上的确蕴藏着无比巨大的磁力，以此他可以牵引物质和自然的力量，而且无论他们在什么地方显身，各种各样神奇的力量都会自然而然地在他们周围凝聚、运转。

什么是生活？生活就是对力量的追求。这个颠扑不破的真理浸透了空间的角角落落，也弥漫了时间的时时刻刻。每个瞬间，每条罅隙，它都无所不在。所以，真诚的追求战无不胜，哪里有付出，哪里就有收获，这就是生活的真理。

因此，我们应该时刻告诫自己，珍视事件和财物，而不是把它们视为炫耀的装饰品，也不要把它们视为品德的绊脚石，它们不过是一堆有待开发的矿物质，我们确实在这里面找到了力量——一种美妙的矿物质。

如果事件、财物和身体的呼吸，可以把他们的价值物化为力量，灌输到人的身体之中，那么，毫无疑问人们会像捕着鱼后抛弃鱼网一样放弃具体的事件、财物和呼吸。这和人们得到了长生不老的仙丹之后，就能够把那些仙丹从中蒸馏而出的广阔花园加以抛弃一样。集求知的智慧和行动的勇气于一身的品德高尚的人士，是大自然追求的最高目标，而所有这一切，这一切地质学和天文学所荟萃的精神之花，就是对意志的孕育和培养。

众所周知，所有成功者都在一件事情上有比较相同的见解，他们都是因果论的忠实笃信者。他们相信，事物绝非偶然的产物，当然了，更不是侥幸发展的结果；相反，他们坚信事物在自然规律的运动下有条不紊地发展。他们确信在联结着事物起源和终结的因果链上，决不会有任何一个薄弱的或者破裂的环节，一切都是牢不可破的。

所有宝贵的心灵都有一个共同的特点：相信因果关系，或者说，相信即使是一件极细小琐碎的事情也与生活的原则密切相关。他们相信后果，相信报应，或者说他们相信善良的花朵不会结出恶劣的果实，而恶劣的花朵也绝对不会结出善良的果实。

勤奋者所流的每一滴汗水都是这种信念的具体体现。最勇敢的人，也最相信法则的张力。所向披靡的波拿巴曾经说过："所有伟大的首领都是依靠顺应技巧的规则，靠着使自己的努力适应于障碍，而获得了巨大的成就。"

打开时代之锁的也许是这一把钥匙，也许是那一把钥匙，或者是另外的那一把……不更事的演说家们就是这样渲染着。然而，他们却无法得悉愚蠢低能才是解答一切时代的钥匙。我们必须承认，

在任何时候绝大多数人都是愚蠢低能的，甚至英雄们也无法幸免。除了在特定的辉煌时刻，他们大多数时候也都笼罩在愚蠢低能的阴霾之中。毫无疑问，他们都是地球引力、习俗和恐惧的牺牲品。天地间的芸芸众生总是在日出日落之间打发着日子，他们并不具备独立自主或者独立创造的习惯——也正是这一点，才使得强者显得力量无穷。

如果你凡事都从好的方面看，对人生一定有好处；如果你总是往坏处想，日子就难过了。

快乐不是自来水

※ 迪尼斯·普雷格

我有幸参加了一次以快乐为题的演讲，事后，有位女听众站起来说："我真该带我的丈夫来听听这次演讲。"她解释说自己的丈夫老是很不快乐，虽然她很爱他，但和他生活在一起实在不容易。

这位女士的话让我想到道理应该是这样讲的不管是谁，要把寻觅快乐当一回事。我告诉她，为了我们的另一半，我们的孩子、朋友，我们要尽量快乐。你若不同意我的意见，不妨去问问孩子跟不快乐的父母长大是什么滋味；或者问问做父母的，如果他们有一个不快乐的孩子有多痛苦。

其实，我自己的童年就不是特别快乐，而且跟大多数少年一样沉溺在不能自拔的痛苦中。但有一天我忽然醒悟，原来自己只是在害怕困难而唯唯诺诺。要快乐起来也很容易，这种事不需花心思费力气。真正的成就在于尽我所能以求快乐。

不少人并没有意识到快乐是必须去求去找才会有的。我们都以为快乐只是一种感觉，源自碰巧发生在我们身上的好事，而那种好事会不会发生则非我们所能主宰。

快乐主要是由我们支配的，我们应该主动争取；真相却刚好相反，需要被动等待。希望自己有个快乐的人生，就必须克服一些障碍，其中三个障碍是：

第一，与别人比较。

多数人都拿自己跟我们以为人生顺利的人比较，有些是亲友，有些是我们其实只听说过的人。我认识一个年轻人，是外表看去纯粹的事业有成、日子美满的那种人。他谈起他挚爱的妻女，谈起他在他中意的城市当电台节目主持人，喜不自禁。我记得当时我心里想的是怎么什么好事都让这个家伙碰上了。

然后我们谈起电脑和互联网。他告诉我，他感激这世界上有互联网，因为他可以从中查索关于多发性硬化症的资料——他妻子正在饱受此症煎熬。我先前认为他是人生的幸运儿，此时只觉得自己愚不可及。

第二，过于追求完美。

每个人都在追求着想像中最完美的生活。问题却是很少有人事业与家庭都合乎他们自己想像中的标准。

就我自己而言。我出身的家庭没有人离过婚，在我看来婚姻是一生一世的事。因此，当我和第一任妻子在结婚五年，儿子出世三年后离异时，我整个人都垮掉了，我觉得自己还不如死掉。

接着我再婚，婚后向妻子芬妮坦承自己一直无法摆脱先前婚姻失败的阴影。这时，家里共有四人：我和儿子、她和她前夫的女儿。当芬妮问我觉得家里还有什么问题时，我老实回答，就是和儿子相处的时间太短。

"那么你为什么不因此而开心生活?"她问。理当如此。但首先我必须从自己内心想像的"完美"家庭中走出。

第三，过分在意自己的缺憾。

破坏快乐的有效方法莫过于对任何事物只集中注意瑕疵，假如望向天花板时只盯着缺了块天花板的那处地方。又如有个秃子对我说的："每到一个地方，我都会首先观察人群中有否另一个秃头。"

一旦你找出自己缺了哪一块天花板，就要探讨，若重新取得这块天花板是否真的可以使你快乐。然后你有三个行动选择：去找到这块天花板，或用另一块不同的天花板补上，又或者根本不予理会，把注意力放在那些没掉的天花板上。

我多年来研究快乐的道理，得到最重要的结论之一是：人的一生遭遇和他是否会获得快乐并无太大关系。稍加细想就会明白这道理，很明显。你一定也认识不少人，生活颇为顺利，但从根本上来说不快乐；我们也知道有些人吃过不少苦头，却能乐天知命的生活。

第一道秘方是感激。快乐都存于有感激之心的人，无感激之心的人不会快乐。我们总以为人是因为不快乐才抱怨，事实上，是抱怨促使人不快乐。

第二，要知道快乐是另一件事情的副产品。明显的快乐源泉是各种使我们生活有目标的活动，例如研究昆虫或打打球。当你用心投入自己喜好的运动时，你获得的快乐将不计其数。

最后，应有如下的信念：这世界上有些永恒的事物是超越我们的，而且我们的生存有更重大的意义。这信念会使我们生活更快乐。我们需要精神上或宗教上的信仰，或者秉持自己的人生观。

无论你的人生观是什么，都该包含这个道理：如果你凡事都从好的方面看，对人生一定有好处；如果你总是往坏处想，日子就难过了。如果你想开心过日子的话，那么，请立即快乐起来。

> 每天最好自寻烦恼，即便只是芝麻大的小苦恼，也要烦恼一下。要不然，待到真正的大烦恼来临时，你怎么经受得住？

为何自讨苦吃

※ 弗兰克·苏里文

别人说："快乐总比忧愁好。"而我说："忧愁更胜快乐一筹。"请问，哪有像今天这样充满了忧愁的大好机会？既然如此，不好好发愁一下，怎能对得住自己？每天最好自寻烦恼，即便只是芝麻大的小苦恼，也要烦恼一下。要不然，待到真正的大烦恼来临时，你怎么经受得住？

我可是出了名的自寻烦恼、自讨苦吃的专家，凭这个称号，现在提出几点成功的心得：

忧愁须及时，不可拖延。你不能说，我今天不必忧愁，我太开心了，明天再发愁吧。但明天你要是更加开心，那又怎么办？

不要以为有人说你年轻，不应该忧愁。其实，开始忧愁越早越好。善于自寻烦恼的朋友十几岁便开始了忧愁，这倒是个好现象。也不要方枘圆凿，格格不入。觉着自己的脾气适合那一类烦恼，然后顺道而行，锲而不舍。

也许你可能对自己说："这么一件小事，我值得为此烦恼吗？"

这种态度实在不可取。要知道，所有的大事都是由小事转化过来的。例如，你对朋友可能说了不客气或无聊的呆话，你曾否因此烦心？如能善为运用，这种思想就可使你终日寡欢。或者想想，他曾否故意说了得罪你的话？诸如此类的事，也可以使你一天到晚忧愁。

我最擅长于制造一些无聊的小烦恼，善加培养，把它酿成称心如意的大烦恼。或许是我的想像力太过丰富。一封信寄出以后，我常常苦思：可曾贴了邮票？地址是否正确？直想到神智疲惫而后已。

不忽视传统的烦恼，文明的命运问题和缝纫刺绣一样，可以随时拿出来忧愁一番。也不要忘记以你的健康为题，你可能以为目前身体很好，但是你也可以想像自己生了什么病，建议你看几本医学书籍，我保证你至少会发现自己有几种乃至十几种病状。

如果你是个天生的乐天派，任何书籍也无法使你找出病症。那总可以为家人或朋友烦心吧。我就知道有一位太太，为她独生子的健康烦心了19年，而她却从来未曾有过病痛。

对了，你还可以为了钱而发愁。方法很简单：如果没有钱，就为赚钱发愁；如果有钱，就为怕损失发愁。

不论如何，千万别与那些劝你不要烦恼的人为友。不要让一天白白过去而毫无愁事。即使没有发愁的理由，也要设法找些理由来杞人忧天，这才算得上自讨苦吃。

也许你正在人生的十字路上徘徊，踌躇着不知该走哪条路，那么，我只想告诉你，千万不要等到岁月流逝时，才绝望地喊："还我青春。"

两 条 路

※ 让·保尔

那一个大年夜。一位老人伫立在窗前。他目光中流露着悲戚，无力的脑袋微微仰起，繁星宛若玉色的百合漂浮在澄静的湖面上。他垂下了头，眼睛无神地看着地面，几个比他自己更加无望的生命正走向它们的归宿——坟墓。老人在通往坟墓的旅途中，已经消磨掉了六十多个寒暑。在他这六十多个寒暑中，他除了有过失和懊悔之外，几乎没有拥有过什么快活的事情。这个风烛残年的老人，体态龙钟、脑袋空空，忧郁时刻折磨着他。

老人回忆起他的年轻时代，他清楚地记得在那庄严的时刻，父亲将他置于两条道路的入口——一条路通往阳光灿烂的升平世界，田野里丰收在望，柔和悦耳的歌声四方回荡；另一条路却将行人引入漆黑的无底深渊，那里的泉眼流出来的毒液，蛇蟒满处蠕动，吐着舌箭。

老人深深地叹了一口气，悲痛失声喊道："老天爷啊！放我回到从前吧，求求你啦！爸爸呀，把我重新放回人生的入口吧，这次我一定不会选错。"可是，父亲以及他自己的黄金时代都一去不复返了。

他看见阴暗的沼泽地上空闪烁着幽光，那光亮游移明灭，瞬息即逝了，他轻抛的年华留在那里。他看见天空中一颗流星陨落下来，消失在黑暗之中。那就是他自身的象征。徒然的懊丧像一支利箭射穿了老人的心脏。他记起了早年和自己一同踏入生活的伙伴们，他们走的是高尚、勤奋的道路，在这新年的夜晚，载誉而归，无比快乐。

"嗡——"的教堂钟声使他回到了自己的童年。在那时，双亲对他倍加疼爱。他想起了发蒙时父母的教诲，想起了父母为他的幸福所作的祈祷。懊悔和悲伤涌上心头，使他无颜面对天堂的父母。老人的眼睛黯然失神，泪珠儿泫然坠下，他绝望地大声呼唤："不，不，我不要这样死掉，把青春还给我！"

说着，他的青春真的回来了。原来，刚才那些只不过是他在新年夜晚打盹儿时做的一个梦。他开始想到自己所犯的一些错误，他开始想要一一纠正、弥补过错，因为他还年轻。他虔诚地感谢上天，他还没有成为那个老人，他还没有堕入漆黑的深渊，他还有足够的时间踏上那条正路，进入福地洞天。丰硕的庄稼在那里的阳光下起伏翻浪。

也许你如同这位年轻人一样，正在人生的十字路上徘徊，踌躇着不知该走哪条路，那么，我只想告诉你，千万不要等到岁月流逝时，才绝望地喊："还我青春。"

> 一个人如要不虚度自己的一生，他必须知道，什么是他该做的和不该做的。为了知道这一点，他必须理解他自己和他生活在其中的那个世界是怎么一回事。

生活的道路

※ 托尔斯泰

一个人如要不虚度自己的一生，他必须知道什么是他该做的和不该做的。为了知道这一点，他必须理解他自己和他生活在其中的那个世界是怎么一回事。这是各民族最英明、最善良的人们一直在传授的。全部这些学说在主要方面彼此之间是一致的，也与每个人的理智和良心对他的启示相一致。这个学说是这样的。

除了我们看到的、听到的、探索到的和从人们那儿知道的东西之外，还有一些我们所没有看到的、没有听到的、没有探索到的和任何人也没有告诉过我们的，但却是世界上我们最理解的东西，这就是赋予我们以生命并被我们称之谓"我"的东西。

我们承认赋予我们以生命的无形之源在一切活的生物身上都有，尤其在与我们类似的生物——人的身上特别活跃。

我们在自己身上意识到的和在与我们类似的生物——人身上承认的、赋予全部生物以生命的、万有的无形之源，我们称之为灵魂；而赋予全部生物以生命的、万有的无形之源本身，我们称之为上帝。

人们的肉体使人们的灵魂彼此分离并与上帝分离，人们的灵魂力求与它们所分离的东西融合，通过爱达到与别人的灵魂融合，而与上帝融合则依靠自己的宗教意识。人生的意义和幸福就在于通过爱和自己的宗教意识日益与别人的灵魂和上帝融合。

人的灵魂与其他生物和上帝的日益融合也是人的日益幸福，是通过灵魂摆脱妨碍人类之爱与自己的宗教意识的障碍取得的，那些障碍是罪孽，即对肉欲的放纵、诱惑，或对幸福的错误理解、迷信，即为罪孽与诱惑辩解的错误学说。

妨碍人类与其他生物及上帝统一的罪孽有：

贪吃之罪，即贪食与酗酒；

淫乱之罪，即放荡的性生活；

游手好闲之罪，是将自己从满足自己需要的必要的劳动中解脱出来；

贪财之罪，是用别人的劳动成果来获取和保存财产；

罪孽之中最坏的莫过于使人们分离，如嫉妒、恐惧、斥责、敌意、愤怒，总之对人们不怀好意。阻止人的灵魂通过爱与上帝及其他生物融合的罪孽，就是这些。

吸引人们犯罪的诱惑是对人际关系的错误认识，也就是骄傲的诱惑，即自己优于其他人的错误认识。

不平等的诱惑是可能把人分成最高等和低等人的错误认识。

支配他人的诱惑是一部分人有可能和有权利用暴力安排另一部分人的生活的错误认识。

惩治人的诱惑是一部分人有权为了公道或者改造而对人行恶的错误认识。

虚荣的诱惑是人的行为准则没有从理智和良心出发，是对人间的意见与法规的错误认识。

吸引人们犯罪的诱惑就是这些。为罪孽和诱惑辩解的迷信是国家的迷信、教会的迷信和科学的迷信。

国家的迷信认为少数游手好闲之徒统治大多数劳动人民是必要的和有益的。

教会的迷信是这样的信念：不断地给人们以启迪的宗教真理被发现了，攫取到教给人们正确信念的权利的某些人才拥有惟一的表现得尽善至美的这种宗教理论。

科学的迷信是这样的信念：一切人的生活所必要的、惟一的、正确的知识仅仅是那些偶然从浩瀚的知识领域择选出来的、形形色色的片断，大部分是些不需要的知识，这些知识在一定时间内引起少数人的注意，他们摆脱了生活必需的劳动，因而过着一种不道德和不合理性的生活。

罪孽、诱惑和迷信，一面阻止灵魂与其他生物和上帝融合，一面又剥夺人们仅有的幸福，因此为了人们能够享有这种幸福，应当与罪孽、诱惑和迷信作斗争，为此，人应尽力而为。

这种努力永远受人控制，首先是因为它仅仅发生在眼前的一瞬间，即发生在超越时间的那一点上，在那种情况下，过去与将来相接近，人永远是自由的。

其次，这些努力受人们控制，还因为它们不是去完成某些可能完成不了的行为，而仅仅要求对人来说永远可能的克制，即努力克制违背爱他人和认识人自身的宗教意识的行为。

对肉欲的放纵把人引向一切罪孽，因此为了与罪孽作斗争，人们需要努力克制放纵的行为、言论和思想，即努力超脱肉体。

一部分人有凌驾于其他人之上的优越性的错误认识，把人引向一切诱惑。因此为了与诱惑作斗争，人应该努力克制自己凌驾于其他人之上的行为、言论和思想，即努力使自己谦虚起来。

对虚伪的认可把人引向一切迷信，因此为了同迷信作斗争，人应该努力克制自己有违真理的行为、议论和思想，即力求真实。

放弃个人利益、谦虚和诚实的努力，在人身上消除通过爱使他的灵魂与其他生物和上帝融合的障碍的同时，又给予他永远是他可

043

能获得的幸福，因而人所想像的恶无非是表示：人错误地理解自己的生活和不去做那惟他所特有的幸福允许他做的一切。

人所想像的死亡，同样如此，仅仅对于那些认为自己的生命处于时间之流失之中的人而言才是存在的。而对那些认识生命的真谛、认为生命是人在现时为了摆脱阻挠他与上帝和其他生物融合的一切而作出努力的人来说，没有，也不可能有死亡。

对于理解自己的生命像它应该被理解的那样的人来说，惟有通过爱，惟有依靠人在现时的努力才能获得对自己宗教意识的认识而使自己的灵魂日益与一切生物和上帝融合，不存在肉体死亡之后他的灵魂会怎么样的问题。灵魂过去没有，将来也不会有，而永远只存在于现在。至于肉体死亡之后，灵魂将如何认识自己，人不应该知道，也不需要知道。

为了使人不把自己的精神力量集中于关心自己个人的灵魂在想像出来的另一个未来世界中的地位，而仅仅专注于取得现今这个世界完全确定的、没有任何力量能破坏的、与一切生物和上帝结合的幸福，人不应该知道，也不需要知道他的灵魂以后会怎样，因为如果他理解自己的生命，就像它应当被理解的那样，把它看作是自己的灵魂与其他生物的灵魂以及与上帝不断的、越来越紧密的融合，那么他的生命就不可能是别的，而只可能是他的追求，即任何什么也破坏不了的幸福。

请抬高你的头，挺直你的腰，心中充满希望，热切地接受大自然给予你的一切。用你机智的头脑警觉周围的一切变化，勇敢地面对明天的日子带给你的希望、梦想和目标。

在希望中生活

※ 狄克斯

请抬高你的头，挺直你的腰，心中充满希望，热切地接受大自然给予你的一切。用你机智的头脑警觉周围的一切变化，勇敢地面对明天的日子带给你的希望、梦想和目标。让一切有碍你进步的琐细烦恼、失望、不自信都见鬼去吧！

在障碍面前，有人会被吓得心惊胆战，有人则会把它当做一块踏脚石。至于你会用它来攀登上进或颠跛下坠，要看你接近它时的心情而定。

假若我们已经尽可能地做到最好，以自己累积的经验来面对生活时，却仍然大大地跌了一跤，这真是一件令人十分遗憾的事。如果摔跤过后，我们已经失去了重头开始的资本，那么这样的损失将会使我们更加难以接受。

可是，我们面对生活的信心尚存，我们追求的人生目标尚存，既然我们能活着，就一定有活着的道理，那么，这一切的惨痛又算得了什么呢！

如果你是石头，便应当做磁石；如果你是植物，便应
当做含羞草；如果你是人，便应当做意中人。

石头下面的一颗心

※ 雨　果

把宇宙缩减到惟一的一个人，把惟一的一个人扩张到上帝，这
才是爱。

爱，便是众天使向群星的膜拜。

上帝在一切的后面，但是一切遮住了上帝。东西是黑的，人是
不透明的，爱一个人，便是要使他透明。

某些思想是祈祷。有时候，无论身体的姿势如何，灵魂却总是
双膝跪下的。

相爱而不能相见的人有千百种虚幻而真实的东西用来骗走离愁
别恨。别人不让他们见面，他们不能互通音信，他们却能找到无数
神秘的通信方法。他们互送飞鸟的啼唱、花朵的香味、孩子们的笑
声、太阳的光辉、风的叹息、星的闪光、整个宇宙。这有什么办不
到呢？上帝的整个事业是为爱服务的。爱有足够的力量可以命令大
自然为它传递书信。

啊，春天，你便是我写给她的一封信。

未来仍是属于心灵的多，属于精神的少。爱，是惟一能占领和

充满永恒的东西。对于无极，必须不竭。

上帝不能增加相爱的人们的幸福，除非给予他们无止境的岁月。在爱的一生之后，有爱的永生，那确是一种增益；但是，如果要从此生开始，便增加爱给予灵魂的那种无可言喻的极乐的强度，那是无法做到的，甚至上帝也做不到。上帝是天上的饱和，爱是人间的饱和。

如果你是石头，便应当做磁石；如果你是植物，便应当做含羞草；如果你是人，便应当做意中人。

深邃的心灵们，明智的精灵们，按照上帝的安排来接受生命吧。这是一种长久的考验，一种为未知的命运所做的不可理解的准备工作。这个命运，真正的命运，对人来说，是从他第一步踏出墓穴时开始的。到这时，便会有一种东西出现在他眼前，他也开始能辨认永定的命运。永定，请你仔细想想这个词儿。活着的人只能望见无极，而永定只让死了的人望见它。在死以前，为爱而忍痛，为希望而景仰吧。不幸的是那些只爱躯壳、形体、表相的人，唉！这一切都将由一死而全部化为乌有。应当知道爱灵魂，你日后还能找到它。

> 你必须做自己的主宰，让艰难做你的助手，有朝一日，
> 它将越过你，以其重力影响一个命运、一个人，影响上帝。

早晨的祷告

※ 里尔克

一日之计在于晨，早起工作，这对于你不算难事，你说做不到，为什么？路途中有什么艰难吗？你不喜欢艰难？它能够将你杀死，它具有威力，这是你所知的艰难。你了解轻松吗？知之甚少，或者不知？我们对轻松毫无记忆。即使你可以选择，你难道不是必得选择那艰难吗？你未感到它与你相连吗？它难道未经由你的爱与你相连吗？难道它不是来自你最了解的生你养你的地方？

你若选择了艰难，不就与自然统一了？你认不认为呆在泥土里的种子不会更轻松？那些飞禽与走兽难道过得很轻松？

由此看来，艰难与轻松本不存在。生活本身就是艰难的，但你想活命吧？你若把接受艰难称为义务，你就错了。驱动你这样做的是自我生存的本能。你的义务不是别的什么，而是去爱艰难、喜欢艰难。你承受艰难而言语不多，你必须晃着它哄它入睡，当它醒来时，你必须在它身旁。它随时都可能醒来。

你必须相当热心和善良，将你的艰难宠惯，使它离不开你，使它像孩子一样依赖你。

你若做到这一步，你将不再愿意来人将它从你手里夺走。

是爱让你拥有了艰难，而爱本身又是艰难的。如果有人令你去爱，他给了你一项巨大的任务，但不是不能完成的。因为，他不是让你去爱人，这不是初学者能做到的，他也不要求你去爱成熟人才能做到的，他只是指向你的艰难，那是你最微薄又最丰沃的东西。你看，轻松对你一无所求，但艰难在等着你，那里是你施展技能的天地，而且，即使你的生命漫长，你也没有一天留给讥嘲你的轻松。

了解自己，让艰难属于自己。你若如一块随四季变换的土地，那么，你的艰难在你心中应如一间房屋。想想看，你不是星辰，你没有轨道。

你必须做自己的主宰，让艰难做你的助手，有朝一日，它将越过你，以其重力影响一个命运、一个人，影响上帝。当它成熟，上帝将进入到你的艰难之中。除了在此，你还会在哪里能与上帝相遇呢？

　　我认为，像个人似地活着、死去、爱着、信任着这世界，也就够了，我不能把它当作是创世者的一个骗局，或是魔王的一个圈套。我是不会拼命地想飘到天使般的虚空里去的。

孟加拉风光——西来达

※ 泰戈尔

　　一只又一只的船到达这个码头。过了一年的作客生涯，他们从遥远的工作地点回家来过节日。他们的箱子、篮子和包袱里装满了礼物。我注意到有一个人，他在船靠岸的时候，换上一件整齐的衣服，在布衣上面套上一件中国丝绸的外衣，整理好他颈上的仔细围好的领巾，高撑着伞，走向村里去。

　　潺潺的波浪流经稻地。芒果和枣椰的树梢耸入天空，树外的天边是毛绒绒的云彩。棕榈的叶梢在微风中摇曳。沙岸上的芦苇正要开花。这一切都是悦目爽心的画面。

　　刚回到家的人的心情，在企望着他的家人的热切的期待。这秋日的天空，这个世界，这温煦的晓风，以及树梢、枝头和河上的微波普遍地颤动，一起用说不出来的哀乐来感动这个从船窗里向外凝望的青年人。

　　从路旁窗子里所接受到的一瞥的世界，带来了新的愿望，或者

毋宁说是旧的愿望改了新的形式。

前天，当我坐在船窗前面的时候，一只小小的渔船漂过，渔夫唱着一支歌——调子并不太好听。但这使我想起许多年前我小时候的一个夜晚。我们在巴特马河的船上。有一夜我在两点钟的时候醒来，在我推上船窗伸出头去的时候，我看见平静无波的河水在月下发光，一个年轻人独自划着一只渔舟，唱着走过。呵，唱得那么柔美，——这样柔美的歌声我从来也没有听见过。

一个愿望突然来到我心上。我想回到我听见歌声的这一天，让我再来一次活生生的尝试。这一次我不让它空虚地没有满足地过去，我要用一首诗人的诗歌，在涨潮的浪花上到处浮游；对世人歌唱，去安抚他们的心；用我自己的眼睛去看，在世界的什么地方有什么东西；让世人认识我，也让我认识他们；像热切吹扬的和风一样，在生命和青春里涌过全世界；然后回到一个圆满充实的晚年，以诗人的生活方式把它度过。

这算是一个很崇高的理想吗？为使世界受到好处，理想无疑地还要崇高些；但是像我这么一个人，从来也没有过这样的抱负。我不能下定决心，在自制的饥荒之下，去牺牲这生命里珍贵的礼物，用绝食和默想和不断的争论，来使世界和人心失望。我认为，像个人似地活着、死去、爱着、信任着这世界，也就够了，我不能把它当作是创世者的一个骗局，或是魔王的一个圈套。我是不会拚命地想飘到天使般的虚空里去的。

因为我不能停步等待死神——

患白血病的小女孩

※ 刘子江

几年前，一个邻居向我讲述了她一段难忘的经历。这件事给我留下了极深的印象，我把她所说的全部记录下来。后来，在一次作家研讨会上，这段交谈又重现于我脑海中，我感到有必要把它讲出来给大家听听。下面就是她所讲的那段经历，它至今仍萦绕于我的脑际，就像我第一次听到它那样：

我第一次在我居住地附近的海滩遇见她时，她只有6岁。我驱车驶在这片海滩，离居住地还有三四英里的路程，我的情绪低落极了。

她正在用沙子垒砌城堡和别的东西，她的眼睛看上去像大海一样蓝。

"嗨!"她打着招呼，我点点头表示回答，我并不很想理会这个孩子。

"我正在盖东西呢。"她说。

"我看见了，它是什么?"我问得颇不经意。

"噢，我不知道它是什么，我只是很喜欢沙子。"

我感到那声音很好听，我利索地脱掉鞋，一只矶鹞在沙滩上空滑翔着。

"太有趣了！"孩子说道。

"你说什么？"

"太有趣了，我妈妈说矶鹞能带给我们好运气。"

鸟儿滑落到沙滩上，"再见，祝快乐。"我口中咕哝道，心里却说，"哎，讨厌。"我转身想走开。我很沮丧，我的生活看起来彻底失去了平衡。

"您叫什么名字？"她仍不放弃。

"锐迟，"我回答，"我叫锐迟·派特森。"

"我是温迪，"那发音像漫迪，"我6岁了。"

"嗨，温迪！"

她咯咯笑起来，"您真有意思。"尽管我很忧伤，我还是含笑走开了。

她的音乐般地咯咯笑声尾随着我，"再来啊，P女士。"她喊着，"我们还会有这样快乐的一天。"

接下来的日日夜夜都被日常琐事占用了：一群桀骜不驯的少年侦察员、PTA会议、一个生病的母亲。

一天早晨，当我把手从洗碟水中拿出来时，阳光正暖暖地照着。"我需要一只矶鹞带给我好运。"我自言自语道，一边穿上我的外衣。

永远不会改变的海滨式的安谧正静候着我，凉气习习，但我大踏步地向前走着，尽力去找回我需要的宁静。我已经忘记了那个孩子，所以当她出现时我感到很惊诧。

"嗨，P女士。"她说，"您想去玩吗？"

"你又有了什么主意？"我不耐烦地问道。

"我没想好，你说吧。"

"字谜游戏怎么样？"我嘲讽地问道。

咯咯地笑声再一次突然爆发出来。"我也没想好做什么。"

"那么让我们走吧。"看着她，我注意到她那张娇嫩白皙的脸。

"你住在哪儿？"我问道。

"那边，"她指着一排夏季居住的房子，我感到奇怪，这是冬天。

"你在哪上学？"

"我没有上学，妈妈说我们在休假。"

当我们沿着沙滩闲逛时，她以一种小姑娘式的口气喋喋不休地说着，而我心不在焉地听着，当我要告辞回家时，温迪说我们还会有快乐的一天，我感到突然好起来，向她微笑着表示赞同。

3 周后，我悲伤失落地跑到海滩，我甚至没有心情去搭理温迪。

"看，如果您不介意，"当温迪追上我时我生气地说："我今天宁愿一个人待一会儿。"她气喘吁吁，看起来面色不像往常那样苍白。

"为什么？"她问。

我转向她大喊道："因为我的母亲去世了！"转而又想，天哪，我为什么要跟一个小孩子说这些呢？

"噢，"她轻声地说，"那么这是糟糕的一天。"

"是的，而且昨天和以前的日子和——噢，走开！"

"那很痛苦吗？"

"那当然痛苦！"我气冲冲地说，我大步走开。

一个多月后，当我再次到海滩，她不在那里了，怀着一种负疚感、羞耻心和认错心理，我很想见到她，我走到那所房子门前敲了敲门，一个米黄色头发、修长身材的年轻女子打开了门。

"嗨，我是锐迟·派特森，我今天很想见到您的女儿，我想知道她在哪儿？"

"噢，是这样，派特森女士，请进来吧！"

"温迪谈及您很多，我知道她可能让您讨厌，如果她是一个令人讨厌的人，请接受我的歉意。"

"一点也没有，她是一个讨人喜欢的孩子。"我说，猛然意识到

我此行的目的。"她在哪儿?"

"派特森女士,温迪上周去世了,她有白血病,可能她没告诉您。"

瞬间我有如当头一棒,哑口无言了,我茫然无措地顺手摸了一把椅子,我的呼吸几乎停滞了。

"她爱这片沙滩,所以当她说要来这里,我们都不能说不,她看起来是那么喜欢这儿,她在这里度过了那么多美好的日子,但是前几天她却情绪很快低落下去⋯⋯"她哽咽地说着,"她留下一些东西给您⋯⋯如果我能找到它就好了,您能等一会儿让我找找看吗?"

我茫然地点点头,我的脑子快速地思索着这个可爱的小姑娘能说些什么呢。

她交给我一个模糊不清的信封,上面醒目地写着P女士的名字,那是一种纯粹孩子式的笔体。

信里面是用亮丽色彩描绘的一幅画:一片黄色沙滩,蔚蓝的大海,一只棕色的鸟。下面明晰地写着:

一只矶鹬带给你的快乐

泪水在我眼中夺眶而出,那曾经忘却的爱又复活了。我握住温迪母亲的手臂,"对不起,十分对不起,"我一遍一遍地说着,我们拥抱在一起痛哭流涕。

这张特殊的小图片现在已被我用画框装帧好,并挂在我的书房里,上面写着我亲手书写的几个字——为她生命的每一年——用以唤起我的内心平衡、勇气和无私的爱,一个长着淡黄色头发、海蓝色眼睛的小姑娘给我的礼物——她交给我的是爱的礼物。

有精彩纷呈的希望和信念才能有精彩纷呈的生活。

无字的遗嘱

※ 王婷婷

有位年老的盲人琴师，技艺高超，远近闻名。他带着一个盲童，以弹唱为生，四处飘泊。

老琴师每弹断一根琴弦，就在琴体上认真地刻下一道。有一天，老琴师终于弹断了第 100 根琴弦。他泪流满面地刻下了第 100 道。因为老琴师的师傅在临终前曾叮嘱他：当他弹断第 100 根琴弦。刻完第 100 道的时候，便可以打开遗嘱，按照遗嘱中的药方到药店去买药，用药后定能双目复明。

他带着盲童迫不及待地找到了药店。出乎意料的是，药店的伙计大惑不解地说："遗嘱中一个字也没有，只是一张白纸。"老琴师惊呆了，简直不敢相信自己的耳朵。尽管他明白了自己师傅的一片苦心，可是那支撑着生命的精神支柱却彻底崩溃了。不久，老琴师便去世了。

老琴师在去世前，用盲文在那张原本无字的遗嘱上，给盲童写下了自己的遗嘱："我的生命可以告诉你：要战胜客观，首先要战胜自己。人的生命不仅需要物质力量的支持，而且需要精神力量的支撑。"

光阴似箭，当年的盲童已是一位技艺更加高超、名声更加显赫的老者。他在珍藏了数十年的遗嘱上，又用盲文补充写到："希望和信念引导着光明和生存，绝望和颓废引导着黑暗和死亡。"他要将这三代人的遗嘱传给后人。

猝不及防的结果让我说不出话来。

两条珍贵的白鱼

※ 古时月

　　这件事发生在我刚刚走出校门参加工作不久，那是我费了好大的劲儿才找到的工作。

　　老板出差，临走除了交待日常必要的工作以外，特别叮嘱我照顾好他的两条白鱼。

　　老板是香港人，来内地投资办公司的时候便携了两条白鱼来。开业的时候，这座有二十九英寸电视大小的鱼缸放在大厅里最显眼的地方，里面水草丰茂，奇石嶙峋，一对白鱼浑身似雪白，两只眼睛漆黑晶莹，游动的姿态极其傲慢但又极其优雅。老板对人们说：这对白鱼是公司的吉祥物，曾给他频频带来好运。

　　我精心护理着白鱼，心想，自己初出道，一定要做好老板交待的任务。可是，一次换水时，我想把假山搬出来洗一洗，谁知假山被水浸过以后长了一层滑滑的东西，就在快搬出鱼缸的一瞬间，假山从我手中滑脱，随着"哗啦"一声巨响，玻璃碎片同水和鱼一起应声落地。两条柔软而富有弹性的白鱼在地上拼命跳跃……同事小晴从电脑室里跑出来，帮我取来塑料桶。待打上水救起白鱼，我发现地上有雪白的鳞片。小晴说，白鱼恐怕活不成了。我的眼泪立时

不争气地涌了出来。

那一夜，我彻夜未眠，眼前一会儿是老板盛怒的脸，一会儿是同事们嘲笑的面孔，好像他们在说：这个人一点能力都没有！

第二天中午，我饭没吃，觉没睡，花了半个月的工资买了鱼缸，把白鱼放进去，希望它们能活下去。然而，白鱼太娇嫩了，第三天一早，便把平时很贵族气的肚皮翻了上来。怎么办？怎么办？跑吧！我对自己说：三十六计，走为上计。但是，从小的家庭教育和学校教育让我打消了这个念头。

双休日，我跑遍了全市的宠物市场，我不知道那鱼叫什么名字，但我牢牢记着鱼的模样。我的目光像探照灯一样在市场上巡视着，久久没有发现目标。就在我几乎绝望的时候，却终于发现了这种鱼。一问：一千一百元一条！我吓呆了。可是，我拼命镇定住自己，叮嘱好老板后，我回去凑钱。

我把所有的积蓄拿出来，还差四百多元，离下月发薪水还有十几天，我只好找小晴借了五百元并求她保密。

就在我把白鱼放进鱼缸里的当天下午，老板回来了。带着旅途风尘的老板进得公司来的第一件事就是在大厅的鱼缸前驻足，我的心突突跳着，老板端详了两分钟之后，回办公室去了。我长长地吐了一口气，好玄！

不觉一个月过去了，发奖金那天，我听到小晴在老板的办公室里哭，好像在申诉什么，有几句话清晰地传到我的耳朵里："为什么扣我的奖金？有人把鱼缸打碎，白鱼死掉，她都没事，我不就打错几句话吗？……"

一会儿，老板让我到他的办公室去。我感到身体发僵，惴惴地走了进去。

"你把鱼缸打了，白鱼死了？"

"是"

"你自己买的鱼缸和白鱼？"

"是。"

"为什么你不一走了之?"

我抬头看了看他的神情,他十分平静,我不知道他真正想的是什么,我也来不及多想,我只是说:"做人要有信用,损坏东西要赔偿,这是父母和老师从小教给我的准则。"

"好!"老板突然大声说了这个字,几乎吓我一跳,他黝黑的脸上有了光彩:"我非常欣赏你的理由,下个月你到销售部任副经理,协助梁经理工作,怎么样?"

猝不及防的结果让我说不出话,好久才说:"谢谢!"正要转身出去,老板又叫住了我,递给我一叠钱,"这是鱼缸和鱼钱,你刚参加工作,哪有什么钱呢,你不知道,我也是受苦人出身,找食(香港话,找饭吃的意思)不易啊!"

我的泪水一下子涌了出来。不管曾受了怎样的委屈,毕竟我得到了应有的理解和尊重,我为自己能在涉世之初坚守做人的原则而感到欣慰。

虽然塞在抽屉里，这个毕业礼物仍具有无比魔力。

无价小珍珠

※ 亮 心

在我中学毕业那个星期，周四那天，二十个毕业生，十一个男的和九个女的，奉召入科学室参加神秘的"秘密会议"。

科学老师约克先生看到我们困惑的目光，微微一笑。他近四十岁，头早秃，蝴蝶领结和角质架眼镜是他的标志。他递给我们每人一个用粉红或粉蓝丝带捆扎的白色小盒子。

"在盒子里面的，"他说，"是镶着小珍珠的饰物或领带别针。珍珠象征你们的潜质——一切你们具备的、对你们有帮助的东西。各位同学，这个世界就是你们牡蛎。你们每个人其实也都藏着一颗伟大的种子，就像牡蛎里的小砂粒，砂粒终有一天会长成为无价的珍珠。"

我解开丝带时，紧咬下唇，强忍着眼泪。就是只早一天，约克先生的话听来了会有意思多了。我打开盒子，楞望着镶在银手镯上的那颗小珍珠。这话原来的确是很意义的。但现在可不，因为前一天我知道自己怀孕了。

这个消息打破了我的和母亲的美梦。从我懂事开始，就记得母亲每个星期都会从她在杂货店领回的薪水中，留下两三块钱作为日后我和姊姊玛莉安的大学学费。她总是告诉我们。受教育是摆脱在煤矿场生活的唯一途径。在祖父的脸上留下永不消退的蓝色疤痕的，驱使矿工从矿场下班后走到镇上的酒吧买醉的，使强壮的小伙子变成病夫的，就是煤矿场的生活。

父亲进医院时，我才三岁。医生诊断他患上肺结核病。几年后他出了院，参加了职业培训计划，但一家人主要是靠母亲的工资过活。母亲含辛茹苦，梦想有一天玛莉安和我会改变这样的生活。

玛莉安美而慧，是班上成绩最好的女生，也是在重大场合代表学校致辞的学生、军乐队的指挥、青年周的选美皇后。她得天独厚，而我嘴里有牙箍，鼻上架着汽水瓶底般厚的眼镜，永远不敢奢望像她那样。

我比姊姊小五岁。她大学毕业，实现母亲的梦想时，我还在上中学。中学毕业了，我不但没能为母亲的脸上添光彩，反而使家人蒙羞。我在毕业后两个星期就和丹结了婚。

丹大学生毕业时，我们有了第二个孩子。由于担子更重，他放弃了自己的事业大计，加入军队。我们从一个基地迁到另一个基地，又生下了第三个孩子。我过着到处为家的生活，有时不禁凝视腕上的小手镯，猜想在约克先生心目中我有什么"伟大"的素质。我最后把手镯塞在抽屉里。

过了十年不断搬家的日子，丹终于离开军队，在我们家乡附近找到一份文职。那颗珍珠也随我回到故乡，我又把它塞进抽屉里，但它越来越刺激我，令我很烦躁，像在说：你是有素质的，快去发掘！好好运用！

这时我们最小的孩子也上学了，我觉得也许可以去做些义务工作。我积极投入儿童剧团和基督教合唱团的工作，又在教堂里弹奏风琴，驾车为那些不能做饭的人送热餐。我也做过各种不同的工，包括当百货公司店员、管理花店、教授健康舞。

我忙极了，既去帮助别人，又为家庭增加收入，不过…我会打

开抽屉，望着手镯沉思：我做的事有哪一样会助长约克先生所看到的那颗小种子？

晚上，全家都熟睡后，当年上大学的那个目标会令我辗转反侧，不能入睡。但我已经三十五岁，已有十年没写过论文或参加考试了！

母亲大概也看出我心绪不宁，因为有天下午我们通电话时，她说："玛西娅，还记得我储蓄起来让你上大学的那笔钱吗？它还在呢。"

我对着手里的电话听筒发楞。约克先生提到那些"你们具备、对你们有帮助的东西"时，我觉得自己一无所有。现在我环顾周围，它们却无所不在！虔信上帝、母亲的梦想、支持我的丈夫。

过了六个月，我才鼓起勇气。一九八五年九月，我进了附近一所大学。学校测验的结果显示我最适合做教师，我听了简直不能置信，因为教师都是一些像约克先生那样充满信心的人。不过，我还是报读了教师训练课程。

可是读完第二个学期，我就准备放弃了。在大学里，我要跟年纪比我小一半、聪明伶俐的同学竞争；在家里，因为没人做家务，处处积尘，家人都只能吃便当度日。五月的一个下午，我上完了一堂特别吃力的课后，流着泪驾车回家。"天父，"我祷告，"如果神真的想让我继续求学，请给我指引。"

说也真巧，两三天后，我竟然想不到地在牙医诊所碰上约克太太。我告诉她那颗小珍珠怎样驱使我重返校园。"可是，我发觉学校的功课太难了，"我抱怨道。

"我了解你的感受，"她同情地说，"我丈夫也是三十岁以后才念大学的呢。"

她跟着叙述他们的奋斗经历，简直跟我的一样，我越听越惊奇。我上约克先生的课时，总以为他已执教鞭多年；这时从他妻子口中才知道，我们毕业时，他才开始任教不久。我认为那次偶遇约克太太是上帝的旨意，要我坚强地完成以后的三年大学课程。

大学毕业时，我很清楚自己已经知道了约克先生当年看到的素质是什么。我在当地一所中学教英文。由于我在社会上工作了那么多年，于是尽量把教学和日常生活结合在一起。我除了教授古典文学，也教学生阅读报章，又带他们参观工厂，邀请雇主到学校来向学生演说。

第一学年快要结束时，校长说想提名我竞逐全国新任教师首年教学优异奖，把我吓了一跳。竞逐这个奖的人必须讲述某位老师怎样感召自己执起教鞭来。

我自然写出了小珍珠的故事。我在叙述小珍珠怎样不断折磨我、激励我时，忽然憬悟它正好就像牡蛎体内的小砂料：不停刺激你，令你不安，直到你从那小小的开始有了更大的发展才肯罢休。

一九九〇年九月，一百名新任教师获颁首年教学优异奖，我是其中之一。更重要的是，约克先生同时获得了教师成就奖，并且受到《新闻周刊》褒扬。我们两人一起接受报章访问时，我才发觉时间配合得真妙，因为约克先生第二年就要退休了。

还有另外一点，我也是那天才知道的。约克先生向记者透露，他年轻时也像我一样，总认为自己一无是处。他念中学时成绩很差，浑噩度日，因为对自己失去了信心，所以对将来也毫无信心。究竟是什么令他回头的呢？"看见别人对我很有信心，"他说。

突然，往事涌现在我的脑海中。我看到二十个中学毕业生在科学室里打开白色的小盒子。"那是我们的共通点。是吗？"我如梦初醒。"那些你赠送小珍珠的学生，都是你认为没有自信心的年轻人。""都是我认为怀着伟大种子的年轻人，"他答道。

我已经学会尽可能小心地使用"不可能"一词。

震憾心灵的义举

※ 吴义柱

两三年前,一次经历影响了我的信仰体系,以至于永远改变了我对世界的看法。那时我参与了一个名为"生命之泉"的意在开发人自身潜能的组织。我和其他 50 人还接受了为期 3 个月的"领导才能工程"的培训。某周的例会上,大家提出了一项富有挑战性的举措,从那天起,我对生命的意义有了新的理解。这项举措意在为洛杉矶市 1000 名无家可归者提供早餐。此外还要求搞些衣物来分发给他们。最要紧的是,我们还不能自掏腰包,不能动用本人的一个子儿。

可是我们中没有一个人在餐饮业或类似行业里工作,我的每一个反应就是:"哎呀,这不是勉为其难吗?"然而我们还被要求在周六上午做好所有这一切。现在已经是周四了,我更加预感做成这件事简直是太不可能了。我想不光是我一个人如此认为。

环顾四周,我看到 50 张板得紧紧的、好像刚刚擦过的黑板的脸孔。没有一个人对怎么着手这项工作有一点头绪。然而更意想不到的是——既然没有人站出来表态服输,那我们只好硬着头皮说:"是,可以,我们一定能做到。没问题。"

于是一个人提议道："那好，我们要分一下组。一组去搞食物，一组去搞厨具。又有一个人说："我家有台卡车，可用来拉家什。"

"太棒了！"我们叽叽喳喳地叫起来。

又有人补充道："还要一组负责招待和募集衣物。"我还未及多想，就被任命为联络组组长了。

到凌晨2点钟，我们列出一个单子，写下所能想到的应做的每件事，然后把任务分配给每个小组。之后回家小睡一会。我记得我把头搁到枕头上时还在念叨："上帝，我简直不知怎么办才好，一点头绪都没有……但是我们要全力拼一下。"

6点钟，我被闹钟吵醒，几分钟后，2名组员来了。我们仨和组里其他人要试着在24个小时之内为1000名无家可归者提供早餐。

我们翻出电话号码簿，给我们列出的每一个也许能帮上忙的人打电话。我每一个电话打给范恩合作总社。听完我的说明，那边告诉我说他们必须递交一份要求供给食物的书面材料，而且需要2周才能获准通过。我耐心地解释说我们等不了2个礼拜，我们需要当天弄来，最好在天黑之前弄到。那个部门经理说她一个小时后给我回话。

我又给西贝格尔公司打电话，重申了我们的要求。老板爽然同意，真让人喜出望外。我们一下有了1200个过水面包圈。等给扎基农场打电话想从那里搞到些鸡肉和鸡蛋时，我的括机响了，同伴告诉我说他在汉森果汁公司搞到了一卡车新鲜的胡萝卜汁、西瓜汁及其他种类的鲜果菜汁，汉森公司愿意把它们捐赠出来——这就像一个明确的本垒打让左右卫忙乱起来。

范恩合作总社的部门经理回电话说她为我们搞到了各类食品，包括600个面包。10分种后又有人打来电话说他们打算捐献500个玉米煎饼。实际上，每10分钟都有一个组员打来电话告知他搞到了多少多少的东西。"哦，难道我们真能把这桩事办好吗？"我不禁想。

经过18个小时的紧张工作，我最后在半夜时驱车到翁绍尔面饼

圈公司去拉 800 个面饼圈。我把它们小心地码在客货两用车车厢的一边，这样我就有地方去装那 1200 个过水面包圈（我已定好 5 点钟内去拉它们）。

经过几个小时必要的休息，我跳进车里，在西贝尔格公司的催促下，装上那些过水面包圈（这时候我的车子闻起来像个面包炉）。然后直奔洛杉矶。已经是周六早上了，我真有些疲惫不堪。5 点 45 分，我把车开进停车场，看到组员们在搭设工作炉、给氢气球充气，设置简易厕所——我们什么都想到了。

我赶紧下车开始往下卸成袋的面包圈和一箱箱的面饼圈。上午 7 点时，停车场门前排起了长队。我们赈施早餐的消息在附近的贫民窟中不胫而走。排队的越来越多，一直延伸到街上，绕了整个街区一圈多。

7 点 45 分时，妇女甚至连小孩也加入就餐的队伍中。他们的盘子中装满了热炸鸡、煮鸡蛋、玉米煎饼、面包圈、面饼圈和其他食品。旁边是一堆堆叠放整齐的衣物。到天黑时，这些衣物都会被领走的。喇叭里响着激动人心的演说："我们就是世界。"我面前人头攒动，不同的年龄，不同的肤色，都在尽情享用着早餐。到上午 11 点，食物发放完毕，总共让 1140 名无家可归者吃上了早餐。

后来自然而然地，我们工作人员和无家可归者在一片欢欣鼓舞中随着音乐跳起舞来。两个无家可归者来到我身边，说这顿早饭是给他们准备的最好的东西，也是他们参加的第一次没有发生冲突的食物赈济活动。其中一个人紧握住我的手，我的喉咙哽咽着。我们成功了，在不到 48 小时内为千余名无家可归者提供了食物。这次经历对我影响尤为深远。时至今日，每当人们告诉我说他们想做什么事但又觉得没有把握时，我会在心里说："是的，我知道你的意思。我也曾那么想过……"

对于他即将执行枪决，告别生命前的冷静、从容、懊
悔，使我对生死在一瞬间有了别样的感觉。

生命不能重来

※ 张子俊

记得那是个周末的早上，在看守所放风的运动时间。杨言跑到我面前对我说："我驳回了。"瞬间，我感觉全身血液如结冰般冰冷。看着他无助的眼神，我一句话也说不出来。

一般来讲，死刑驳回到枪决，只有一个星期的时间。看守所基于人道，对将枪决的被告都会通融，让被告找同舍和他私交比较好的朋友陪他度过最后几天。我和他私交很好，当然找我陪他。

就在他将行刑的那晚，七点多钟，杨言在一边写着书法，边交代我哪张是写给谁的，并要我将地址记下，他说他女友将来接他，他将捐器官所得金钱给他女友。我问他："你怕吗?"他想了一下说："我不知道，我想应该是没有多余的时间害怕吧，从驳回至今，我只觉得时间都不够用，连睡觉都是种奢侈的行为。多么希望多给我点时间，我有好多事情还没去做，有好多话没来得及说。如果生命可以重来，我绝对不会再选择走这条路。只可惜，后悔得太晚了，我恨我错误的选择。"

对于他即将执行枪决，告别生命前的冷静、从容、懊悔，使我

对生死在一瞬间有了别样的感觉。我似乎感觉我能体会到他此时的感受。门开了，主管走进来说："杨言，换衣服准备开庭了。"一时间房内的空气仿佛冻结了。他穿上新衣，带着有点哽咽的声音说："兄弟，保重，及早回头吧！莫像我后悔莫及，我先走一步。"说完，头也不回大步走出舍房。我看着年轻的生命将从此消失，心头的沉重竟使我有股无法言喻的悲喜。

如今，我幸运改判无期，将命保住。杨言的那段话，我谨记在心，因为我知道生命不能重来。在我能回头时要及时回头，一切还来得及。现在，我利用服刑期间多读书，充实自己，为将来重新生活做准备，我绝不会辜负爱我的家人对我的期望。希望与我一样的服刑人员，改过自新，珍惜生命，振作精神，为社会多做贡献，做一个对社会有用的人。

> 我们生活里的事情，大概有百分之九十都是对的，只有百分之十是错的。如果我们要快乐，我们所应该做的就是，集中精神在那百分之九十对的事情上，而不要理会那百分之十的错误。

生活中的事情

※ 戴尔·卡耐基

我们生活里的事情，大概有百分之九十都是对的，只有百分之十是错的。如果我们要快乐，我们所应该做的就是，集中精神在那百分之九十对的事情上，而不要理会那百分之十的错误。如果我们想要担忧，想要难过，想要得胃溃疡，我们只要集中精神去想那百分之十的错事，而不管那百分之九十的好事。

你很可能发现自己所担心的事情，比起来实在是很微不足道，很不重要。

《格列佛游记》的作者史维伏特，可以算是英国文学史上最悲观的一位。他为自己的出生感到很难过，所以他在生日那天一定要穿黑衣服，并绝食一天。可是，在他的绝望之中，这位英国文学史上有名的悲观主义者，却赞颂开心与快乐能带给人健康的力量。"世界上最好的三位医生是——节食、安静和快乐"。

你和我，每一天每个小时，都能得到"快乐医生"的免费服务，

只要我们能把注意力集中在我们所拥有的那么多令人难以置信的财富上——那些财富远超过阿里巴巴的珍宝。你愿意把你的两只眼睛卖一亿美金吗？你肯把你的两条腿卖多少钱呢？还有你的两只手，你的听觉，你的家庭。把你所有的资产加在一起，你就会发现你现在所拥有的一切决不会就此卖掉，即使把洛克菲勒、福特、摩根三个家族所有的黄金都加在一起也不卖。

可是我们能否欣赏这些呢？啊，不能的。就像叔本华说的："我们很少想到我们已经拥有的，而总是想到我们所没有的。"这世界上最大的悲剧，所造成的痛苦可能比历史上所有的战争和疾病要多得多。

要得到快乐，算算你的得意事，而不要理会你的烦恼。

其实，学习享受已经拥有的时间与每天都会出现的星星一样，才是我们最重要的一课……

生活在此刻

※ 丽莎·普兰特

你一定很少抬头去看天上的星星，也许你认为它每天都会出现，从而使你好几个月都不会抬头仰望夜空。但若遇到难得的流星雨呢？那么传媒一定会提前大做宣传，而事后还会大赞其美丽绝妙。当那时刻来临时，每个人都一定会出去仰望，并大谈其壮观。同样是星星，为什么人们对待后者却如此的留连忘返呢？

正如罗丹所说："生活中不是缺少美，而是缺少发现。"不会欣赏每日的生活是我们最大的悲哀。其实我们不必费心地寻找"流星雨"，"流星"本来是随处可见的。可惜的是生活中的"流星雨"总是被忽略，我们无意中把它当做"星星"对待。想一想吧，早上还没起床时你就开始担心起床后的寒冷而错失了被子里最后几分钟的温暖；吃早餐的时候你又在想着开车上班的路上可能会堵车；上班的时候就开始设计下班后怎么打发时间；参加社交活动时又在烦恼着什么时候才能回家。

我们总是生活在等待的日子里，我们着急地迎来周末、假期、孩子长大、年老退休。等我们老时，我们对自己说："现在我已是等

死的人了。"

我们一刻也不停地忙着。我们对堵车的马路乱骂脏话；我们在超市中像没头苍蝇到处乱碰；我们对着电视不停地调换频道；我们一个劲儿地催促孩子快点。也许是我们毁坏了宇宙，宇宙就用时间来控制我们？

梭罗说："我可以杀死时间，并且以后不会有任何不良反应。"我们在"杀"时间，这曾经是无所事事的说法，但现在我们是真的在摧毁我们的时间。我们把自己的时间花在杀死灵性、杀死享受愉悦的能力上。我们过于以自我为中心，以为创立了人类有史以来一个最佳的文明，但我们根本没有时间享受，这同浮士德与魔鬼交换条件有什么区别呢。

我们之所以总是更喜欢观看"流星雨"，是因为我们总是担心时间不够，就像我们总是觉得钱不够一样。其实，学习享受已经拥有的时间与每天都会出现的星星一样，才是我们最重要的一课……

如果我们深信不疑世界上真的有天国，它只是存在于自己心中，而不在身体之外别的什么地方，那就没有所谓的"另一个世界"，而我们所应该做的不外乎竭尽全力地去做、去爱，不断地盼望，并用此时此刻我们心中天国的绚烂多姿的光彩去照亮、去驱散我们四周的漆黑。

天　国

※ 海伦·凯勒

在我的心灵最深处，信心之火正冉冉升起。当我想像从尘世梦里醒来却有身处天国的感觉，那美妙的滋味犹如在饥饿中获得了一块奶酪，而它正冒着热气，阵阵香气扑面而来。几多甘甜和欣慰，心态得以平衡。我一直以为，并且从没有动摇过，我所失去的每个亲人、朋友，都是尘世和那个早晨醒来时的世界之间的新的联系者，虽然我已无法听到他们亲切的话语，虽然我心中仍保留着悲切，然而我又不禁为他们倍感高兴。

我不能明白为什么人会惧怕死亡，死亡其实没什么了不起。尘世的喧嚣生活，支离破碎又寡淡乏味，而死去则是永恒的生命，是一种精神的永存。明白这一点，我们又何必悲悲切切呢！我常常想，倘若有一天，当我一觉醒来，我恢复了光明，那么，我会选择在我心目中的乡村生活，我坚定的思想，使我不听话的眼睛不把视线投

向那些转瞬之间即逝即变的景物。

倘若有百万分之一的机会能使那些先我而去的亲人死而复活，那我定会赴汤蹈火，甘冒万死之风险去争取这样的机会，而不会因犹豫、迟疑让他们的灵魂不安或有怨言。一旦事后发现并非如此，我将尽量不在离去者的欢乐上投下阴影，因为还有一个不朽的机会。我有时想，天上人间，究竟谁最需要欢娱，是那些已死去的人，还是如今活着的人？如果都是靠了一个太阳，在人世的阴影下想像，那黑暗的感觉将是何等真切！

当我们为崇高、纯洁的情和爱所感动时，想起已逝去的人，心内顿觉无限温馨，感到有一股力量在缩小我们与他们之间的距离，这的确是件美妙的事。有这种信念，就会有力量去改变死者的面貌，使不幸转变成为赢得胜利的奋斗，为那些连最后一点支持力量都已经被剥夺掉的人们点燃激励之火。如果我们深信不疑世界上真的有天国，它只是存在于自己心中，而不在身体之外别的什么地方，那就没有所谓的"另一个世界"，而我们所应该做的不外乎竭尽全力地去做、去爱，不断地盼望，并用此时此刻我们心中天国的绚烂多姿的光彩去照亮、去驱散我们四周的漆黑。

天国不是虚幻的，它比人们想像中的样子要美一千倍，那是一个欢乐、祥和的实体，一个崭新的世界，那里没有自私，没有争斗，只有慈祥，只有互助。当天使缓缓经过时，她会抛下知识的黄金果实，让世人采用，那里的人永远生活在爱的氛围之中。

不停地抹杀过去的事件，只会让你的生活更加复杂。
重新诠释这些回忆，可以积极地帮助你面对未来，而且，
让你保持一个简单的生活。

简单的生活

※ 爱琳·詹姆丝

你是否曾发现：自己想抹掉过去一些难堪的事情或是情境，而这些不愉快的记忆，是你一直无法释怀的。这些记忆有可能是任何事，从你工作上和同事的口角，到婚姻的解除这种大事，都有可能成为你的伤痛记忆。这些事或许是发生在几年前，或许是发生在昨天而已。你会一直想着这些事，悔不当初，而这些不愉快的回忆，也总是不停地骚扰你，除了饱受折磨外，这些回忆对你一点帮助也没有。

当我放慢生活步伐时，我可以做到的一件事就是：停止抹杀过去。

我渐渐地了解：当你真正领悟一些事后，你会觉得你没有错；你也没有做错决定。

我慢慢能够进一步诠释我生活中的所有事件，不管这些事是好的，或是坏的；到了最后，总是会有一个有力的情境出现，不管是否为暂时性的因素，这个情境将会引导我走向我该走的

方向。

　　不停地抹杀过去的事件，只会让你的生活更加复杂。重新诠释这些回忆，可以积极地帮助你面对未来，而且，让你保持一个简单的生活。

> 我们生活在一个继往开来的时代，在这样的时代里，我们既是观众，又是整个生动景象的一个组成部分。

生 与 死

※ 威廉·赫兹里特

母亲给我们送来了一份神奇的礼物——生命。它拥有至高无上的特权，在我们呱呱坠地时，我们的母亲感谢上苍，而我们自己也高高兴兴迎接着这个神奇的世界。

我们似乎忘记自己终有一天会被召回，也不曾意识到自身的虚无与渺小。这并不足为奇。因为我们第一个深刻的印象来自于铺展在我们眼前的壮观景象，它的壮丽，它的永恒，赋予了我们，使我们天真烂漫。对于眼前一个个新颖的发现，我们还不甘心和它告别，或至少把这种考虑留到未知的岁月。犹如一个乡巴佬来到了城市，对热闹景象大为惊奇，满心欢喜，以至于流连忘返，不知夜暮就要降临。

我们在绿草如茵的大地上散步，观赏金色的太阳，蔚蓝的天空，浩瀚的大海，我们高高在上，一呼百诺。我们登悬崖、临绝壁，俯瞰鲜花盛开的幽谷山涧；我们打开地图，看整个世界摊开在我们面前；我们使遥远的星星近在咫尺，因为我们有天文望远镜；我们让极小的幼虫现出原形，因为我们有显微境。我们博览历史，倾听有

关西顿、提尔、巴比伦和苏萨的光荣诗篇。然而，我们要说，所有昔日的辉煌均已化为乌有。我们感到，我们生活在一个继往开来的时代，在这样的时代里，我们既是观众，又是整个生动景象的一个组成部分。世界以及我们自己美好的前景向我们愉快地敞开之时，一旦死亡的念头在心头掠过，会使我们倍感寒心。我们感到压抑，我们感到窒息，感到失去了自由，我们不满足现有的知识，我们希望紧紧地拥抱和抓住我们整个的生命，我们要揭示生与死的奥秘。我们要战胜怀疑和恐惧的痛苦，我们要冲破樊笼，傲然面对死神的各种挑战。

　　沙葬的一个坟，如潮水从地下涌上来，渐渐地加高，一分钟也不停。那可怜的人，想坐一下，想横下去，想爬起来，一举一动，都使他反埋得深了。

沙　葬

※ 雨　果

　　勃尔登省的海岸边，时常有个人——旅行的或是捕鱼的人——乘潮落的时候，在离岸很远的沙滩上走。但他走了几分钟，忽然觉得有些不便当。脚底下的海滩好似胶水一般，鞋底上粘着的沙，也简直和糊糊一般。沙滩上十分干燥，但是人走在上面，等到脚一提起，所印的脚迹，却已被水装满了。眼睛里也看不出什么变动，只见一片冷僻的平平的海滩；所有的沙都是一般的样子，也分不出哪块沙土是坚实的，哪一块不是坚实的。一簇海虫，在旅客的脚边飞舞着。旅客向前走去——向着岸边走——想走近岸边。他一点也不挂念。有什么挂念呢？他只觉有些不妥当，好像他脚下重量一步加重一步了，忽地陷了下去，有二三寸深。他一想这不是一条可走的路，便停下来想辨方向。低下头去看他脚底，已经看不出了，埋没在沙中了。他把脚拔出，想旋转身子向原路上回去。但陷得更深，沙到踝上了。他想极力挣扎出险境，才向左边一蹿，沙反拥到小腿；向右边一跳，沙齐了膝。于是他脸上显出莫名的恐惧，知道自己已

陷在松沙中。他的底下，便是人不能走、鱼也不能游的可怕的去处。他把肩上负的东西拿下来，如遇险的船只想减去些重量。下陷快得很，转眼沙在膝面上了。

他高声喊救命，扬着帽子、手帕，但是沙把他愈掩愈深了。沙这般荒凉，陆地离开这般远，滩又是非常危险的，近边又没有勇敢的人来救他。完了，他被罚葬在沙中了。他受罚这可怕的、逃不掉的、残酷的、慢吞吞的、不快不迟的埋葬。

沙葬的一个坟，如潮水从地下涌上来，渐渐地加高，一分钟也不停。那可怜的人，想坐一下，想横下去，想爬起来，一举一动，都使他反埋得深了。他立了起来，却又深入了好多。他知道是不好了，屈了两只手，高声向着老天求救，但却没有希望了。

他看沙齐了他的肚子，快到胸前了，只剩半个身子在外面了。他就放声哭起来，伸起两只手狠命地向上挣，指爪向沙上乱抓，想拔出来。两只臂膊撑住了，想脱离这儿。沙上来了，齐了肩了，到颈上了，只剩下面孔还可以看得出。张开口大喊，沙塞满了，静默了。眼睛还睁着，沙遮盖了，乌黑了。后来额头渐渐下去了，只有几根头发在沙面上飘着。一只手露在外面，在沙面上乱挖，抖擞着，颤动着，隐灭了。唉，这是一个人不幸的结果！

除了体力、健康和良知以外，人生的幸福是随着各人的看法不同而不同的。除了身体的痛苦和良心的责备以外，我们的一切痛苦都是想像的。

软弱的人类

082

※ 卢 梭

人越是接近他的自然状态，他的能力和欲望的差别就越小，因此，他达到幸福的路程就没有那样遥远。人痛苦的成因不在于缺乏什么东西，而在于对哪些东西感到需要。因而，只有在他似乎是一无所有的时候，他的痛苦才最为轻微。

真实的世界是有界限的，想像的世界则没有止境。我们既然不能扩大一个世界，就必须限制另一个世界，因为，使我们感到极为烦恼的种种痛苦，正是由于它们之间的惟一的差别才产生的。除了体力、健康和良知以外，人生的幸福是随着各人的看法不同而不同的。除了身体的痛苦和良心的责备以外，我们的一切痛苦都是想像的。人们也许会说，谁都知道这个原理。这种观点我同意。不过，实际运用这个原理就不是人所共知的了，而这里所谈的，完全是运用问题。

我们说柔弱的人，这是什么意思呢？"柔弱"这个词指的是一种关系，指我们用它来表达的生存关系。凡是体力超过其需要的，即

使是一只昆虫，也是很强的；凡是需要超过其体力的，即使是一头大象、一只狮子，或者是一个战胜者、一个英雄、一个神，也是很弱的。如果想超出人的力量行事，你就会变得很柔弱。因此，不要以为扩大了你的官能，就可以增进你的体力。如果你的欲望大过了你的能力，反而会使你的能力减少。我们要量一量我们的活动范围，我们要呆在那个范围的中央，就像蜘蛛呆在网的中央一样。这样，我们就始终能满足自己的需要，就不会抱怨我们的柔弱，因为我们根本感觉不到柔弱。

其余动物都只有保存它自己所必需的能力，惟独人的能力才有多余的。而且，正因为他有多余的能力，他才遭遇了种种不幸，这难道不是一件怪事？在任何一个地方，人的双手生产的物资都超过他自己的需要。如果他相当贤明，不计较是不是有余，那他就会始终觉得他的需要被满足了，因为他根本不想有太多的东西。法沃兰说："巨大的财富诞生巨大的需要。而且，一个人如果想获得他所缺少的东西，舍弃他已有的东西是最佳的办法。"同样，由于我们力图增加我们的幸福，才使我们的幸福变成了痛苦的源泉。如果一个人只要能够生活就感到满足，他就会生活得很愉快，从而也会生活得很善良，因为，做坏事对他有什么好处呢？

他可能遭遇到各种困难或磨难的。

消极抵抗

※ 甘 地

消极抵抗并非武力抵抗。消极抵抗是通过使自身受苦受难而获得某种权利或权誉的方式。当我去做一个有违于我的良知的事时，我的力量来自我的灵魂。举例来说，政府通过了一项牵扯到我的法令，我不喜欢它，要迫使政府取消这项法令，武力抵抗我万万不能，如果我不遵守这项法令，宁愿接受违法的惩罚，我用的是灵魂上的力量，包括自我牺牲。

牺牲从来就被认为是崇高的奉献。再者，如果这种力量运用于被证明是不正确的事业时，也只是运用它的人受苦，他不至于使别人为他的错受苦。到目前为止，人做的很多事最后被证明是错误的。没有人可以判定错与对，没有人敢说自己的决定是对，或某人做的事一定错，只要他慎重地思考一下，其中的道理不言自喻。因此，我们面临的问题是，不去做我们认为是错误的事，为此磨砺自己，不管后果如何。这是运用灵魂的力量的关键。

要想成为一个真正的消极抵抗者，你需要经过苦难训练方能成功。一般来说，随着肉体已被娇养得很虚弱，居住于肉体的心灵也已虚弱，如果没有心灵上的力量，灵魂上的力量便无从产生。我们

必须摆脱童婚制和奢侈的生活来改善我们的身体状况。如果我去要求一个不堪一击的人去堵住枪口，那我自己便会成为一个笑柄。做一个消极抵抗者很容易，同时也很难。我知道一位十四岁的少年成了一个消极抵抗者；我还知道病人在做着类似的工作；我更知道享受健康和物质将无力去完成消极抵抗者的使命。大量的经验之后，在我看来那些想以消极抵抗来服务于国家的人必须保持完美的节操，居贫守穷，追求真理，培养无畏的精神。

节操是神圣而伟大的，没有了它也就意味着远离坚定的最高峰。一个没有节操的人会失去毅力和伟力而变得懦夫一般柔弱。一个人的心灵被肉体束缚以后他便不能做出任何伟大的努力，这可以被无数的事实所证明。那么，有家庭的人怎么办呢？无论如何，节操是不可丢的。夫妻沉醉于热情之中，这方面至少是一种肉体上的纵欲。这种沉迷是严厉禁止的，除非是为了子孙的延续。但对一个消极抵抗者来说，即使是这种非常有限的沉迷，也是必须避免的，因为当下不是渴求子孙的时候。因此，一个已婚的男子能够保持节操，这个问题勿需做过多的论述。还有别的一些问题：一个男人怎样说服他的妻子呢？她的权利是什么？等等。这些对于一个渴求加入一项崇高的工作的人并不难，他们总有办法安内持外。

正像存在着保持节操的必要性一样，守贫也是必要的。金钱企求和消极抵抗是不能并容的。这并非是要有钱的人把金钱扔掉，而是要他们对金钱冷漠。他们必须做好宁可舍弃最后一分钱也不放弃消极抵抗的心理准备。

我们把消极抵抗与真理联系在一起，为此，我们必须不惜一切代价地遵守真理。与此相关，一个人是否不能撒谎以求解救等科学问题就出现了，但这些问题只对那些想为撒谎辩解的人才存在。那些时刻都在追寻真理的人不会把自己置于这样的窘境中，而且，即便那样的话，他们也能及时从那种错误中走出来。

消极抵抗需无畏延续。那些一心一意在消极抵抗的道路上前进的人，在钱财、虚荣、亲戚、政府、身体折磨、死亡等各个方面都是无畏的。

这些原则不能因为困难而放弃。人的天性中，人是有能力面对他可能遭遇到各种困难或磨难的。我们应该具备这些优良的品质，哪怕你是一个不愿加入非暴力队伍中的人。无疑，那些以武力抵抗的人也要具有一些这样的品质。并不是人人都成为为理想而奋斗的战士。要想成为战士，就应该严守贞操，以贫穷为乐。

我们不能想像，一个丢去无畏精神的勇士将会是什么样。我们可能想到他不必严守真理，但是，严守真理的品质和无畏的精神是不可分割的。假如一个人放弃了真理，他必定是出于某种形式的恐惧。如此，我们便不会对上述的四种品质感到悲哀。

然而，一个使用肉体之力的人不得不具备很多别的无用的品质，而消极抵抗者则根本不必。你会发现，一个持剑的人从根本上说是因为害怕；否则的话，剑便会从他的手中扔掉，因为他不需要利剑。当一个挂杖的人忽然面对危险时，他会出于本能举起武器来自卫。当他心中没有危险时，他才知道以前自己只是妄谈无畏，这时他便会放下拐杖，感到惧怕已消失。

没有伟大的意志力，就没有雄才大略。

我的优势是我努力

※ 张长江

我10岁的小女儿莎拉曾给我上了一堂有关勇气的课。莎拉一只脚先天肌肉萎缩，不得不依靠支架活动。一个明媚的春天清晨，她回家对我说她参加了户外体育比赛——一个包括跑步及其他况技项目的比赛。

看着她的腿，我飞快地转动脑筋，想说些——正像许多名教练在队员面临失败时所要讲的那样——鼓励我的小莎拉的话。然而我的话还未出口，莎拉仰起头说："爸，我跑赢了两场比赛！"

我简直不敢相信自己的耳朵！莎拉接着说："我比他们有优势。"

啊哈！我明白了，她肯定是可以比别人先跑几步，因为身体的原因而得此照顾……可是我正要发话，莎拉又说："爸爸，我没有先跑。我的优势是我必须比她们努力得多！"

这就是勇气！这就是我的女儿莎拉。

夜是造化所织的幽玄的天衣，普复一切人，使他们温
暖，安心，不知不觉地自己渐渐脱去人造的面具和衣裳，
赤条条地裹在这无边际的黑絮似的大块里。

夜　颂

※鲁　迅

爱夜的人，也不但是孤独者，有闲者，不能战斗者，怕光明者。

人的言行，在白天和在深夜，在日下和在灯前，常常显得两样。夜是造化所织的幽玄的天衣，普复一切人，使他们温暖，安心，不知不觉地自己渐渐脱去人造的面具和衣裳，赤条条地裹在这无边际的黑絮似的大块里。

虽然是夜，但也有明暗。有微明，有昏暗，有伸手不见掌，有漆黑一团糟。爱夜的人要有听夜的耳朵和看夜的眼睛。自在暗中，看一切暗。君子们从电灯下走入暗室中，伸开了他的懒腰；爱侣们从月光下走进树荫里，突变了他的眼色。夜的降临，抹杀了一切文人学士们当光天化日之下，写在耀眼的白纸上的超然，混然，恍然，勃然，粲然的文章，只剩下乞怜，讨好，撒谎，骗人，吹牛，捣鬼的夜气，形成一个灿烂的金色的光圈，像见于佛画上面似的，笼罩在学识不凡的头脑上。

爱夜的人于是领受了夜所给予的光明。

　　高跟鞋的摩登女郎在马路边的电光灯下，阁阁地走得很起劲，但鼻尖也闪烁着一点油汗，在证明她是初学的时髦，假如长在明晃晃的照耀中，将使她碰着"没落"的命运。一大排关着的店铺的昏暗助她一臂之力，使她放缓开足的马力，吐一口气，这时才觉得沁人心脾的夜里的拂拂的凉风。

　　爱夜的人和摩登女郎，于是同时领受了夜所给予的恩惠。

　　一夜已尽，人们又小心翼翼地起来，出来了；便是夫妇们，面目和五六点钟之前也何其两样。从此就是热闹，喧嚣。而高墙后面，大厦中间，深闺里，监狱里，客室里，秘密机关里，却依然弥漫着惊人的真的大黑暗。

　　现在的光天化日，熙来攘往，就是这黑暗的装饰，是人肉酱缸上的金盖，是鬼脸上的雪花膏。只有夜还算是诚实的。我爱夜，在夜间作《夜颂》。

> 绿色是多宝贵的啊！它是生命，它是希望，它是慰安，它是快乐。

囚 绿 记

※ 陆 蠡

这是去年夏间的事情。

我住在北平的一家公寓里。

我占据着高广不过一丈的小房间，砖铺的潮湿的地面，纸糊的墙壁和天花板，两扇木格子嵌玻璃的窗，窗上有很灵巧的纸卷帘，这在南方是少见的。

窗是朝东的。北方的夏季天亮得快，早晨五点钟左右太阳便照进我的小屋，把可畏的光线射个满室，直到十一点半才退出，令人感到炎热。这公寓里还有几间空房子，我原有选择的自由的，但我终于选定了这朝东房间，我怀着喜悦而满足的心情占有它，那是有一个小小理由。

这房间靠南的墙壁上，有一个小圆窗，直径一尺左右。窗是圆的，却嵌着一块六角形的玻璃。并且左下角是打碎了，留下一个大孔隙，手可以随意伸进伸出。圆窗外面长着常春藤。当太阳照过它繁密的枝叶，透到我房里来的时候，便有一片绿影。我便是欢喜这片绿影才选定这房间的。当公寓里的伙计替我提了随身小提箱，领

我到这房间来的时候，我瞥见这绿影，感觉到一种喜悦，便毫不犹疑地决定下来，这样了截爽直使公寓里伙计都惊奇了。

绿色是多宝贵的啊！它是生命，它是希望，它是慰安，它是快乐。我怀念着绿色把我的心等焦了。我欢喜看水白，我欢喜看草绿。我疲累于灰暗的都市的天空，和黄漠的平原，我怀念绿色，如同涸辙的鱼盼等着雨水！我急不暇择的心情即使一枝之绿也视同至宝。当我在这小房中安顿下来，我移徙小台子到圆窗下，让我的面朝墙壁和小窗。门虽是常开着，可没人来打扰我，因为在这古城中我是孤独而陌生。但我并不感到孤独。我忘记了困倦的旅程和已往的许多不快的记忆。我望着这小圆洞，绿叶和我对语。我了解自然无声的语言，正如它了解我的语言一样。

我快活地坐在我的窗前。度过了一个月，两个月，我留恋于这片绿色。我开始了解渡越沙漠者望见绿洲的欢喜，我开始了解航海的冒险家望见海面飘来花草的茎叶的欢喜。人是在自然中生长的，绿是自然的颜色。

我天天望着窗口常春藤的生长。看它怎样伸开柔软的卷须，攀住一根缘引它的绳索，或一茎枯枝；看它怎样舒开折叠着的嫩叶，渐渐变青，渐渐变老，我细细观赏它纤细的脉络，嫩芽，我以揠苗助长的心情，巴不得它长得快，长得茂绿。下雨的时候，我爱它淅沥的声音，婆娑的摆舞。

忽然有一种自私的念头触动了我。我从破碎的窗口伸出手去，把两枚浆液丰富的柔条牵进我的屋子里来，教它伸长到我的书案上，让绿色和我更接近，更亲密。我拿绿色来装饰我这简陋的房间，装饰我过于抑郁的心情。我要借绿色来比喻葱茏的爱和幸福，我要借绿色来比喻猗郁的年华。我囚住这绿色如同幽囚一只小鸟，要它为我作无声的歌唱。

绿的枝条悬垂在我的案前了，它依旧伸长，依旧攀缘，依旧舒放，并且比在外边长得更快。我好像发现了一种"生的欢喜"，超过了任何种的喜悦。从前我有个时候，住在乡间的一所草屋里，地面是新铺的泥土，未除净的草根在我的床下茁出嫩绿的芽苗，蕈菌在地角上生长，我不忍加以剪除。后来一个友人一边说一边笑，替我拔去这些野草；我心里还引为可惜，倒怪他多事似的。

可是每天早晨，我起来观看这被幽囚的"绿友"时，它的尖端总朝着窗外的方向。甚至于一枚细叶，一茎卷须，都朝原来的方向。植物是多固执啊！它不了解我对它的爱抚，我对它的善意。我为了这永远向着阳光生长的植物不快，因为它损害了我的自尊心。可是我囚系住它，仍旧让柔弱的枝叶垂在我的案前。

它渐渐失去了青苍的颜色，变成柔绿，变成嫩黄；枝条变成细瘦，变成娇弱，好像病了的孩子。

我渐渐不能原谅我自己的过失，把天空底下的植物移锁到暗黑的室内；我渐渐为这病损的枝叶可怜，虽则我恼怒它的固执，无亲热，我仍旧不放走它。

魔念在我心中生长了。

我原是打算七月尾就回南去的。我计算着我的归期，计算这"绿囚"出牢的日子。在我离开的时候，便是它恢复自由的时候。

芦沟桥事件发生了。担心我的朋友电催我赶速南归。我不得不变更我的计划，在七月中旬，不能再留连于烽烟四逼中的旧都，火车已经断了数天，我每日须得留心开车的消息。

终于在一天早晨候到了。

临行时我珍重地开释了这永不屈服于黑暗的囚人。我把瘦黄的枝叶放在原来的位置上，向它致诚意的祝福。愿它繁茂苍绿。

离开北平一年了。

我怀念着我的圆窗和绿友。有一天，得重和它们见面的时候，会和我面生么？

天将降大任于是人也，必先苦其心志，劳其筋骨……

一个暑期工的收获

※ 王子丰

"为了上大学，我得找份暑期工，"我无意中听到一个高中学生告诉他的朋友，"可是，不要到工厂干活。在工厂里能学到什么？"

我除了想要纠正他的语法，还想告诉他我多年前在高中最后一年那个暑假进工厂工作的所学到的东西。

那是密西根州的一家油漆厂，我上班第一天，老板的儿子热情地招呼我，指指一些用链条和勾钩勾住的大桶。他是厂长，对我说："我需要天钩，你可以到隔壁部门去找一把来吗？"我立刻去了。

那个部门没有天钩，叫我到调配部去找。那里也没有。结果工厂里每一个部门我都去过了，还是找不到天钩。

我空手回去，他们大笑着告诉我，根本没（天钩这东西。原来厂方总是借用天钩这一套来测验新工人。我在那工厂学到的第一样东西，就是受人善意捉弄时不要恼恨的处世之道。

新工人开始在厂里工作之前，须把厂房外墙的油漆刮掉重漆。我在烈日下工作一整天之后，回到家时两手疲软，于是明白到十只手指是人最好的朋友。我看见工厂里的工人每天都辛勤工作，从而学会了尊敬那些勤劳的男女工人。

我开始汕漆的时候，因为没有经验，拿着刷子和滚筒趑趄不前，不敢把油漆涂上厂房的沙岩外墙。老板一家人知道了这一点，等到我负责的那一边终于漆完时，附近的所有工人都走出来对我鼓掌。那天的情景我记忆犹新。我从这个经验体会到，努力耕耘后的收获能令人得到极大的喜悦和满足感。

在某些日子，火车货卡开到卸货站台，厂里就选派六个工人去卸下每袋重二十二公斤半的一袋袋油漆原料。我们早上七点钟开始工作，卸完了就可以回家。如果大家都出力，下午我们就可以休息了。这是个高明的管理手法，我学会了只要大家通力合作，艰难的工作可以顺利完成。

那年夏天我学了许多技能，懂了许多道理，不过我还得再提一件：我反对在我汽车的保险杠贴助选标签，老板听了我的投诉之后，就答应把标签刮掉。良好而公道的管理之道是必须尊重工人，包括非全职的工人。

我想奉劝那个不打算去做工厂工作的少年读一读十七世纪英国主教杰里米·泰勒说的一段话："人倘若不劳动，就吃不了多少东西，领略不到多少滋味，睡得不那么酣畅，不那么健康，不那么有用，不那么强壮，不那么有耐性，不那么高尚，也不那么抵得住诱惑。"

我们最大的乐趣还是数钞票，将那些皱缩的钞票抚平，正反面分好，大头对大头叠整齐，再重新用食指与拇指张张点数，一天的呼喝与日晒雨淋的疲惫都抛到九霄云外了。

地摊人生

※ 刘黄河

你时常可以看到我扛着一大包包裹和警察捉迷藏，要不就躲在弄堂里，要不就躲在天桥下，总有一个安全的空间暂时安顿，等待警察走过再重新摊开货色叫卖。

我不是流浪汉，在我周围，你可以看到一群这样的人，我们都有不止一种商品，为了生计，我们可是绞尽脑汁到处批货。电子鸡流行的时候，我一天可以有两三百块的收入。然而摆地摊也有流行，潮流过，喊再大声都没人会瞥你一眼。

电子鸡无人问津了，有生命的小鸡行情看涨，买两只还附送一个笼子。刚开始小女生、小学生的目光会被吸引，一听到唧唧咯咯的鸡叫声就三两成群地围拢，你一言我一语地问着饲养方法与价格。然而小鸡生存不易，光是要看顾它们，就耗去我的大半时间与金钱，有生命的毕竟比无生命的难侍候。我们这些被警察追赶、为生活奔忙的路边摊，哪来那么多精力奉养它们。于是，我换了个会汪汪叫还会后空翻的机器狗儿。一天卖一只，五十，刚好打发三餐，外加一瓶饮料。

乌云密布之际，周围的同行会有默契地收起手表、女用皮包、围巾、头饰、水果等地摊货，将收放在隐蔽角落的雨伞扛出来，赚赚忘了带雨伞行人的荷包钱。不过卖的人一多，竞争也就激烈起来，看其他摊生意比自己好，心中难免不是滋味，同行龃龉多了起来，一点芝麻绿豆大的小事都能辩个没完没了，白白将客人吓跑的经历每个人都尝过。

辩归辩，警察一来，大家还是默契十足地使眼色、打信号，赶忙收拾包裹，溜！等到安全归来时，方才的争执早就抛到九霄云外，话题便转为，警察什么时段会出现、哪个警察比较有人情味等等，并开始蔓延开去。

地摊生活最有趣的就是能扯着嗓子叫卖，虽然每天相同的台词喊多了也会厌烦，遇到爱讨价还价的客人，开始还会不苟笑地说："地摊生意、成本价，不能再低了！"后来才发现与客人说价是一种学问，多个五十元对那些出入百货公司的顾客自然没什么，一小勺冰淇淋就吞掉了，然而对我们做小生意的来说，可能晚餐就看它。因此掌握价格的分寸异常重要，既不能把人吓跑，又不能让该来的钞票白白变薄。中庸之道难取，有时遇到极小气的客人，也只好望着他们的背影说再见，总不能连十几二十都赚不到吧！

一天下来，填饱肚皮便可解放自己，"吃饭皇帝大"，这是我和几名摊友领悟出的生存哲学。今天过得下去，才有资格谈谈明天该做什么呀！然而，除了吃，我们最大的乐趣还是数钞票，将那些皱缩的钞票抚平，正反面分好，大头对大头叠整齐，再重新用食指与拇指张张点数，一天的呼喝与日晒雨淋的疲惫都抛到九霄云外了。

办公室里的白领可别小看这摆摊的学问，我可是花了好一段时间才琢磨出这其中的窍门，怎么喊才不伤嗓子、怎么才能跟穿金戴银又爱买地摊货的人打交道、怎么甜言蜜语、怎么与同行合作引来人潮、怎么跟警察大人捉迷藏、怎么……

比文化高的是人身上的那种东西。

感动外商的打工仔

※ 赵子俊

　　强高考落榜后就随本家哥去沿海的一个港口城市打工。

　　那城市很美，强的眼睛就不够用了。本家哥说，不赖吧？强说，不赖。本家哥说，不赖是不赖，可总归不是自个儿的家，人家瞧不起咱。强说，自个儿瞧得起自个儿就行。

　　强和本家哥在码头的一个仓库给人家缝补篷布。强很能干，做的活儿精细，看到丢弃的线头碎布也拾起来，留作备用。

　　那夜暴风雨骤起，强从床上爬起来，冲到雨帘中。本家哥劝不住他，骂他是个憨蛋。

　　在露天仓垛里，强察看了一垛又一垛，加固被掀动的篷布。待老板驾车过来，他已成了个水人儿。老板见所储物资丝毫不损，当场要给他加薪，他就说不啦，我只是看看我修补的篷布牢不牢。

　　老板见他如此诚实，就想把另一个公司交给他，让他当经理。强说，我不行，让文化高的人干吧。老板说我看你行——比文化高的是人身上的那种东西！

　　强就当了经理。

　　公司刚开张，需要招聘几个大专以上文化程度的年轻人当业务员，就在报纸上做了广告。本家哥闻讯跑来，说给我弄个美差干干。强说，你不行。本家哥说，看大门也不行吗？强说，不行，你不会把这里当成自个儿的家。本家哥脸涨得紫红，骂道，你真没良心。强说，把自个儿的事干好才算有良心。

公司进了几个有文凭的年轻人，业务红红火火地开展起来。过了些日子，那几个受过高等教育的年轻人知道了他的底细，心里就起毛说，就凭我们的学历，怎能窝在他手下？强知道了并不恼，说，我们既然在一块儿共事，就把事办好吧。我这个经理的帽儿谁都可以戴，可有时候价值并不在这顶帽子上……

那几个大学生面面相觑，就不吭声了。

一外商听说这个公司很有发展前途，想洽谈一项合作项目。强的助手说，这可是条大鱼哪，咱得好好接待。强说，对头。

外商来了，是位外籍华人，还带着翻译、秘书一行。

强用英语问，先生，会汉语吗？

那外商一愣，说，会的。强就说，我们用母语谈好吗？

外商就道了一声"OK"。谈完了，强说，我们共进晚餐怎么样？外商迟疑地点了点头。

晚餐很简单，但有特色。所有的盘子都尽了，只剩下两个小笼包子。强对服务小姐说，请把这两个包子装进食品袋里，我带走。虽说这话很自然，他的助手却紧张起来，不住地看那外商。那外商站起，抓住强的手紧紧握着，说，OK，明天我们就签合同！

事成之后，老板设宴款待外商，强和他的助手都去了。

席间，外商轻声问强，你受过什么教育？为什么能做这么好？

强说，我家很穷，父母不识字。可他们对我的教育是从一粒米、一根线开始的。后来我父亲去世，母亲辛辛苦苦地供我上学。她说俺不指望你高人一等，你能做好你自个儿的事就中……

在一旁的老板眼里渗出亮亮的液体。他端起一杯酒，说，我提议敬她老人家一杯——你受过人生最好的教育——把母亲接来吧！

有些很简单很朴实的话却能让人受益终生。

再试一次，好吗？

※ 姚 平

　　高中毕业后，我没有如愿盼来大学录取通知书。在学习成绩上一向颇为自负的我，在经历了那么沉重的打击后，对自己再也不敢有太大的信心。

　　有很长一段时间，我把自己锁在苦闷和遗憾中，不想见任何人，也不想说任何话，木然而又无助。

　　可毕业证总还得亲自去领的。从班主任惋惜而怜悯的目光中逃出来，我惟一的感觉就是想流泪。在过去的那段极苦极累的日子里，我几乎耗尽了所有的精力去搭那架通往梦想的梯子，可在成功似乎已经唾手可得的时候，梯子却在猝不及防中倒了。我真的没有足够的心理能力去承受。

　　出校门的时候，我不经意的一扭头，竟发现门的一侧贴有一张招聘启事。走近了细看，是市内一所普通中学招一名英语教师。条件是高中以上毕业，英语成绩好，口语佳。

　　我突然想去试试。高中三年，英语成绩一直是我的骄傲。更何况，长大了，毕业了，我该自己养活自己了。我去报了名。

　　那时离试讲的日子已经不远了。回家后我便忙着写教案，跟着录音机练口语。到试讲的前一天，我已对自己有了几分信心。

第二天，校长把我带到教室门口。他拍拍我的肩："对你，我们是比较满意的，这是最后一关了。记住，要沉着。"

我望一眼教室，里面坐满了比我小不了几岁的学生，见来了新老师，都停下正在干的事，齐唰唰地一下子把目光聚到我身上。

血往上涌，我的心，乱跳起来。

我知道我不是个大方的女孩，但为那次试讲，我确实已经付出了足够的心血，所以我以为有备而来，心就不会再跳手就不会再抖。

走上讲台，我的鼻尖上已开始渗出细密的汗珠。坐在第一排的女班长一声洪亮的"起立"让我几乎一下子乱了方寸忘了开场白。人是容易圈于习惯的，对自己扮惯了的角色，如果有一天突然发生转变或者倒置，总会有或多或少的不适应。

我慌忙挥手叫他们坐下。我想我的神情一定很慌乱很窘迫，因为我分明听见几个男孩子的窃笑声。一刹那间充斥我脑中的是有关形象问题试讲结果问题以及被淘汰掉后我再怎么办的问题，昨天还背得滚瓜乱熟的教案一下子找不到半点头绪。

搜肠刮肚好几十秒钟，我仍然找不到太多的话说，试着讲了几句，连自己都知道前言不搭后语。

我知道我完了，心中已开始打退堂鼓：与其在讲台上出尽"洋相"，还不如趁早给自己找个台阶下去。

"同学们，其实我多想陪你们走一程，可我太糟糕，我不能误了你们……"说完这句话，我无奈而抱歉地望一眼坐在后排正为我捏一把汗的校长，就想快快逃出去，逃出那种如浑身被针刺痛般的难受与尴尬。

"老师，你等等！"

是坐在第一排的那个剪短发的、戴眼镜的女班长。

"老师，再来一次，好吗？"

"我……我不行。"

"试一试，老师，你能行的，再来一次，好吗？"

后面几个女孩子也附和起来。

"再来一次，好吗？"

然后，教室里一下子归于一片静寂，后排那几个等着看"好戏"的男孩子也正襟危坐起来。校长推推眼镜，笑望着我，微微颔首。

四十多颗天真无邪的心，四十多双真诚的眼睛在那个时候汇成一股暖流和一个坚定的信念流向我、涌向我，突然间我觉得有好多好多的话要对他们说，有好多好多的故事要讲给他们听。我想我不能离开那三尺讲台，否则我也许会一生都再也找不着那么好的机会。

我在讲桌前站定，接下来的课，我如数家珍般讲得无比流畅。

面对求知若渴而又善良真诚的学生，原本并没有什么好怕的呀！

后来，那个剪短发戴眼镜的女孩成了我最得意的学生也成了我最好的朋友。她对我说，老师，当初我为竞选班长三次登台"现丑"，第一次一句话都没敢说，第二次脸红心跳，第三次我换来了最热烈的掌声，每次上台前我都要劝自己"再来一次，好吗？"

有些很简单很朴实的话却能让人受益终生。这道理我知道学生比我懂得更早。

是呀，我们在岁月中穿行，在经受挫折与失败之后逐渐变得成熟。一次成功固然是一种最理想的境界，因为人生太短太短，谁都不愿花费太多的精力去走弯路去碰壁，可是，我们毕竟是凡人，而不是无师自通不试就会的全才，更不可能如"万金油"般在任何场合都老到自如。

特别是初涉人世的时候，我们更需要试一次，再试一次。

一切的一切都只是白日做梦——除非我们付诸行动。

我现在就付诸行动

※ 奥格·曼狄诺

我的幻想毫无价值，我的计划将石沉大海，我的目标将不会达到。一切的一切都只是白日做梦——除非我们付诸行动。

我现在就付诸行动。

一张地图，不论多么详尽，比例多么精确，它永远不可能带着它的主人在地面上行走半步。一个国家的法律，不论多么公正、严明，永远不可能防止罪恶的发生。任何宝典，即使我手中的羊皮卷，永远不可能创造财富。惟有行动才能使地图、法律、宝典、梦想、计划、目标具有实在意义。行动，像食物和水一样，它滋润我，使我成功。

我现在就付诸行动。

拖延使我裹足不前，它来自恐惧现在我从所有勇敢的心灵深处，了解到这一秘密。我知道想克服恐惧必须毫不犹豫，起而行动，只有如此，心中的慌乱才可以得到平定。现在我知道行动会使猛狮般的恐惧，减缓为蚂蚁般的平静。

我现在就付诸行动。

此刻我要牢记萤火虫的启迪：只有在振翅的时候才能发出光芒。

我要成为一只萤火虫，即使在艳阳高照的白天我也要发出光芒。别像蝴蝶一样，舞动翅膀，靠花朵的施舍生活；我要做萤火虫，照亮大地。

我现在就付诸行动。

我决不把今天的事情留给明天，因为我已深知明天是永远不会来临的。现在就付诸行动吧！即使我的行动不会带来快乐与成功，但只要我已行动过，就足已把那些坐以待毙者比下去。行动也许不会结出快乐的果实，但没有行动，所有的果实都得不到收获。

我现在就付诸行动。

立刻行动！立刻行动！立刻行动！从今往后，我要一遍又一遍，每时每刻默诵这句话，直到成为习惯，好比呼吸一般，成为本能，好比眨眼一样。有了这句话，我就能调整自己的情绪，迎接失败者避而远之的每一次挑战。

我现在就付诸行动。

我一遍又一遍地重复这句话。

清晨醒来时，失败者流连于床榻，我却要想到这句话，然后开始行动。

我现在就付诸行动。

外出推销时，失败者还在考虑是否会遭到拒绝的时候，我要想到这句话，面对第一个来临的顾客。

我现在就付诸行动。

面对紧闭的大门时，失败者怀着恐惧与惶惑的心情，在门外等候；我却想到这句话，随即上前敲门。

我现在就付诸行动。

面对诱惑时，我想到这句话，远离罪恶。

我现在就付诸行动。

只有行动才能决定我在商场上的价值。若要加倍我的价值，我必须加倍努力。我要前往失败者惧怕的地方，当失败者休息的时候，

　　我要继续工作。当失败者沉默的时候，我开口推销，我要拜访十户可能买我东西的人家，而失败者在一番周详的计划之后，却只拜访一家。在失败者认为太晚时，我能够骄傲地说大功告成。我现在就付诸行动。

　　现在是我的所有。明天是为懒汉保留的工作日，我并不懒惰。明天是弃恶从善的日子，我并不邪恶。明天是弱者变强者的日子，我并不软弱。明天是失败者借口成功的日子，我并不是失败者。

　　我现在就付诸行动。

　　我是雄狮，我是苍鹰，饥即食，渴即饮。除非行动，否则就此灭亡。

　　我渴望成功，快乐，心灵的平静。除非行动，否则我将在失败、不幸、夜不成眠的日子中奄奄一息。

　　我向自己发布命令并且必须服从自己的命令。

　　成功不是等待。如果我迟疑，她会投入别人的怀抱，永远弃我而去。

　　我现在就付诸行动。

感悟青少年的
哲理美文 ①

竭宝峰◎主编

心灵
有约

辽海出版社

责任编辑：于文海　孙德军

图书在版编目（CIP）数据

感悟青少年的哲理美文/竭宝峰主编．—沈阳：辽海出版

社，2009.07（2015.5 重印）

（文化百科丛书）

ISBN 978－7－80669－023－9

Ⅰ.①感…　Ⅱ.①竭…　Ⅲ.①散文－作品集－世界②随笔－作品集－世界　Ⅳ.①I16

中国版本图书馆 CIP 数据核字（2009）第 095199 号

感悟青少年的哲理美文

主编：竭宝峰

心 灵 有 约

出　版：辽海出版社	地　址：沈阳市和平区十一纬路 25 号
印　刷：北京一鑫印务有限责任公司	字　数：700 千字
开　本：700×1000mm　1/16	印　张：40
版　次：2009 年 7 月新 1 版	印　次：2015 年 5 月第 2 次印刷
书　号：ISBN 978－7－80669－023－9	定价：149.00 元（全 5 册）

如发现印装质量问题，影响阅读，请与印刷厂联系调换

总　序

　　哲理，一般有两种意思。一是指能使人的精神新生的原理或概念；二指关于宇宙和人生根本的原理。

　　哲理，是感悟的参透，思想的火花，理念的凝聚，睿智的结晶。哲理不受时空限制，它纵贯古今，横亘中外，包容大千世界，透析人生社会，寄寓于人生百态，闪现在思维瞬间。

　　有事物即有哲理，这是不以人的意志为转移的。不同的人对同一事物会有不同的认识和感悟，因为哲理是世界观，是方法论，不同的世界观，不同的方法论，会引出不同的认识，这也是不足奇怪的。

　　美文，是一个与时俱进的概念。它可以指作为独立文体的美文。周作文最早从西方引入"美文"的概念，于1921年发表《美文》，提倡"记述的"、"艺术的"叙事抒情散文，"给新文学开辟出一块新土地"。经过一大批学者、作家的应和和拓荒，彻底打破了美文不能用白话的迷信。美文作为一种独立文体的地位遂得以在文学史上确立。作为独立文体的美文，实质是散文的一种。

　　广义的美文是指不带实用目的，专供直觉欣赏的作品。带有实用目的的写作，如新闻、公文、论述等可统称为杂文。美文重感性，长于抒情；杂文重知性，长于达意。不过两者也不是界线分明，杂

文写好了，可以与美文欣赏，美文中也往往有实用的目的。

哲理美文有自己的艺术特色。哲理美文的象征思维：哲理美文因为超越日常经验的意义和自身的自然物理性质，构成了本体的象征表达。它摒弃的是浅薄，而是达到一种与人的思想性相通、生命交感、灵气往来的境界。哲理美文的联想思维：由于哲理美文是个立体的、综合的思维体系，经过联想，文章拥有更丰富的内涵。哲理美文中的情感思维：哲理美文在本质意义上是思想表达对情感的一种依赖。由于作者对生活的感悟过程有情感参与，理解的结果有情感及想象的加入，所以哲理美文中的思想就不是枯燥的说教和议论，而是寓含了生活情感的思想。

由于哲理美文的上述特色，时常阅读这类文章，自然能在潜移默化中受到启迪和熏陶，经受思想的洗礼和升华。这种内化作用要比其他文体更为巨大。

哲理美文以种种形象来参与生命的真理，从而揭示万物之间的永恒相似。它因其深邃性和心灵透辟的整合，给我们一种透过现象深入本质、揭示事物的底蕴，观念具有震撼性的审美效果。

本书选编的哲理美文有散文，也有杂文。有与心灵的约会，有生活的剪影，有对青春的记忆，有对人生的体味，也有对往事的遥想。

无论涉及到哪个层面，只要把握哲理美文的思维方式，去感受哲理美文所蕴藏的深厚文化积淀，都可以得到文学艺术的享受和思想的感悟。

本书编委会

目　录

生命的恩赐 ……………………………………… ※ 马克·吐温 001

宁可信其无 ……………………………………… ※ 卡尔·萨根 004

自由与生命 ……………………………………… ※ 索尔·贝洛 006

与白嘴鸦的对话 ………………………………… ※ 契诃夫 008

蠢人的评判 ……………………………………… ※ 普希金 010

生命的召唤 ……………………………………… ※ 惠特曼 012

我是自然界最伟大的奇迹 …………………… ※ 奥格·曼狄诺 014

人真正生命的诞生 ……………………………… ※ 托尔斯泰 017

人生真义 ………………………………………… ※ 陈独秀 020

生命的光荣 ……………………………………… ※ 庐　隐 023

同命运的小鱼 …………………………………… ※ 萧　红 027

匆匆 ……………………………………………… ※ 朱自清 031

微笑的伤口 ……………………………………… ※ 张小凤 033

小站一瞥 ………………………………………… ※ 席蓉蓉 035

真爱无价 ………………………………………… ※ 沈　文 037

打破城市冷漠的真情 …………………………… ※ 罗一兰 039

把生命让给别人 ………………………………… ※ 严之井 042

生命的清单 ……………………………………… ※ 鲁　颜 044

黑道大哥的女人 ………………………………… ※ 林至孝 046

心灵的声音 ……………………………………… ※ 张　琴 048

生命是无价之宝 …………………………………… ※ 周国平 050

夏天的震撼 ………………………………………… ※ 王叔新 052

含苞待放的玫瑰 …………………………………… ※ 陶　思 054

与工作斗争的人 …………………………………… ※ 董占山 056

付出的快乐 ………………………………………… ※ 邓小毛 058

女士，您富有吗? ………………………………… ※ 汤　姆 060

改变人生 ……………………………………… ※ 戴尔·卡耐基 062

生命的热忱 …………………………………… ※ 拿破仑·希尔 065

生命与爱 ……………………………………… ※ 托尔斯泰 067

精神的诞生 …………………………………… ※ 托尔斯泰 071

斗志昂扬的人 ……………………………………… ※ 高尔基 073

鬣狗 ………………………………………………… ※ 谢德林 076

人的过错 …………………………………………… ※ 卢　梭 080

生命与创造 ……………………………………… ※ 罗曼·罗兰 082

不要活得太草率 …………………………………… ※ 屈秀彦 085

每一刹那都是新生 ……………………………… ※ 松下幸之助 086

最苦与最乐 ………………………………………… ※ 梁启超 089

论自己 ……………………………………………… ※ 朱自清 091

灯芯将残 …………………………………………… ※ 丰　凯 094

野雁的感觉 ………………………………………… ※ 刘知秋 096

黎明前的黑暗 ……………………………………… ※ 毛凤麟 098

关于微笑的故事 …………………………………… ※ 孙希文 100

给自己制造一点危机 ……………………………… ※ 温　平 103

002

欢乐、爱情、名望、财富，都只是些暂时的伪装，它们永恒的真相是痛苦、悲伤、羞辱、贫穷。

生命的恩赐

※ 马克·吐温

在生命的黎明时分，走来一位带着篮子的仁慈仙女，她对一个少年说：

"篮子里都是礼物，你挑一样吧，而且只能带走一样。小心些，作出明智的选择。哦，之所以要你作出明智的抉择，因为，这些礼物当中只有一样是宝贵的。"

礼物有五种：名望，爱情，财富，欢乐，死亡。少年人迫不及待地说："这根本没有必要考虑，我选择欢乐。"

他踏进社会，寻欢作乐，沉湎其中。可是，到头来，每一次欢乐都是短暂、沮丧、虚妄的。它们在行将消逝时都嘲笑他。最后，他颇为后悔地说："这些年我都白过了。假如我能重新挑选，我一定会作出明智的选择。"

话音未落，仙女出现了，说：

"还剩四样礼物，再挑一次吧，哦，记住，光阴似箭，要作出明智的选择。这些礼物当中只有一样是宝贵的。"

这个男人这次很慎重，沉思了良久，然后挑选了爱情。仙女见此，眼里涌出了泪花。但是，这个男人并没有觉察到。

很多年过去了，这个男人坐在一间空屋里，守着一口棺材。他神情沮丧，喃喃自语道："她们一个个抛下我走了。如今，最后一个最亲密的人也躺在这儿了。一阵阵孤寂朝我袭来。爱情这个滑头的商人，每卖给我的一小时欢娱，我就需要付出一个小时的悲伤。我从心底里诅咒它呀。"

"重新挑吧，"仙女又出现了，说，"岁月无疑把你教聪明了。还剩三样礼物。记住，它们当中只有一样是有价值的，注意选择。"

这个男人沉吟良久，然后小心翼翼地挑了名望。仙女叹了口气，扬长而去。

很多很多年以后，仙女又回来了。此时，那个男人正独坐在暮色中冥想。她站在他的身后，她明白他的心思：

"我名扬全球，有口皆碑。我虽有一时之喜，但毕竟转瞬即逝！忌妒、诽谤、中伤、嫉恨、迫害却接踵而来，然后便是嘲笑，这是收场的开端，一切的末了，则是怜悯，它是名望的葬礼。哦，出名的辛酸的悲伤啊！声名卓著时，遭人唾骂；声名狼藉时，受人轻蔑和怜悯。"

"再挑吧。"仙女开口说，"别绝望，还剩两样礼物，记住我的礼物中只有一样是宝贵的，而且你很幸运，它还在这儿呢。"

"财富，它就是权力！我真瞎了眼呀！"那个男人疯狂地叫喊着，"现在，我终于挑选到生命中最有价值的礼物了。我要挥金如土，大肆炫耀。那些惯于嘲笑和蔑视的人将匍匐在我的脚前的污泥中。我要用他们的忌妒来喂饱我饥饿的心魂。我要享受一切奢华，一切快乐，以及精神上的一切陶醉，肉体上的一切满足。我要买名望、买遵从、买崇敬——一个庸碌的人间商场所能提供的人生种种虚荣享受。在这之前，那些糊涂的选择让我失去了许多时间。那时我懵然无知，尽挑那些貌似最好的东西。"

短暂的三年过去了。一天，那个男人坐在一间简陋的顶楼里瑟

瑟发抖。他衣衫褴褛，身体憔悴，脸色苍白，双眼凹陷。他一边咬嚼一块干面包皮，一边愤愤地嘀咕道：

"为了那种种卑劣的事端和镀金的谎言，我要诅咒人间的一切礼物，以及一切徒有虚名的东西！它们根本不是礼物，只是些暂借的东西罢了。欢乐、爱情、名望、财富，都只是些暂时的伪装，它们永恒的真相是痛苦、悲伤、羞辱、贫穷。仙女说得一点不错，她的礼物之中只有一样是宝贵的，只有一样是有价值的。现在我知道，与那无价之宝相比，这些东西是多么可怜卑贱啊！那珍贵、甜蜜、仁厚的礼物呀！沉浸在无梦的永久酣睡之中，折磨肉体的痛苦和咬啮心灵的羞辱、悲伤便一了百了。给我吧！我疲倦了，我要安息。"

仙女又出现了，而且又带来了四样礼物，但却惟独没有死亡。她说：

"我把它给了一个母亲的爱儿——一个小孩子。他虽懵然无知，却信任我，求我代他挑选。你没要求我替你选择啊！"

"哦，我真惨啊！那么留给我的是什么呢？"

"侮辱，你只配遭受垂垂暮年的反复无常的侮辱。"

　　不加批判地接受别人提出的每一个概念、想法和假设
等于是一无所知。

宁可信其无

※ 卡尔·萨根

　　科学要求最强有力和最不妥协的怀疑主义，完全错误的想法占据了极大的空间，惟一能将麦子从麦壳中筛出来的方法是批判性的实验和分析。如果你的头脑开放到了盲从的程度而没有一点怀疑的想法，那么你就无法区分有前途的想法和毫无价值的想法。不加批判地接受别人提出的每一个概念、想法和假设等于是一无所知。许多想法是彼此冲突的，辨别的方法要通过怀疑性的调查来实现，而某些想法确实好于别的想法。

　　科学的成功就在于这两种思维方式的明智混合。好的科学家是两种思维方式都具备的。在独处时，在自言自语时，他们产生了许多新想法并系统地加以批判，其中的大多数想法永远不会对世界公开。只有那些通过了严格自我过滤的想法才被公开出来，接受科学界其他人士的批判。

　　由于将这种固执的批评和自我批评以及实验，作为各种假设之间争论的仲裁手段，许多科学家在大胆的设想即将来临时仍然缺乏自信，对奇迹的亲身感受不愿过多地评述。这很遗憾，因为恰恰是

这个少有的狂喜时刻，使科学工作揭开了神秘的面纱而显得更人性化。

完全头脑开放或怀疑一切的人是不存在的，我们必须在某处确立一个界限。一条中国古代谚语建议："宁可信其有，不可信其无"，但是这来自于一个极度保守的社会，在那里重视稳定甚于重视自由。我相信，大多数科学家会说，"宁可信其无，不可信其有"。但是做到哪一点都不容易。负责的、全面的、严格的怀疑主义要求一种通过实践和训练才能掌握的坚固的思维习惯。轻信——我想这里有一个更好的词是"开放"或好奇——同样不容易做到。如果我们真的对物理学的、社会学的或任何别的什么组织的反直觉的想法开放我们的头脑，我们就必须对那些思想做到知其所有，因为接受我们不理解的主张毫无意义。

怀疑主义和好奇都需要磨炼和实践的技巧。在学生们的头脑中，使它们和谐联姻应该成为公共教育的基本目标。这种家庭式的幸福是我愿意在媒体或电视上看到的。人们真的在创造融合——充满好奇、宽容地对待每一个见解，除非有好的理由，否则对任何想法都予以考虑。而同时，作为第二个特性，要求证据符合严格的标准——而且这些标准在应用于他们珍视的观点时，严格程度至少应等同于与评判他们企图不受惩罚地拒绝观点时的程度。

当一只母美洲画眉发现它的孩子被关进笼子后，就一定要喂小画眉足以致死的毒葡萄，它似乎坚信孩子死了总比活着失去自由好些。

自由与生命

※ 索尔·贝洛

正值八月，在一个充满暖意的下午，一群孩子在十分卖力地捕捉那些色彩斑斓的蝴蝶，我不由自主地想起童年时代发生的一件印象很深的事情。那时我还是个十二岁的少年，住在南卡罗来纳州，常常把野生的活物抓来放到笼子里，而自从发生那件事后，我这种兴致就被抛得无影无踪了。

我家的旁边是一片树林，每当傍晚都有一群美洲画眉鸟来到林间歇息和歌唱。那歌声美妙绝伦，没有一件人间的乐器能奏出那么优美的曲调来。

我下定决心捕获一只小画眉，放到我的笼子里，独享它那婉转旋律。果然，我成功了。它先是拍打着翅膀，在笼中飞来扑去，十分恐惧。但后来它渐渐平息、安稳下来，承认了这个新家。站在笼子前，聆听我的小歌唱家美妙的演唱，我感到万分高兴，真是欣喜若狂。

鸟笼就挂在我家后院，第二日清晨，我看到小画眉的妈妈口含

食物飞到了笼子跟前。它让小画眉把食物一口一口地吞咽下去。当然，画眉妈妈知道这样比我来喂它的孩子要好得多。看来，这是件皆大欢喜的好事情。

又过了一天，我再次去看望我的歌唱家，可这次我没有听到它的歌唱，我发现它无声无息地躺在笼子底层，已经死了。我对此迷惑不解，不知发生了什么事，我自问已经给了它最细心的照料。

那时，正逢著名的鸟类学家阿瑟·威利来探望家父，在我家小住，我把我小可怜儿那可怕的厄运告诉了他，听后，他作了精辟的解释：当一只母美洲画眉发现它的孩子被关进笼子后，就一定要喂小画眉足以致死的毒葡萄，它似乎坚信孩子死了总比活着失去自由好些。"

从那以后，我摔碎笼子，不再捕捉任何活物。因为任何生物都有对自由生活的追求，而这种追求无疑是值得尊敬的。

我们不互相打劫，不开办放款银行和学古代语言的寄宿学校，不作假见证，不讹诈拐骗，不写糟糕的小说和诗歌，不编骂人的报纸。

与白嘴鸦的对话

※ 契诃夫

我——据说你们白嘴鸦寿命很长。你们，还有梭鱼，总是被我们的自然科学工作者举出来作为寿命非常长的例子。你多大岁数了？

白嘴鸦——我 376 岁。

我——哎呀！可了不得！真的，活得好长呀！老先生，换了是我，鬼才知道已经给《俄罗斯掌故》和《历史通报》写过多少篇文章了！要是我活了 376 岁，那我简直想不出来我会写出多少篇小说、剧本、小东西！那我会拿到多少稿费啊！那么你，白嘴鸦，在这么长的时间里干了些什么呢？

白嘴鸦——没干什么，人先生！我只是吃喝睡觉、生儿养女罢了。……

我——丢脸啊！我又为你害臊，又为你愤慨，蠢鸟！你在世界上活了 376 岁，却跟 300 年前一样愚蠢！一点进步都没有！

白嘴鸦——人先生，智慧不是从长寿来的，而是从教育和修养来的。

我（仍旧愤慨）——376岁！要知道，这是多么了不起！简直跟长生不老一样！在这么长的时期里，我足足能够把所有的学问都读它一回，足足可以结20次婚，种种职业、样样工作都可以试一下，鬼才知道我的官阶会升到多么高，临死的时候一定是个大富翁！你要想想看，傻瓜，在银行里存上一个卢布，照5分复利算，只要283年就能滚成100万！你算算看，先生！这是说，要是你在283年以前在银行里有一个卢布，现在就有100万啦！唉，你啊，笨蛋，笨蛋！你这么蠢，你倒并不害臊，并不伤心？

白嘴鸦——不是这样。……我们固然愚蠢，不过另一方面，我们也可以安慰自己：我们在百年生活里所做的蠢事，比起人在40年里所做的蠢事还要少得多。……是的，人先生，我活了376岁，可是没有一回看见白嘴鸦自家里起内讧，自相残杀，然而你必定想不起有哪一年，你们那儿没有战争。……我们不互相打劫，不开办放款银行和学古代语言的寄宿学校，不作假见证，不讹诈拐骗，不写糟糕的小说和诗歌，不编骂人的报纸。……我活了376岁，从没见过雌的白嘴鸦欺骗而且伤害她的丈夫，——可是你们那儿呢，人先生！在我们当中，没有奴才、马屁精、骗子、犹大……

让我们只为一件事尽力吧：愿我们所带来的确是有益的食物。

蠢人的评判

※ 普希金

你一向是说真话的，我们伟大的歌手；你这次也说了真话。

"蠢人的评判和群氓的嘲笑声"……对这两点又有谁不曾领教过？

所有这一切都可以——而且应该忍受；谁能够做到——就让谁来表示轻蔑吧！

然而有一些打击，它们刺痛着你的心坎，比什么都痛……一个人做了他力所能及的一切；努力地、热情地、忠实地工作……而一颗颗正直的心灵却嫌弃地躲开他；一张张正直的面孔一听到他的名字便因愤怒而变得通红。

"躲开点儿！滚蛋！"一些正直的、年轻的声音对他嘶喊。"无论是你，还是你的劳动，我们全不需要；你玷污了我们的住所——你不认识，也不理解我们……你是我们的仇敌！"

这时这个人该怎么办呢？继续劳作，不要试图去辩白——甚至不要企望有稍微公正一些的评价。

从前，庄稼人诅咒一个过路人，这位过路人给他们土豆——穷

人赖以度日的食物——面包的代用品。他们把这份珍贵的礼物从那只向他们伸出的手中打落在地上，把它摔进泥土里，用脚践踏。

如今，他们依它为食——而他们甚至不晓得恩人的姓名。也罢！他的名字对他们又有什么意义？他，虽然无名，却把他们从饥饿中拯救了出来。

让我们只为一件事尽力吧：愿我们所带来的确是有益的食物。

从你所爱的人嘴里听到错误的谴责是苦涩的，然而即使这也是可以忍受的。

"打我吧！但是要听从我！"雅典的首领对斯巴达人说。

"打我吧——但是祝你健康和温饱！"我们应该这样说。

　　人能成全他人，也能毁弃他人；互相帮助能使人奋发
向上，互相抱怨会使人退缩不前。

生命的召唤

※ 惠特曼

　　人能成全他人，也能毁弃他人；互相帮助能使人奋发向上，互相抱怨会使人退缩不前。人与人之间的这种影响，就像阳光与寒霜对田野的影响一样。每个人都随时发出一种呼唤，促使别人荣辱毁誉，生死成败。

　　一位作家曾把人生比做蛛网。他说："我们生活在世界上，对他人的热爱、憎恨或冷漠，就像抖动一个大蜘蛛网。我影响他人，他人又影响他人。巨网振动，辗转波及，不知何处止，何时休。"

　　有些人专会鼓吹人生没有意义没有希望。他们的言行使人放弃、退缩或屈服。这些人之所以如此，可能是因为自己受了委屈或遇到不幸；但不论原因如何，他们孤僻冷淡，使梦想幻灭、希望成灰、欢乐失色。他们尖酸刻薄，使礼物失值、成绩无光、信心瓦解。留下来的只是恐惧。

　　这种人使人觉得没有办法应付人生，从而灰心丧气，自惭形秽，惊慌失措。而我们可能又会将这种情绪传染给别人。因为我们受了委屈，一定要向人诉苦。

但是那些生性爽朗，鼓励别人奋发，令人难以忘怀的人又怎样呢？和这些人在一起，会感到朝气蓬勃，充满信心。他们使我们表现才能，发挥潜力，有所作为。

我们能成全他人，也能毁弃他人；互相帮助能使人奋发向上，互相抱怨会使人退缩不前。人与人之间的这种影响，就像阳光与寒霜对田野的影响一样。每个人都随时发出一种呼唤，促使别人荣辱毁誉，生死成败。

一位作家曾把人生比做蛛网。他说："我们生活在世界上，对他人的热爱、憎恨或冷漠，就像抖动一个大蜘蛛网。我影响他人，他人又影响他人。巨网振动，辗转波及，不知何处止，何时休。"

有些人专会鼓吹人生没有意义没有希望。他们的言行使人放弃、退缩或屈服。这些人之所以如此，可能是因为自己受了委屈或遇到不幸；但不论原因如何，他们孤僻冷淡，使梦想幻灭、希望成灰、欢乐失色。他们尖酸刻薄，使礼物失值、成绩无光、信心瓦解。留下来的只是恐惧。

这种人使人觉得没有办法应付人生，从而灰心丧气，自惭形秽，惊慌失措。而我们可能又会将这种情绪传染给别人。因为我们受了委屈，一定要向人诉苦。

但是那些生性爽朗，鼓励别人奋发，令人难以忘怀的人又怎样呢？和这些人在一起，会感到朝气蓬勃，充满信心。他们使我们表现才能，发挥潜力，有所作为。

我是自然界最伟大的奇迹。自然界不知何谓失败，终以胜利者的姿态出现，我也应当如此，因为成功一旦降临，就会再度光顾。

我是自然界最伟大的奇迹

014

※ 奥格·曼狄诺

从我出生到现在，从上帝创造了天地万物以来，没有一个人和我一样，我的头脑、心灵、眼睛、耳朵、双手、头发、嘴唇都是与众不同的。言谈举止和我完全一样的人以前没有，现在没有，以后也不会有。虽然四海之内皆兄弟，但却人人各不相同。我是独一无二的造化。

我是自然界最伟大的奇迹。

我不可能像动物一样容易满足，我心中燃烧着代代相传的火焰，它激励我超越自己，我要使这团火燃得更旺，向世界宣布我的出类拔萃。

没有人能模仿我的笔迹，我的商标，我的成果，我的推销能力。从今往后，我要使自己的个性充分发展，因为这是我得以成功的一大资本。

我是自然界最伟大的奇迹。

我不再徒劳地模仿别人，而要展示自己的个性。我不但要宣扬

它，还要推销它。我要学会求同存异，强调自己与众不同之处，回避人所共有的通性，并且要把这种原则运用到商品上。推销员和货物，两者皆独树一帜，我自豪不已。

我是宇宙中独一无二的奇迹。

物以稀为贵。我独行特立，因而身价百倍。我是千万年进化的终端产物，头脑和身体都超过以往的帝王与智者。

但是，我的技艺，我的头脑，我的心灵，我的身体，若不善加利用，都将随着时间的流逝而迟钝、腐朽，甚至死亡。我的潜力无穷无尽，脑力、体能稍加开发，就能超过以往的任何成就。从今天起，我要开发潜力。

我不再因昨日的成绩沾沾自喜，也无须为微不足道的成绩自吹自擂。我能做到比现在完成的更好。我的出生并非最后一样奇迹，为什么自己不能再创奇迹呢？

我是自然界最伟大的奇迹。

我不是随意来到这个世上的。我生来应为高山，而非草芥。

从今天开始，我要竭尽全力成为群峰之巅，将我的潜能发挥到最大限度。

我要吸取前人的经验，了解自己以及手中的货物，这样才能成倍地增加销量。我要字斟句酌，反复推敲推销时用的语言，因为这是成就事业的关键。

我绝不忘记，许多成功的商人，其实只有一套说词，却能使他们无往不利。我也要不断改进自己的仪态和风度，因为这是吸引别人的美德。

我是自然界最伟大的奇迹。

我要专心致志对抗眼前的挑战，我的行动会使我忘却其他一切，不让家事缠身。身在商场，不可恋家，否则它将使我思想混沌。同时，我在与家人共处时，必须把工作留在门外，否则家人会因此而遭受冷落。

商场上没有一块属于家人的地方，同样，家中也没有谈论商务的地方，这两者必须截然分开，否则就会顾此失彼，这是很多人难以走出的误区。

我是自然界最伟大的奇迹。

我有双眼，可以观察；我有头脑，可以思考。现在我已洞悉了一个人生中最伟大的奥秘。我发现，一切问题、沮丧、悲伤，都是乔装打扮的机遇之神。我不再被他们的外表所蒙骗，我已睁开双眼，看破了他们的伪装。

我是自然界最伟大的奇迹。

飞禽走兽、花草树木、风雨山石、河流湖泊，都没有像我一样的起源，我孕育在爱中，肩负使命而生。过去我忽略了这个事实，从今天开始，它将塑造我的性格，引导我的人生。

我是自然界最伟大的奇迹。

自然界不知何谓失败，终以胜利者的姿态出现，我也应当如此，因为成功一旦降临，就会再度光顾。

我会成功，我会成为伟大的推销员，因为我举世无双。

我是自然界最伟大的奇迹。

　　真正的生命始终存在于人的内部，就像存在于沃土中的种子一样，一旦时机成熟，这生命就显露出来。

人真正生命的诞生

※ 托尔斯泰

　　在时间上观察人的生命的显现时，我们会看到，真正的生命始终存在于人的内部，就像它存在于种子中一样，一旦时机成熟，这生命就显露出来。真正生命的显露在于：动物人把人诱向人身的幸福，而理性意识却向人指出人身幸福的不可能性，并指出另一种幸福。人朝着在远方向他指出的那种幸福张望，却看不到它，起初不相信那种幸福，于是又退回去追求人身的幸福。然而如此含糊地指出自己的幸福的理性意识，却如此有说服力地、毫无疑义地指出人身幸福的不可能，以至人重又放弃人身的幸福，重又注视着向他指出的那个新的幸福。理性的幸福看不到，而人身的幸福已无疑被毁灭，以至人身的生存无法继续下去。于是，在人内部开始形成一种动物人对待理性意识的新的态度。人开始为着人的真正生命而诞生。

　　发生了某种类似物质世界中一切生命诞生时的情况。胎儿生下来，不是因为他想出生，不是因为他生下来更好些，也不是因为他知道生下来能过好日子，而是因为他成熟了，他不能继续原来的生存状态，他必须投入新的生活。这与其说是因为新生活在呼唤他，还不如说是因为像原来那样生存的可能性已经被消泯了。

理性意识在人身中悄悄地增长，一直增长到人身生命不可能继续下去的时候。

发生了与萌芽现象完全一样的情况。种子消失了，原先的生命形式消失了，新的幼芽出现了。分解中的种子的原先形式像是在进行抗争，幼芽不断长大，从分解中的种子里得到营养。对我们来说，理性意识的诞生与我们看得见的肉体诞生的不同之处在于，在肉体的诞生过程中，我们可以从时间和空间上看到，胚胎由什么东西，以什么方式，在什么时候产生了什么。我们知道种子就是果实，知道在一定的条件下从种子里会长出植物来，还会开花，然后结果，结出像种子一样的果实（整个生命演化过程在我们眼前完成）。而理性意识的生长我们不能从时间上看到，也不能看到它的演化过程。我们看不见理性意识的生长及其演化过程是因为我们自己在完成这一过程，我们的生命不是什么别的东西，而是我们看不见的诞生在我们自身的诞生，因此我们无论如何看不到它。

我们看不到这一新人的诞生，看不到理性意识对待动物人的新态度的诞生，正如种子看不到自己的幼苗生长一样。当理性意识脱离它的隐秘状态而向我们显现的时候，我们以为我们在经历矛盾，而实际上并不存在什么矛盾，就像它不存在于分解中的种子里一样。我们在分解的种子里只看到，从前曾经在苞皮里存在的生命，现在已经存在于它的幼芽里了。同样，在具有醒悟了的理性意识的人身上也没有任何矛盾，有的仅仅是新人的诞生，理性意识对待动物人的新态度的诞生。

如果一个人活着而不知道有别的人存在、不知道享乐并不能使他满足，他与死无异，他不知道自己活着，而且在他自身没有矛盾。

如果人看到，别的人跟他一个样，苦难威胁着他，他的存在是

慢性死亡；如果他的理性意识开始分解他这个人身的存在，他就不能在这个分解中的人身里保持自己的生命，而不可避免地要认为自己的生命正在向他揭开的新的生命中。矛盾也还是不存在，就像在已经发芽因而分解着的种子里没有矛盾一样。

　　个人生存的时候，当努力造成幸福，享受幸福；并且留在社会上，后来的个人也能够享受。递相授受，以至无穷。

人生真义

※ 陈独秀

　　人生在世，究竟为的甚么？究竟应该怎样？这两句话实在难得回答的很，我们若是不能回答这两句话，糊糊涂涂过了一生，岂不是太无意识吗？自古以来，说明这个道理的人也算不少，大概约有数种：第一是宗教家，像那佛教家说：世界本来是个幻象，人生本来无生；"真如"本性为"无明"所迷，才现出一切生灭幻象；一旦"无明"灭，一切生灭幻象都没有了，还有什么世界，还有什么人生呢？又像那耶稣教说：人类本是上帝用土造成的，死后仍旧变为泥土；那生在世上信从上帝的，灵魂升天；不信上帝的，便魂归地狱，永无超生的希望。第二是哲学家，像那孔、孟一流人物，专以正心、修身、齐家、治国、平天下，做一大道德家、大政治家，为人生最大的目的。又像那老、庄的意见，以为万事万物都应当顺应自然；人生知足，便可常乐，万万不可强求。又像那墨翟主张牺牲自己，利益他人为人生义务。又像那杨朱主张尊重自己的意志，不必对他人讲什么道德。又像那德国人尼采也是主张尊重个人的意

志，发挥个人的天才，成功一个大艺术家、大事业家，叫做寻常人以上的"超人"，才算是人生目的；什么仁义道德，都是骗人的说话。第三是科学家。科学家说人类也是自然界一种物质，没有什么灵魂；生存的时候，一切苦乐善恶，都为物质界自然法则所支配；死后物质分散，另变一种作用，没有联续的记忆和知觉。

这些人所说的道理，各个不同。人生在世，究竟为的什么，应该怎样呢？我想佛教家所说的话，未免太迂阔。个人的生灭，虽然是幻象，世界人生之全体，能说不是真实存在吗？人生"真如"性中，何以忽然有"无明"呢？既然有了"无明"，众生的"无明"，何以忽然能都灭尽呢？"无明"既然不灭，一切生灭现象，何以能免呢？一切生灭现象既不能免，吾人人生在世，便要想想究竟为的什么，应该怎样才是。耶教所说，更是凭空捏造，不能证实的了。上帝能造人类，上帝是何物所造呢？上帝有无，既不能证实；那耶教的人生观，便完全不足相信了。孔、孟所说的正心、修身、齐家、治国、平天下，只算是人生一种行为和事业，不能包括人生全体的真义。吾人若是专门牺牲自己，利益他人，乃是为他人而生，不是为自己而生，决非个人生存的根本理由，墨子思想，也未免太偏了。杨朱和尼采的主张，虽然说破了人生的真相，但照此极端做去，这组织复杂的文明社会，又如何行得过去呢？人生一世，安命知足，事事听其自然，不去强求，自然是快活得很。但是这种快活的幸福，高等动物反不如下等动物，文明社会反不如野蛮社会；我们中国人受了老、庄的教训，所以退化到这等地步。科学家说人死没有灵魂，生时一切苦乐善恶，都为物质界自然法则所支配，这几句话倒难以驳他。但是我们个人虽是必死的，全民族是不容易死的，全人类更是不容易死的了。全民族全人类所创的文明事业，留在世界上，写在历史上，传到后代，这不是我们死后联续的记忆和知觉吗？

照这样看起来，我们现在时代的人所见人生真义，可以明白了。今略举如下：

（一）人生在世，个人是生灭无常的，社会是真实存在的。

（二）社会的文明幸福，是个人造成的，也是个人应该享受的。

（三）社会是个人集成的，除去个人，便没有社会；所以个人的意志和快乐，是应该尊重的。

（四）社会是个人的总寿命，社会解散，个人死后便没有联续的记忆和知觉；所以社会的组织和秩序，是应该尊重的。

（五）执行意志，满足欲望（自食色以至道德的名誉，都是欲望），是个人生存的根本理由，始终不变的（此处可以说"天不变，道亦不变"）。

（六）一切宗教、法律、道德、政治，不过是维持社会不得已的方法，非个人所以乐生的原意，可以随着时势变更的。

（七）人生幸福，是人生自身出力造成的，非是上帝所赐，也不是听其自然所能成就的。若是上帝所赐，何以厚于今人而薄于古人？若是听其自然所能成就，何以世界各民族的幸福不能够一样呢？

（八）个人之在社会，好像细胞之在人身，生灭无常，新陈代谢，本是理所当然，丝毫不足恐怖。

（九）要享幸福，莫怕痛苦。现在个人的痛苦，有时可以造成未来个人的幸福。譬如有主义的战争所流的血，往往洗去人类或民族的污点。极大的瘟疫，往往促成科学的发达。

总而言之，人生在世，究竟为什么？究竟应该怎样？我敢说道：个人生存的时候，当努力造成幸福，享受幸福；并且留在社会上，后来的个人也能够享受。递相授受，以至无穷。

世界最苦痛的事情，并不是身体的入牢狱，只是不能舒展的心狱。

生命的光荣

※ 庐 隐

这阴森的四壁，只有一线的亮光，闪烁在这可怕的所在，暗陬里仿佛狞鬼睁视，但是朋友！我诚实的说吧，这并不是森罗殿，也不是九幽十八层地狱，这原来正是覆在光天化日下的人间哟！

你应当记得那一天黄昏里，世界呈一种异样的淆乱，空气中埋伏着无限的恐惧。我们正从十字街头走过，虽然西方的彩霞，依然罩在滴翠的山巅，但是这城市里是另外包裹在黑幕中，所蓄藏的危机时时使我们震惊。后来我们看见槐树上，挂着血淋淋的人头，峰如同失了神似的"哎哟"一声，用双手掩着两眼，忙忙跑开。回来之后，大家的心魂都仿佛不曾归窍似的，……过了很久峰才舒了一口气，凄然叹道："为什么世界永远的如是惨淡？命运总是如饿虎般，张口向人间博噬！?"自然啦，峰当时可算是悲愤极了，不过朋友你知道吧！不幸的我，一向深抑的火焰，几乎悄悄焚毁了我的心。那时我不由的要向天发誓，我暗暗咒诅道："天！这纵使是上苍的安排，我必以人力挽回，我要扫除毒氛恶气，我要向猛虎决斗，我要向一切的强权抗冲……"这种的决心我虽不会明白告诉你们，但是朋友，只要你曾留意，你应当看见我眼内爆烈的火星。

后来你们都走了，我独自站在院子里，只见宇宙间充满了冷月寒光，四境如死的静默。我独自厮守着孤影，我曾怀疑我生命的荣光。在这世界上，我不是巍峨的高山，也不是湛荡的碧海，我真微小，微小如同阴沟里的萤虫，又仿佛冢间闪荡的鬼火，有时虽也照见芦根下横行跋扈的螃蟹，但我无力使这霸道的足迹，不在人间践踏。

朋友！我独立凄光下，由寂静中，我体验出我全身血液的滚沸，我听见心田内起了爆火，我深自惊讶。呵！朋友！我永远不能忘记，那一天在马路上所看见的惨剧，你应也深深的记得：

那天似乎怒风早已诏示人们，不久将有可怕的惨剧出现。我们正在某公司的楼上，向那热闹繁华的马路望，忽见许多青年人，手拿白旗向这边进行。忽然间人声鼎沸如同怒潮拍岸，又像是突然来了千军万马。这一阵紊乱，真不免疑心是天心震怒。我们正摸不着头脑的时候，忽听霹拍一阵连珠炮响，呵！完了！完了！火光四射，赤血横流。几分钟之后，人们有的发狂似的掩面而逃，有的失神发怔。等到马路上人众散尽，唉！朋友！谁想到这半点钟以前，车水马龙的大马路，竟成了新战场！愁云四裹，冷风凄凄，魂凝魄结，鬼影憧憧，不但行人避路，飞鸦也不敢停留，几声哑哑飞向天阊高处去了。

朋友！我恨呵！我怒呵！当时我不住用脚踩那楼板，但是有什么用处，只不过让那些没有同情的人类，将我推搡下楼。我是弱者，我只得含着眼泪回家，我到了屋里，伏枕放量痛哭。我哭那锦绣河山，污溅了凌践的血腥；我哭那皇皇中华民族，被虎噬狼吞的奇辱；更哭那睡梦沉酣的顽狮，白有好皮囊，原来是百般撩拨，不受影响。唉！天呵！我要叩穹苍，我要到碧海，虔诚的求乞醒魂汤。

可怜我走遍了荒漠，经过崎岖的山峦，涉过汹涌的碧海，我尚未曾找到醒魂汤，却惹恼了为虎作伥的厉鬼，将我捉住，加我以造

反的罪名，于是我从陡峭山巅，陨落在这所谓人间的人间。

朋友！在我的生命史上，我很可以骄傲，我领略过玉软香温的迷魂窟的生活，我品过游山逛海的道人生活……现在我要深深尝尝这囚牢的滋味，所以我被逮捕的时候，我并不诅咒，作了世间的人，岂可不遍尝世间的滋味？……当我走进刚足容身的牢里的时候，我曾酣畅的微笑着，呵！朋友，这自然会使你们怀疑，坐监牢还值得这样的夸耀？但是朋友！你如果相信我，我将坦白的告诉你说，世界最苦痛的事情，并不是身体的人牢狱，只是不能舒展的心狱。这话太微妙了；但是朋友！只要你肯稍微沉默的想一想，你当能相信我不是骗你呢。

这屋子虽然很小，但它不能拘束我心，不想到天边，不想到海角，我依然是自由，朋友你明白吗？我的心非常轻松，没有什么铅般的压迫，有，只是那未沥尽的热血在蒸沸。

今天我伏在木板上，似忧似醉的当儿，我的确把世界的整个体验了一遍，唉！我真像是不流的死沟水，永远不动的，伏在那里，不但肮脏，而且是太有限了。我不由得自己倒抽了一口气，但是我感谢上帝，在我死的以前，已经觉悟了，即使我的寿命极短促，然而不要紧；我用我纯挚的热血为利器，我要使我的死沟流，与荡荡的大海洋相通，那么我便可成为永久的，除非海枯石烂了，我永远是万顷中的一滴。朋友！牢狱并不很坏，它足以陶熔精金。

昨夜风和雨，不住的敲打这铁窗，这也许有许多的罪囚，要更觉得环境的难堪；但我却只有感谢，在铁窗风雨下，我明白什么是生命的光荣。

按罪名我或不至于死，不过从进来时，审问过一次后，至今还没有消息。今早峰替我送来书和纸笔，真使我感激，我现在不恐惧，也不发愁，虽然想起兰为我担惊受怕，有点难过，但是再一想"英雄的忍情，便是多情"的一句话，我微笑了，从内心里微笑了。兰真算知道我，我对她只有膜拜，如同膜拜纯洁圣灵的女神一般。不过还请你好好的安慰她吧！倘然我真要到断头台的时候，只要她的眼泪滴在我的热血上，我便一切满足了。至于儿女情态，不是我辈分内事……我并不急于出狱，我虽然很愿意看见整个的天，而这小小的空隙已足我游仞了。

我四周围的犯人很多，每到夜静更深的时候，有低默的呜咽，有浩然的长叹。我相信在那些人里，总有多一半是不愿犯罪，而终于犯罪的，唉！自然啦，这种社会底下，谁是叛徒，谁是英雄？真有点难说吧！况且设就的天罗地网，怎怪得弱者的陷落？朋友！在这种情形之下，我们该作什么？让世界永远埋在阴惨的地狱里吗？让虎豹永远的猖獗吗？朋友呵！如果这种恐慌不去掉，我们情愿地球整个的毁灭，到那时候一切死寂了，便没有心焰的火灾，也没有凌迟的恐慌和苦痛。但是朋友要注意，我们是无权利存亡地球的，我们难道就甘心作走狗吗？唉！我简直不知道要说什么哟。

我在这狭逼囚室里，几次让热血之海沉没了。朋友呵！我最后只有祷祝，只有恳求，青年的朋友们，认清生命的光荣……

　　这是凶残的世界，失去了人性的世界，用暴力毁灭了它吧！毁灭了这些失去了人性的东西！

同命运的小鱼

※ 萧　红

　　我们的小鱼死了。它从盆中跳出来死的。

　　我后悔，为什么要出去那么久！为什么只贪图自己的快乐而把小鱼干死了！

　　那天鱼放到盆中去洗的时候，有两条又活了，在水中立起身来。那么只用那三条死的来烧菜。鱼鳞一片一片的掀掉，沉到水盆底去；肚子剥开，肠子流出来。我只管掀掉鱼鳞，我还没有洗过鱼，这是试着干，所以有点害怕，并且冰凉的鱼的身子，我总会联想到蛇；剥鱼肚子我更不敢了。郎华剥着，我就在旁边看，然而看也有点躲躲闪闪，好像乡下没有教养的孩子怕着已死的猫会还魂一般。

　　"你看你这个无用的，连鱼都怕。"说着，他把已经收拾干净的鱼放下，又剥第二个鱼肚子。这回鱼有点动，我连忙扯了他的肩膀一下：

　　"鱼活啦，鱼活啦！"

　　"什么活啦！神经质的人，你就看着好啦！"他逞强一般在鱼肚子上划了一刀，鱼立刻跳动起来，从手上跳下盆去。

"怎么办哪?"这回他向我说了。我也不知道怎么办。他从水中摸出来看看,好像鱼会咬了他的手,马上又丢下水去。鱼有肠子流在外面一半,鱼是死了。

"反正也是死了,那就吃了它。"

鱼再被拿到手上,一些也不动弹。他又安然地把它收拾干净。直到第三条鱼收拾完,我都是守候在旁边,怕看,又想看。第三条鱼是完全死的,没有动。盆中更小的一条很活泼了,在盆中转圈。另一条怕是要死,立起不多时又横在水面。

火炉的铁板热起来,我的脸感觉烤痛时,锅中的油翻着花。鱼就在大炉台的菜板上,就要放到油锅里去。我跑到二层门去拿油瓶,听得厨房里有什么东西跳起来,噼噼啪啪的。他也来看。盆中的鱼仍在游着,那么菜板上的鱼活了,没有肚子的鱼活了,尾巴仍打得菜板很响。

这时我不知该怎样做,我怕看那悲惨的东西。躲到门口,我想:不吃这鱼吧。然而它已经没有肚子了,可怎样再活?我的眼泪都跑上眼睛来,再不能看了。我转过身去,面向着窗子。窗外的小狗正在追逐那红毛鸡,房东的使女小菊挨过打以后到墙根处去哭……

这是凶残的世界,失去了人性的世界,用暴力毁灭了它吧!毁灭了这些失去了人性的东西!

晚饭的鱼是吃的,可是很腥,我们吃得很少,全部丢到垃圾箱去。

剩下来两条活的就在盆里游泳。夜间睡醒时,听见厨房里有乒乒的水声。点起洋烛去看一下。可是我不敢去,叫郎华去看。

"盆里的鱼死了一条,另一条鱼在游水响……"

到早晨,用报纸把它包起来,丢到垃圾箱去。只剩一条在水中上下游着,又为它换了一盆水,早饭时又丢了一些饭粒给它。

小鱼两天都是快活的,到第三天忧郁起来,看了几次,它都是沉到盆底。

"小鱼都不吃食啦，大概要死吧？"我告诉郎华。

他敲一下盆沿，小鱼走动两步；再敲一下，再走动两步……不敲，它就不走，它就沉下。

又过一天，小鱼的尾巴也不摇了，就是敲盆沿，它也不动一动尾巴。

"把它送到江里一定能好，不会死。它一定是感到不自由才忧愁起来！"

"怎么送呢？大江还没有开冻，就是能找到一个冰洞把它塞下去，我看也要冻死，再不然也要饿死。"我说。

郎华笑了。他说我像玩鸟的人一样，把鸟放在笼子里，给它米子吃，就说它没有悲哀了，就说比在山里好得多，不会冻死，不会饿死。

"有谁不爱自由呢？海洋爱自由，野兽爱自由，昆虫也爱自由。"郎华又敲了一下水盆。

小鱼只悲哀了两天，又畅快起来，尾巴打着水响。我每天在火炉旁边烧饭，一边看着它，好像生过病又好起来的自己的孩子似的，更珍贵一点，更爱惜一点。天真太冷，打算过了冷天就把它放到江里去。

我们每夜到朋友那里去玩，小鱼就自己在厨房里过个整夜。它什么也不知道，它也不怕猫会把它攫了去，它也不怕耗子会使它惊跳。我们半夜回来也要看看，它总是安安然然地游着。家里没有猫，知道它没有危险。

又一天就在朋友那里过的夜，终夜是跳舞，唱戏。第二天晚上才回来。时间太长了，我们的小鱼死了！

第一步踏进门的是郎华，差一点没踏碎那小鱼。点起洋烛去看，还有一点呼吸，腮还轻轻地抽着。我去摸它身上的鳞，都干了。小鱼是什么时候跳出水的？是半夜？是黄昏？耗子惊了你，还是你听到了猫叫？

蜡油滴了满地，我举着蜡烛的手，不知歪斜到什么程度。

屏着呼吸，我把鱼从地板上拾起来，再慢慢把它放到水里，好像亲手让我完成一件丧仪。沉重的悲哀压住了我的头，我的手也颤抖了。

短命的小鱼死了！是谁把你摧残死的？你还那样幼小，来到世界——说你来到鱼群吧，在鱼群中你还是幼芽一般正应该生长的，可是你死了！

郎华出去了，把空漠的屋子留给我。他回来时正在开门，我就赶上去说："小鱼没死，小鱼又活啦！"我一面拍着手，眼泪就要流出来。我到桌子上去取蜡烛。他敲着盆沿，没有动，鱼又不动了。

"怎么又不会动了？"手到水里去把鱼立起来，可是它又横过去。

"站起来吧。你看蜡油啊！……"他拉我离开盆边。

小鱼这回是真死了！可是过一会又活了。这回我们相信小鱼绝对不会死，离开水的时间太长，复一复原就会好的。

半夜郎华起来看，说它一点也不动了，但是不怕，那一定是又在休息。我招呼郎华不要动它，小鱼在养病，不要搅扰它。

亮天看它还在休息，吃过早饭看它还在休息。又把饭粒丢到盆中。我的脚踏起地板来也放轻些，只怕把它惊醒，我说小鱼是在睡觉。

这睡觉就再没有醒。我用报纸包它起来，鱼鳞沁着血，一只眼眼一定是在地板上挣跳时弄破的。

就这样吧，我送它到垃圾箱去。

燕子去了，有再来的时候；杨柳枯了，有再青的时候；
桃花谢了，有再开的时候。但是，聪明的，你告诉我，我
们的日子为什么一去不复返呢？

匆　匆

※ 朱自清

燕子去了，有再来的时候；杨柳枯了，有再青的时候；桃花谢
了，有再开的时候。但是，聪明的，你告诉我，我们的日子为什么
一去不复返呢？——是有人偷了他们罢：那是谁？又藏在何处呢？
是他们自己逃走了罢：现在又到了哪里呢？

我不知道他们给了我多少日子；但我的手确乎是渐渐空虚了。
在默默里算着，八千多日子已经从我手中溜去；像针尖上一滴水滴
在大海里，我的日子滴在时间的流里，没有声音，也没有影子。我
不禁头涔涔而泪潸潸了。

去的尽管去了，来的尽管来着；去来的中间，又怎样地匆匆呢？
早上我起来的时候，小屋里射进两三方斜斜的太阳。太阳他有脚啊，
轻轻悄悄地挪移了；我也茫茫然跟着旋转。于是——洗手的时候，
日子从水盆里过去；吃饭的时候，日子从饭碗里过去；默默时，便
从凝然的双眼前过去。我觉察他去的匆匆了，伸出手遮挽时，他又
从遮挽着的手边过去，天黑时，我躺在床上，他便伶伶俐俐地从我

身上跨过，从我脚边飞去了。等我睁开眼和太阳再见，这算又溜走了一日。我掩着面叹息。但是新来的日子的影儿又开始在叹息里闪过了。

在逃去如飞的日子里，在千门万户的世界里的我能做些什么呢？只有徘徊罢了，只有匆匆罢了；在八千多日的匆匆里，除徘徊外，又剩些什么呢？过去的日子如轻烟，被微风吹散了，如薄雾，被初阳蒸融了；我留着些什么痕迹呢？我何曾留着像游丝样的痕迹呢？我赤裸裸来到这世界，转眼间也将赤裸裸的回去罢？但不能平的，为什么偏要白白走这一遭啊？

你聪明的，告诉我，我们的日子为什么一去不复返呢？

尖锐的环境，复杂的人事，在人与人摩肩接踵之际，
总历历地留下伤口，流血不止，痛彻心肺。

微笑的伤口

※ 张小凤

父亲给了我一台旧相机，因为订报送了一台新的相机，所以旧的就给我拍着玩，这个相机原来是用来拍摄外伤伤口的。记得有一天的中午，午餐是大块的烤肉。"嘟……"对讲机响，"叶青你下来一下。"我抹了抹嘴边的油腻，到楼下的诊所。

是外伤，一个穿蓝色工作服的男子，侧躺在缝合台上，手臂上一道深深的切伤，两边的肉都已绽开，父亲已准备好要缝合了，一旁和我年纪相仿的小护士，对我微微地笑着："相机拿好，对伤口拍一张相。"爸爸很平常地说着，弯弯的缝针已穿过分离的两片肉，小护士还是微微地笑着，一边递出止血的棉片。我慢慢地对准伤口，突然想到中午的烤肉，两片裂开的肉倒像一个张得大大的嘴，深不见底，我仿佛看见这个伤口真的笑了，嘴巴张得好大，而血就从这里汩汩流出。

我还记得伤口的主人脸上尴尬的表情，这是那天的情形，对我而言像是触动了童年的记忆。宽阔的大地从来就不是儿时的嬉戏场，如同血腥战场的急诊室，却是我饱尝窥视快感的乐园，记忆中咸咸湿湿的气味，孩童因疼痛所发出的尖锐哭叫已深深烙在嗅觉与听觉印象里。我站在父亲的身后看到别人椎心的疼痛。在这充满封闭与禁忌的场所里，我度过大部分的童年。惟一未入眼帘的是手术室里更露骨的战斗，微黄的玻璃背后是永远的秘密，也是刺激偷窥欲望的原动力，那道门里，始终藏着更大的秘密，我却怎么也无法逾越。

在一次激烈呕吐后，我结束了我童年的"观血经历"，最近读到傅科（MichelFoucault）的传记，其中有一段是描述傅科小时候由做外科医生的父亲领着，观看一次截肢手术，为的是培养他的阳刚之气。小时候的观血经历，有没有培养我的阳刚之气，我不得而知，只是对伤口的深刻感触，影响了我对许多事物的看法。

尖锐的环境，复杂的人事，在人与人摩肩接踵之际，总历历地留下伤口，流血不止，痛彻心肺。在复原的过程中，伤口若真能微笑，就是一种发自内心深处的释然与宽恕吧，在椎心的疼痛后，学习愈合，学习成长。在每一次微笑的伤口中，累积生命的智慧，历练生命的坚韧。

　　小贩抬头看了看我，有点歪斜的脸上露出自傲的神情，那一刻，我看到了"人"的骨气。

小站一瞥

※ 席蓉蓉

　　还有两天就要过元霄节了，晚上，约十一点钟，我搭乘小火车准备回家。天气有些湿冷，乘客稀疏。车停在福兴超市站，车门开处，一位工作人员推了一个轮椅小贩进来。小贩的脸有点歪斜，有几分唐氏症病患者的神情。轮椅上放着口香糖、水果棒、冲天炮及一些不知名的东西。我心中有些疑惑：列车何时开放小贩卖东西了？该不会是工作人员假公济私吧？我皱着眉狐疑地瞅着小贩，小贩只是静静地坐在那里，很久都没有动静。我恍然领悟，一定是小贩做生意，要搭火车回家，因行动不方便，所以工作人员给予特别服务。铁路工作人员的服务真不错。

　　过了一会儿，一位四十来岁衣冠楚楚的男士，走到轮椅小贩面前，掏出一百元放在轮椅上，一面翻东西一面问价钱，这个十元、那个二十元，末了说："没有我要的东西，一百元给你。"转身离去。

　　小贩开口叫道："先生，不行！我不能拿你的钱。"

　　男士愣了一下走回来，拿了一包口香糖说："我买一包口香糖，其他不用找了。"又转身欲走开。

小贩又说道："不行，我必须找你钱。我是生意人，不是乞丐。"

男士露出和煦的笑容，弯下腰拿了十包口香糖说："这样可以了吧。"

小贩点点头说："谢谢您！"

看到这一幕，我对轮椅小贩由然而生一种崇高的敬意。原本以为电影中才有的情节，却真真实实的发生在我眼前。我情不自禁地向小贩伸出大拇指，点头称赞。小贩抬头看了看我，有点歪斜的脸上露出自傲的神情，那一刻，我看到了"人"的骨气。

蔑视人性是人类理智的一个错误。

真爱无价

※沈 文

一天晚上，当妻子在厨房正准确晚餐的时候，我们的小儿子拿着一张写字的纸走向他母亲。他的妈妈在围裙上擦干净手之后读这张纸，上面写着：

割草	5.00 美元
这星期整理我的房间	1.00 美元
为你去商店	0.50 美元
当你去购物时照管我的小弟弟	0.25 美元
出去倒垃圾	1.00 美元
获得良好的成绩报告单	5.00 美元
修整和为花园翻土	2.00 美元
总计应获得	14.75 美元

他母亲看着他儿子满怀希望地站在那儿。我告诉你们，我能看到她大脑的翻腾。她拿起钢笔把儿子已写过的纸翻过来。在上面写道：

当你在我腹内生长，我怀着你那9个月是无价的。

我陪着你一起熬夜的那些晚上，为你求医、祈祷，这是无价的。

这些年来你曾造成的恼人境况和所有的泪水，那是无价的。

当你把以上所有的累加起来，我对你的爱的价值是无价的。

那些昔日忧惧的夜晚和将来面临的烦恼，这是无价的。

为你准备玩具、食物、衣服甚至为你擦鼻涕，那是无价的，儿子，

当你把以上所有的累加起来，真挚的爱的全部价值是无价的。

朋友们，当儿子读完他母亲写的话之后，他双眼含泪，直直地看着他的母亲说："妈妈，我真爱你。"他拿出钢笔在他的"帐单"上用大写字母写道："全部付清。"

人间有情，土地有爱。"但愿生活在这片土地上的人都可以感受得到父子亲情。

打破城市冷漠的真情

※ 罗一兰

到报社十一层的周刊部交了几篇稿子之后，我手提着笔记型电脑、背着大包包等待停留在十九楼的电梯，准备回家去。

走到了站牌不到一刻钟的时间，公交车即从远处驶来，稀稀落落的人群随着公交车停靠的方向走去，我跟着大伙一块上车，一上公车，就见到一个小男孩两只手很认真的握在司机座位旁边的横杆上。我不经意地看了他和司机一眼，从两人的轮廓上看得出是一对父子。这是一个瘦瘦小小的小男孩，大概四、五岁，穿着一件褪了色的蓝短裤和一件白衬衫，留有一头栗色的头发，一对棕色的大眼睛，很明亮而且充满感情，他乖乖地站在父亲的身边。

车内的人不是很多，我走到一个后排的座位，不知不觉的向前方望去，他们两人在那个时候成了整车注目的焦点。一幅亲腻的父子图呈现在眼前，我猜想，那个时刻整车的人，可能都被感动了。

司机并没有和小男孩多作交谈，任凭他信赖地站在父亲身边，那笃定中带点腼腆的神情，仿佛告诉在场的每一位乘客爸爸很伟大，这整辆公交车都是归爸爸来管的，我有一个最神气的爸爸。

虽然，这是一个很平常的亲子画面，却令在场的人在不知不觉中捕捉到一点令人感动的瞬间，让人不忍忽视自己的情绪。就像是最美的东西，它通常会在生活中突然地出现，如果不能把握那一刹那好好欣赏，就会很快消失无踪。

一路上有人上车、下车，每一个临下车的人总忍不住和这对父子说说话。我一看前排的第一个位置没人，顺势往前找到位置坐下来。通过近距离的观察，我主动打开话匣子问着司机先生："这是您的小孩吗？"

他很开心地回答我："是啊！"并随口说了句："今早出门他一直吵着要等爸爸一块回家，我只好和太太带着他一块上班。"听他说完，我转头向坐在他后面的女士微笑地点了点头打个招呼。

也许是我的善意打动了这位看起来话不多、操控着大方向盘的男人。一个属于男人的温情在那一刻表露无遗。他告诉我："有了孩子之后，忽然觉得牺牲就是快乐，为了家庭、孩子，虽然牺牲了娱乐，但内心却得到了满足。从他周岁开始，每天早晨我上班时，他就会挥挥小手，隔着窗子送我，渐渐大了，他会送我到门口，而现在，送到门口就常常不肯回家，要跟我走。"

"要跟我去上班。"他又笑着重复了一遍，在那一刻，我可以理解人们所说的"心满意足"。

我转而问小男孩："你那样站着腿不酸吗？"

天真的孩子摇摇头回答我："我要等爸爸回家。"

我下意地瞥了一眼坐在司机后面的司机妻子，她听了先生、孩子说的一番话后，目光里闪着特别的光芒。我在心里给了个答案，他们才是真正的富足者。看着他们一家子幸福的情景，似乎也为整车的人带来一丝的兴奋与愉悦。

"人间有情，土地有爱。"但愿生活在这片土地上的人都可以感受得到父子亲情，要下车的人经过小孩站着的地方时，有人会说："这是你儿子啊！"要不就摸摸小孩的头说："你来等爸爸吗？"叮咛

着要抓好，可别摔跤了。

每一个人在那一刻都试图扮演自己最想扮演的角色，有人扮演着叔叔、婆婆，我则扮演着司机口中的"阿姨"。

在那一刹那，每个工作了一整天的劳动者都用体内所剩无几的一点温情，毫无保留地释放出来，同时也因为这是彼此心灵的呼应，大家的情绪都显得分外饱满。

在长春有很多这样的普通家庭，纵使没有优越的物质生活，但当他们投入现实生活中时，总会试图忘掉一切苦恼，守本分、知足地认真生活。如同这位司机所期望的那样，"希望生活过得舒适，却不希望太富裕。"因为富裕的生活反而叫人无法把日子过得更好。

当我整个人融入这些人的生活场景时，多少平衡了我日益偏颇的价值观，整个长春的氛围变得柔和、明朗多了，人生也仿佛充满生机和活力。

那一份惊喜是不可名状的。

忽然之间，我自已万分惊奇地感觉到这些，而这种感觉让人欣喜，至于什么事使我有这么大的顿悟，自已也瞠然不能答，想想该是那一整车的温馨吧！

这一天，我接触了两种不同情境的温情。一个来自于这对公车上的父子，另一个则是来自于和我同公车上的那些乘客，两种不同的情境融合在一起，打破了这座城市惯有的疏离与冷漠。

我心里暗自欢喜，如果每天都能有这样的收获，那我岂不是要成为心灵上的富翁了吗？此时，心中的充实丰富像是接受世间最高的温情和大量的爱。

走在宽阔的柏油路上，人们投来一个无意识的微笑会让我感觉到十足友善和诚意，渐渐地，我的心不再孤单无助了，心情变得快乐了。

我知道命很重要，所以我愿意让给别人。

把生命让给别人

※ 严之井

据报道，一个妇人因经济拮据而卖肾，令人深感惊讶。

我在二十五岁时就洗肾了，至今十二个年头已经过去了。因为年轻，曾让我有太多换肾的机会。然后造化弄人，我始终没有换肾。

洗肾三年后的某日正午，上海肾病医院来电说："刘先生，有位二十岁的年轻人因车祸脑死亡，他的基因配对很适合你。你明日洗肾要多洗一个小时，然后，准备换肾。"

听罢，我的内心兴奋不已。终于让我等到了可以摆脱那令人痛苦、烦闷的换肾机。第二天从早上八点洗肾到下午一点结束，止血回家后早已令我饥肠辘辘了，却又不能吃东西，要全身麻醉需禁食八小时。晚上七点左右到医院急诊室等待，刚要换开刀房那件我早已熟悉的薄长袍时，医师喘息着跑来跟我说："你可以回家了，那脑死亡的男孩又活过来了，血压已恢复正常了。"我差点昏倒。

隔年，上海肾病医院的大夫又来电叫我去换肾。同样饿了一整天，同样的时间到急诊室报到。换下开刀房长袍躺在推车床上，护士们急着帮我量血压、打点滴、量体温、照过心电图、超音波等等。一切正常只差没打麻醉镇静剂，正要推入开刀房时，医师又对我说：

"你可以回去了，不用换肾了，捐肾的人得'肾囊肿'，这种肾不适合移植，很快就会坏掉。"这时已是晚上九点了。

在回家的路上，姊姊们嘀咕着："怎么回事？老是换不成肾，太折腾人了。"我不愿也没那力气多议论，只说："别在那儿多想了，先去吃饭吧，我已饿得四肢无力，眼冒金星了。"那晚的夜很冷。

第三次医生叫我去换肾时，共有五个人去。那时我已洗肾九年了，渐渐能适应洗肾的日子，不再心存强烈的换肾感。看着另四个年纪和我相仿的洗肾人焦急等待着基因配对的结果。肾只有一枚，所以要筛选，不知何时，内心油然生起同病相怜之意，没等检验结果出来，我就悄悄离院回家了。

一九九二年的春天，我正兴致勃勃地准备去参加春季招聘考试，这时，上海肾病医院的大夫又打来电话："刘先生快来医院换肾。""我没空，我要参加考试。"我说。"是命较重要，还是考试重要？"医师愕然地说。"我知道命很重要，所以我愿意让给别人。"就在挂断电话的那一刹那间，我的内心顿感莫名地宽畅与踏实。

列出一张生命清单，抛开一切多余的东西，去实现梦想。

生命的清单

※鲁 颜

五官科病房里同时住进来两位病人，都是鼻子不舒服。在等待化验结果期间，甲说，如果是癌，立即去旅行，首先去拉萨。乙也同样表示。

结果出来了。甲得了鼻癌，乙长的是鼻息肉。

甲列了一张告别人生的计划表离开了医院，乙住了下来。

甲的计划表是：去一趟拉萨和敦煌；从攀枝花上船一直到长江口；到海南的三亚以椰子树为背景拍一张照片；在哈尔滨过一个冬天；从大连坐船到广西的北海；登上天安门；读完莎士比亚的所有作品；力争听一次瞎子阿炳原版的《二泉映月》；成为北京大学的一名学生；要写一本书……凡此种种，共27条。

他在这生命的清单后面这样写道：我的一生有很多梦想，有的实现了，有的由于种种原因，没有实现。

现在上帝给我的时间不多了，为了不遗憾地离开这个世界，我打算用生命的最后几年去实现还剩下的这27个梦。

当年，甲就辞掉了公司的职务，去了拉萨和敦煌。第二年，又

以惊人的毅力和韧性通过了成人考试，成为北京大学中文系的一名学生。这期间，他登上了天安门，去了内蒙古大草原，还在一户牧民家里住了一个星期。现在，这位朋友正在实现他出一本书的夙愿。

有一天，乙在报上看到甲写的一篇散文，打电话去问甲的病，甲说，我真的无法想象，要不是这场病，我的生命该是多么的糟糕。是它提醒了我，去做自己想做的事，去实现自己想去实现的梦想，现在我才体味到什么是真正的生命和人生。你生活得也挺好吧！乙没有回答。因为在医院时说的一切，早已因患的不是癌症而放到脑后去了。

婚姻是她生命的全部，只有丈夫在，她的世界才不会
分崩离析。

黑道大哥的女人

046

※ 林至孝

在警方破获黑社会性质的犯罪团伙时，往往黑道大哥被捕时，身边总是不乏女人。这些黑道大嫂，有的远赴外岛赁屋居住，不时去探望被移送外岛的黑道大哥。这些女人中，一部分是欢场女子，但其中也不乏出身背景单纯的女人。我常不解是什么使她们这么执着，也怀疑她们是否无怨无悔。直到我看见了身边的一个例子，才有了另种看法。

她是我先生的老同事，据说从前的她，十分善良、纯真。十几年后再见，却全然改头换面了。原来她嫁了一个前科累累的犯罪高手，此人通常以房地产大亨的姿态出现，其实是以共同投资房地产为饵，诈骗金钱。因为他们夫妻俩都拖欠银行大笔的房屋贷款、信用卡款项等，已信用破产，又因十多年来诈骗了不少人，只好东躲西藏逐钱财而居。在缺少人头、资金的情况下，她也出马帮先生寻找猎物，于是她的娘家、她的老朋友，一一成了祭品。她每每要配合先生演出地产大亨夫人的角色，她会在和别人闲谈时大肆渲染，她们夫妻俩如何在一天花掉一百万元，也会展示手腕上数千万元的

手表，并笑谈自己开过的名车。有时候，她要一身光鲜亮丽地陪先生去看房子，听先生吹嘘他们拥有的上千万元黄金和数亿的土地。久而久之，她也不觉得那是欺骗，何况先生说那是做生意的手段，要她学着点，所以她也会适时地在一旁帮腔。

婚姻是她生命的全部，只有丈夫在，她的世界才不会分崩离析。她愿意为先生做任何事，爱使她刚强。当丈夫被关在狱中，她一个人深夜开着车奔波在大街小巷，为丈夫寻找脱罪的机会。爱也使她盲目，对先生犯过或正在犯的罪，她会轻描淡写地说："他是不得已的！"对那些被连累的家人、朋友，她的解释是："时机不好！"别人看到的她，没有了自我，良知也泯灭了。

这个活生生的例子使我想到那些黑道大哥的女人，大概也是这样吧？在她们看来，她的亲密伴侣所犯的滔天大罪，不过是人在江湖，身不由己而已，也难怪她们如飞蛾扑火般献上自己。我要对那些奉男人为命运的主宰的女人说，在这时代变迁，女权意识高涨的年代，你要反思一下自己，找回自我。

播种一个行动，你会收获一个习惯，播种一个习惯，
你会收获一个个性，你会交换一个命运。

心灵的声音

※ 张 琴

如果您到过安庆火车站，您会在出口处听到一种声音。

这声音或许不会引起别人注意，但是不知道从什么时候开始，我注意到了这个沙哑吃力而微弱的叫卖声："口香糖！口香糖！"

这是一位身患残疾的中年男人，一只脚行动不便，萎缩的手极不稳固地捧着一盒口香糖，给人一种随时可能会打翻自己或被路人撞的感觉。他每天努力在车站外叫卖，匆忙川流的人群极少注意到他的存在，我至今还没遇见有人光顾他的生意。

"他有妻子吗？有双亲吗？要养家吗？"一连串的问题在脑中闪起。我想关心他。可是已是而立之年的我，竟然无法走上前去，不是因为害怕，而是社会的疏离感塑造了我习惯性的冷漠。此刻，我惊讶到觉察到：我变了，变成了儿童时代眼中的那个坏心肠的阿姨。小时候，天真的我，多么容易与每个人建立友谊啊！陌生人或熟人问我的事，我知无不答，我问他们问题前，从未有任何顾忌。

现在，金钱、治安、地位、挫折等等污垢融生成了一层混浊的保护膜，一有陌生人太靠近，马上开启这张保护膜。偶尔火车上有

人主动与我闲聊，虽不至于假装睡觉，但总不知自觉地把皮包抓紧，甚是紧张。我不喜欢这样的我。

于是，我在心里决定：我要每天在他那儿买一包口香糖。

日复一日，我还是每天随着紧张的人潮，走过了这位先生，走过了那一声声"口香糖！口香糖！"，让它在空气中沙哑吃力而微弱地渐远渐失。是因为不由自主地脚步匆忙的文明病态；是受社会富奢取向影响而自觉不足，也自觉渺小；是太多利用残疾人的欺骗集团抹杀了我的爱心；是三十多年来的灰尘覆盖了我的恻隐之心。我一直没有停下脚步。

寒流袭来的夜晚，我讲述着耶诞精神的故事给儿子听，心中不觉升起一阵凉意，我有什么资格叙述这些发扬人性的故事呢？我明天下班一定要将那个决定付诸行动。

到站了，大家依然怀着争先恐后但又不会碰撞别人的态度走出车站。"怎么买?""二十元?"我拿出二十元，取了一包口香糖。前后不到十五秒的时间，却让我在遇见他一年半后才付诸行动。虽然，二十元对他而言没什么帮助，但这位卖口香糖的残疾人却帮我清除了心灵的尘垢，找回自己原本干净的心。我着实谢谢他，谢谢他每日提醒我打扫自己的心。下次，我不再怯于行动，菩德曼说："播种一个行动，你会收获一个习惯，播种一个习惯，你会收获一个个性，你会交换一个命运。"

我多么希望我能交换到一个不再追逐名利、随波逐流的命运啊！

生命的价值取决于我们自身，除了自己，没人能让我们贬值。

生命是无价之宝

※ 周国平

在一次讨论会上，一位著名的演说家没讲一句开场白，手里却高举着一张 20 美元的钞票。

面对会议室里的 200 个人，他问："谁要这 20 美元？"一只只手举了起来。

他接着说："我打算把这 20 美元送给你们中的一位，但在这之前，请准许我做一件事。"

他说着将钞票揉成一团，然后问："谁还要。"仍有人举起手来。

他又说："那么，假如我这样做又会怎么样呢？"他把钞票扔到地上，又踏上一只脚，并且用脚碾它。尔后他拾起钞票，钞票已变得又脏又皱。"现在谁还要？"还是有人举起手来。

"朋友们，你们已经上了一堂很有意义的课。无论我如何对待那张钞票，你们还是想要它，因为它并没贬值。它依旧值 20 美元。人生路上，我们会无数次被自己的决定或碰到的逆境击倒、欺凌甚至碾得粉身碎骨。我们觉得自己似乎一文不值。但无论发生什么，或将要发生什么，在上帝的眼中，你们永远不会丧失价值。

在他看来，肮脏或洁净、衣着齐整或不齐整，你们依然是无价之宝。生命的价值不依赖我们的所作所为，也不仰仗我们结交的人物，而是取决于我们本身！你们是独特的——永远不要忘记这一点！"

眼望着大热天，卖命工作的孩子，我回忆着往日的辛苦童年，觉得电风扇也可以很凉。突然觉得：其实自己已够幸福了。

夏天的震撼

※ 王叔新

一个炎热的夏日午后，我坐在家中店铺的藤椅上，最受煎熬的是打开两个电风扇，仍无法化解打瞌睡的诱惑，以及汗流不止的感觉。

街上像蒸笼一样冒着灼气，根本没几个客人会上门买东西，生意冷清得很。偶尔几个打赤脚、皮肤晒得黑黑的小孩会来买瓶汽水、可乐，我闷得瘫在藤椅上动也不动。突然，就在似睡非睡之际，隐约听见小孩子大声咆哮斥骂的声音，我懒洋洋地起身探看个究竟，原来是一个年约十一、二岁的小孩，正在骂一个看来比他年纪小的孩子，那应该是哥哥吧，他正骑着一辆载满铝片、铁片和空罐子的脚踏三轮车。我想以他们那么小的身子，怎么可能推得动这么重的车子呢？我擦着汗，看着两个孩子的行动。

"你到底推没推啊？都是我一个人在骑。"哥哥生气地回过头责问弟弟。

"推啦，我推啦，不要催我啦。"弟弟那样吃力推着载满破铜烂

铁的三轮车，可怜的小平头流着劳碌的汗滴，脚上的拖鞋早已磨得扁平，踏在晒烫的柏油路上，难道不会烫吗？我不禁怜悯起这两个孩子。

眼前的一切将我拉回童年推着车挨家挨户卖菜的情景，有时担心掉了钱会挨骂，或被怀疑偷钱，即使在汗水淋漓的日子，也顾不了热，还是得顶着大太阳讨生活。而现在的我都大学毕业了，家里有了固定店面，可以吹电风扇，免去晒太阳辛苦的日子。眼看两个和当时的我年纪相仿的小孩在卖命地工作，总是忍不住鼻子发酸。

"加油！弟弟，用力推！"我喊出话，他们好奇地看着我。我在心中反复地替他们加油。

"你们喝不喝汽水？"我问他们。他们则是摇着头，皱着眉。弟弟则一直看着我，像有所请求一般。

"快点！阿爸会骂我们怎么那么慢、那么懒惰！"哥哥踩着脚踏车，催着弟弟。

弟弟回头看着我，我想他可能口渴了。眼望着大热天，卖命工作的孩子，我回忆着往日的辛苦童年，觉得电风扇也可以很凉。突然觉得：其实自己已够幸福了，不要自己埋怨自己。尤其在那个很热的下午，我意外地感到现在的一切特别地幸福。

"我欢乐地献出我的全部水源，"瀑布歌唱道，"尽管只要稍许一点儿就足以解渴。"

含苞待放的玫瑰

※ 陶 思

在本世纪初，一个由日本移居在旧金山附近的家庭在那里开创了一项种植玫瑰的产业。他们在一周内的 3 天早晨把玫瑰送到旧金山。

另一个家庭是从苏格兰迁移来的，他们家也出售玫瑰花，两个家庭都是依靠诚信获得成功的。他们的玫瑰在旧金山市场上很受欢迎。

在几乎 40 年时间里，两个家庭相邻而居，儿子们接管了农场。但是 1941 年 12 月 7 日，日本人轰炸了夏威夷群岛，尽管家庭中的其他成员都已经是美国人了，但是日本人家庭中的父亲从没有加入美国国籍，在混乱情形下和被拘审的期间，他的邻居明确告诉他们，如果有必要，他会照顾他朋友的苗圃。这就像每个信奉基督教的家庭能做的那样：爱你所有的邻人就像爱你自己。"你们也会像我们这样做的。"他告诉他的日本朋友。

不久，日本人家庭被流放到科罗拉多州格林那达的贫瘠的土地上，新聚居地点的中心由木质柏油顶的大房子组成，周围密布铁蒺

藜和全副武装的士兵。

整整一年过去了。第二年，第三年。当日本人家庭还在拘留地时，他们的朋友一直在暖室中工作着，孩子们星期六之前一直上学，父亲常常每天工作 16—17 个小时。有一天，欧洲的战争结束了。日本人家庭告别了拘禁生涯，坐上火车，他们可以回家了。

他们将看到什么呢？家庭成员在火车站与他们的老朋友相遇了，当他们回到他们的家，日本人家庭成员全惊呆了，那里有苗圃、完整的、清新的，在阳光下煜煜生辉——整齐、繁茂而长势良好。

银行存折被交到日本人家庭的父亲手中，房间也被收拾打扫得像苗圃一样干净和整齐。

在会客厅的桌子上有一枝极红艳的玫瑰蓓蕾，含苞待放——一个邻居给另一个邻居的礼物。

如果你不比别人干得更多，你的价值也就不会比别人更高。

与工作斗争的人

※ 董占山

我不是那种偷听别人闲聊的人，但是当有一天夜已深，我走过我们院子的时候，我发现自己正干着偷听的事。

我的妻子正跟坐在厨房地板上的最小的儿子说话，我静静地停下来，在门的遮掩下在外面听起来。

妻子似乎已听到孩子们都自夸他们爸爸的工作。诸如他们都是高官显宦之类……接着他们问我们的鲍勃："你父亲有什么样的好职业？"鲍勃好像有点不自然地低声咕哝道："他只是个与工作斗争的人。"

我细心的妻子一直等到其他孩子离开，才把我们的小儿子叫进屋里来。她说道："我有些事情要告诉你，儿子。"说着并吻他有酒窝的双颊。

"你说你父亲只是个与工作斗争的人，你说的是正确的。但是我怀疑你是否真正理解那其中的含义，下面我将向你解释。

"在所有工厂里，那将使我们的国家更强大，在所有的商店、商场、汽车行业里，那将使我们每天都竭尽全力。正是普通的与工作

斗争的人来完成伟大的事业！当你看到一座新房子建起来的时候，你应记住这一点，我的儿子！

"高级官员拥有优雅的办公桌和整洁的环境。他们计划宏伟项目……签订契约，但是把他们的梦想变为现实的，是那些普通的与工作斗争的人！应记住这一点，我的儿子！

"如果所有的老板离开他们的办工桌停止工作一年，工厂机构仍能够高效率运转。如果像你爸爸那样的人不上班，工厂就运转不起来了。正是普遍的与工作斗争的人来完成伟大的工作！"

当我跨过门槛的时候，我强忍住眼泪并清了一下喉咙。

我的小儿子从地板上跳起来，高兴得眼里都放出了自豪的光芒。

他拥抱着我说："嘿，爸爸，我真为是您的儿子而感到自豪……因为您是完成伟大事业的特殊人中的一员。"

　　我会对于不出名的慈善单位，或迎面而来请求小额援助的人施以援助，事后总被我的孩子取笑，说我太心软太容易受骗了。虽然我生活节俭且只算是过得去，但是，我仍然愿意付出。我担心他们真的是需要帮忙的人。

付出的快乐

※ 邓小毛

　　我从十八岁就开始给人理发，它是我的谋生技能。因为这样的工作环境，让我得以见到形形色色的人。

　　七十年代的中国，社会经济尚不发达，要找个工作讨口饭吃并不容易。有一天，店面才开张不久，进来一个形容憔悴、头发散乱的人，直截了当地说要找老板。见着了我，有些腼腆地说明了来意。他说他是榆林人，到温州做生意，可是经营不善，本钱全赔了进去，如今在外无处容身，想回家乡去，却没钱理发，请我行行好发善心帮个忙，并且再三强调日后一定会还钱。

　　我也是因为家穷无以为继，才会被父母送去学理发，穷人的悲哀我很了解。帮他不过花点发油的成本，再加上手艺，就当做善事，我爽快答应。那时，原本没指望他会还钱，所以这件事过去就忘了。

　　半年后，他竟然来付钱，言语中充满了感激之情，让他没有一身落魄地回去见乡亲。其实，他不来付钱我也追查不到他，因为连

姓什名谁，家在榆林的哪儿都不知道。可是，事过境迁，他一直牢记这件事，只是地理位置记不清楚，着实花了许多时间，找了好几条巷子，最后询问过路人一家家理发店找到这里。

每个时代都有耍赖和真正需要帮助的人，只是多少有所改变。有时我会对于不出名的慈善单位，或迎面而来请求小额援助的人施以援助，事后总被我的孩子取笑，说我太心软太容易受骗了。虽然我生活节俭且只算是过得去，但是，我仍然愿意付出。我担心他们真的是需要帮忙的人，如果像我的孩子，谁都不相信，那会不会一文钱难倒英雄汉呢？

足食即美餐。

女士，您富有吗？

※汤　姆

他们蜷缩在风门里面——是两个衣着破烂的孩子。

"有旧纸板吗，女士？"

我正在忙活着，我本想说没有——可是我看到了他们的脚。他们穿着瘦小的凉鞋，上面沾满了雪水。"进来，我给你们喝杯热可可奶。"他们没有答话，他们那湿透的凉鞋在炉边留下了痕迹。

我给他们端来可可奶、吐司面包和果酱，为的是让他们抵御外面的风寒。之后，我又返回厨房，接着做我的家庭预算……

我觉得前面屋里很静，便向里面看了一眼。

那个女孩把空了的杯子拿在手上，看着它。那男孩用很平淡的语气问："女士……您富有吗？"

"我富有吗？上帝，不！"我看着我寒酸的外衣说。

那个女孩把杯子放进盘子里，小心翼翼地，"您的杯子和盘子很配套。"她的声音带着嘶哑，带着并不是从胃中传来的饥饿感。

然后他们就走了，带着他们用以御寒的旧纸板。他们没有说一句谢谢。他们不需要说，他们已经做了比说谢谢还要多的事情。蓝色瓷杯和瓷盘虽然是俭朴的，但它们很配套。我捡出土豆并拌上肉

汁，土豆和棕色的肉汁，有一间屋子住，我丈夫有一份稳定的工作——这些事情都很配套。

　　我把椅子移回炉边，打扫着卧室。那小凉鞋踩的泥印子依然留在炉边，我让它们留在那里。我希望它们在那里，以免我忘了我是多么富有。

> 我们首先要去做的事情不是去观望遥远的将来，而是去做手边的事。

改变人生

※ 戴尔·卡耐基

一八七一年春天，一位年轻人在一本书里看到了一句话，这句话帮助他度过了无忧无虑的一生，也正是这句话，对他的前途产生了莫大的影响。他是蒙特瑞尔综合医院的一位医科学生，他的生活中总是充满了忧虑：担心怎样通过期末考试，担心该做些什么事情，担心到哪里去，担心怎样才能开业，担心怎样才能生活……

但是他看了那句话，在这句话的影响下，他成为同代人中最有名的医学家。他创建了世界知名的约翰斯霍金斯医学院，成为牛津大学医学院的客座教授——这是英国医学界的最高荣誉——他还被英国女王册封为爵士。在他去世以后，人们用两大卷书——厚达一千四百六十六页的篇幅——才能完整讲述他的一生。

这个人就是威廉·奥斯勒爵士。他在一八七一年春天所看到的那句话是由托马斯·卡莱里所写。这句话就是：我们首先要做的事情不是去观望遥远的将来，而是去做手边的事。

这样说，并不意味着我们不要憧憬明天，不应该为明天而努力。相反，正如威廉·奥斯勒爵士所说，为明日作好准备的最好方法就

是集中你所有的智慧、所有的热诚，把今天的工作做得尽善尽美。这就是成功迎接未来的惟一办法。

在现实生活中，我们的医院里大概有一半以上的床位都是留给神经或者精神有问题的人。这是一件多么可怕的事情！他们都是被累积起来的昨天和令人担心的明天联合起来所压垮的。而那些病人中，大多数只要能奉行耶稣的这句话："不要为明天忧虑。"或者是威廉·奥斯勒爵士的那句话："生活在一个只有今天的密封舱里。"他们也就能走在街上，过着快乐而有益的生活了。

在现在这一刹那，你和我都站在两个永恒的交汇之点——已经永远永远地过去，以及延伸到无穷无尽的未来。我们任何一个人都不可能活在这两个永恒之中，甚至连一秒钟也不行。若想那样做的话，我们就会毁了自己的身体和精神。所以，我们应该以能活在现在这一时刻而感到满足——从现在一直到我们上床。

罗勃特·史蒂文森写道："不论担子有多重，每个人都能支持到夜晚的来临；不论工作多么辛苦，每个人都能做完一天的工作，每个人都能很甜美、很有耐心、很可爱、很纯洁地活到太阳下山，这就是生命的真谛。"

古罗马诗人霍勒斯写过这样一首诗：

这个人很快乐，也只有他能快乐，

因为他把今天称之为自己的一天。

他在今天感到安全，能够说：

"不管明天怎么糟，我已经过了今天。"

人生中最可怜的一件事就是，几乎所有人都喜欢拖延着不去生活。我们都喜欢梦想天边的一座奇妙的玫瑰园，而不去欣赏今天就开放在我们窗前的一枝玫瑰。

你大概还记得白雪皇后所说的："这里的规矩是，明天可以吃果酱，昨天可以吃果酱，但今天不准吃果酱。"我们大多数人也是这样——为昨天的果酱发愁，为明天的果酱发愁，却不会在我们今天吃的面包上涂上厚厚的果酱。

就连那位伟大的法国哲学家蒙坦格尼也犯过同样的错误，他说："我的生活中，曾充满可怕的不幸，而那些不幸大部分都是从来没有发生过的。"我的生活，你的生活，也都一样。

伟大的诗人但丁也说过："想一想，这一天永远不会再来了。"生命正在以令人难以置信的速度飞快地溜过，我们的时间以每秒十九英里的速度飞驰，但只有今天才是我们最值得珍惜的一段时间，也是我们惟一能够把握的时间。

所以，你对忧虑所应知道的第一件事就是：如果你不希望忧虑侵入你的生活，就要像威廉·奥斯勒爵士那样去做，用铁门把过去和未来隔断，生活在只有今天的密封舱里。

热忱是一股力量，它和信心一起将逆境、失败和暂时的挫折转变成为行动。

生命的热忱

※ 拿破仑·希尔

热忱和积极心态以及你成功过程之间的关系，就好像汽油和汽车引擎之间的关系一样：热忱是行动的动力。

你可运用积极心态来控制你的思想，同样，你也可以运用积极心态来控制你的热忱，以使它能不断地注入你心灵引擎的气缸中，并在气缸内被明确目标发出的火花点燃且爆炸，继而推动信心和个人进取心的活塞。

热忱是一股力量，它和信心一起将逆境、失败和暂时的挫折转变成为行动。然而此一变化的关键，在于你控制思维的能力，因为稍有不慎，你的思绪就会从积极转变成消极。借着控制热忱，你可以将任何消极表现和经验转变成积极表现和经验。

热忱对你潜意识的激励程度和积极心态的激励程度是一样的。当你的意识中充满热忱时，你的潜意识也同时烙上一个印象，那么你的强烈欲望和为达到欲望所拟定的计划是坚定不移的；当你对热忱的认识变得模糊不清，你的潜意识中仍然留存着对成功的丰富想像，并会再次点燃残存在意识中的热忱火花。

没有热忱的人，就好像没有发条的手表一样缺乏动力。一位神学教授说："成功、效率和能力的一项绝对必要条件就是热忱。"热忱这个字源于希腊文，是"神在你心中"的意思，一个缺乏热忱的人别想赢得任何胜利。

为了使你对目标产生热忱，你应该每天都将思想集中在这个目标上，如此日复一日，你就会对目标产生高度的热忱，并愿意为它奉献。詹姆士说："情绪未必会受理性的控制，但是必然会受到行动的控制。"积极心态和积极的行动可升高热忱的程度，你必须为你的热忱制订一个值得追求的目标，一旦你将你的热忱导向成功的方向，它便会使你朝着目标前进。

真正的热忱是发自内心的热忱，发掘热忱就好像是从井中取水一样，你必须操作抽水机才能使水流出来，接着水便不断地自动流出。你可以对于你所知道或所做的任何事情付出热忱，它是积极心态的一种象征，会自然地从思想、感情和情绪中发展出来，但更重要的是：你可以随心所欲地从内心唤起热忱。

热忱的力量真的很大！当这股力量被释放出来支持明确目标，并不断用信心补充它的能量时，它便会形成一股不可抗拒的力量，并足以克服一切贫穷和不如意，你可以将这股力量传给任何需要它的人。这恐怕是你能够动用热忱所做的伟大工作了，激发他人的想像力，激励他们的创造力，帮助他们和无穷智慧发生联系。

对未来的爱是不存在的，爱只能是现实的。一个人，如果在现实中没有表现出爱，他就根本没有爱。

生命与爱

※ 托尔斯泰

众所周知，爱的感情之中有一种特有的解决生命所有矛盾的能力。它给人以巨大的幸福，而对这种幸福的向往构成了人的生命本身。然而，那些不懂生命的人叫嚷着："但是要知道，这种爱是偶尔才发生的，是不能持久的，它的后果常常是更大的苦难。"

在这些人的心目中，爱情不是理性意识所认为的那样——生命中惟一合乎规律的现象，而不过是一生中常常出现的各种数不清的偶然现象中的一种，人的一生中有各种各样的情绪：人有时会夸耀，有时会迷上科学或艺术，有时热衷于工作、虚荣、收藏，有时会爱着某个人。

对于没有理性的人们来说，爱的情绪不是人类生命的本质，是一种偶然的情绪，一种独立于意志之外的情绪，同人的一生中会产生的其他情绪一样。更有甚者，我们还能常常听到或谈到这样的推论：爱情是某种不正确的破坏生命正常进行的折磨人的情绪。这种议论很像太阳升起来的时候，猫头鹰所产生的眩晕感觉。

尽管如此，在爱的状态中，这些人也感觉到了一种特别的、比起所有别的情绪来都更重要的东西。但是，不理解生命，人们也就不会理解爱情。而对于这些不懂生命的人来说，爱的状态和其他所有情绪一样，充满苦难，充满欺骗。

"去爱，可是去爱谁呢？

暂时爱一下不值得，

而永远爱又不可能……"

这些话准确地表现了人们的模糊不清的认识：爱情之中有着摆脱生命苦难的东西，有某种类似真正幸福的东西。与此同时，人们也承认，对于不理解生命的人来说，爱情也不可能是灵魂得救之方。

既然无人可爱，任何爱情也就都自然流逝。因此只有当有人可以爱的时候，只有当有人可以永远爱着的时候，爱情才成为幸福。而由于没有这个人，那么爱情之中也就没有拯救之方，爱情也是骗局，也是苦难，同所有别的东西一样。这些人只能如此理解爱情，而不会有别的理解。

不懂生命的人认为，生命不是别的，只是动物性存在的人。他们不但自己跟别人学会了这一点，而且也以此教导着他人。

在这些人的眼中，爱情简直不能有我们大家通常赋予这个概念的内涵。它不是给爱的人和被爱的人带来了幸福的好的活动。在认为生命在于动物性的人们的观念中，爱情常常是这样的感情。由于这种感情，一个父亲尽管感到良心的折磨，却仍然会从饥饿的人那里抢来最后一块面包来喂养自己的孩子；由于这种感情，一个母亲会为了自己孩子的幸福，而从别的饥饿的孩子那里夺走他母亲的奶；由于这种感情，爱着一个女人的男人会为这爱情而痛苦，并迫使这个女人也痛苦，或者出于忌妒而毁灭自己和她；由于这种感情，经常发生人们为了爱情而残害妇女；由于这种感情，一个集团为维护自己而损害另一个集团；由于这种感情，人们在所爱的事业上——这个事业只能给周围人带来灾难和痛苦——自己折磨自己；由于这种感情，人们不能忍受对自己祖国的侮辱，而让死尸和伤兵铺满

荒野。

不仅如此，对于那些承认生命在于动物性躯体的人来说，爱情活动是如此困难，以致它的表现不只是痛苦的，并且常常是不可能的。不理解生命的人们常说，不应当去讨论爱情，而应当沉入在那种真正的爱情中——你所感觉到的对人们直接喜欢和偏爱的感情。

他们说得没错，不应当去讨论爱情，因为任何对爱情的讨论都是在毁灭爱情。但是问题在于能不讨论爱情的只有那种已经把理智用于对生命理解的人，只有那种抛弃了个人生命幸福的人；而对于那种不理解生命、只为了动物性躯体幸福而生存的人来说，是不能不去讨论爱情的。他们必然要讨论，以便能沉浸于那种被他们称之为爱情的感情。对于他们来说，不讨论、不解决那些不能解决的问题，这种感情就不可能出现。

事实上，人们喜欢自己的小孩、自己的朋友、自己的妻子、自己的祖国远胜于别的任何孩子、妻子、朋友、国家。人们把这种感情称之为爱情。

一般来说，爱意味着希望，渴望行善。我们只能这样理解爱情而不能有别的理解。换句话说，我爱自己的孩子、自己的妻子、自己的祖国，也就是希望自己的孩子、妻子、祖国比别的孩子、妻子、祖国更幸福。任何时候没有过，也不可能有这种情况，我爱的只是我的孩子，或者只爱我的妻子，或者只爱我的祖国。任何人都是在同时爱着孩子、妻子、祖国和人们，同时人们出于爱情而希望他所爱的各个对象能获得幸福，其条件是相互联系的。

因而，人为了所爱的生命中的一个所进行的爱的活动，不仅妨碍为其他人而进行的活动，而且常常是有害于其他人。

对祖国的爱，对选中的职业的爱，对所有人的爱，也完全如此。如果一个人为了以后的最大的爱而拒绝眼前最小的爱，那么十分清楚，这个人，尽管他全心地希望，却永远也不能权衡，他在多大程度上能够为了将来的要求而拒绝眼前的要求，因而他也就没有能力去解决这个问题，而总是挑选那些会给他带来愉快的爱的表现，也就是说，他的行动不是为了爱，而只是为了他个人。如果一个人打定主意，为了未来另一个较大的爱，他最好放弃眼前最小的爱，那么他这是在欺骗自己，或者欺骗别人，他是谁都不爱，而只爱他自己。

对未来的爱是不存在的，爱只能是现实的。一个人，如果在现实中没有表现出爱，他就根本没有爱。

那种被不理解生命的人称作爱情的东西，只是对自己个人幸福的某一些条件的偏爱；当不理解生命的人说他爱自己的妻子、或者孩子、或者朋友的时候，他说的只是由于他妻子、孩子、朋友的存在增添了他个人生命的幸福。

这种偏爱同真正爱的关系就像存在同生命的关系，那些不理解生命的人总把存在当做生命。同样，这些人也总把对个人生存的某些条件的偏心叫做爱。

这种感情——对某些存在的偏心，例如，对自己的孩子，甚至对某些职业，再比如对科学、对艺术的偏爱等，我们也都把这些叫做爱，但是这种偏心感情各不相同，无穷无尽，它汇集了人的动物生命所有看得见、摸得着的复杂性，不能称之为爱，因为它们不具备爱的主要特征——即以幸福为目的和后果的活动。

这些偏心的热烈表现只能煽起动物性躯体的热情之火。热烈地偏重一些人而不去重视另一些人，这被人错误地称作爱，其实，它不过是未嫁接的小果树，在它上面有可能嫁接上真正的爱之枝，可以结出爱之果。但是作为未嫁接的小果树，它毕竟不是成熟的果树，它不能结出苹果，或者它只能结出苦果来代替甜果。

偏爱、嗜好同样不是爱，不能给人带来善，只会给人带来更大的恶。正因为如此，世界上发生的那些最大的恶行都是因为这个被充分赞美的爱，对女人的爱，对孩子、对朋友的爱引起的，当然更不必说对科学、对艺术、对祖国的爱了。它们只不过是把动物性生命的某些条件暂时看得比另外一些更重而已。

为了使人把自己的生命投入到理性意识向他揭示的幸福中，人被赋予了理性意识。谁把自己的生命投到这个幸福中，谁就获得了生命；谁把生命投放到动物性躯体的幸福中，谁就自己把自己的生命剥夺了。

精神的诞生

※ 托尔斯泰

你们应当重新诞生。"基督说。并非有人命令人诞生，但是人不可避免地要被导引到这上面去。他需要在今世中重新诞生——生出理性意识，以便获得生命。

为了使人把自己的生命投入到理性意识向他揭示的幸福中，人被赋予了理性意识。谁把自己的生命投到这个幸福中，谁就获得了生命；谁把生命投放到动物性躯体的幸福中，谁就自己把自己的生命剥夺了。

有些人认为，人的生命只是追求个人躯体幸福的。这些人听到了这些话，他们也不是不承认这些话，而是不理解它们。他们觉得这些话意味着某种故意装出来的感伤的、神秘的情绪，或者是毫无意义，或者有意义的东西很少。他们不理解这些话的意义，因为这些话解释的是他们达不到的那种状态，正像干燥的、没有萌芽的种子是不能理解潮湿的、已经发芽破土的种子状态一样。对于干燥的种子来说，照射着太阳，无非是一种没有意义的偶然现象，至多只能增加一些热和光而已；但是，对于已经抽芽的种子来说，太阳却是诞生生命的重要因素。人也是这样，对还没有经历过动物性躯体和理性意识的内在矛盾的人来说，理智的阳光仅仅是感伤的神秘词语，只是毫无意义的偶然现象。也就是说，在理智的太阳底下，只有那些已经有生命萌芽的人才能走向生命。

那么，生命是怎样诞生的？它诞生的原因是什么，在什么时间、什么地方诞生？它是否不仅在人身上，还在动物、植物身上有所表现？对于这一切，任何人在任何时候都是不了解的。耶稣基督在谈到人的生命诞生时说，任何人都不知道这个，也不可能知道这个。

的确，人怎么能知道生命是怎样在他身上诞生的呢？生命是人的光明，生命就是生命，是一切的开始，而人又怎能知道生命是如何诞生的呢？对人来说，那种被诞生和死亡的东西并不是生命的东西，而是在空间和时间上出现的东西。因而对于人来说，真正的生命永远存在着，它既不能生，也不能死。

一旦怒火中烧，把思想唤醒，人就会独自穿过有如荆棘丛生的累累错误，只身冲进灼人的多如星火的疑虑，踏着旧真理的瓦砾，继续前进！

斗志昂扬的人

※ 高尔基

一旦怒火中烧，把思想唤醒，人就会独自穿过有如荆棘丛生的累累错误，只身冲进灼人的多如星火的疑虑，踏着旧真理的瓦砾，继续前进！

庄严、高傲、自由的人，勇敢地正视真理，对自己的怀疑说道：

"你说我软弱无力认识有限，这是一派胡言！我的认识在发展！我知道、看见并感觉到认识在我身上发展！我根据痛苦的轻重程度去探测我的认识的增长，如果认识没有增长，我就不会比从前更感到痛苦……

"但是，我每前进一步，我的需求就更多，感受更多，我的见识也越加深广。我的愿望的迅速增长，意味着我的认识在茁壮成长！现在我的认识好比点点星火，那又算得了什么？点点星火可以燎原！将来，我就是照彻黑暗宇宙的熊熊烈焰！而我的使命就是要照亮整个世界，熔化世上无数的神秘之谜，达到我和世界之间的和谐，创造我自己内心的和谐。我要把人间照亮，而人间的生活乌七八糟、痛苦万状，布满了不幸、屈辱、痛苦和怨恨，犹如布满了疥疮，我要把人间一切可恶的垃圾统统扫进往日的墓穴！

"各种迷误与过错，犹如一条条绳索，把惊惶失措的人们拴在一起，把他们变成了一群鲜血淋漓、令人厌恶、互相吞食的野兽，我的使命就是要解开这些绳索！

"思想创造了我，为的是掀翻、摧毁、踏碎一切陈腐、狭隘、肮脏和丑恶的东西，在思想锻造出来的自由、美和对人的尊重的坚固基础上创造新的一切！

"我是苟且偷安无所作为的死敌，我要让每个人都成为大写的人！

"一部分人默默无闻地从事力不胜任的奴隶劳动，完全是为了让另一部分人尽情享用面包和各种精神财富，这种生活毫无意义，可耻而又可恶！

"让一切偏见、成见和习惯都见鬼去吧，它们像粘滞的蜘蛛网，缠绕着人们的头脑和生活。它们妨碍生活，强制人们的意志，我一定要把它们铲除！

"我的武器是思想，而且坚信思想自由、思想不朽以及思想的创造能力永远不断增长——这就是我的力量取之不尽的源泉！

"对我来说，思想是黑暗生活中惟一不会欺骗我的永恒灯塔，是世上无数可耻谬误中的一点灯火；我看见它越燃越旺，逐步把无数秘密彻底照亮，我跟随着思想，在她永不衰竭的光芒照耀下前进，不断向上！迈步向前！

"不论在人间还是在天上，没有思想攻克不了的堡垒，也没有思想震撼不了的圣物！思想创造一切，这就使她拥有神圣不可剥夺的权力，去摧毁可能妨碍她自由生长的一切。

"我平静地认识到偏见是种种旧真理的外壳，思想一度创造了旧的真理，正是思想的火焰又把它们烧成了灰烬，如今盘旋在生活之上的重重谬误，都是旧真理的灰烬中的产物。

"我还认识到，胜利者并非是摘取胜利果实的人，而仅仅是固守在战场上的人……

"我认为生活的意义在于创造，而创造是独立自在而且无穷无尽的！

"我要前进，要燃烧得更加明亮，更彻底地驱散生活中的黑暗。而牺牲就是对我的褒奖。

"我不需要别的褒奖。我认为，权力是可耻而乏味的，财富是沉重而愚昧的，荣誉是一种偏见，它来自人们不善于珍重自己，来自人们卑躬屈膝的奴隶习性。

"怀疑！你们不过是思想迸出的火花而已。为了考验自己，思想才用剩余的力量生育你们，并用自己的力量把你们抚养！

"总有一天，我的感情世界将同我永生的思想在我胸中汇合成一团巨大的创造性的火焰。我将用这火焰把灵魂里一切黑暗、残暴与凶恶的东西烧光。我将同我的思想已经创造出来和现在正在创造的神灵一模一样。

"一切在于人，一切为了人！"

于是，他威严而自由地高昂着骄傲的头颅，重新迈开从容而坚定的步伐，踏着已化为灰烬的陈腐偏见，独自在种种谬误构成的灰白色的迷雾里前进。他身后是沉重的乌云般的旧日的灰尘，而前面则是漠然等待着他的无数的谜。

它们像太空的繁星不计其数，人的道路也永无止境！

斗志昂扬的人就这样迈步向前！不断向上！永远向前！不断向上！

> "人性"从来没有真正屈膝,而是在暂时撒满"鬣狗性"的灰烬底下继续燃烧。

鬣　狗

※ 谢德林

描写鬣狗的文字在哪本动物学中都有记载。它那下边尖尖的嘴,既不说明奸猾,也不说明狡诈,更不说明残忍,甚至可以说是可爱。

它是靠流露善意的小眼给人这种良好印象的。别的尖嘴动物,眼睛清明敏捷,炯炯闪光,眼神是残忍的,野心勃勃的。而它的眼睛,却懒洋洋、水汪汪的,眼神善良,使人信赖。当天主教神父想要把信徒的良心搜索一番的时候,往往就有这种温存的眼睛。另外有些受到信任,以绝密方式誊写值得贺喜的奖赏名单的官员,为了给人以希望,同时又能保守国家机密,对大家一律报以微笑的时候,也有这种眼睛。

谁会认为这里描写的是自古以来就声名狼藉的鬣狗呢!

鬣狗在古代被看作是超自然的动物,古人认为它能施展魔法。对鬣狗的这种见解,在这类动物栖息的国家的土著居民当中,多半至今还占压倒优势。就勃莱姆写的故事看来,当地阿拉伯人相信,人吃鬣狗脑子要发疯,魔法师利用这个办法害他憎恨的人。除此之外,阿拉伯人还相信,鬣狗不外是伪装的魔术师,白天是人,夜里

变成野兽，杀害一个个虔诚的灵魂。

显然，这些传说不太近乎情理，正像我在莫斯科河南岸从一位商妇那里听到的一个寓言一样，她说：我知道一条鬣狗，白天变成人，请来各位贵宾，到星星刚刚闪亮的时候，就拿起笔来——用鬣狗的方式——给报纸写文章……多么荒唐啊！

然而，讲到条花鬣狗，勃莱姆的评价却宽容许多，虽然他未见到它的特殊美德。不过一般说来，野兽是既不会有美德也不会有恶德的，它们有的只是本性。

据勃莱姆证明，条花鬣狗的吠叫不像人们讲的那样讨厌——他听见这吠声，往往觉得开心。相反花斑鬣狗的吠叫，确实有一种特性，会"使任何一个虔信宗教，又有生动想像的灵魂，极易认为这是魔鬼及其一群地狱伙伴的可怕的哈哈笑声"。

所以，如果你读御前报纸，听见"可以认为是魔鬼的哈哈笑声"，那么你就知道它是花斑鬣狗，而这种鬣狗的变种是所有鬣狗之中最危险、最可恨的。

关于这种鬣狗，勃莱姆没有任何说明，不过总结性地说了一说，他讲鬣狗的故事多少有点混乱。显然，这种混乱之所以产生，正是由于这类善于摇身一变的鬣狗好像从他那里逃脱了。幸而它没有逃过我在前面提到的那位莫斯科河南岸的商妇的眼睛，毫无疑问，她亲眼看见了这种鬣狗。

"看看它吧——多可爱啊！"她说，"它开始哼哼哈哈……哈哈，哈哈，可突然又呜呜哭啦……主啊，救救它吧，饶恕它吧！"

然而，勃莱姆说，鬣狗能发出尖得令人厌恶的声音，浑身发臭，吃东西发出呼呼的叫声。

鬣狗的叫喊声、哈哈声会使迷信的人十分自然地觉得地狱里的魔鬼发疯了——他所指的无疑正是这样的变种。再说，这种鬣狗只攻击弱者、睡着的和毫无防护的（自然，如果牺牲品被捆绑着的，那就更好了），此外，它还常常将屋中的小孩托走。

一般说来，小孩儿是善于摇身一变的鬣狗喜爱的美餐。夜间，它钻进玛姆布克人（卡弗尔部族之一）的住所，悄声走过牛犊身旁，拖走熟睡的母亲身边的孩子。

活捉鬣狗并不特别困难，所以养兽人贱价买来，把它们装在笼子里供大家参观。关在笼子里的鬣狗整小时整小时地侧卧在那里，像一段又粗又短的木头。后来，忽然一跃而起，以难以言传的愚蠢神情看着大家，身子在格子上擦蹭，那种刺人骨髓的狂叫声也随之而来。

然而，据另一位学者证明，鬣狗有多大的奸诈，就有多大的怯懦。有一次，他到天蓝河畔一群伙伴那里过夜，忽然紧靠着篝火旁出现一条鬣狗，它唱起它裂人心肝的歌。但当聚集在一起的伙伴们刚刚哈哈大笑来回答这支歌儿的时候，这位不速之客却惊惶万状，马上跑掉了。另一次，在赛纳阿尔城，他半夜作客回来，在城里一条街上遇见相当大的一群鬣狗。可笑的是，驱散它们的办法只是扔了一小块石头。

鬣狗甚至可以驯服。当然，做这件事不会给人愉快，但为详细研究这种动物的习性，诸如此类的尝试并非无益。驯服也相当容易！只是殴打和洗冷水澡是必不可少的。勃莱姆说，用这种办法驯服出来的鬣狗，看见他就立刻跃身而起，高高兴兴地吠叫，先是在他身旁跳来跳去，把前爪放在他肩上，闻闻脸，最后就直挺挺地竖起尾巴，把翻卷着的肠子从肛门里伸出一英寸半至二英寸来。总之，这里正像在任何地方一样，人赢得了胜利。只是那伸出的肠子，多少让人有些不愉快。

不过，看见鬣狗的快活……这也各有不同……

但这个故事到底是什么意思，写它有什么目的？也许，读者会问我。——我讲这个故事，目的是以直观方法表明，"人性"永远而且必定战胜"鬣狗性"。

有时我们觉得，"鬣狗性"准备充塞整个世界，不断向左右扩

充，眼看就要挤死一切有生之物了。这种幻觉并非偶然产生，四周响着哈哈声和尖叫声，阴暗深处传来唤起仇恨、争吵、倾轧的呼喊。一切有生之物都在无名的恐怖下叩头作揖，善屈膝了，美屈膝了，人性屈膝了！一切内心活动都在这个恼人念头的重压下停滞了，像挂起密不透风的帷幕似的，一切都被仇恨、诽谤、鬣狗性永远遮盖了！

然而，这是一种荒谬的想法。"人性"从来没有真正屈膝，而是在暂时撒满"鬣狗性"的灰烬底下继续燃烧。

今后它也不会屈膝，也不会中止燃烧——决不会！因为，只要人能够认识到"鬣狗精神"绝对施展不出会造成无理及恶毒的偏见的魔法，这样就会使心灵与头脑醒悟，人性就会赢得胜利。这醒悟一旦出现，就不再需要培养"鬣狗精神"了。为什么？因为它毕竟不会停止发出臭味，况且培养也有许多麻烦，它将自然而然地向深渊坠落，最后，直到大海把它吞没，历史把它吞没。

你与生俱来的能力所带给你的权力和自由已达极限，不要奢求更多，其他一切全都是奴役、幻想和虚名。

人的过错

080

※ 卢 梭

量力而行，放弃妄想，人会永远快乐，远离烦恼。紧紧地占据着大自然在万物的秩序中给你安排的位置，没有任何力量能够使你脱离那个位置，不要反抗那严格的必然的法则，没有必要因它而空耗尽体力，因为上天所赋予你的能力，不是用来扩充或延长你的存在，而只是用来让你按照它喜欢的样子和它所许可的范围生活。你与生俱来的能力所带给你的权力和自由已达极限，不要奢求更多，其他一切全都是奴役、幻想和虚名。当权力要依靠舆论的时候，其本身就带有奴隶性，因为你要以你用偏见来统治的那些人的偏见为转移。你要按自己的心意去支配他们，你就必须按照他们的心意办事。他们只要改变一下想法，你就要相应改变自己的做法，无论你是否情愿。只有自己实现自己意志的人，才不需要借用他人之手实现自己的意志。由此可见，在所有的财富中，最为可贵的不是权威而是自由。而真正自由的人，从不奢求得不到的东西，也不做不喜欢做的事。

我们误用了我们的能力，结果痛苦紧随而来。精神上的痛苦无

可争辩地是我们自己造成的，而身体上的痛苦，要不是因为我们误用了能力使我们感到这种痛苦的话，是算不得一回事的。大自然之所以使我们感觉到我们的需要，难道不是为了保持我们的生存吗？身体上的痛苦难道不是机器出了毛病的信号，警告我们更加小心吗？坏人不是在毒害他们自己的生命和我们的生命吗？谁愿意始终这样生活呢？死亡就是解除我们所做的罪恶的良药；大自然不希望我们一直遭受痛苦。在蒙昧和朴实无知的状态中生活的人，所遇到的痛苦是多么少啊！他们的身体是那样的健康，他们的精神是那样的愉快，以至于从未想过死亡这个概念。当他们意识到死的时候，他们的痛苦将使他们希望死去，这时候，在他们看来死亡就不是一件痛苦的事情了。如果我们满足于现状，我们对命运就没有什么可抱怨的。为了寻求一种空想的幸福，我们却遭遇了千百种真正的灾难。谁要是遇到一点点痛苦就不能忍受，他就一定会遭到更大的痛苦。

我想，万物的运行轨道是有一个规律的，普遍的灾祸只有在脱离轨道的时候才能发生。个别的灾祸只存在于遭遇这种恶事的人的感觉里，但人之所以有这种感觉，不是由大自然赐予的，而是人自己造成的。任何人，只要他不常常想到痛苦，不瞻前顾后，他也就不会有痛苦之感。

生存有什么可以恐惧的呢！要生活，就必须行动。

生命与创造

※ 罗曼·罗兰

生命若是一张弓，那梦想就是弓弦。但，箭手在哪里呢？

我见过一些俊美的弓，用坚韧的木料制成，表面光滑没有一丝节痕，谐和秀逸如神之眉，但却没什么用途。

我见过一些行将震颤的弦线，仿佛从动荡的内脏中抽出的肠线，在静寂中颤栗着。它们绷紧着，即将奏鸣了……它们将射出银矢——那音符——在空气的湖面上拂起涟漪，可是它们在等待什么？终于松弛了。于是，永远没有人听到那串美妙的音符了。

震颤沉寂，箭枝纷散；箭手何时来捻弓呢？

他很早就来把弓搭在我的梦想上。我几乎记不起我何时曾躲过他，只有神知道我怎样地梦想！我的一生是一个梦，我梦着我的爱、我的行动和我的思想。当我晚上无眠时，当我白天幻想时，我心灵中的谢海莱莎特就解开了纺纱竿。她在急于讲故事时，她梦想的线索被搅乱了，我的弓跌到了纺纱竿一面，那箭手——我的主人——睡着了。但即使在睡眠中，他也不放松我，我挨近他躺着。我像那把弓，感到他的手放在我光滑的木杆上。那只丰美的手、那些修长而柔软的手指，它们用纤嫩的肌肤抚弄着在黑夜中奏鸣的一根弦线。

我使自己的颤动溶入他身体的颤动中，我颤栗着，等候苏醒的瞬间，那时，我就会被神圣的箭手搂入他的怀抱里。

所有我们这些有生命的人都在他掌中；灵智与身体，人，兽，元素，水与火——气流与树脂———一切有生之物……

生存有什么可以恐惧的呢！要生活，就必须行动。您在哪里，箭手，我在向您呼吁，生命之弓就横在您的脚下。俯下身来，拣起我吧！把箭搭在我的弓弦上，射吧！

我的箭嗖地飞去了，犹如飘忽的羽翼。那箭手把手挪回来，搁在肩头，一面注视着向远方消失的飞矢，一面注视着已经射过的弓弦渐渐地由震颤而归于凝止。

谁能解释神秘的发泄呢？一切生命的意义就在于此——在于创造的刺激。

生活在这刺激的状态中，是万物共同的期待。我常观察我们那些小同胞，那些兽类与植物奇异的睡眠——那些禁锢在茎衣中的树木、做梦的反刍动物、梦游的马、终生懵懵懂懂的生物。而我在它们身上却感到一种不自觉的智慧，其中不无一些悒郁的微光，显出思想快形成了："究竟什么时候才行动呢？"

微光隐没。它们又入睡了，疲倦而听天由命……

"还没到时候呐。"我们必须等待。

我们一直等待着，我们这些人类。时候毕竟到了。

可是对于某些人，创造的使者只站在门口；对于另一些人，他却进去了，他用脚碰碰他们："醒来！前进！"

我们一跃而起：咱们走！

我之所以生存，因为我创造。生命的第一个运动是创造。一个新生的男孩刚从母亲子宫里冒出来时，就立刻洒下几滴精液。一切都是种籽；身体和心灵均如此。每一种健全的思想是一颗植物种籽的包壳，传播着输送生命的花粉。造物主不是一个劳作了六天而在安息日上休憩的有组织的工人。安息日就是主日，是造物主那伟大的创造日。造物主不知道还有什么别的日子。如果他停止创造，即使是一刹那，他也会死去。因为"空虚"时刻张着两颚等着他……颚骨，吞下吧，别做声！巨大的播种者散布着种籽，仿佛流泻的阳光；而每一颗洒下来的渺小种籽就像另一个太阳。倾泻吧，未来的收获，无论肉体或精神的！精神或肉体，反正都是同样的生命之源泉。

"我的不朽的女儿，刘克屈拉和曼蒂尼亚……"我产生我的思想和行动，作为我身体的果实……永远把血肉赋予文字……这是我的葡萄汁，正如收获葡萄的工人在大桶中用脚踩出的一样。

因此，我一直创造着……

如果你不能在生活中感受到真正的快乐，那么，你就是活得太草率了。

不要活得太草率

※ 屈秀彦

某日，我告诉一个现代人：你活得太草率了。他恐怕即刻就会勃然大怒。然后，他会告诉我，他每天如何勤奋地工作，星期天帮助老婆做家务，一边教育子女，一边还要储蓄，怎么会活得草率？

或许他是对的。不过，他仅仅是在有规律的地处理着每天发生的事情，请问，这也叫生活吗？在如此的生活里，他能感觉到真正的快乐吗？

换句话说，如果你不能在生活中感受到真正的快乐，那么，你就是活得太草率了。

人世万物始终在替换更新，但在转变中，惟一永远不
变的就是真理，这也就是从宇宙中产生出来的力量。

每一刹那都是新生

※ 松下幸之助

人生毫无意义了，除非我们改变那种每天只是翻来覆去，没有目标地过日子的生活态度。倘若希望人生是繁荣、和平与幸福，就应该改变这种反复单调的生活。今天应该比昨天进步，明天比今天更进步，也就是每天生命要有所成长。而生命成长到底是什么？对生命又有什么意义？

所谓"生命成长"，就是日新又新，人生在每一刹那都有新的改变，每一时刻都有新的生命在跃动。也可以用另一种方式来理解，旧的东西灭亡，新的东西诞生并取而代之；一切事物没有一刻是静止的，它不断地在动、不断地在变。这是不可动摇的宇宙哲理。

由此我们就可以看出，由生到死就是一种生命成长。死就是消灭，一个接一个地死去，又一个个地诞生出来。为了实现人类的繁荣、和平和幸福，对死亡必须有从容不迫的态度，即信奉所谓"生死有命"的人生观。死，其实并没有什么可怕，它只是自然向完美成长中的一种机制或法则。

明白了生命成长的真谛，我们也就不再畏惧死亡了。因为，死

亡，既不可怕，也不可悲，是生命成长必经的过程之一，也是万物生生不息的象征。死亡合乎天地法则，其中包含着喜悦和耐心。

当我们不再惧怕死亡，敢于直面死亡时，自然会明白如何面对每天的现实生活，每天的生活也就会经常保持新的创意和发明。

至于"十年如一日"，并不是说在十年里不要有任何进步，而是说十年中每一天的努力都要像第一天的努力那样起劲，旨在强调勤劳、努力与毅力的精神。这种十年如一日的努力，一定会产生非常新颖的创意和进步。但是，假如大家的工作十年来没有任何变化，千篇一律，那绝对是违反了生命成长的原理。

明治维新时，西乡隆盛和功臣之一的坂本龙马常长谈。西乡隆盛每次的感觉都不一样，即使是同一话题，坂本的谈话内容和观念每次都有一点改变。于是，西乡就对他说："前天，我遇到你的时候，你所讲内容和昨天，今天都稍有出入。你既然是天下驰名的志士，受到大家的尊敬，应该有不变的信念才行。所以我对你的话有些怀疑。"

坂本龙马常就说："人不能有不变的信念，即使志也是这样。孔子说过'群子从时'，时间不停地流转，社会情势也天天在变化，昨天的'是'成为今天的'非'，乃是理所当然。我们从'时'，便是行君子之道。"接着又说："西乡先生，你对一个事物一旦认为是这样，就从头到尾遵守到底，将来你一定会变成时代的落伍者。"

人世万物始终在替换更新，但在转变中，惟一永远不变的就是真理，这也就是从宇宙中产生出来的力量。

因此，所谓转变及更新，便是因时因地活用这种力量。若以为真理是不变的，就不再活用变通，真理就等于死了一样。

就生意而言，店铺是愈老愈好，但如果让产品及经营方法维持老样子，即使再老的店铺也会被时代淘汰。

佛教也是一样。佛教的教义是永远不变的，但教化的方法必须随时代而改变。释迦牟尼以前常说："诸行无常。"

一般人认为这话的意思是："这个世界像昙花一现，很不可靠。"如此看法好像否定了现世，使人丧失活下去的勇气，也对人类追求繁荣、和平与幸福打了很大的折扣。其实则不然，所谓"诸行"就是"万物"，"无常"就是"转变"；"诸行无常"是指万物流转、生命成长，也就是要求我们日新月异。

整个社会也一样，不论教育、经济、政治等各层面或每天的工作，人人都应该以就更新的精神谋求改善，否则，希望无止境的繁荣、和平与幸福无异于痴人说梦。

> 人若能知足，虽贫不苦；若能安分（不多作分外希望），虽失意不苦；老、病、死乃人生难免的事，达观的人看得很平常，也不算什么苦。

最苦与最乐

※ 梁启超

人生什么最苦呢？贫吗？不是。失意吗？不是。老吗？死吗？都不是。我说人生最苦的事莫苦于身上背着一种未来的责任。人若能知足，虽贫不苦；若能安分（不多作分外希望），虽失意不苦；老、病、死乃人生难免的事，达观的人看得很平常，也不算什么苦。独是凡人生在世间一天，便有一天应该做的事，该做的事没有做完，便像是有几千斤重担子压在肩头，再苦是没有的了。为什么呢？因为受那良心责备之过，要逃躲也没地方逃躲呀！

答应人办一件事没有办，欠了人的钱没有还，受了人的恩惠没有报答，得罪了人没有赔礼，这就连这个人的面也几乎不敢见他；纵然不见他的面，睡里梦里都像有他的影子来缠着我。为什么呢？因为觉得对不住他呀！因为自己对于他的责任还没有解除呀！不独对于一个人如此，就是对于家庭，对于社会，对于国家，乃至对于自己，都是如此。凡属我受过他好处的人，我对于他便有了责任。凡属我应该做的事，而且力量能够做得到的，我对于这件事便有了责任。凡属我自己打主意要做一件事，便是现在的自己和将来的自己立了一种契约，便是自己对于自己加一层责任。有了这责任，那良心便时时刻刻监督在后头。

这种苦痛却比不得普通的贫、病、老、死，可以达观排解得来。所以我说人生没有苦痛便罢，若有苦痛，当然没有比这个更重的了。

翻过来，什么事最快乐呢？自然责任完了，算是人生第一件乐事。古语说得好："如释重负"，俗语亦说："心上一块石头落了地。"人到这个时候，那种轻松愉快，真是不可以言语形容。责任越重大，负责的日子乃越长；到责任完了时，海阔天空，心安理得，那快乐还要加几倍哩！大抵天下事从苦中得来的乐才是真乐。人生须知道有负责任的苦处，才能知道有尽责任的乐处。这种苦乐循环，便是这有活力的人间一种趣味；却是不尽责任，受良心责备，这些苦都是自己找来的。

　　相信自己，靠自己，随时随地尽自己的一份儿往最好里做去，让自己活得有意思，一时一刻一分一秒都有意思。这么着，自爱自怜才真是有道理的。

论　自　己

※ 朱自清

　　翻开辞典，"自"字下排列着数目可观的成语，这些"自"字多指自己而言。这中间包括着一大堆哲学，一大堆道德，一大堆诗文和废话，一大堆人，一大堆我，一大堆悲喜剧。自己"真乃天下第一英雄好汉"，有这么些可说的，值得说值不得说的！难怪纽约电话公司研究电话里最常用的字，在五百次通话中会发现三千九百九十次的"我"。这"我"字便是自己称自己的声音，自己给自己的名儿。自爱自怜！真是天下第一英雄好汉也难免的，何况区区寻常人！冷眼看去，也许只觉得那托自尊大狂妄得可笑；可是这只见了真理的一半儿。掉过脸儿来，自爱自怜确也有不得不自爱自怜的。幼小时候有父母爱怜你，特别是有母亲爱怜你。到了长大成人，"娶了媳妇儿忘了娘"，娘这样看时就不必再爱怜你，至少不必再像当年那样爱怜你。——女的呢，"嫁出门的女儿，泼出门的水"；做母亲的虽然未必这样看，可是形格势禁而且鞭长莫及，就是爱怜得着，也只算找补点罢了。爱人该爱怜你？然而爱人们的嘴一例是甜蜜的，谁能说"你泥中有我，我泥中有你？"真有那么回事儿？赶到爱人变了太太，再生了孩子，你算成了家，太太得管家管孩子，更不能一心儿爱怜你。你有时候会病，"久病床前无孝子"，太太怕也够倦的，够烦的。住医院？好，假如有运气住到像当年北平协和医院样的医院里去，倒是比家里强得多。但是护士们看护你，是服务，是工作；也许夹上点儿爱怜在里头，那是"好生之德"，不是爱怜你，是爱怜"人类"。——你又不能老呆在家里，一离开家，怎么着也算"作客"；那时候更没有爱怜你的。可以有朋友招呼你；但朋友有朋友的事儿，那能教他将心常放在你身上？可以有属员或仆役伺候你，那——说得上是爱怜么？总而言之，天下第一爱怜自己的，只有自己；自爱自怜的道理就在这儿。

再说："大丈夫不受人怜。"穷有穷干，苦有苦干；世界那么大，凭自己的身手，哪儿就打不开一条路？何必老是向人愁眉苦脸唉声叹气的！愁眉苦脸不顺耳，别人会来爱怜你？自己免不了伤心的事儿，咬紧牙关忍着，等些日子，等些年月，会平静下去的。说说也无妨，只别不拣时候不看地方老是向人叨叨，叨叨得谁也不耐烦的岔开你或者躲开你。也别怨天怨地将一大堆感叹的句子向人身上扔过去。你怨的是天地，倒碍不着别人，只怕别人奇怪你的火气怎么这样大。——自己也免不了吃别人的亏。值不得计较的，不做声吞下肚去。出入大的想法子复仇，力量不够，卧薪尝胆的准备着。可别这儿那儿尽嚷嚷——嚷嚷完了一扔开，倒便宜了那欺负你的人。"好汉胳膊折了往袖子里藏"，为的是不在人面前露怯相，要人爱怜这"苦人儿"似的，这是要强，不是装。说也怪，不受人怜的人倒是能得人怜的人；要强的人总是最能自爱自怜的人。

大丈夫也罢，小丈夫也罢，自己其实是渺乎其小的，整个儿人类只是一个小圆球上一些碳水化合物，像现代一位哲学家说的，别提一个人的自己了。庄子所谓马体一毛，其实还是放大了看的。英国有一家报纸登过一幅漫画，画着一个人，仿佛在一间铺子里，周

遭陈列着从他身体里分析出来的各种原素，每种标明分量和价目，总数是五先令——那时合七元钱。现在物价涨了，怕要合国币一千元了罢？然而，个人的自己也就值区区这一千元儿！自己这般渺小，不自爱自怜着点又怎着！然而，"顶天立地"的是自己，"天地与我并生，万物与我为一"的也是自己；有你说这些大处只是好听的话语，好看的文句？你能愣说这样的自己没有！有这么的自己，岂不更值得自爱自怜的？再说自己的扩大，在一个寻常人的生活里也可见出。且先从小处看。小孩子就爱搜集各国的邮票，正是在扩大自己的世界。从前有人劝学世界语，说是可以和各国人通信。你觉得这话幼稚可笑？可是这未尝不是扩大自己的一个方向。再说这回抗战，许多人都走过了若干地方，增长了若干阅历。特别是青年人身上，你一眼就看出来，他们是和抗战前不同了，他们的自己扩大了。——这样看，自己的小，自己的大，自己的由小而大。在自己都是好的。

自己都觉得自己好，不错；可是自己的确也都爱好。做官的都爱做好官，不过往往只知道爱做自己家里人的好官，自己亲戚朋友的好官；这种好官往往是自己国家的贪官污吏。做盗贼的也都爱做好盗贼——好喽罗，好伙伴，好头儿，可都只在贼窝里。有大好，有小好，有好得这样坏。自己关闭在自己的丁点大的世界里，往往越爱好越坏。所以非扩大自己不可。但是扩大自己得一圈儿一圈儿的，得充实，得踏实。别像肥皂泡儿，一大就裂。"大丈夫能屈能伸"，该屈的得屈点儿，别只顾伸出自己去。也得估计自己的力量。力量不够的话，"人一能之，己百之，人十能之，己千之"；得寸是寸，得尺是尺。总之路是有的。看得远，想得开，把得稳；自己是世界的时代的一环，别脱了节才真算好。力量怎样微弱，可是是自己的。相信自己，靠自己，随时随地尽自己的一份儿往最好里做去，让自己活得有意思，一时一刻一分一秒都有意思。这么着，自爱自怜才真是有道理的。

一个生命终止，另一个新生命诞生；有死才有生，生生不息。

灯芯将残

※ 丰 凯

有一位医术高明的医师，不但热心救人，并且收费低廉，远近的居民都喜欢找他医病。

一天，来了一位半身不遂的白发老翁，坐在轮椅上，由儿子推着走。

"无论如何，拜托你救救我父亲……"四十多岁的大男人，哭得像婴儿一般，"看了好几位医师都没有起色，我只想让他多活几年。千万拜托，大夫。"

医师仔细量脉搏、血压、做了心肺检查后，开了一张药单，并特地叮咛："回家以前，不妨上三楼佛堂坐坐。"

男人听了一头雾水，只当医师是在安抚病患情绪，没放在心上。

匆匆地过了两个月，男人又推着老父来看诊。仔细检查、开药方后，医师再度嘱咐他陪父亲去三楼佛堂坐坐。

但男人依旧没在意，拿了药便推父亲走，心想这个医师还挺鸡婆的。

直到第三次看诊，开完药方后，医师拦住他，按下电梯一同前

往三楼佛堂。

三人默默测览素雅的茶几盆栽和书架上的善书佛经。八坪大的空间里，除了清水和两碟笑香兰之外，澄黄的酥油在供桌上无烟焚烧，沉睡在火焰的梦里……

"我请你们上来坐的原因，是看看油灯里的灯芯……"医师指着前方说，"每一盏油灯都需要灯芯，有最好的油却没灯芯，还是无法燃烧。每当油快要烧光，灯芯剩下一小截时，我就会想：再添些油到容器里，应该可以延长灯芯的寿命吧，于是我真的这么做了，结果你们猜怎样？"

望着满脸疑惑的父子二人，他缓缓接道："我总是贪心地，倒进太多的油，结果不是火焰变得极微弱，就是灯芯根本烧不起来。试过好几次以后，我才明白：要让灯芯发出最自然的光芒，只有一个方法，就是在容器内注满油，让灯芯一路烧完，油尽灯枯，再重新添入新油、换上新灯芯，这才是点灯的正确方法。"

男人恍然大悟，默默点头，含泪推着轮椅上的老父离去。

容器是命运，油仿佛我们身处的世界，而灯芯就像是肉体躯壳一样。

一个生命终止，另一个新生命诞生；有死才有生，生生不息。

油灯将残，就让它残吧，花之将萎，任它枯萎吧，残败枯萎只是一种游戏，灵魂却在不凋不残的大化时空里，穿梭旅行。

没有一只鸟会升得太高，如果它只用自己的翅膀飞升。

野雁的感觉

※ 刘知秋

下个秋天，当你见到雁群为过冬而朝南方，沿途以"V"字队形飞行时，你也许已想到某种科学论点已经可以说明它们为什么如此飞。当每一只鸟展翅拍打时，造成其他的鸟立刻跟进，整个鸟群抬升。借着"V"字队形，整个鸟群比每只鸟单飞时，至少增加了71%的飞升能力。

分享共同目标与集体感的人们可以更快、更轻易地到达他们想去的地方，因为他们凭借着彼此的冲劲、助力而向前行。

当一只野雁脱队时，它立刻感到独自飞行时的迟缓、拖拉与吃力，所以很快又回到队形中，继续利用前一只鸟所造成的浮力。

如果我们拥有像野雁一样的感觉，我们会留在队里，跟那些与我们走同一条路，同时又在前面领路的人在一起。

当领队的鸟疲倦了，它会轮流退到侧翼，另一只野雁则接替飞

在队形的最前端。

轮流从事繁重的工作是合理的，对人或对南飞的野雁都一样。

飞行在后的野雁会利用叫声鼓励前面的同伴来保持整体的速度。

当我们在后面叫喊时，传达什么样的讯息。

最后——而且是重要的——当一只野雁生病了，或是因枪击而受伤，从而脱队时，另外两只野雁会脱队跟随它，来帮助并保护它。它们跟着落下的野雁到地面，直到它能够飞或者死掉。而且只有在那时，另两只野雁才会再飞走，或随着另一队野雁来赶上它们自己的队伍。

如果我们拥有野雁的感觉，我们将像它们一样互相扶助。

　　体育运动中有一个名词叫做生理极限，其实其他领域中也有这样的状况，很多人就在极限来临的那一瞬间放弃了。

黎明前的黑暗

※ 毛凤麟

　　当年上大学时，我有位同学叫小新，他原先并不喜欢音乐。有一天他在学校草坪上看到了一个同学的吉他表演，那潇洒的弹琴姿势，畅快淋漓的手法，美妙动人的节奏，使小新彻底地心醉了。他问那个同学能不能教他学，那位同学告诉他说："去找阿竹吧，他比我强上十倍，跟着我你很快就学不到任何东西。"

　　小新依着同学的指点，找到了那个全校公认第一的吉他手，居然很顺利地成为了人家的记名弟子。为了激励自己学琴的兴趣并保持练习的状态，小新斥"巨资"买了一把韩国产的吉他。在好琴好师傅的帮助下，小新进步很快，一下子超过了练琴较他早得多的同学。小新有点得意，但又有点迷惘，因为在内心他知道自己的琴艺依然比师傅还差很远，他焦急地希望青出于蓝的日子早日来到。不料师傅毕业的日子竟如此快地到来了，胜于蓝的日子却没能并驾齐驱。师傅临别时嘱咐："你要每天好好地练琴啊！"

　　每当想起这句话，小新就不由得打心眼儿里痛，因为他现在面

对的是尘封将近半年之久的吉他——那个高价买来的韩国琴。他觉着自己很难有所突破提高，加上学业忙碌，他已许久不练琴了。就在师傅离开一周年那天下午，小新接到了久违的师傅从远方捎来的一封邮件，信里说：

"小新，离开你已经一年了，很想你。如果我没有猜错的话，你一年来的坚持已经带来了你琴艺的突破。你现在已经能够轻松自如地应用各种技巧了吧？那天没有告诉你，这一年是你最难熬的日子，因为你虽然已经入门，但是要真正地成为一名高手，尚需要技巧的纯熟，这可能会耗费你一年的时间去反复锤炼。这是必要的同时也是值得的，现在你一定有了自己的答案了，是吗？……"

那天晚上，小新把那把吉他仔细地擦试了一遍，忧郁地弹了几首曲子，然后默默无语地把琴收了起来，直到一年后我们毕业，我们再没见他弹过琴。前年我出差到他所在的城市，在他家客厅里又见到他那把琴。小新告诉我，工作后，他又拿起了琴，坚持练了下去，自觉又上了一个境界，他与阿竹始终保持着联系。他说：阿竹真是一个好老师。

当困难看起来难以克服时，放弃似乎是最容易摆脱困境的出路。尤其是在面临突破、上一个平台境界的时刻，往往总感觉长时间的徘徊不前，一种涅槃般的痛苦。在生活中，很多人失败了，不是因为他们缺少知识和才能，而是他们放弃了。成功并不遥远，只不过你的耐性差了一点点。其实这时候往往就是黎明前的黑暗，越接近成功时，可能越艰苦难熬。

生活就是这样，成功者可能仅仅比我们这些失败者多忍耐了几分钟，他们就成功了。英语中有一句非常贴切的话来形容这种情形：一个英雄并不在于他比别人更勇敢，而在于他比其他人勇敢的时间多出了十分钟。

经常保持笑容，对你的另一半、你的孩子微笑，甚至对陌生人也不要吝惜你的微笑，因为小小的微笑就能大大增进人与人之间的感情。

关于微笑的故事

※ 孙希文

法国作家安东尼·圣艾修伯里所写的《小王子》是本深受世人喜爱的名著。这本书表面上看来是童话故事，但书中的小王子以孩童的观点来看这个世界，让世故的成人读来更觉寓意深远。其实除了《小王子》，圣艾修伯里还创作过其他小说和短篇故事。

圣艾修伯里是名飞行员，二次大战对抗纳粹时被击落身亡，之前他也曾参加西班牙内战打击法西斯分子。他根据这次经验写了一篇精彩的故事——《微笑》，现在要提的就是这篇作品。这是真实故事或是虚构事情，没人能下定论，但我宁可相信这是作者的亲身体验。

故事的前段大意是作者被敌军俘虏，关进监牢。看守监狱的人一脸凶相，态度极为恶劣。他心想，明天绝对会被拖出去枪毙。以下是我记忆中的故事原文。

"一想到自己明天就没命了，不禁陷入极端的怕恐与不安。我翻遍了口袋，终于找到一支没被他们搜走的香烟，但我的手紧张得不

停发料，连将烟送进嘴里都成问题，而我的火柴也在搜身时被拿走了。

"我透过铁栏望着外面的警卫，他并没有注意到我在看他，也许对他而言，我只是他看守的一样'物品'、一具'尸体'。我叫了他一声：'能跟你借个火吗'他转头望着我，耸了耸肩，然后走了过来。

"当他帮我点火时，他的眼光无意中与我的相接触，这时我突然冲着他微笑。我不知道自己为何有这般反应，也许是过于紧张，或者是当你如此靠近另一个人，你很难不对他微笑。不管是何理由，我对他笑了。就在这一刹那，这抹微笑如同花般，打破了我们心灵之间的隔阂。受到了我的感染，他的嘴角不自觉地也现出了笑容，虽然我知道他原无此意。他点完火后并没立刻离开，两眼盯着我瞧，脸上仍带着微笑。

"我也以笑容回应，仿佛他是个朋友，而不是个守着我的警卫。他看着我的眼神也少了当初的那股凶气，'你有小孩吗?'他开口问道。

"'有，你看。'我拿出了皮夹，手忙脚乱地翻出了我的全家福照片。他也掏出了照片，并且开始进述他对家人的期望与计划。这时我眼中充满了泪水，我说我害怕再也见不到家人。我害怕没机会看着孩子长大。他听了也流下两行眼泪。

"突然间，他二话不说地打开了牢门，悄悄地带我从后面的小路逃离了监狱，他挥了挥手，示意叫我尽快离去，之后便转身往回走，不曾留下一句话。

"一个微笑居然能救自己一条命。"

是的，微笑是人与人之间最自然真挚的沟通方式，我常爱讲这则《微笑》的小故事，因为人常常为自己建立层层的保护膜，为了维护尊严、头衔、身分、形象等，而必须有所隐藏，我相信在这些掩饰下，每个人都有一个真实、不带虚伪的灵魂。如果我们能用心灵去认识彼此，世间不会有结怨成仇的憾事；恨意、妒嫉、恐惧也会不复存在。可惜的是人小心翼翼为自己所建造的保护膜，却阻隔了自己与他人真诚相对的机会。圣艾修伯里的这则故事，让我们见到了两颗心灵相互交流的神奇时刻。

我也曾有过如此神奇的时刻，坠入情网是其中一刻，而看着婴儿的脸是另外一例。为什么我们见到婴孩会微笑？也许是因为我们在他们身上见到了不设防的灵魂，而他们纯真无邪的笑容，更引起了我们内心深处的共鸣。

102

自己给自己制造一点危机感，我们也会改变自己的命运。

给自己制造一点危机

※ 温 平

不久前，同学从广州回家探亲时顺便来看我。饭桌上，我向她"吐苦水"：我的工资待遇太低，做的又不是我喜欢的工作，活得极其无聊。我说，我想跟她一起到外面的世界去闯，我需要换个活法，需要新的机会。

她非常吃惊："工资低你怎么还有心情闲得无聊？"

"我没有什么别的事情好做嘛！"

她搁下碗筷抬头朝我笑了："我在广州每天工作十几个小时，假期还要抽时间去'回炉'。你既然干得不痛快，可没有谁硬把你绑在那个位置上，你可以积攒'资本'找准机会自己'跳'啊！"

我又向她抱怨我这个人运气不好。

她长久地沉默不语。

过了一会儿，她朝我叹了口气说："我吃饭只用了二十分钟，你呀，快两个小时了，还没有吃完！"

这回轮到我沉默不语了。我突然悟到，这就是我与她的差距。大差距往往是由细微的小差距构成的。

其实，只要我每天按照她的快节奏的生活方式干，只要像她一样地卖力，我的发展肯定比去广州要好。

问题在于，我从没想到要给自己制造一点危机的感觉。

我也放下碗筷，同学立刻帮我收拾，她在厨房里高声地问："你想好了，到底去不去闯啊？"

我说："不了！"

我真的想好了。有时候并不一定非要环境加压，我们才能去做什么；如果我们高瞻远瞩一点，自己给自己制造一点危机感，我们也会改变自己的命运。

感悟青少年的
哲理美文 ④

竭宝峰◎主编

人生体味

辽海出版社

责任编辑：于文海　孙德军

图书在版编目（CIP）数据

感悟青少年的哲理美文/竭宝峰主编．—沈阳：辽海出版
社，2009.07（2015.5 重印）

（文化百科丛书）

ISBN 978 - 7 - 80669 - 023 - 9

Ⅰ.①感…　Ⅱ.①竭…　Ⅲ.①散文 - 作品集 - 世界②随笔 - 作品集 - 世界　Ⅳ.①I16

中国版本图书馆 CIP 数据核字（2009）第 095199 号

感悟青少年的哲理美文

主编：竭宝峰

人 生 体 味

出　版：辽海出版社	地　址：沈阳市和平区十一纬路 25 号
印　刷：北京一鑫印务有限责任公司	字　数：700 千字
开　本：700×1000mm　1/16	印　张：40
版　次：2009 年 7 月新 1 版	印　次：2015 年 5 月第 2 次印刷
书　号：ISBN 978 - 7 - 80669 - 023 - 9	定价：149.00 元（全 5 册）

如发现印装质量问题，影响阅读，请与印刷厂联系调换

总　序

　　哲理，一般有两种意思。一是指能使人的精神新生的原理或概念；二指关于宇宙和人生根本的原理。

　　哲理，是感悟的参透，思想的火花，理念的凝聚，睿智的结晶。哲理不受时空限制，它纵贯古今，横亘中外，包容大千世界，透析人生社会，寄寓于人生百态，闪现在思维瞬间。

　　有事物即有哲理，这是不以人的意志为转移的。不同的人对同一事物会有不同的认识和感悟，因为哲理是世界观，是方法论，不同的世界观，不同的方法论，会引出不同的认识，这也是不足奇怪的。

　　美文，是一个与时俱进的概念。它可以指作为独立文体的美文。周作文最早从西方引入"美文"的概念，于1921年发表《美文》，提倡"记述的"、"艺术的"叙事抒情散文，"给新文学开辟出一块新土地"。经过一大批学者、作家的应和和拓荒，彻底打破了美文不能用白话的迷信。美文作为一种独立文体的地位遂得以在文学史上确立。作为独立文体的美文，实质是散文的一种。

　　广义的美文是指不带实用目的，专供直觉欣赏的作品。带有实用目的的写作，如新闻、公文、论述等可统称为杂文。美文重感性，长于抒情；杂文重知性，长于达意。不过两者也不是界线分明，杂

文写好了，可以与美文欣赏，美文中也往往有实用的目的。

哲理美文有自己的艺术特色。哲理美文的象征思维：哲理美文因为超越日常经验的意义和自身的自然物理性质，构成了本体的象征表达。它摒弃的是浅薄，而是达到一种与人的思想性相通、生命交感、灵气往来的境界。哲理美文的联想思维：由于哲理美文是个立体的、综合的思维体系，经过联想，文章拥有更丰富的内涵。哲理美文中的情感思维：哲理美文在本质意义上是思想表达对情感的一种依赖。由于作者对生活的感悟过程有情感参与，理解的结果有情感及想象的加入，所以哲理美文中的思想就不是枯燥的说教和议论，而是寓含了生活情感的思想。

由于哲理美文的上述特色，时常阅读这类文章，自然能在潜移默化中受到启迪和熏陶，经受思想的洗礼和升华。这种内化作用要比其他文体更为巨大。

哲理美文以种种形象来参与生命的真理，从而揭示万物之间的永恒相似。它因其深邃性和心灵透辟的整合，给我们一种透过现象深入本质、揭示事物的底蕴，观念具有震撼性的审美效果。

本书选编的哲理美文有散文，也有杂文。有与心灵的约会，有生活的剪影，有对青春的记忆，有对人生的体味，也有对往事的遥想。

无论涉及到哪个层面，只要把握哲理美文的思维方式，去感受哲理美文所蕴藏的深厚文化积淀，都可以得到文学艺术的享受和思想的感悟。

本书编委会

目　　录

肠断心碎泪成冰 ……………………………… ※ 石评梅 001

触目的痛创 …………………………………… ※ 石评梅 003

是他救了我 …………………………………… ※ 金　锋 006

可怜的花 ……………………………………… ※ 花易丝 010

最可爱的人 …………………………………… ※ 路　广 012

我要恋爱了 …………………………………… ※ 华山伟 017

爱情浸透瓜香 ………………………………… ※ 海　天 019

无言却相知 …………………………………… ※ 左易之 023

单调的心灵 …………………………………… ※ 艾　伦 024

致韩斯卡夫人 ………………………………… ※ 巴尔扎克 026

我坐而眺望 …………………………………… ※ 惠特曼 030

夜晚 …………………………………………… ※ 惠特曼 031

遗忘之河 ……………………………………… ※ 普鲁斯特 034

妇女世界 ……………………………………… ※ 泰戈尔 036

别了，亲爱的 ………………………………… ※ 伏尼契 039

爱的时候 ……………………………………… ※ 白　薇 041

我永爱的哥哥 ………………………………… ※ 吴克茵 043

彼此都付出了一份"真" ……………………… ※ 韩菁清 049

两个朋友 ……………………………………… ※ 萧　红 050

怀魏握青君 …………………………………… ※ 朱自清 057

记忆中的青笛仔 …………………………………… ※ 纪小南 060

不光彩的表演 ……………………………………… ※ 文　思 062

这样一个"头儿" ………………………………… ※ 涌　泉 066

香喷喷的东西 ……………………………………… ※ 杨守林 068

世间充满了苦难和悲哀 …………………………… ※ 杨　光 071

一夜白了头 ………………………………………… ※ 叶　白 074

赞美的效用 ………………………………………… ※ 詹启星 079

朋友是个老太太 …………………………………… ※ 施　朋 081

最后一叶 …………………………………………… ※ 张厚德 086

难忘的八个字 ………………………………… ※ 玛丽·安·伯德 093

海利根施苔特遗嘱 ………………………………… ※ 贝多芬 095

圣诞节 ……………………………………………… ※ 朱自清 098

阳光的声音 ………………………………………… ※ 王秋洪 102

精神上的残疾，才是人生真正的悲哀。

最可爱的人

※ 路 广

　　很是欣赏域外将肉体有残疾的人称之为"体能挑战者"。因为事实上，人的机体作为一个完整的生命系统，许多的局部功能的丧失，皆可由相关功能给予弥补和替代，除非伤及生命的要害，否则也就只是对人体功能的一种"挑战"。所以，这个可爱的称呼，既使人积极向上，充满乐观，同时，也更接近生命状态的真实。

　　一个背影窈窕的小辫子，正在"嘀嘀嗒嗒"地敲键盘，一行行字在电脑上迅速呈现。人们介绍说：这个打字集体的冠军，却是胸椎以下全部瘫痪的姑娘。休息了，室里飘起了这位姑娘银铃般欢乐的歌声。人们说：与其他姐妹相比，似乎只有她更快乐，好像也只有她的行为，更经常地使他人感动！

　　更值得注意的是路中的盲人，正是他们更注意遵守交通规则，从不给他人找麻烦。我除了回答过盲人问路之外，从未有机会给盲人带路。不是不想带，也不是没有提出过可以为之带路，而是一律遭到了拒绝。每遇那种情形，我常伫立路边，心怀万分的敬意眼看着他们带着会心的微笑一步一步地坚定地走着，好像每一步都那么稳实，那么有底儿，好像每一步都正好踩到了"好运"的节骨眼上，流露着一副满意幸福的表情……

尽管上苍对他们那么不公平，但他们却大多很懂得如何善待生命，特别是善于不动声色地接受体能的挑战。最令人感动的是，那些福利工厂的工人，几乎无一例外的都是最肯卖力气的劳动模范，他们干起活来那种一心一意的认真劲儿，他们克服着生理上、肉体上的困难一丝不苟的顽强精神，常会使一切机能完整的人们汗颜。我敢说，他们是世间某种意义的"最可爱的人"，他们是我们学习的榜样，他们是我们的亲姐妹、亲兄弟。他们很是值得我们尊敬和爱戴。

然而，当这些"最可爱的人"向残缺的体能挑战时，我们这些所谓健全的人的许多机能，却好像相对地休了眠。当一群先后失明的盲者，在兴高采烈地描述他们感触最深的春的脚步时，他们所展示的那醉人的情境，不禁使人暗自思忖：我们这些目明耳聪的人曾如此痴情地关注过春的美丽么？当一群失明的孩子在雪地里忘我欢呼着为了给阿姨看而堆起一个美丽的大雪人时，我们身边的耳聪目明的孩子们，又在做些什么呢？我们可曾教育他们，在雪花飞舞时带给老师一些什么样的意外惊喜么？

正是对体能的顽强挑战；导致了这些"最可爱的人"的精神的充实和心灵的完美，使他们钟爱世界的心灵视觉特别多情，使他们感受世界的心灵嗅觉特别敏锐！或许也正是机能的完整，导致了我们中的众多人精神的无名慵懒和心灵感悟力的某种迷失，这才是真正意义的残疾，真正意义的人生悲哀呢！

所以，我们面对"体能挑战者"，实在是应该多献出我们的一份爱心，一份关切；我们面对自己"完整的肌体"，实在是不能不感念苍生，给了我们这样的一份厚爱，但是这份爱该是机警地醒着，多情地醒着，以便让它酿造出一个从肉体到精神都更符合崇高人类理性的未来。

　　我忽然产生与这陌生男孩有似曾相识的感觉，仿佛林黛玉见到贾二哥，这位哥哥我怎么好像见过？

我要恋爱了

　　　　　　　　　　　　　　　　　※ 华山伟

　　那是一个吉利的日子，四个 6 占全了。6 月 6 日，星期六，初六，事后追忆，真是六六大顺呢。

　　早晨妈妈叮嘱我：下午你表哥要领个男孩来相亲，你可要好好瞧瞧！其实，这话妈昨晚已经对我说了三遍了，看样子妈比我都紧张，妈是不是对自己的女儿没把握？不过，妈这次主动给我张罗介绍对象，真让我受宠若惊了，因为妈一向干预我的婚事。从我上高中起，妈就检查我的日记、书信，限制我交朋友，连同性朋友她也要查问三代。上大学了，妈还是没放松对我的干预，还伙同老师严密地监视我的行动。如果有男孩子请我吃饭了，此事不用隔一天就会传到妈的耳朵里，于是妈就用手指着我的脑门：你以后少跟那些"地赖子"男生打交道。在妈的眼里，我的那帮"哥们"全都是不求上进的人。可这回，妈怎么啦？是不是怕女儿"老大嫁作商人妇"？

　　我向妈妈做了个鬼脸："俺叫魏淑芬，女，29 岁，至今未婚。"妈妈哈哈大笑。家中的空气一下子充满了幽默，妈妈的脸再也不是长白山而是中秋节朗月了。我找出从未启封的化妆盒三勾两抹化个淡妆，妈妈居然很欣赏，她说：这种浅粉色的口红接近自然十色，淡雅而不露雕饰，可谓：美丽不打折，漂亮 100 分！

电铃一响，我的心往上一提猛地跳动起来，见到表哥身后果然有一身材瘦长的男孩，我有些不敢抬头。我感觉到他的目光最先向我飘来。哟，是个读书人，一些腼腆的红晕，使他白净的面孔又增加了许多文静。真是件怪事，平日里特喜欢跟男孩闲聊的我，现在只顾低头坐在床角听众人说笑，自己的感觉不知怎的觉着庄严神圣，一点灵感都没有了。

趁别人闲说别事时，我偷眼看他，恰恰好他也偷偷看我，我们的目光相遇了，我有点发窘，他却悄悄送来一丝微笑。那是一种友好和善给人以信心的微笑，一个大哥哥对小妹妹宽容理解的微笑。我忽地感到有一种需要，一种久久渴望的需要。

介绍人与家长们不知何时都撤退到另一间屋去谈天说地，当然是想创造一个没有眼睛的空间让我俩进入角色。我忽然产生与这陌生男孩有似曾相识的感觉，仿佛林黛玉见到贾二哥，这位哥哥我怎么好像见过？

这是同代人的感觉，具体地说是同学的感觉，别看他长我几岁，又早我几年拿到大本文凭，但我却觉得他同我一样还在大三那疙瘩转悠。我们谈高考成绩，我特钦佩他物理科的高分，他反说他语文功底太差。他述说他的军校生活如何严谨，我则描绘我的文科生活如何浪漫，两颗心总是从两个不同点向一个交点碰撞，一个火花闪出一个会心的微笑。

不知为什么，我的约束感一点也没有了，我的感觉是我现在面对的不是长我 4 岁的陌生人，反觉得是一位和蔼可亲的有共同语言的大学同学。否则我不会当着第一次刚见面的人说出我中考前夕因看小说《射雕英雄传》而挨了妈妈几巴掌；他也不会真诚坦然地述说从上学开始，他的作业本就经常挂在墙上展览，不是因为题做得

不对,而是因为蚊子般没形的小楷,直到现在他的字还不如小学生写的呢。我扑哧地笑出声来了,他也笑,我们两个还挤眉弄眼伸舌头,仿佛一对淘气的中学生偷偷地占了老师一个便宜。

总之,一见钟情,一锤定音,我觉得这个人大概就是我需要寻找的那个人。不仅仅是一位大哥哥,也不仅仅是相知的同学。在这之前,许多厌倦读书的漫漫长夜我都幻想过我的那个人,绝不是妈妈以为班上的某某男孩,那些男孩顶多是我的朋友。我想我将来的丈夫应该像舅舅那样有才有能力。不是作家诗人神道不食人间烟火,也不是腰缠万贯重利轻义的大款。但我做梦也没想到表哥领来的男孩会是一位现役军人,不穿军装的中尉一点行武的迹象都没有,他就是寄托终身的人吗?为什么只见一面就会产生三生缘分似的依依不舍呢?

在他向我们告别的时候,我急忙穿鞋去送他,他一再回头告诉我,他马上就要出差到外地几天,一回来就来看我。

送他送到大门外,说不出内心的失落;送到大道旁看他频频挥手之间又包含茫然。我忽然觉得,这回我可不是闹着玩,——我要恋爱了!

兰已把伸出的拿着那双崭新的布鞋的双手越过了他也越过了媒人递到了生的手上。

爱情浸透瓜香

※ 海　天

　　当兰姑娘挎着白柳条筐筐里装着饭和菜走过她家的瓜田走到生的瓜棚时,一辆单人摩托车飞速驰下辽河大坝,箭一样向她射来,在兰姑娘瓜田边一个急刹车,沙土路上划出一道深沟。骑摩托的是个20岁出头的小伙子,穿一身高档的夏季服装,理着在城里十分流行的草坪头,他扬起一只手,大声地喊着兰,想把兰招到他的身边去。

　　然而,兰像没听见一样,依旧迈着平稳的脚步,径直到生的瓜棚前,从白柳条筐里拿出饭和菜,让生吃晚饭。大米水饭,土豆炖豆角,还有冒油的咸鸭蛋,标准的北方农家饭菜。兰的家种了10亩香瓜,生的家种了12亩香瓜,两块瓜田守碰巧拢挨拢。于是,生便主动担起了在瓜田夜里看瓜的义务,兰姑娘家的瓜田也一起看着,不要分文。因为父亲有病不能来瓜田守夜兰又不便夜里住在野地里看瓜,所以生的义举对兰来说简直是雪中送炭渴中送水饥中送餐。也许是为了回报,每天兰便担起了给生送饭的义务,一天送两遍风雨无阻而且准时,其中,多是兰在自家亲手做的饭和菜。

骑摩托的小伙走进瓜田追到生的瓜棚前坐下。他和兰和生都是高中毕业的同学，所不同的是他家没种瓜田而是在镇上开了一家酒厂，已是远近闻名的大款户，他也成了远近闻名的款小伙。从在高中读书时起，他就暗暗恋着兰，如今他越发追得厉害。在村里找不到兰，竟一直追到瓜田里。

"兰，我想和你谈谈，可以吗？"他朝兰微笑，笑时带有几分焦渴几分难耐。如果需要像电影中的镜头那样他跪上来向兰求爱，那么他会马上单腿着地或者为了表示自己求爱之心是如何真诚而干脆下双腿。

可是兰对他的苦苦追求似乎看不见，只是很平静地回答他说："谈什么呢？有话你就在这里说吧。""这……"他看了看低头吃饭的生，面现难色："兰，我俩到那边去谈好吗？"他的手指向瓜田地间，那里有垂柳有小草和片片野花。

"用不着那么费事，生哥又不是外人，有啥话还用躲他？"兰一口回绝他。

他无可奈何地笑了笑，看得出，他是强压下心头的不快，说了句："改日再谈。"便起身走出瓜田，骑上摩托车向辽河大坝驰去。

生吃过了晚饭，兰把碗筷放进白柳条筐里，随即把大蒲扇递到生的手上，又擦火柴点燃驱蚊的艾蒿绳。夜色轻轻地向瓜田漫溢，一弯月牙儿升上了天空。兰该回家去了，可她没有动，坐在瓜棚前和生说话。她告诉生小伙这些日子一直在追她，昨天又托媒人去了她家。生躺在瓜棚地上，双手枕在脑后，望着蓝幽幽夜色时闪着一星亮光的艾蒿绳头火说："他家谁比得了，你嫁过去会享福一辈子。"兰却哼了一声，语气里有几分轻蔑，说："村里人谁不知道，他家做假名酒骗人，他年轻轻的也掺乎这样的事，他家有钱也是不干净的。这样的人家就是有座金山我也看不起。"生精神一振，问："那你打算怎么办？"兰就烧热了脸，说："我问你呢，你说我该咋办？"生低下了头，说："问我？我咋管了你的事？"兰把身子一扭说："人家做的饭菜你天天吃，到了有难心事的时候你又不肯管了。早知你这么可恨，我何必天天给你送饭菜……"说着站起身，拎起白柳条筐就走。

香瓜就要开园了，辽河的河风吹过瓜田，吹走了阵阵浓郁的瓜香。兰又来瓜田送饭时，一阵摩托车声由远而近，是那个小伙又来了。他请兰和他一起去海南岛观光："我俩坐飞机，看那里的大海，看天涯海角，好好潇洒走一回，花钱的事包在我身上。"兰马上拒绝说："对不起！香瓜马上要开园了，我要在家卖瓜。"小伙马上说："没关系，这一片香瓜能卖多少钱，都由我来付款。"兰说得更干脆："你有钱也不好使，给多高的价钱我不卖你瓜。"小伙在兰的身边坐下，从衣兜里掏出一个精致的小盒，打开盒盖拿出一枚白金戒指让兰看："这一个小东西值 7000 多元，要是喜欢我就送给你。"兰连看都不看。于是，三个从前的高中同学在生的瓜棚前小聚了。只见兰从白柳条筐里拿出一双布鞋，那是一双新做的布鞋。这双崭新的布鞋一下子吸引了两个小伙子的视线，就像看昔日招婿的彩球。在辽河岸边有这样的一个婚俗：姑娘看中了哪位小伙，就要亲手给做一双布鞋，作为订情的信物赠给对方，而且一定要用好姑娘的心智，把鞋做得大小肥瘦都比较合适，表示选你做丈夫最合适一定跟你风里雨里不回头的意思。此时小伙对得到这双布鞋充满了自信，他相信自己的经济实力会战胜那个至今依旧住在地间草房里的母亲患病父亲早逝的生。拥有金钱的强烈愿望已使乡村一些女孩改变了她们纯朴的想往，他坚信兰也在其中。就在这时，一个 50 多岁的女人从辽河大堤上快步走下直奔瓜田而来，边走边喊："兰姑娘，我来了。"是小伙家托的那个媒人，她也追到了瓜田。见兰姑娘正要在两个小伙子中选择一个赠鞋，不由大吃一惊，她怕那双鞋落不到小伙的手里，便一步上前拦在兰的面前，说："我的好姑娘，这东西可不是随便给人的，你可一定要选准呀。"小伙充满自信地一笑，暗示女媒人不必费唾沫，他有足够的把握能拿到那双鞋。然而，他错了，兰已

把伸出的拿着那双崭新的布鞋的双手越过了他也越过了媒人递到了生的手上。从此美丽动人的兰已是红花有主，小伙多次梦中热吻的女孩将准确无误地不会属于他。惊慌中他瞪大了双眼，他不明白生的身上有一种什么神奇的力量能把兰扭过去而让他的一大笔存款一座二层小楼暗然失色。

只见兰弯下腰，让生换穿上她为他做的新布鞋。生的脸上闪着光彩，让他惊奇不已的是鞋的大小肥瘦都十分适脚。他哪里知道兰给他送饭菜时，有一次他饭后进瓜棚喝水，兰就用手量好了他留在地上的鞋印。回到家里剪鞋样买鞋面纳鞋底，一连好多个夜晚忙在灯下。因为选中了意中人，兰那张漂亮脸庞更加靓丽动人，她说话的嗓门放大，像是有意给小伙和女媒人听："生哥，穷点不可怕，怕的是一个人没有好德行。从今往后有一座山咱俩扛，有一挂车咱俩拉，人生路上我步步跟着你。"

不知什么时候，小伙和女媒人已没了踪影。瓜棚前生和兰相拥着，有蝴蝶和蜜蜂在瓜田上空飞舞。香瓜成熟了，爱也成熟了。他俩决定：明天瓜田就开园，把他俩相爱的消息也同时告诉村里的乡亲们。

　　我爱之不得，恨之又不甘，怜之而不能。我痛的心灵，渴望着他的挚诚，我渴盼的心，想听他唱的恋歌。

无言却相知

※ 左易之

　　伟与我相识已有两年多了，我们之间朦胧地产生了一种甜蜜的感觉，那种感觉是幸福的，由内心传播周身如电流般触及我的心灵。可能这便是爱吧。

　　爱得又那么笼统，说不清楚，只是那种感觉很美、很美，如花的芳香沁人心脾，如月的娇柔令人心醉。

　　他那双乌黑而又机灵的大眼睛，每次无意间撞见，脸庞便被他有神的目光刺得羞涩，我在躲避，不，我内心确是想靠近的啊。

　　可是，为什么他持久的沉默，又持久地深望着远方，一句话也不说。是呀，他是一个好人，一个安分的人，他那么地全心体贴别人，那么幽默大方，又是那么诚实和坦然。他是一个讨人喜欢的人。我对他有那种意思已经许久了，可是女孩的腼腆让我羞于启齿。他那充满笑意的脸有时让我冲动的想说出来，有时让我感到他在笑我，笑我太痴。是啊，我也怕我说出后，他反而会说对我他从未有过那得意思。那我以后又如何去面对他呀。

　　他，多好的一个人。

　　我爱他，可我又恨他。可能爱之深恨之极吧。我恨他笨死的牛样迟迟不向我开口。难道他一点也看不出我的一片真心？我恨他，恨他故意在我面前找漂亮女孩说话，让我心底产生莫名的醋意；我恨他，恨他在我面前述别人的爱情故事，徒增我的羡慕；我恨他，恨他陪我走过路还在想他自己的心事；我恨他，恨他在我最想他时不来看我，让我独自思恋。

　　然而，他那傻样却又让我从心底无限怜惜，在那个雨夜他把伞给我，而自己却冒雨跑回家，由于感冒，第二天连课都没上成；在那个炎日当头的中午，为了一本我急用的书，他不顾天热地跑回宿舍。一件件小事，他总是充满了对我的关爱，让我心里温暖又过意不去。遇上他，我真是三生有幸。可他为什么又让我干熬苦痛。他的心，难道真的不懂，为什么让我苦苦地抛洒衷情。

　　我爱之不得，恨之又不甘，怜之而不能。我痛的心灵，渴望着他的挚诚，我渴盼的心，想听他唱的恋歌。

　　直到毕业的那天晚上，听话的他如约来到我们定下的老地方。一切相同，而不同的是，他手里多了一样东西——一个纸包着的东西。我猜不出会是什么，不过也足以让我为之心动了，会不会是他送我的礼物？我正想迎上去把心中的一切都说个清楚，他却慌忙地把那纸包塞在我手里，然后，转身逃也似地走了。

　　我心里正要生气，却已扯开了手中的纸包，哦，是他的日记，他每天都在写日记。我跑回宿舍，一口气读完了他的日记，上面都是我想说的话——原来我们彼此相爱、相恨、又相怜。多么奇妙的感觉。

墨冻了我用热泪融化，笔干了我用热泪温润，然而天呵！我的热泪为什么不能救活冢中的枯骨，不能唤回逝去的英魂呢？

肠断心碎泪成冰

※ 石评梅

如今已是午夜人静，望望窗外，天上只有孤清一弯新月，地上白茫茫满铺的都是雪，炉中残火已熄只剩了灰烬，屋里又冷静又阴森；这世界呵！是我肠断心碎的世界；这时候呵！是我低泣哀号的时候。禁不住的我想到天辛，我又想把它移到了纸上。墨冻了我用热泪融化，笔干了我用热泪温润，然而天呵！我的热泪为什么不能救活冢中的枯骨，不能唤回逝去的英魂呢？这懦弱无情的泪有什么用处？我真痛恨我自己，我真诅咒我自己。

这是两年前的事了。

出了德国医院的天辛，忽然又病了，这次不是吐血，是急性盲肠炎。病状很厉害，三天工夫他瘦得成了一把枯骨，只是眼珠转动，嘴唇开合，表明他还是一架有灵魂的躯壳。我不忍再见他，我见了他我只有落泪，他也不愿再见我，他见了我他也是只有咽泪；命运既已这样安排了，我们还能再说什么，只静待这黑的幕垂到地上时，他把灵魂交给了我，把躯壳交给了死！

星期三下午我去东交民巷看了他，便走了。那天下午兰辛和静弟送他到协和医院，院中人说要用手术割治，不然一两天一定会死！那时静弟也不在，他自己签了字要医院给他开刀，兰辛当时曾阻止他，恐怕他这久病的身躯禁受不住，但是他还笑兰辛胆小，决定后，他便被抬到解剖室去开肚。开刀后据兰辛告诉我，他精神很好。兰辛问他："要不要波微来看你？"他笑了笑说："她愿意来，来看看也好，不来也好，省得她又要难过！"兰辛当天打电话告我，起始他愿我去看他，后来他又说："你暂时不去也好，这时候他太疲倦虚弱了。禁不住再受刺激。过一两天等天辛好些再去吧！省得见了面都难过，于病人不大好。"我自然知道他现在见了我是要难过的，我遂决定不去了。但是我心里总不平静。像遗失了什么东西一样，从家里又跑到红楼去找晶清，她也伴着我在自修室里转，我们谁都未曾想到他是已经快死了，应该再在他未死前去看看他。到七点钟我回了家，心更慌了，连晚饭都没有吃便睡了。睡也睡不着，这时候我忽然热烈的想去看他，见了他我告诉他我知道忏悔了，只要他能不死，我什么都可以牺牲。心焦烦得像一个狂马，我似乎无力控羁它了。朦胧中我看见天辛穿着一套玄色西装，系着大红领结，右手拿着一枝梅花、含笑立在我面前，我叫了一声他的名字便醒了，原来是一梦。这时候夜已深了，揭开帐帷，看见月亮正照射在壁上一张祈祷的图上，现得阴森可怕极了，拧亮了电灯看看表正是两点钟，我不能睡了，我真想跑到医院去看看他到底怎么样？但是这三更半夜，在人们都睡熟的时候，我黑夜里怎能去看他呢！勉强想平静一下自己汹涌的心，然而不可能，在屋里走来走去，也不知想什么，最后跪在床边哭了，我把两臂向床里伸开，头埋在床上，我哽咽着低低地唤着母亲。

我一点都未想到这时候，是天辛的灵魂最后来向我告别的时候，也是他二十九年的生命之火最后闪烁的时候，也是他四五年中刻骨的相思最后完结的时候，也是他一生苦痛烦恼最后撒手的时候。我们这四五年来被玩弄，被宰割，被蹂躏的命运醒来原来是一梦，只是这拈花微笑的一梦呵！

自从这一夜后，我另辟了一个天地，这个天地中是充满了极美丽，极悲凄，极幽静，极哀惋的空虚。

翌晨八时，到学校给兰辛打电话未通，我在白屋的静寂中焦急着，似乎等着一个消息的来临。

十二点半钟，白屋的门碰的一声开了！进来的是谁呢？是从未曾来过我学校的晶潜。她惨白的脸色，紧嚼着下唇，抖颤的声音都令我惊奇！半天才说出一句话是："菊姐有要事，请你去她那里。"我问她什么事。她又不痛快的告诉我，她只说，"你去好了，去了自然知道。"午饭已开到桌上，我让她吃饭，她恨极了，催促我马上就走；那时我也奇怪为什么那样从容？昏乱中上了车，心跳得厉害，头似乎要炸裂！到了西河沿我回过头来问晶清："你告我实话，是不是天辛死了！"我是如何的希望她对我这话加以校正，那知我一点回应都未得到，再看她时，她弱小的身躯蜷伏在车上，头埋在围巾里。一阵一阵风沙吹到我脸上，我晕了！到了骑河楼，晶清扶我下车，走到菊姐门前，菊姐已迎出来，菊姐后面是云弟，菊姐见了我马上跑过来抱住我叫了声"珠妹！"这时我已经证明天辛真的是死了，我扑到菊姐怀里叫了声"姊姊"便晕厥过去了。经她们再三的喊叫和救治，才慢慢醒来，睁开眼看见屋里的人和东西时，我想起来天辛是真死了！这时我才放声大哭。他们自然也是一样咽着泪，流着泪！窗外的风虎虎地吹着，我们都肠断心碎的哀泣着。

这时候又来了几位天辛的朋友，他们说五点钟入殓，黄昏时须要把棺材送到庙里去；时候已快到，要去医院要早点去。我到了协和医院，一进接待室，便看见静弟，他看见我进来时，他到我身边站着哽咽的哭了！我不知说什么好，也不知该怎样哭？号啕呢还是低泣，我只侧身望着豫王府富丽的建筑而发呆！坐在这里很久，他们总不让我进去看；后来云弟来告我，说医院想留天辛的尸体解

剖，他们已回绝了，过一会便可进去看。

在这时候，我便请晶清同我到天辛住的地方，收拾我们的信件。踏进他的房子，我急跑了几步倒在他床上，回顾一周什物依然。三天前我来时他还睡在床上，谁能想到三天后我来这里收检他的遗物。记得那天黄昏我在床前喂他桔汁，他还能微笑的说声："谢谢你！"如今一切依然，微笑尚似恍如目前，然而他们都说他已经是死了，我只盼他也许是睡吧！我真不能瞑眼，这房里处处都似乎现着他的影子，我在零乱的什物中，一片一片撕碎这颗心！

晶清再三催我，我从床上挣扎起来，开了他的抽屉，里面已经清理好了，一束一束都是我寄给他的信，另外有一封是他得病那晚写给我的，内容口吻都是遗书的语调，这封信的力量，才造成了我的这一生，这永久在忏悔哀痛中的一生。这封信我看完后，除了悲痛外，我更下了一个毁灭过去的决心，从此我才能将碎心捧献给忧伤而死的天辛。还有一封是寄给兰辛菊姐云弟的，寥寥数语，大意是说他又病了，怕这几日不能再见他们的话。读完后，我遍体如浸入冰湖，从指尖一直冷到心里，扶着桌子抚弄着这些信件而流泪！晶清在旁边再三让我镇静，要我勉强按压着悲哀，还要挣扎着去看他的尸体。

临走，晶清扶着我，走出了房门，我回头又仔细望望，我愿我的泪落在这门前留一个很深的痕迹。这块地是他碎心理情的地方。这里深深陷进去的，便是这宇宙中，天长地久永深的缺陷。

回到豫王府，殓衣已预备好，他们领我到冰室去看他。转了几个弯便到了，一推门一股冷气迎面扑来，我打了一个寒战！一块白色的木板上，放着他已僵冷的尸体，遍身都用白布裹着；鼻耳口都塞着棉花。我急走了几步到他的尸前，菊姐在后面拉住我，还是云弟说："不要紧，你让她看好了。"他面目无大变，只是如蜡一样惨白，右眼闭了，左眼还微睁着看我。我抚着他的尸体默祷，求他瞑目而终，世界上我知道他再没有什么要求和愿望了。

我仔细的看他的尸体，看他惨白的嘴唇，看他无光而开展的左眼最后我又注视他左手食指上的象牙戒指；这时候，我的心似乎和沙乐美得到了先知约翰的头颅一样。我一直极庄严神肃的站着，其他的人也是都静悄悄的低头站在后面，宇宙这时是极寂静，极美丽，极惨淡，极悲哀！

朋友！如今，我是旧梦加上新梦，旧泪痕上加上新泪痕！我这样孤清的生活，也是我不愿而环境偏要我如此的，你教我如何快乐，如何高兴呢，朋友！我连哭都无泪了。

触目的痛创

※ 石评梅

我已料到我们最近不能见面了，从前我只是盼你来信，这几天我只怕看你的来信，我每次拿到你信都要抖颤心跳和感到凄楚！我幻梦着的一个悲哀点的结果似乎已临到了。你不能不承认罢，像我们这几天的心境和际遇。你也许能知道，我这几天不能见清和你的寂寞，好像有了深沟限隔住，我真是欲哭无泪了！

今晨去看清，彼此换上笑脸没有说几句话后我便走了，我本想再去，看她无语中的拒绝我，我不愿去扰她了，我一直在白屋中呆坐到二时半，我才昏迷的回到家里。换了衣裳后，我又昏迷的去了P小姐处，她那里是金迷纸醉的环境，电灯下几个小姐在打牌，我连看都不看，我在她写字台边拿一张白纸写字，我一张纸上写遍了小鹿和你的名子。我撕了又写，我幻想着清在北馆低泣的情景，你在家中藤椅上呆坐的情景。我又想到前星期斜阳照着一角碧纱，和踏月归来种种旧梦都来了。朋友！如今，我是旧梦加上新梦，旧泪痕上加上新泪痕！我这样孤清的生活，也是我不愿而环境偏要我如此的，你教我如何快乐，如何高兴呢，朋友！我连哭都无泪了。我们万想不到会有今日的。

吃完饭谈谈话我九时返家，冷月高悬在天空中照着我的身影，我冷森凄清的把眼闭上；回到家门便由门房的手中接过你的信，我咽着泪读你洒满凄愁的信，我真要晕厥了！

经过这次后，怕往日的梦不能再现了，朋友！我真怕你的希望要成灰呢！朋友！你不要难过！我们听自然去摆布好了，我也希望清目下的心境是一种变态，她将来会好的。我真怨萍，他假如知道多少人为她如斯，为他如斯，他要有人心真该痛哭！然而在现在说到简直是梦呓。

关乎清，我忽然怕她这样拒绝我们后更要有神经过敏的意外举动，如果那样又怎好，我们将来遗后悔可有点来不及。我真怕，我们去包围她，她逃避，我们不去又怕她出意外；"怎么好？"朋友！我抖颤的问你："怎么好？"

看这信时大概"歌场魅影"你已看完了，看时我猜你一定想到我和清的，你一定要更感悲哀罢！假使你不和我们相识而且这样熟惯了，那么你对于清这件事只是一种想象的同情和悲愤，一定莫有这样触目的痛创给你。说到这里，我真觉我和清对不注你，天真烂漫幸福的你。

你想，我是在悲哀中逃出来的人，如今又令我受这身受的痛苦，我怎能忍受！清更如何能忍受！？

朋友！我也愿在你面前痛哭一场，真的，哭时最好去陶然亭，那个地方是适宜于哭的。我和清曾在那里痛哭过一次，哭了或者心头要松快点。

关于教授事，我今天下午去间间那个介绍人。

我明天下午在校赛球，完事后即返家，希望能看你信。后天呢，我不知去那里好，想去看清，不然我去 L 君处，不过那里我去了，只有把我心情更弄坏点，所以我也不想去，在家里看着书写点文章也好。愿你快乐！

如果你用心地去关心别人，你必将获得成功。

是他救了我

※ 金　锋

　　当我知道将由加利福尼亚州普林斯顿的联邦教养院转到肯塔基州莱克星顿的女子联邦教养院时，我吓坏了，因为大家都知道这是一个拥挤不堪并且暴虐横行的地方。

　　说起来那是8个月前的事，我因参与了我父亲的生意而被判定犯有诈骗罪。打从小时起，我父亲从肉体上、精神上和性方面对我进行了凌辱，但我没法去恨自己的亲生父亲。所以，当他把我牵扯进一桩诈骗活动的几个月后，联邦调查局揭露了这起案件，并问是否在公文上是我的署名时，我大包大揽，仍像小时一样天真地说："是的，署名是我的，不是我父亲的。"我对这一罪行负责，并被判到一个重刑犯监狱服刑。

　　我入狱之前，上了几堂成年人新生课程，开始抚平我童年的创伤。我发现了忍受长期虐待的后果，懂得了苦涩回忆和精神创伤也可以被冲淡。由于听了这些课程，我明白了暴力、混乱和过分的紧张，所有萦绕在我心中的这些仅仅是一种心理失衡的表现。所以，我下决心去改变，我开始去读一些充满真实感和智慧的书籍，开始去写作一些生活感受以认识真实的自我。当我听到我父亲的声音在我心里说"你一无是处"时，我则代之以上帝的声音回答"你是我亲爱的孩子。"久而久之，日复一日，通过仔细周密的思考，我开始改变了我的生活。

当我得到"收拾行李"的命令时，我以为我会被转到一个轻刑犯集中营。为了防止逃脱的计划，看守们是不会告诉去哪或何时离开。但是我确信我已完成了在重刑犯的监狱中苦度时光的历程，理应去一个轻刑犯监狱。

来到莱克星顿联邦教养院的确是一个打击，这使我惊恐不安。但是立即我便意识到在那些不寻常的日子里，上帝仍与我同在。我被分配到建筑住房团体，团体的名字不像其他单位有肯德基的乡土味，如"绿草"之类，而是叫"复活"，这个名字意味着"新生"。仰仗上帝，我知道我将是安全的，我惟一愿望是去掌握怎样才能真正地获得新生。

第二天，我被分配去工作，具体是在一个建筑维修队。我们的工作就是用黄色皮革擦亮地板，用薄板包装石质地面，在我们重新投身社会之前，在监狱时就已经掌握了类似的技术。我们的管教，里尔先生，是我们的老师。里尔先生既慈祥又风趣。

通常地，一名囚犯和一名看守之间仅有两条规则——囚犯不相信看守，看守也不信囚犯。但里尔先生却不同，他不仅安排时间与他一道学知识，而且总在一起开玩笑，他从不喜欢规则，但他也不通过讽刺或降低个人身分的手段放弃原则地同情我们的悲惨遭遇。

我看到里尔先生很多天了，我看见他看我时脸上总有一种滑稽可笑的表情。我经常得到这种殊遇，因为我看起来像这样一个人——一个来自堪萨斯州的土里土气的家庭妇女，我看上去不应待在监狱里。

一天，里尔先生和我单独在一个分遣队里，他最后问我："你做了些什么被关进了监狱？"我实事求是地告诉了他。他听着并问我的父亲是否也在监狱中，我告诉他没有，没有确凿的犯罪证据表明他

有罪。实际上，我的姐姐和兄弟们都支持他，认为我是说谎。

里尔先生听后义愤填膺，对我说："那么你为什么还这么高兴？"我开始与他分享我正在学习的简单真理：幸福和宁静源于内心，我向他说，自由的真正含义在于你首先相信它，然后才能看到信仰的结果。

我接下来问了里尔先生一些问题。我问他怎么能日复一日地去教导那些不想听课的囚犯们，让他们去醉心于他们不喜欢的乐趣？在这样充斥愁苦与愤恨的氛围里，他怎么能持续保持快乐和仁慈？

里尔承认那是很难的事，这个工作也不是他一开始就选择的，他告诉我他的梦想是成为一名职业军人，但是按梦想设计人生是不可能的，因为他有监狱工作的保障，他有妻子儿女需要他去照顾。

我告诉他，如果无法实现梦想，那是他心中的意志不够坚强。我说他能做到他想做的任何事。我还评价了我们都熟悉的各个不同等级的监狱。

这些交谈持续了几周，我感到与里尔先生相处很安全，我感到他是这样一个看守，我不必害怕他发无名之火来宣泄内心的失落，他也不会乱扣不服管教的帽子，更不会瞎派额外的工作，或关禁闭。这种事在监狱中太正常了——尤其对一个女囚犯来说。

有一天，里尔先生来找我，生气地问道："罗格芙夫人，我想让你去一下我的办公室，打扫干净那里的你能看到的每一个壁架，不打扫干净每一个角落你就不能离开。"

震惊与伤心之下，我只好乖乖听命，我说："可以，先生。"然后去了他的办公室。我的脸羞得泛红，我的感情着实被伤害了。我感到他是不同的——我原以为我们已经不分彼此地交谈过，但事实上，我对他而言不过是另一个囚犯而已。

里尔先生在我身后关上了门，他背对着门站着，上上下下地打量着门厅。我擦去眼中的泪水，察看着所有的壁架。慢慢地，一丝微笑浮现在我脸上，壁架是空空当当的，除了一个多汁的、红透了的西红柿和一个食盐震摇器。里尔先生知道我入狱差不多一年了，在这段时间里我根本没有吃过一只西红柿。里尔先生不仅从他自己的花园中采摘了西红柿，而且他还为我"打眼"，那意味着他在门口担任警戒以防止其他看守发现我，我开始开怀痛吃我一生中最美味可口的水果。

这个发自真诚的仁慈行为——把我看待成一个人，而不是一个号码——帮助我继续走上我恢复身心健康的道路。我确知我待在监狱中不是为了解决一次事件，而是要把它当作一次机会，一次能够深刻地治愈我受到创伤的机会，以至于我以后也能治愈其他的创伤。

里尔先生是我的看守，也是我的朋友。自从我出狱后，我便再也没有看见他或听到他的音讯，但是每当我在自己的花园中采摘西红柿时，我便不禁想起他，我最大的心愿就是里尔先生也能像我今天一样自由自在、无忧无虑。

世上又有哪一朵花是可以永开不败的？

可怜的花

※ 花易丝

我朋友爱养花，什么花都栽得很好。

每到花开季节，满园子花香宜人，蝶飞蜂绕，很让人羡慕。于是，我和一帮朋友时常去他家赏花。朋友是个大方人，碰上爱花人，必以鲜花相赠，所以，有许多人慕名而来。一天，我去他家时，碰上张三也在那里，正缠着我朋友不放，讨要一盆开得正艳的牡丹。奇怪的是，平素大方的朋友一反常态，说啥也不想给。

好在都是熟人，实在却不过情面。张三恳求再三，硬是把花搬走了。我朋友顿脚叹息说："不信你等着看吧，这棵花算是死定了。"

果然，没过多久，张三搬走的牡丹就死了。朋友摇头惋惜："果然不出所料啊！"

我问为什么。

朋友说："难道你看不出，张三这人是个势利眼吗？别人发达时，他趋之若鹜，别人倒霉时，他避之不及。"

我问："这跟养花又有什么关系？"

朋友正色道："用这份性情来养花，必然是花艳时百般呵护，花谢时弃之不顾。你想想看，世上又有哪一朵花是可以永开不败的呢？"

怀着感恩的心情去体验造物主的厚赐，带着鲜鲜的态度去体会每一点变化的不同。你可以有很多适合自己的方法，把一潭波澜不兴的死水变成欢快奔腾的小溪。

单调的心灵

※ 艾　伦

　　我们绝大多数的普通人都在过着一种普通不过的日子，没有什么"沧海横流方显英难本色"、"事关重大"、"临危不惧"诸如此类大显身手的机会，有的就是一些按部就班的琐碎小事，在这种机械单调、数十年如一日的程序轨道中，很多人失去了激情活力，留下的只是一种疲倦懈怠。

　　作家叶天蔚曾经写过这样一段话："在我看来，最糟糕的境遇不是贫困，不是厄运，而是精神心境处于一种无知无觉的疲备状态，感动过你的一切不能再感动你，吸引过你的一切不能再吸引你，甚至激怒过你的一切也不能再激怒你，即便是饥饿感与仇恨感，也是一种强烈让人感到存在的东西，但那种疲备会让人止不住地滑向虚无。"

　　这是一种很可怕的状态，也许你不可能换一种富于挑战性的工作，也许你更不可能去重新组合家庭，但你可以改变态度，再加上一些小小的技巧，保持住心灵的年轻与弹性。其实生活本身与世界

本身都丰富多彩，关键是没有一颗有活力的"童心"。

上班地点没变，你可以换换上下班的方式与路线，观察一下周围忙碌的又好玩又可笑的人群；工作内容没变，但可以换一种方式看看是否提高了效率或有什么不同；周末是否全家出去看场大片；节假日是否狠心去吃顿大餐，看看那些高档豪华场所有什么了不起的地方；安排些力所能及的旅游项目，自己设计一下行动路线；动手与孩子做些手工或修理工作，看自己是否像你想像中的那样心灵手巧；培养一些适合自己的业余爱好，坚持下去就会发现其乐无穷；搞些可能的投资活动，买点股票？……

清晨一口新鲜的空气，雨后一片鲜嫩的绿叶，天上一片变幻不定的云彩，一顿可口的饭菜，一夜好睡，一个老朋友的问候……

怀着感恩的心情去体验造物主的厚赐，带着鲜鲜的态度去体会每一点变化的不同。你可以有很多适合自己的方法，把一潭波澜不兴的死水变成欢快奔腾的小溪。

生活难以改变，但你可以改变心情。

我真希望把我的整个灵魂寄给您。当然不寄它的烦恼，但要寄上勇敢和坚强。即使您在信里见不到我的灵魂，也一定会发现我最深情的敬意。

致韩斯卡夫人

※ 巴尔扎克

对于生活中的巨大不幸，友情本应该是一种有效的慰藉。可为什么它反而使这些不幸变得更加深重？昨夜，读您最近来的信时，我闷闷不乐地寻思这事儿。首先，您的忧愁深深地感染了我；其次，信里流露了一些伤人的情绪，含有一些使我伤心的话语。您大概不知道，我心里是多么的痛苦，伴随我文学生涯中第三次失败的，是多么可悲的热情。1828 年，我第一次遭受失败时，不过二十九岁，而且还有一位天使在我身边。今天，在我这个年纪，一个男人不再能产生被保护的亲切感觉。因为接受保护是年轻人的事，而且，爱情帮助年轻人，也是很自然的事情。可是对于一个距四十岁比距三十岁更近的人，保护就是一种不敬，就是一种侮辱。一个无能的，在这种年纪还没有财源的人在任何国家都会受审判。

9 月 30 日，我从所有希望的峰巅上跌落下来，把一切都完全抛弃，躲到了这里（夏约），住在于勒·桑多以前住过的屋顶室。在我一生之中，这是第二次被完全的、出乎意料的灾难弄破产。我既为

前途担心，又感到孤寂难熬。这一次，我是孤身一人，落到这步孤独的田地的。不过，我仍愉快地想，我至少整个儿留在几颗高贵的心里吧……可就在这种时候，您这封如此忧愁、如此沮丧的信到了。我是多么迫不及待地抓起它的呀！待到读完，我把它和别的信捏在一起，又是多么地气馁！之后，我让自己小睡了一会。我紧盯着您最后的几句话，就像被激流冲走的人抓住最后一根树枝。书信具有一种决定命运的能力。它们拥有一股力量，是有益还是有害，全凭收信人的感觉。它们就是在这些感觉上愚弄我们。我希望在两个彼此确信是朋友的人——例如我们——之间，有一种约定的标记，只要一看信封，就知道信里面是洋溢着欢乐，还是充满了叹怨。这样，就可以选择读信的时刻了。

　　我虽然沮丧，却没有惊呆。我还没丧失勇气，比起我遭受的别的灾难，被抛弃的感觉、孤寂的感觉更使我痛苦。我身上没有半点利己主义的打算。我必须把我的思想，我的努力，我的所有感情告诉一个人。不如此，我就没有力量。如果我不能把众人放在我头上的花冠献在一个人脚下，那我就不要花冠。我向那些流逝的，一去不返的岁月作的告别，是那么长，那么惆怅！那些岁月既未给我百分之百的幸福，也未使我完完全全地倒楣。它们让我生存，一边冰冷、一边灼热地生存。现在，我觉得仅是由于责任的意识，我才活了下来。我一走进现在待着的屋顶室，就相信我会累得精疲力尽，死在这里。我认为辛苦的工作我能忍受，无所事事却受不了。一个多月来，我半夜起床，到下午六点才躺下。我强迫自己只食用维持生存必不可少的东西，以使自己的头脑不为消化所累。因此，我不仅感到了我无法描写的虚弱，而且由于大脑深受生活的影响，常常混乱发晕。有时，我失去了垂直的辨别力。这是小脑的毛病。睡在床上，我觉得脑袋掉在左边或右边了，起床时，脑袋里又好像压着一个巨大的重物。现在，我明白完全的禁欲和浩繁的工作怎样使帕斯卡老看到身边洞开着深渊，从而使他时刻在左右各放一张椅子。

……

这是我对您的心灵发出的最后一声抱怨。在我对您的信赖里，有一种利己主义的东西，必须去除。我决不因为您曾加重我的忧愁，便趁您忧伤的时候，来火上浇油。我知道基督教的殉教者们死时都面带微笑。如果瓜蒂莫赞是个基督徒，一定会平静地安慰他的大臣，而不会说："而我，我又睡在玫瑰上了吗？"（俗语，意为：我又生活快乐吗？）这倒是一句动听的粗俗话，可是基督即使没有使我们变得更好，至少使我们变得温文尔雅了一些。

看到您阅读一些神秘主义的著作，我很难受。相信我，读这种书对您这样的灵魂必然会带来不幸。这是毒药，是令人陶醉的麻醉品。这种书会产生不好的影响。正如有人酷好挥霍和放荡，也有人热爱贞洁。如果您不是丈夫的妻子、孩子的母亲、一些人的朋友和亲戚，我也不会劝您放弃这种习惯，因为要是那样，您只要乐意，完全可以进一家修道院，不会伤害任何人，尽管您在修道院里很快就会死。请相信我的话，您生活在荒原之中，处境荒凉，孤孤独独，读这种书是非常有害的。友谊的权利太微小，以致我的话您不会听。不过还是让我就此向您发一声卑微的请求，不要再读这类书了，我读过它们，我了解它们的危害。

我尽心竭力，不折不扣地按您的叮嘱，满足您的意愿，不过这是在您的智慧允许您预计到的情况下。我不是拜伦，不过就我所知，我的朋友博尔热也不是托马斯·莫尔，而且他具有狗一样的忠诚。我能拿来与这种忠诚相比的，只有您在巴黎的奴隶对您的忠心。

好吧，再见吧。现在天亮了，烛光渐渐变得黯淡。从三点钟起，我就给您一行一行地写，希望您在字里行间，听到一种真诚的、深切的、如天空一样无边的感情的呐喊。这种感情远在人们一时间的庸俗和恼怒之上，人们不可能认为它会改变，因为低劣的感觉歇宿在社会底层的某个角落，天使的脚从来不去触及它。如果智慧不把某种美妙东西置放在任何物质的和凡间的东西都不可达到的高岩上

面，那它还有什么用处？

信笔写下去，会扯得太远。校样在等着我看。必须深入我文笔的奥吉亚斯牛圈，扫除错误。我的生活从此只呈现工作的单调，即使有变化，也是工作本身来将它改变。我就像对玛丽——黛莱丝皇后谈他的灰马和黑马的那位奥地利老上校：一会儿骑这一匹，一会儿骑那一匹；六个钟头看《卢吉埃利家秘事》，六个钟头看《被人诅咒的孩子》，六个钟头看《老姑娘》。隔一阵子，我就站起身，去注视我的窗户俯临的房屋之海；从军事学校一直到御座城门，从先贤祠一直到星形广场的凯旋门。吸过新鲜空气后，我又重新投入工作。我在三楼的套间还没有弄好，因此我在屋顶室工作。在这里，我就像偶尔吃到黑面包的公爵夫人一样高兴。在巴黎，再没有这样漂亮的屋顶室了。它刷得雪白，窗明几净，陈设雅致，一如二八芳龄的风流女子。我辟出了一间卧房，以便在生病时休息，因为在下面，我是睡在一条走廊里的；床占了两尺宽，只留下了过路的地方。我的医生向我肯定，这并不会有损健康，可我不相信。我需要大量的新鲜空气。因此我渴望我的大客厅。过几天，我就会住进去。我的套间费了八百法郎的租金，但我将摆脱国民自卫队，摆脱我生活中的这场恶梦。我仍被警方和参谋部追捕，要坐八天牢狱，只不过，我从此足不出户，他们抓不着我。我在这里的套间是以化名租的。我将公开地在一家带家具的旅馆开一个房间。

我真希望把我的整个灵魂寄给您。当然不寄它的烦恼，但要寄上勇敢和坚强。即使您在信里见不到我的灵魂，也一定会发现我最深情的敬意。我真想给您一点勇气和毅力。我不希望看到您这样英勇、坚毅的人变得软弱。

> 我坐而眺望着这一切——一切无穷无尽的卑劣行为和痛苦。

我坐而眺望

※ 惠特曼

我坐而眺望世界上所有的压迫、暴力、痛苦和悔恨。

我听到青年人因自己所做过的事悔恨不安而发出的低声的难抑的呜咽。

我看见家徒四壁、生活困苦中的母亲为她的孩子们所折磨，绝望、消瘦，奄奄待毙，悲痛之极。

我看见受丈夫毒打的妻子，我看见青年妇女们所遇到的无信义的诱骗者。

我注意到企图隐秘着的嫉妒和单恋的苦痛。

我看见战争、疾病、暴政的恶果，我看见殉教者和囚徒。

我看到海上正在上演一幕悲剧，水手们抓阄决定谁应牺牲来维持其余人的生命。

我看到工人、穷人、黑人等正受到公正的人的侮蔑与轻视。

我坐而眺望着这一切——一切无穷无尽的卑劣行为和痛苦。

我看着，听着，但我始终一言未发。

从某种意义上来说，夜晚具有不同的场面，可谓丰富
多彩。当我们身心完全陷入那神秘莫测的寂静的夜晚时，
有时良知会令人做出某种改变。

夜　　晚

※ 惠特曼

　　我又一次从恶梦中惊醒，不用看表我也知道现在正是深更半
夜。我辗转反侧，往日的懊恼袭上心头，扰得人心烦意乱。隐约
中，我看到天花板上车灯闪过时射进的光亮，耳边传来了这年久
失修的旧屋吱吱嘎嘎的声响，我已睡意全无，索性穿衣起来，走
到窗前。街灯在黑暗中闪着柔和的光，在地面上勾画出了道道轮
廓。一座座房屋掩映了那些正在酣睡的近邻。四面八方安静极了。
仰望星空，那远在苍穹的星星似乎在闪烁跳动。我的心中一片
宁静。

　　在宁静中我的孤寂感慢慢消失了。我陶醉在夜晚的美丽和宁静
中。天地间的一切都变得如此雄伟，天地相接如此紧密！一种久远
而又永恒的美感出现在我的心灵。

　　深夜是人们睡觉、做梦、情爱的时候，也是犯罪、孤独、恐惧
之时。从某种意义上来说，夜晚具有不同的场面，可谓丰富多彩。
当我们身心完全陷入那神秘莫测的寂静的夜晚时，有时良知会令人

做出某种改变。

　　暮色苍茫的傍晚是黑夜降临的前端，它是白天与夜晚的相交点。白日的余光在消散，夕阳西下，燃起一片晚霞。微光闪烁，太阳在天空中留连忘返。但是夜幕已首先在山谷和树林中降临。终于，白天的最后一丝光亮也看不见了。在暮色中，隐约传来了火车的汽笛声，可这在白天我们却是听不到的。街灯亮了，它将陪伴人们度过这漫长的黑夜。很快星星就会在那似乎低垂的天际出现，看上去仅在树梢之上。当明月升起的时候，家家户户灯火通明。邻居们慈爱地带着孩子走进屋去。暮色轻轻地抚摸着大地，太阳放出的热量渐渐消失，以至于使我们忘记了时间的流逝。当暮色吞噬了一切的时候，黑夜把我们带入了另一个世界。

　　人们相互交往之时常常就在夜晚。当人们进入各自的小天地时，他们可以相聚一起，谈天说地。父母下班归来，饱享着家庭的温暖。在寒冷的冬夜，大人们坐在炉火前，孩子们舒适地躺在床上。熄灯前，孩子们能够感受到妈妈正陪伴在身边。

　　在小山村里，月色使白雪覆盖的大地和山村变换了色彩。农舍都已关闭，鸡也都安静下来。到了晚上，只有少数人随意地出来散步。一切都是那样普通自然。散步者通常不会觉得夜晚宁静的神奇。亨利·大卫是个常在夜晚悠闲漫步者，他写道："静坐在小山顶上，似乎在期待着什么。望着夜空，有时会想到也许天会掉下来，我能抓到什么东西。"夜晚，当我独自一人漫步在童年时的小山村时，我也常常会产生和大卫一样怪异的念头。

　　在城市里，夜晚是快乐的，但危险和暴力却时常发生。阳光被那些令人眼花缭乱的灯光所取代，影剧院门前的霓虹灯色彩缤纷，城市的欢娱达到狂热的程度。与此同时，戏剧、芭蕾舞给人们带来了美的享受。也有一些人围着餐桌一边愉快地交谈，一边享用着美味佳肴。

　　进入寂静的前奏曲不过如此。当整个世界安静下来的时候，家

家户户熄了灯，温度下降，夜色变浓。午夜的钟声已经传来，也许还有人在外面闲逛，但绝大多数人都已进入梦乡，屈服于那神秘莫测的黑夜。黑夜总是会来临的，这是一种自然的规律，是人类难以控制的。

死，这个虔诚而又无可非议的证人告诉我们，从真、善的角度来看，每个人身上的善通常多于恶。

遗忘之河

※ 普鲁斯特

　　米什莱对死的理解独树一帜，这也许是因为他经历过一场轰轰烈烈的爱情游戏吧，他认为："死神会美化她要打击的那些人，夸张他们的美德，然而一般来说，伤害他们的恰恰就是活着的生命。死，这个虔诚而又无可非议的证人告诉我们，从真、善的角度来看，每个人身上的善通常多于恶。"

　　在我们心中那个让我们遭受各种苦难的人早已死去，她对我们来说实在是"无关紧要"。我们为死者哭泣，我们仍然热爱她们，久久地为她们无法抵御、使她们虽死犹生的魅力所吸引，为此我们经常来到她们的坟前。相反，使我们体验到一切，饱尝痛苦和快乐滋味的那个人再也不能控制我们。在我们心里，她死得更加彻底。我们把她当做这个世界上惟一珍贵的东西，我们诅咒她，蔑视她，又无法评价她，她的容貌特征刚刚清楚地展现在我们记忆的眼前，却又因为凝视太久而消失殆尽。对于深深影响着我们心灵的那个人的评价是没有规则的，时而她的远见卓识折磨着我们盲目的心灵，时而她的盲目又结束了这残忍的分歧，像这样的评价应该解决这最后

的飘移。由于这些景色只有在山顶才能够欣赏，于是在该饶恕的高度便出现了那个货真价实的她，她成了我们的生活本身，从此之后她在我们心中死得更加彻底。我们只知道抱怨她带走了爱，却不明白她对我们有一种真正的友谊。记忆没有美化她，爱情使她备受伤害。对于那个想得到一切的人来说，得到一点似乎只是一种荒唐的残酷。假如他得到了一切，这一切也远远不能满足。

现在我们才知道，我们的绝望、嘲讽、无止无休的暴虐没有让她失去勇气，实在是她的慷慨所致。她始终温情脉脉。如今援引的几句话在我们看来带有一种宽容的准确而且充满魅力，她的这几句话我们好像无法理解，只因为那话里没有爱的意义。相反，我们却带着那么多不公正的私心苛刻地谈论她！难道她付出的还不够多吗？如果这阵爱情有高潮一去不复返，那么，我们在散步的时候，也会捡到一些奇异迷人的贝壳，把它们贴近耳边，昔日的喧嚣将再现，冲淡了痛苦，增添了甜美。于是，我们动情地想到她，我们的痛苦在于我们爱她胜于她爱我们。

她的躯体已经死去，她的精神还留在我们心中。正义要求我们纠正对她的看法。她借助于正义这种无所不能的美德让她的精神在我们心中复活，显现在由于我们的缘故而离她十分遥远的这个最后评价面前，她仍旧平静祥和，眼里却泪光闪闪。

妇女必须依靠自己，全力投入人类世界的创造，以恢复倾斜的社会平衡。因此，妇女须得要干预已被损害得支离破碎的个人世界，一定要大声疾呼，人无论高低贵贱都属于他们自己。

妇女世界

※ 泰戈尔

人类世界是妇女的世界，无论这个世界是家庭化的，还是其他形式的生命活动都表现着人类的生存方式，而非难以捉摸的抽象活动。

只要有人存在，有人们活动的场所，那么便会有妇女的世界。在家庭这个以妇女为中心的世界中，人人都能发现自身的价值不在于市场，而在于爱的本身。在这里上苍仁慈地将人类的价值交还给了他自己。家庭世界是上苍赐予妇女的礼物，妇女们身处其中，将爱的光芒播洒在每一个角落，无所不至，并且常常让爱来证明着女性生命的本质。我们不可忽视这样一个真理：女人们诞生于母亲怀抱之日，便是她们降临于人类关系的中心之时。

妇女们可以运用自己的力量穿透事物的表层，走向生活奥秘的中心，走向幸福的永恒泉源，而男人则无力到达这个境界。妇女们拥有了这种力量而又没有对它进行扼制的话，那她们就会去热爱那

些因为品性奇特而显得不那么可爱的人们。

男人们不同，他们必须对这个世界履行自己的责任，在这个世界里不断地攫取权势，创造财富，建立各种组织。但是，神灵派遣妇女们去爱的那个世界，则是一个凡间俗界。因而，妇女们所面对的不是一个仙女们沉睡千年、正等着魔杖触醒的仙境。不过，即使是在神灵的世界里，也处处可见赐予妇女们的魔杖，这些魔杖使她们的心灵随时保持着清醒。只是，这些魔杖既非财富，又非权势。

在目前这个男人支配的世界里，男人们以权势而自豪，常常对充满情感的事物和人际关系讽刺嘲弄。这也影响到了妇女。许多妇女便大声疾呼，声言她们不愿被看做女人，而愿意充当权力和组织的真正代表。而在现阶段，她们仅被看做是种族的母亲、人类生活必需品的管家、同情与爱这种人类深层精神需求的施放者。面对人们的这些目光，妇女的自尊心受到了极大伤害。

近来，由于科学的发展，文明越来越呈男性化趋势，个人的真实本色日益受到漠视。各种组织的利益正在侵害人际关系，感情也让位于法律，对权势和财富的贪得无厌，使妇女世界受到了无情的剥夺，家庭这个憩息之地也惨受排挤。男人们似乎要把整个世界占为己有，不给妇女留下任何空间。这不仅是对妇女世界的侵害，亦是对妇女的侮辱。

但是，不能由于男人权力的肆虐，而把妇女拉回到充当装饰品的地步。文明对妇女的需要程度，丝毫不亚于男人，甚至可能更有甚之。尽管在历史的现阶段，男人依然自得于其优越性，然而，他们终究不能将妇女的本质全部摧毁，亦不能将妇女的本质转化为冷冰冰的建筑材料。妇女的家庭可以被打碎，但妇女的自我尚存，它不可能被粉碎。妇女不仅要追求生活的自由，反对男人对事业的垄断，而且要反对男人对文明的垄断，这种垄断打击着妇女的灵魂，并且吞噬着她们的生命。

妇女必须依靠自己，全力投入人类世界的创造，以恢复倾斜的社会平衡。因此，妇女须得要干预已被损害得支离破碎的个人世界，一定要大声疾呼，人无论高低贵贱都属于他们自己。她们必须挺身而出，保护情感的美好花朵，使之免受只讲效率的科学的嘲弄和烤灼。妇女们必须扫除贪婪的组织力量对个人生活造成的污染。妇女们任重道远，她们迈出家庭门槛参与社会生活的时刻已经来临，这个世界和一切遭受过凌辱的人都有权向她们提出申诉。在妇女们的关注之下，人们将会发现自己的真正价值，在阳光下高扬头颅，经由妇女之爱来复活对爱的神圣信仰。

当你还是一个难看的小姑娘、穿着一件花格子布的罩衫、围着一个皱褶不平的胸褡、背上拖着一条小辫子的时候，我就已经爱上你了，我现在也还爱着你。

别了，亲爱的

※ 伏尼契

"明天我就要离开人世，当早晨太阳升起的时候，我就要被枪毙了。如此，我要履行把一切都告诉你的诺言。但毕竟你我之间是不大需要解释的。我们一直都用不着多说话就能互相了解，还是小孩子的时候就已经这样了。

"那么，亲爱的，你还为从前那一记耳光的事情伤心吗？当然，那是一次沉重的打击，但同样沉重的打击，我也受过很多次了，而且我都熬过来了——其中几次我甚至还曾给以回击——而现在我仍旧在这儿，就像我们幼时同看的书（书名已忘记）上所说的那条鲤鱼：'活着，跳着，活泼泼地。'不过这是我的最后一跳了，一到明天早晨，就要——'滑稽剧收场了'！你我不妨把这句话翻译成：'杂耍收场了'，你不要难过，我们还要感谢那些神，他们至少已经对我们发了慈悲。慈悲虽然不多，但已经够了，对于这一点慈悲以及别的恩惠，我们就应该真心感激。

"说到明天的事，我希望你和玛梯尼都要明白了解，我是非常快乐的、满意的，对这样的结局我感到非常自豪。请你把这意思告诉玛梯尼，算是我给他的一个口讯。他是一个好人，也是一个好同志，他会了解的。你瞧，亲爱的，我知道得很清楚，那些陷在泥淖里的家伙，这样快就重新使用起秘密审问和处决的手段来，这就给了我们一个有利的转机，同时使他们自己处在一个极其不利的地位；我又知道得很清楚，如果你们留下来的人能够坚定地团结起来，给他们以猛烈地打击，胜利就离我们不远了！至于我，我将怀着轻松的心情走到院子里去，就如同结束了一次繁重的工作去度假一样。我已经尽了我工作的本分，这次死刑的判决，就是我已经彻底尽职的证明。他们要杀我，是因为他们害怕我，一个人能够这样，你不为我骄傲吗？

"只是我还有这么一个小小的心愿。一个快要去死的人是有权利提出他个人的心事的，我的一点心事就是要你心里明白，为什么我一直都像一头发怒的野兽一样对待你，为什么迟迟不肯把夙怨一笔勾销。当然，你自己心里也明白，我所以还要唠叨，是因为我想向你说明，我是爱你的！琼玛，当你还是一个难看的小姑娘、穿着一件花格子布的罩衫、围着一个皱褶不平的胸褡、背上拖着一条小辫子的时候，我就已经爱上你了，我现在也还爱着你。你还记得有一天我吻了你的手，而你那样可怜地央求我'请你以后不要再这样'那件事情吗？这是一种不光明的把戏，我也知道的，可是你一定得饶恕我。现在，我又在这张纸上写着你名字的地方吻过了。这样，我已经两次吻过你了，而两次都没有得到你的允许。

"话已经说完了。别了，亲爱的……不论我活着，或是我死掉，你都是我心中的女神！"

爱的时候恨不得抱成一块，吵的时候也不妨闹得碰天，不必定个什么目标……横竖人生仿佛浪花，全靠积一瞬间一瞬间的虚幻。

爱的时候

※ 白 薇

维弟：

接你第二封信，似乎要回信：说破你的悲哀；似乎不必回信：恐怕增你的烦感。总之我不想回信，等到九月回京也不想写信，而且无论到何时都不想写信，可以说：是我再不想给你的信。

"啊，残酷！残酷！悲惨啊！"你不又是要一只眼睛一条泪丝这么样叹息么？天为凡俗人纳污垢，创造蔚蓝的脏水海；天为感情家集幽芳，创造澄碧的泪泉川。海水不深，沉不尽无数的热闹的丑恶；流川不深，浮不起明星寥落的艺术。你有多少碧莹莹的玉髓？你有多少鲜丽丽的珠精？流吧！流吧！你爱流尽管流呀！流到最终的那一滴，始与泪天沉默着的先辈聚集。

"啊，嫩绿绿的青年！你也爱了涅槃么？你也喜欢无爱憎无欢乐么？你忍看泪水滴滴流尽：为的追求爱之光明。你怎甘与醉迷迷的春光割爱？你怎舍得丢了光怪陆离的世界，来过这冷寂的生涯？美之追求的宇宙迷儿哟！你想这是美之所归？这里原是绝灭境界。芳艳到此寂然，满目只剩暮天，无爱无憎无悲亦无欢，所谓是涅槃。"等你来到沉寂的泪天会面时，先辈会这么询问你，我也会这么询问你。因为我也是你先辈中的一人哩。

维弟，你还爱一息之生机，泪是不可多流的。哀伤是破坏美的枪弹；哀伤是引人认识涅槃的妙谛。敬爱的维弟！你看到我这信，你该知我不仅是孑然一身，连悲哀也一片不残存。我常常自己发问不知道我是鬼还是人？又觉得我多少有些佛性，悲伤是一片也不残存。你殷勤劝我的话，是不是多劳了神？

当我被悲哀左右死生的时候，中国书只有一部《楚辞》能慰慰楚楚凄凄的心；当我沉沉寂寥的时候，听人家渐渐的流泪声也能惊醒亡灵。总之，我为你弄得不安了，不得不回你这一个信，维弟哟，假定我是人，我们有丝丝相结的精神，要交际就交际，何须求呢？何况我本爱你，我久已是无邪气的爱你，我只愿你一件：愿你像P.和T. 他们一般！随便交游，随便往返，爱的时候恨不得抱成一块，吵的时候也不妨闹得碰天，不必定个什么目标，更不必作什么呆呆的界线。想会面可以常常相见，不高兴的时候永远不必再相见。望你不要想得太长，也不必想得大短。横竖人生仿佛浪花，全靠积一瞬间一瞬间的虚幻。

轻井泽是避暑的天国，它的美处想等你来描写。你和T. P. 他们来吧！我很盼望。T. P. 他们或者困难，你应该不困难。你一个人不能来么？你丢不了你们的新乐园么？这里的景色之美丽幽玄，不由你不疑此地是仙境而你是神仙。你来！我们同游奇山，去洗温泉不好么？早晚一块儿往群芳竞放的原野，在黄莺婉啭的密林下散步不好么？无论如何请来吧！我在等你。

薇　8月4日

我永爱的哥哥！我最亲爱的哥哥！我最恳挚的哥哥！
我最好的哥哥……

我永爱的哥哥

※ 吴克茵

我永爱的哥哥！

我最亲爱的哥哥！

我最恳挚的哥哥！

我最好的哥哥！

我宁死不舍的哥哥！

我始终爱好的哥哥！

我的好哥哥！

我一世亲爱的哥哥！

我无论如何愿把爱情交给你的我的哥哥！

我愿牺牲一切而爱你的哥哥！

我今世最爱好的哥哥！

我的好人哥哥！

我爱爱爱……的哥哥！

我永远永远愿把我爱情给你的哥哥！

好哥哥呀！

我在第一页信纸上，什么也写不出来，只能大声喊哥哥！唉！哥哥：我此时的哭声，恐怕你亦能听到了！当我今天下午接到你6月16的一封双挂号信，看到这许多悲伤的话，我哭得不能停止了，哥哥，我现在哭得快要绝气了！但是，哥哥，我哭死了亦不怪你！因为我的姊姊不好，没有意思的事，我绝对拒绝的事，为什么她要告诉你呢？哥哥，我愿把她杀死了！方可不哭！我不知为什么她们要这样多事，哥哥，我哭！哭死也甘心，我哥哥既然写到这样，并且叫我"去！"，唉！哥哥，我愿早早能哭死！我愿早早哭死吧！唉！我为什么不能哭死呢？我的好人，尚且叫我"去"，唉！我还要什么？天呀！请你快把我哭死吧！哥哥呀！你想，你说到这样的悲酸，啊！我怎能不哭！哥哥，我愿快快哭死，确不愿我哥哥这样悲伤！确不愿我的哥哥要这样悲伤！哥哥，你听见吗？我在哭，我在哭，我在为我多事的姐姐太多事而哭，我在为我的哥哥，叫我"去"的一句话而哭！啊！哭死吧！哭死吧！我只愿快快哭死！却不愿我亲爱的哥哥叫我"去"！哥哥，你还要叫我"去"吗？

哥哥，婚事尚未决定的时候，你为什么要这样悲伤呢？哥哥，我除你之外我要谁？这许多话我在上信已经向哥哥说过的了！哥哥，哥哥，我愿牺牲一切爱我的哥哥，你现在能恕我否？哥哥，我一身的爱情完全给你了，要是你不容纳而拒绝我，那么，我只能跑到杳无人迹不知所在的鬼路上去了！哥哥，要是你不容纳我的爱你，那么，在短时期间，我愿离开宇宙间的一切！我愿和宇宙的一切永别！我的哥哥，我虽不愿和他永别；但到哥哥不容纳我爱他的时候，我也只能和他永远分别了！哥哥，要是你现在依旧是伤心！依旧是叫我"去"，依旧是不容纳我的爱你，那么，哥哥，我至亲至爱的哥哥，我就此告终我的一身了！哥哥呀！我现在愈写愈要哭！我的哥哥，我一心热爱的哥哥，怎好叫我去呢？哥哥，你现在还叫我去吗？唉！唉！唉！

哥哥，哥哥，哥哥，要是你弃我了，那么，我去，我向杳无人

迹不知所在的鬼路上去！好哥哥，我再生总不愿离你，我今世的爱情不愿给任何人，但要求哥哥，要求哥哥容纳我的爱！千万要求哥哥容纳我的爱！哥哥，我现在哭后不能再写，同时母亲又叫我吃晚饭，我虽则吃不下，但当敷衍一下！哥哥，等一会再写吧！

哥哥，我哪能吃得进饭呢？并且我这两天心中又不好过！唉！我的心怎样能到吃饭上去，哥哥，我的心在和你谈话，我的心在要求你容纳我的爱，在想念着你的伤心！哥哥，我最痛心的，就是你叫我"去"的一句话！我怎能不哭！我怎能忍得住不哭！在平时，我本最容易感到伤悲的人，最容易笑的！唉！哥哥，我这次的哭，你当知道，我丝毫不怪你，我只怪我多事的姐姐。不过在她写信的时候，我自己并没有什么主张，因为我那时不大明白这回事，哥哥，也许她们是好意告诉你的，但是，我始终不认为她们是什么好意，始终是痛恨她们的多事！

哥哥，要是她们不写信告诉你，你定不会说出叫我"去"的一句话，我不怪她们，怪谁呢？

哥哥，我现在要，现在要来跪在你的面前，倒在你的怀里，痛哭着，要求着！要求你快快允许我，容纳我爱你！不要说"你去"这一句话！好哥哥，你允许我吗？

至于我将来的一切，我的哥哥已为我造成了。倘使你将来是有幸福的，那么我也是有幸福的；你将来是不幸的，那么，我也是不幸的！总之，我的哥哥将来是如何，我也是如何！要是你将来做乞丐，那么，我也跟着哥哥做乞丐！哥哥，你愿我跟着你吗？

你爱我的心，我是绝对明白的，并且很感谢你！哥哥，我对你的心，你明白没有？在上次信上，我本想细细的向你表白一下，但因时间的关系，没有多写！

哥哥，我不愿你唱单恋的悲歌，我愿哥哥同我一同唱恋爱的欢歌，哥哥，我不愿听你单恋的歌调，我愿听我们同唱的相爱的恋歌！你愿和我同唱吗，我的哥哥？

哥哥，你说"妹妹是个比白玉还纯洁的少女，应该找一个十全十足的郎君"，啊啊！哥哥，你这许多话，真使我看了有说不出的悲伤！哥哥，我去哪找一个十全十足的郎君？我以为你就是十全十足的郎君！只要你不拒绝我。哥哥，你当知道，我除你以外什么也不要；可是，我没有很好的才学，来形容哥哥使我爱你的一切，啊啊！我恨透自己没有才学，不能把我一切的心情，一切的爱意，完全无遗地描写出来，哥哥，你恕我吧！

哥哥，你这一封悲酸的信！我真不愿看，因为一看到了，我的眼泪就禁不住要流下，以致痛哭！唉！哥哥，我真哭到不成样子了，当我出去晚餐的时候，我母亲问我，眼睛为什么这样红？哥哥，我讲什么？我一时讲不出话来，只得低着头流泪！我母亲接连又问我，你是为你哥哥的信吧？（因为你的信已告知她了）唉！我说"不是"。我大姐又对母亲道："吃晚饭哪里来这许多话呢？"我母亲也不再开口。唉！哥哥，我这时的眼泪禁也禁不住的流下！只能回到房中，说我今天吃不下去！唉！哥哥，我能哭死，倒也不必去管它，偏偏是哭不死的！亲爱的哥哥，我请你要千万恕我，啊，不要以为是没资格爱我，不要以为我不能过贫乏的生活，不要以为我要寻十全十足的郎君，不要以为社会不许你爱我，不要以为你不配爱我！哥哥，我一切都不愿听！

哥哥，我还有一句最伤心的话，就是"我们不知道还能见面否？"啊！……！哥哥，哥哥，哥哥！为什么不能再见？真使我更要痛哭起来了，哥哥，请你下次再不要说这许多伤心的话吧！要是，你拒绝我，我向杳无人迹不知所在的鬼路上去后，那么，哥哥，我们将不再见到，否则，为什么不能再见呢？伤心哉！伤心哉！你这最惨伤最痛心的一句话！哥哥，要是你再说出这种话，我愿一时哭死了！

哥哥，我可知道？你此次的一封信，使我看了，比什么还要悲伤！比我父亲死时的痛哭，还要厉害！

哥哥为我所找的位置，我是很愿意的，哥哥，我什么都愿意，只要事的地方，在哥哥一起。不管此事是怎样的吃苦，是怎样的烦心，我都愿意的，只要能和我的哥哥在一起。我愿苦死在哥哥身前，我不要欢快而没有哥哥在身前，我愿做乞丐在哥哥身前，我不愿享荣华富贵而没有哥哥在身前！

哥哥，我下半年一定到上海来，但愿哥哥在暑期中一定到宜兴来。哥哥，我们待欢聚时同唱恋爱的欢歌！我们待欢聚时相谈离衷！总之，我们待欢聚后，享受一切快乐！但我要恳求哥哥，再不要讲"我们不知还能见面否"这一句话！

现在，我要，要求亲爱的哥哥，千万要求，莫再叫我"去"吧！莫再说配不上爱我，莫再说我们不知还能相见吗？还有一个最大的要求，要求我的至至爱的哥哥，容纳我的爱！

哥哥，倘使你能允许我上面的要求，那么我的一身，已归宿到你的怀里，我的一身已是你的所有了！哥哥，要是你不信我，那么请把这封信好好的，好好的藏好，作为凭证。

倘使我将来食言了，哥哥，你请放心，一方面有纸笔在这里作证，一方面我可向你发誓，要是我将来食言了，不得好死！不得久生！不是人类！

但是，哥哥，愿你永远莫再说痛心的话，愿你永远莫再说痛心的话，愿你永远永远恒久恒久一世一世莫再说这许多痛心的话！哥哥，望你恕我，允许我！我信爱的最最信爱的哥哥，望你恕我，允许我，我现在跪在你的身前，求我的哥哥恕我，允许我，哥哥，我这复而又复的这许多话，为的是要你深深认识我：哥哥，你认识我没有？你明白我没有？

此次的信，母亲们都已知道，因为我在忍不住痛哭的时候，不得不告诉她们我哭的原因，同时把信念给他们听。

母亲听完了，也是很伤心的说，叫我写信安慰你，并且含有允许我爱哥哥的意思，哥哥，这时我从痛哭中得到她们一些安慰。

　　我这一封信，足写了四个钟头，内中的哭声，哥哥，到现在还是呜咽着没有绝声！哥哥，你明白我吧！你认识我吧！你允许我吧！

　　我的头痛已好了，今天已能往学校去上课，请勿念念于心。

　　我永久永久永久永久爱的哥哥，我不能再写了，下次再谈吧！

祝你

从悲伤而转为快乐！！！

妹克茵谨上
6月24日夜2时

彼此都付出了一份"真"！好微妙！好神奇！……仅仅的几句话，仅仅的几个字，仅仅的几个小动作，我知道您是多么的疼我！

彼此都付出了一份"真"

※ 韩菁清

谢谢您的照片、书，大苹果、晚餐，还有往来于忠孝仁爱路，还有许多的赞美词及宝贵的意见。

想不到我们的缘份是这么好，"一见如故"犹如多年的朋友！别人不信，我们也曾有点胆怯，怀疑吧？但事实证明我们谈得是如此投机，彼此都付出了一份"真"！好微妙！好神奇！我不敢在大文豪面前，卖弄文笔，平日您所看到的中英文书信，都属于 A1 级，这封小学生的幼稚会话，您会看得懂吗？告诉我，我等着您的评分，否则我没有勇气再造句！

仅仅的几句话，仅仅的几个字，仅仅的几个小动作，我知道您是多么的疼我！可是您要趁早了解我的为人（除了学问品德之外），我在某方面的气量好小，岂仅是容纳不了一粒"沙子"？"小灰"也受不了！

因为时间在您我现在的情况中，名符其实的是"一寸光阴一寸金"的时候，我必需尽快的表明这些看来似乎很小的"大事"！

（注：这是韩菁清写给梁实秋 的一封信。）

正午时候，人影落在地面那样短，狗睡到墙根去了！
炎夏的午间，只听到蜂子飞，只听到狗在墙根喘。

两个朋友

※ 萧　红

金珠才 13 岁，穿一双水红色的袜子，在院心和华子拍皮球。华子是个没有亲母亲的孩子。

生疏的金珠被母亲带着来到华子家里才是第二天。

"你念几年书了？"

"四年，你呢？"

"我没上过学——"金珠把皮球在地上丢了一下又抓住。

"你怎么不念书呢？13 岁了，还不上学？我 10 岁就上学的。"

金珠说："我不是没有爹吗？妈说：等她积下钱让我念书。"

于是又拍着皮球，金珠和华子差不多一般高，可是华子叫她金珠姐。

华子一放学回来，把书包丢在箱子上或是炕上，就跑出去和金珠姐拍皮球。夜里就挨着睡，白天就一道玩。

金珠把被褥搬到里屋去睡了，从那天起她不和华子交谈一句话；叫她："金珠姐，金珠姐。"她把嘴唇突起来不应声。华子伤心的，她不知道新来的小朋友怎么会这样对她。

再过几天华子挨骂起来"孩崽子，什么玩意儿呢！"金珠走在地板上，华子丢了一下皮球撞了她，她也是这样骂。连华子的弟弟金珠也骂他。

那孩子叫她："金珠子，小金珠子！"

"小，我比你小多少？孩崽子！"

小弟弟说完了，跑到爷爷身边去，他怕金珠要打他。

夏天晚上，太阳刚落下去，在太阳下蒸热的地面还没有消灭了热。全家就坐在开着窗子的窗台，或坐在门前的木凳上。

"不要弄跌了啊！慢慢推……慢慢推！"祖父招呼小珂。

金珠跑来，小母鸡一般地，把小车夺过去，小珂被夺着，哭着。祖父叫他："来吧！别哭，小珂听说，不要那个。"

为这事，华子和金珠吵起来了：

"这也不是你家的，你管得着？不要脸！"

"什么东西，硬装不错。"

"我看你也是硬装不错，'帮虎吃食'？"

华子的后母和金珠是一道战线，她气得只是重复着一句话：

"小华子，我也没见过你这样孩子，你爹你妈是虎？是野兽？我可没见过你这样孩子。"

"是'帮虎吃食'，是'帮虎吃食'。"华子不住说。

后母亲和金珠完全是一道战线，她叫着她："金珠，进来关上窗子睡觉吧！别理那小疯狗。"

"小疯狗，看也不知谁是小疯狗，不讲理的小疯狗。"

妈妈的权威吵满了院子：

"你爸爸回来，我要不告诉你爸爸才怪呢？还了得啦！骂她妈是'小疯狗'。我管不了你，我也不是你亲娘，你还有亲爹哩！叫你亲爹来管你。你早没把我看到眼里。"骂吧！也不怕伤天理！"

小珂和祖父都进屋去睡了！祖父叫华子也进来睡吧！可是华子始终依着门呆想。夜在她的眼前，蚊子在她的耳边。

第二天金珠更大胆，故意借着事由来屈服华子，她觉得她必定胜利，她做着鬼脸：

"小华子，看谁丢人，看谁挨骂？你爸爸要打呢！我先告诉你一声，你好预备着点！"

"别不要脸！"

"骂谁不要脸？我怎么不要脸？把你美的？你个小老婆，我告诉你爹爹去，走，你敢跟我去……"

金珠的母亲，那个胖老太太说金珠："都是一般大，好好玩，别打架。干什么金珠？不好那样！"华子被扯住肩膀："走就走，我不怕你，还怕你个小穷鬼！都穷不起了，才跑到别人家来，混饭吃还不够，还瞎厉害。"

金珠感到羞辱了，软弱了，眼泪流了满脸："娘，我们走吧！不住她家，再不住……"

金珠的母亲也和金珠一样哭。

"金珠，把孩子抱去玩玩。"她应着这呼声，每日肩上抱着孩子。

华子每日上学，放学就拍皮球。

金珠的母亲，是个寡妇母亲，来到亲戚家里，是来做帮工。华子和金珠吵架，并没有人伤心，就连华子的母亲也不把这事放在心上，华子的祖父和小珂也不把这事记在心上，一到傍晚又都到院子去乘凉，吸着烟，用扇子扑着蚊虫……看一看多星的天幕。

华子一经过金珠面前，金珠的母亲的心就跳了。她心跳谁也不晓得，孩子们吵架是平常事，如像鸡和鸡斗架一般。

正午时候，人影落在地面那样短，狗睡到墙根去了！炎夏的午间，只听到蜂子飞，只听到狗在墙根喘。

金珠和华子从正门冲出来，两匹狗似的，两匹小狼似的，太阳晒在头上不觉得热；一个跑着，一个追着。华子停下来斗一阵再跑，一直跑到柴栏里去，拾起高粱秆打着。金珠狂笑，但那是变样的狂笑，脸嘴已经不是平日的脸嘴了。嘴斗着，脸是青色地，但仍在

狂笑。

谁也没有流血，只是头发上贴住一些高粱叶子。已经累了！双方面都不愿意再打，都没有力量再打。

"进屋去吧，怎么样？"华子问。

"进屋！不打死你这小鬼头对不住你。"金珠又分开两腿，两臂抱住肩头。

"好，让你打死我。"一条木板落到金珠的腿上去。

金珠的母亲完全颤栗，她全身颤栗，当金珠去夺她正在手中切菜的菜刀时；眼看打得要动起刀来。

做帮工也怕做不长的。

金珠的母亲，洗尿布、切菜、洗碗、洗衣裳，因为是小脚，一天忙到晚，到晚间，脚就疼了。

"娘，你脚疼吗？"金珠就去打一盆水为她洗脚。

娘起先是恨金珠的，为什么这样不听说？为什么这样不知好歹？和华子一天打到晚。可是她一看到女儿打一盆水给她，她就不恨金珠而自己伤心。若是金珠的爹爹活着哪能这样？自己不是也有家吗？

金珠的母亲失眠了一夜，蚊子成群地在她的耳边飞；飞着，叫着，她坐起来搔一搔又倒下去，终夜她没有睡着，玻璃窗子发着白了！这时候她才一粒一粒地流着眼泪。10年前就是这个天刚亮的时候，金珠的爹爹从炕上抬到床上，那白色的脸，连一句话也没说而死去的人……10年前了！在外面帮工，住亲戚也是10年了！

她把枕头和眼角相接近，使眼泪流到枕头上去，而不去擦它一下，天色更白了！这是金珠爹爹抬进木棺的时候。那打开的木棺，可怕的，一点感情也没有的早晨又要来似的……她带泪的眼睛合起来，紧紧地压在枕头上。起床时，金珠问："娘，你的眼睛怎么肿了呢？"

"不怎么。"

"告诉我！娘！"

"告诉你什么！都是你不听说，和华子打仗气得我……"

金珠两天没和华子打仗，到第三天她也并不想立刻打仗，因为华子的母亲翻着箱子，一面找些旧衣裳给金珠，一面告诉金珠：

"你和那丫头打仗，就狠点打，我给你做主，不会出乱子的，那丫头最能气人没有的啦！我有衣裳也不能给她穿，这都给你。跟你娘到别处去受气，到我家我可不能让你受气，多可怜哪！从小就没有了爹……"

金珠把一些衣裳送给娘去，以后金珠在这一家中比谁都可靠，把锁柜箱的钥匙也交给了她。她常常就在华子和小河面前随便吃梨子，可是华子和小珂不能吃。小珂去找祖父。祖父说：

"你是没有娘的孩子，少吃一口吧！"

小珂哭起来了！

这一家中，华子和母亲起着冲突，爷爷也和母亲起着冲突。

被华子的母亲追使着，金珠又和华子吵了几回架。居然，有这么一天，金耳环挂上了金珠的耳朵了。

金珠受人这样同情，比爹爹活转来或者更幸运，饱饱满满地过着日子。

"你多可怜哪！从小就没有了爹！……"金珠常常被同情着。

华子每天上学，放学就拍皮球。金珠每天背着孩子，几乎连一点玩的工夫也没有了。

秋天，附近小学里开了一个平民教育班。

"我也上'平民学校'去吧，一天两点钟，四个月读四本书。"

华子的母亲没有答应金珠，说认字不认字都没有用，认字也吃饭，不认字也吃饭。

邻居的小姑娘和妇人们都去进"平民学校"，只有金珠没能去，只有金珠剩在家中抱着孩子。

金珠就很忧愁了，她想和华子交谈几句，她想借华子的书来看一下，她想让华子替她抱一下小孩，她拍几下皮球，但这都没有做，

她多少有一点自尊心存在。

有一天家中只剩华子、金珠、金珠的母亲，孩子睡觉了。

"华子，把你的铅笔借给我写两个字，我会写我的姓。"金珠说完话，很不好意思，嘴唇没有立刻就合起来。

华子把皮球向地面丢了一下，掉过头来，把眼睛斜着从金珠的脚下一直打量到她的头顶。

为着这事金珠把眼睛哭肿。

"娘，我们走吧，不再住她家。"

金珠想要进"平民学校"进不得，想要和华子玩玩，又玩不得，虽然是耳朵上挂着金圈，金圈也并不带来同情给她。

她患着眼病了！最厉害的时候，饭都吃不下。

"金珠啊！抱抱孩子，我吃饭。"华子的后母亲叫她。

眼睛疼得厉害的时候，可怎样抱孩子？华子就去抱。

"金珠啊！打盆脸水。"

华子就去打。

金珠的眼睛还没好，她和华子的感情可好起来。她们两个从朋友变成仇人，又从仇人变成朋友了！又搬到一个房间去睡，被子接着被子。在睡觉时金珠说："我把耳环还给她吧？我不要这东西！"她不爱那样闪光的耳环。

没等金珠把耳环摘掉，那边已经向她要了：

"小金珠，把耳环摘下来吧！我告诉你说吧，一个人若没有良心，那可真不算个人！我说，小金珠子，我对得起你，我给你多少衣裳？我给你金耳环，你不和我一个心眼，我告诉你吧！你后悔的日子在后头呢！眼看你就要戴上手镯了！可是我不能给你买了……"

金珠的母亲听列这些话，比看到金珠和华子打架更难过，帮工是帮不成的啦！

华子放学回来，她就抱着孩子等在大门外，笑眯眯的，永久是那个样子，后来连晚饭也不吃，等华子一起吃。若买一件东西，华子同意她就同意。比方买一个扣发的针啦，或是一块小手帕啦！若金珠同意华子也同意。夜里华子为着学校忙着编织物，她也伴着她不睡，华子也教她识字。

金珠不像从前可以任意吃着水果，现在她和小珂、华子同样，依在门外嗅一些水果香。华子的母亲和父亲骂华子，骂小珂，也同样骂着金珠。

终久又有这样的一天，金珠和母亲被驱着走了。

两个朋友，哭着分开。

　　我最不能忘的，是他动身前不多时的一个月夜。电灯灭后，月光照了满院，柏树森森地竦立着。屋内人都睡了；我们站在月光里，柏树旁，看着自己的影子。他诉说他生平冒险的故事。说一会，静默一会。这是一个幽奇的境界。

怀魏握青君

※ 朱自清

　　两年前差不多也是这些日子吧，我邀了几个熟朋友，在雪香斋给握青送行。雪香斋以绍酒著名。这几个多半是浙江人，握青也是的，而又有一两个酒徒，所以便拣了这地方。说到酒，莲花白太腻，白干太烈；一是北方的佳人，一是关西的大汉，都不宜于浅斟低酌。只有黄酒，如温旧书，如对故友，真是有味。只可惜雪香斋的酒还上了色；若是"竹叶青"，那就更妙了。握青是到美国留学去，要住上三年；这么远的路，这么多的日子，大家确有些惜别，所以那晚酒都喝得不少。出门分手，握青又要我去中天看电影。我坐下直觉头晕。握青说电影如何如何，我只糊糊涂涂听着；几回想张眼看，却什么也看不出。终于支持不住，出其不意，哇地吐不出来了，观众都吃一惊，附近的人全堵上了鼻子；这真有些惶恐。握青扶我回到旅馆，他也吐了。但我们心里都觉得这一晚很痛快。我想握青该还记得那种狼狈的光景吧？

我与握青相识，只是在东南大学。那时正是暑假，中华教育改进社借那儿开会。我与方光焘君去旁听，偶然遇着握青；方君是他的同乡，一向认识，便给我们介绍了。那时我只知道他很活动，会交际而已。匆匆一面，便未再见。三年前，我北来作教，恰好与他同事。我初到，许多事都不知怎样做好；他给了我许多帮助。我渐渐知道他不只是很活动，会交际；他有他的真心，他有他的锐眼，他也有他的傻样子。许多朋友都以为他是个傻小子，大家都叫他老魏，连听差背地里也是这样叫他；这个太亲昵的称呼，只有他有。

但他决不如我们所想的那么"傻"，他是个玩世不恭的人——至少我在北京见着他是如此。那时他已一度受过人生的戒，从前所有多或少的严肃气分，暂时都隐藏起来了；剩下的只是那冷然的玩弄一切的态度。我们知道这种剑锋般的态度，若赤裸裸地露出，便是自己矛盾，所以总得用了什么法子盖藏着。他用的是一副傻子的面具。我有时要揭开他这副面具，他便说我是《语丝》派。但他知道我，并不比我知道他少。他能由我一个短语，知道全篇的故事。他对于别人，也能知道；但只默喻着，不大肯说出。他的玩世，在有些事情上，也许太随便些。但以或种意义说，他要复仇；人总是人，又有什么办法呢？至少我是原谅他的。

以上其实也只是说他的一面；他有时也能为人尽心竭力。他曾为我决定一件极为难的事。我沿着墙根，走了不知多少趟；他源源本本，条分缕析地将形势剖解给我听。你想，这岂是傻子所能做的？幸亏有这一面，他还能高高兴兴过日子；不然，没有笑，没有泪，只有冷脸，只有"鬼脸"，岂不郁郁地闷煞人！

我最不能忘的，是他动身前不多时的一个月夜。电灯灭后，月光照了满院，柏树森森地竦立着。屋内人都睡了；我们站在月光里，柏树旁，看着自己的影子。他诉说他生平冒险的故事。说一会，静默一会。这是一个幽奇的境界。他叙述时，脸上隐约浮着微笑，就是他心地平静时常浮在他脸上的微笑；一面偏着头，老像发问似的。

这种月光，这种院子，这种柏树，这种谈话，都很可珍贵；就由握青自己再来一次，怕也不一样的。

他走之前，很愿我做些文字送他；但又用玩世的态度说，"怕不肯吧？我晓得，你不肯的。"我说，"一定做，而且一定写成一幅横披——只是字不行些。"但是我惭愧我的懒，那"一定"早已几乎变成"不肯"了！而且他来了两封信，我竟未覆只字。这叫我怎样说好呢？我实在有种坏脾气，觉得路太遥远，竟有些渺茫一般，什么便都因循下来了。好在他的成绩很好，我是知道的；只此就很够了。别的，反正他明年就回来，我们再好好地谈几次，这是要紧的。——我想，握青也许不那么玩世了吧。

回忆起小学时代的种种往事，心中不禁洋溢着一种幸福甜蜜的感觉。

记忆中的青笛仔

※ 纪小南

四十年前的水灾，可能是宜宾近百年来最大的水患，西部低洼地区大部分都被洪水淹没。那一年我小学五年级，住在长江沿岸的农村，没有收音机，更无报纸电视。那天清晨，一如往常背着书包走三公里路去上学，一路上虽然刮风下雨，但也没有特别的异常情况。走到校门口却目瞪口呆，比马路低洼的校园一片汪洋，杳无人迹。

疑惑中信步走到离校不远的"青笛仔"家去问个究竟。到了他家才知道学校已经停课。此时风雨变得很大，"青笛仔"慈祥的祖母叫我等雨势小些再回家。等着等着，大雨持续倾盆而下，街道成了河流，大水愈涨愈高，流进了庭院，流进了屋里，直淹到桌面。大人忙着抢救东西，小孩都躲到阁楼上去。从窗户望出去，外面一片汪洋，滚滚洪水沿着街道四处流窜。我心里着急，想着爸妈不知会如何担心。可是要回去不可能，又无法联络。焦急中捱到天黑，又捱到了天亮，大水终于退去，"青笛仔"的父亲用自行车送我回家。我永远不会忘记父母亲见到我时的欣喜及对"青笛仔"家人感激的

神情。由于那次的水灾，"青笛仔"成了我人生中最深刻的回忆。

"青笛仔"是我小学时最要好的同学林富春的绰号。我从不曾问他为什么叫"青笛仔"，那是当时乡村很常见的一种小鸟，只比手指长一些，常见它们成群结队在枝头跳来跳去，吱吱喳喳叫不停。几年前第一次用望远镜仔细端详，赫然发现它竟是如此美丽的鸟儿，小小的身躯，背上比着绿色的羽毛，腹部淡黄，眼睛围着一个白色的圈圈。它有一个诗情画意的学名叫"线绣眼"。有一回在阳明山，看到一群"青笛仔"倒挂在盛开的山樱花枝头吸食花蜜，比国画里的花鸟图更美，让人无法忘怀。

如今在农村不再容易看到"青笛仔"了，由于农药的使用，它似乎失去了生活空间。然而它却成了赏鸟人口中的"都市三宝"之一。都市的开发断绝了大多数野鸟的食物来源，因而造成野鸟的减少甚至绝迹。然而"绿绣眼"由于食性宽广，春天吸花蜜，夏天食昆虫，秋天吃果实，冬天吸树液。随着都市的扩展，它们在树与公园绿地中找到了栖身之处，成了都市人身边最常见的自然界之精灵。

每次走过树下，听到那亲切的吱吱声，总要抬头寻找那绿色的小"青笛仔"，看着它们活泼地在枝杈间跳跃，总要感染一分喜悦。回忆起小学时代的种种往事，心中不禁洋溢着一种幸福甜蜜的感觉。

这个人应主持正义、诚实、心地善良、勇敢、意志坚强，当然还应该谦虚。

不光彩的表演

※ 文　思

一个人具备什么样的优点，才能成为我们所尊重的楷模呢？我想，大多数人都会认为，这个人应主持正义、诚实、心地善良、勇敢、意志坚强，当然还应该谦虚。

谁也不希望自己成为一个吹牛家，也没人愿意作一个骄傲自大、目空一切的人。但是，夸夸其谈和骄傲自大的思想却在我们中间许多人身上潜藏着，而且会自觉或不自觉地一下子流露出来。

我手头保存着几张照片。照片上，我的头发全无，是个秃子。每当我看到它们，心里总是涌腾起一股深深的渐愧之感。

事情是这样的：大约在卫国战争爆发的前一年，莫斯科电影制片厂决定拍摄一部描写俄国著名元帅苏沃洛夫的影片。苏沃洛夫性格急躁，极为好动。导演组全力以赴挑选具有类似性格特点的演员担任主角，仍是一筹莫展。

就在这时，一位熟人偶然同我谈道："难道我国电影界中真的没有一位能演苏沃洛夫的演员吗？"我的脑子里豁然一亮："为什么我不来演这一角色呢？眼下我没有拍摄任务……对，就这么办！我来

演苏沃洛夫!"

在年龄方面,我不大适合演这个角色。不过可以经过化妆来弥补差距。而最主要的,是我的体态和长相与这位俄国元帅相去甚远:苏沃洛夫身体瘦小,面庞瘦削,脸部线条分明。可我正相反,体格粗壮,是个圆脸膛……然而话又说回来,我是演员呐!斟酌再三,最后一鼓劲我向摄制组提出,由我来演苏沃洛夫吧。摄制组回答说,他们已找到合适的人选了,不过如果我执意要演的话,可以为我进行一次彩排。

我深信,这个角色一定将会由我来演。因为当时我在电影界中已算是一位颇有名气的演员了,而我的竞争对手呢,不过是个初出茅庐的新手。再说,我的愿望,导演和制片人也都一定会尽量给予照顾的!

我到理发店剃光了头发。秃头更适宜粘假发化妆。

然而,苏沃洛夫我没有演成。另一位同志比我更合适:他的外形酷似角色,表演也比我强……

我痛责自己过分自信,骄傲自大。我懊悔自己不够谦虚。我对自己发誓:今后任何时候再也不作说大话、过分自信的人了。可是,剃光的头顶再长出头发来,那得需要好长一段时间呐!

我一直忘不了这次不光彩的失败。在以后几年时间里,它使我比以前虚心谨慎了些。但十分遗憾,随着时间的推移,这次教训所带来的痛苦渐渐被我淡忘了。骄傲自负这个魔鬼又重新占据了我的头脑。于是又发生了一件事。那是在国外,在巴黎。

苏联之友协会为欢迎来法国的苏联电影界人士举办了一次晚会。会上为巴黎市民放映了苏联著名影片《宝石花》。大厅内座无虚席,观众反映热烈,不断鼓掌向我们这些出席晚会的苏联电影工作者致意。放映结束,人们纷纷涌到我们面前,将我们团团围住。巴黎市民很熟悉我国的电影,认得许多影片的主人公。他们也还认出,马克辛——一位年轻的彼得堡布尔什维克,就是由我扮演的。

热烈的握手，友好的拍肩致意，然而这不过只是个序幕。接着便是请我们签名题字。当时，我随身连一张照片或名片也都没有了，只好把名签到随便到手的东西上，有节目单、入场券，还有记事本等等。手中的钢笔用完了墨水，立刻有人递过来铅笔。我不断地签名，手发酸了，麻木了，铅笔折断了好几次，但周围仍是一批又一批请求签名的人。他们喊着说着："马克辛，马克辛，请给签个名！……"

第二天一觉醒来，我心里仍荡漾着幸福快慰之感。早晨，我和一位同事出去散步。我们沿着巴黎街道走着，我还完全沉浸在对昨天晚会的美好回忆里。正在这时，突然听到有人清晰响亮地喊了一声："马克辛！"

怎么回事？是谁在喊我？大概，是我自己的错觉吧。不，不是错觉。有人又一次拉长声音喊道："马克辛！……"

刹时，我觉得全身一热，心里涌起一阵飘飘然的感觉。是啊，这是荣誉呵！在远离祖国的异地，在巴黎，竟有人在大街上认出了我，对我表示欢迎……。我偷眼瞅了一下我的同事：他照旧走着，一副漠然平淡的样子，仿佛根本没有听到什么。"瞧！就连这样一位挺不错的人，有时也会产生妒忌心！"我想。但我并不责怪他，有什么办法呢？

那位站在街对面的法国人，还在冲我这儿挥动帽子喊着："马克辛！马克辛！"

于是我微笑着，亲切地点了下头，抬腿穿越街道向那位巴黎人走了过去。我的那位同事被冷在原地，惶惑不知所以然。我边走边摘下手套，准备与这位新相识的崇拜者握手。我离他只有五、六米远的距离了，突然，一辆小汽车从后面悄声地开了过来，把我和那位法国人隔开。车门打开，那位法国人戴好帽子，一头钻进了汽车。

我望着远去的小汽车，茫然地站在原地，嘴里机械地念着写在车后部的几个字：Taxi（出租汽车）……

"Taxi，塔克辛，出租汽车……"我重复着这几个字，恍然大悟：那位法国人一直在招呼出租汽车，可我自负而又可笑地以为，从昨天的晚会起，全巴黎想着的没有别的，而只有我一个人……出租汽车，嗨！我感到羞臊难当。

这一令我倍感羞辱的镜头只有两个目击者：我的那位装做什么也没有看到的同事，和我自己。想到此，热血便阵阵涌上我的脸颊……

以前，我只听说有喜欢搬弄是非、挑拨离间的同事，没想到这次遇到的却是挑拨离间的老板。

这样一个"头儿"

※ 涌　泉

刚刚走出学校的我就进入一家出版社开始了我的上班族生活，身为社会新新人类的我总是拥有热诚与谦逊，把社长的指示当成努力的目标。即使有些不满，私底下和同事说说也就算了。正因为善于忍耐与调解，给社长留了许多面子，所以日子过得颇为太平。

江瑶是我后来的同事，当初社长面试时，说是希望能力好、关系广的她来担任"主编"。进来之后，却和我这后辈一样，挂名"企划编辑"。

不知道是不是社长一开始就有心压制她，以致日后开会时，江瑶虽没当面顶撞，不屑的神情却表露无遗，令社长很不是滋味。

我几次劝她放开心，别太理会社长那些毫无意义的抱怨，认真做好分内的工作。她只是苦笑，说他们理念实在相差太多，颇感无奈，并不会像我们一样，围在一起拼命说社长的坏话。

一天下午，社长找我谈编务的事，我一进他办公室，刚说没两句关于书的进度，他就把话题转到江瑶的事情上，问我和她合作的感觉如何？觉得她个性怎样？我诚实但简化地说："不错。"但我并

不想谈这样的话题。他自己竟然三姑六婆了起来，批评江瑶为人处事不够圆滑、不懂和颜悦色，还归咎这可能是她出身单亲家庭的缘故，他说："不像你，每次都面带微笑，一看就知有很好的家教。"

天啊！我跟的是什么老板？我赶紧借故离开了社长办公室，直觉这样的话题似乎暗藏许多危机。

日后，社长有意无意还是会提起相同的话题，在工作之外，我一直尽量躲开他那些不道德的"闲话家常"。他越对江瑶做人身攻击，越显出自己的性格缺陷。当然，那些莫须有的闲话我不会对江瑶说，至于他是不是真心赞赏我，还有待商榷。

不过，江瑶似乎早已看透，她和社长之间不光是工作理念不合的问题，没多久就递了辞呈。想当然，社长也没有挽留她。

她辞职后的一天，同事们聊起她的遭遇，才发现原来社长跟每个人都密谈过，都企图影响大家对江瑶的评价。这时候，更让人震惊的是，另一个编辑对我说：

"社长每次都偷偷跟我抱怨，他觉得你上班的时候……。"

不久之后，我当然也递出辞呈，选择一个表里如一的老板。以前，我只听说有喜欢搬弄是非、挑拨离间的同事，没想到这次遇到的却是挑拨离间的老板。

　　每次坐在餐馆中，看到闪着金光的烤鸭被端出来绕场一周时，我就忆起第一次入口的满足感，这其中还洋溢着父亲对我们无尽的爱。

香喷喷的东西

※ 杨守林

　　我住在老北京的车城区，在我家附近，卖"烤鸭"的铺子似乎有愈来愈多的趋势，不知是外来人口增加，还是大家虽喜欢吃它，但这玩意儿仍是一般家庭无法自行料理的。

　　每家"烤鸭"铺子的摆设都大同小异，门口有一个看似年代久远、历尽沧桑的大铁桶，旁边挂着成串又白又嫩的待烤肥鸭，透明的玻璃柜里则挂着已烤成淡褐色却稍嫌干扁的半成品。等客人讲明了要买的数量后，店家就熟练地把它的皮和肉片下来，再把如鸡肋般"食之无味、弃之可惜"的鸭架子剁成小块，配上九层塔、姜、蒜什么的，加上调味料，大火快炒几下，配上葱段、甜面酱、鸭饼，就是招牌上标榜的"烤鸭三吃"了：

　　前几年随鸭附送的鸭饼，还是荷叶饼（一种北方的家常饼，差不多巴掌大，多半用来卷着烤鸭或是"合菜戴帽"之类的菜来吃的），最近一次去买的时候，荷叶饼已被润饼皮取代，吃在嘴里一来明显感受到各地"饮食文化"相容的博大精深，一来觉得随着社会

节奏的如快餐馆，食物变得只是果腹的东西，愈来愈不见精致。话又说回来了，半只十元，一只二三十元，能要求怎样的精致呢？

小时候，没有这种专门卖烤鸭的小铺子，记得第一次吃烤鸭，是在刚盖好的商场的一间小餐馆，那儿的招牌菜正是"烤鸭三吃"。当穿着白制服的跑堂大叔，托着一个白色长盘，上头盛着一只烤得香喷喷、闪着金光的肥鸭时，他就一边大声吆喝着："客官，您的烤鸭好了！"一边如数家珍的念出三吃的方式，随着他的吆喝声，我们兄妹五人的注意力，全被那只端坐在盘中的烤鸭给牢牢吸引住，还没听清楚讲的是什么，他很快就捧着盘子消失了。

不一会儿，那个白色长盘又出现了，烤鸭不见了，盘子四周围是片得像透明纸一样薄的鸭皮，中间则是略带棕色的鸭肉，爸爸教我们用如小指粗的白色葱段，沾着甜面酱抹在热腾腾的荷叶饼上，裹着酥脆的鸭皮或是厚实又略带甜味的鸭肉，好吃得令我觉得这真是人间美味中的极品。接着又捧出用鸭架子熬的汤，里头有小白菜、豆腐、冬粉、香菇等，汤头鲜美到不一会儿工夫就见底了。

大学毕业后，我便留学到日本去读书，日式料理清淡少油，当地的"中华料理"多半为了迎合日人的口味，演变成日式风味的"中国菜"。日本人常点的不外是"麻婆豆腐"、"糖醋肉"、"八宝菜"（即肉片和多种青菜混炒）之类的大众料理，说起"北平烤鸭"还真没几个日本人知道是啥玩意儿呢。

每回从大阪搭"阪急电车"回到京都的大学时，总要经过河原町最繁华的"四条大桥"。在桥头上，有一间叫做"东华菜馆"的中国馆子，在国外，但凡看到和"中国"有关的事物，都忍不住好奇地多看两眼，再加上那是一栋耸立在"鸭川"旁的、暗青色罗马式建筑，更是引人注目。

有一阵子，日本也吹起热卖"北平烤鸭"的风潮，"北京鸭"的广告不断密集地出现在电视的各类节目上，于是几乎稍具规模的中华料理店都竖起醒目的"北京鸭"招牌。有一回打工回来，拖着沉重的步子从"东华菜馆"前经过，发现它也不能免俗地竖起相同的招牌，看得我眼睛一亮，所有的疲惫似乎都在那一瞬间消失了。

虽对北平烤鸭情有独钟，终究我是没有勇气大踏步的进去点一只"北京鸭"，或是因为在那个以观光著称的都市，原本就什么都贵，外观华丽的饭店，一定费用更高，不是留学生负担得起的，或是对日式中华料理的不信任，生怕破坏了烤鸭在我心自中的美好印象。

负笈东瀛的那几年，只要回到北平，就缠着爸爸要烤鸭吃，吃烤鸭成了在登机前的例行公事，似乎吃了它，未来的一整年都能忘掉乡愁，更储备了十足的打拼能源，于是一家人吃遍北平的烤鸭店，直到我学成归来。

每次坐在餐馆中，看到闪着金光的烤鸭被端出来绕场一周时，我就忆起第一次入口的满足感，这其中还洋溢着父亲对我们无尽的爱。

　　光明能带走往日的欢乐与忧愁，而诚挚的友谊却永远
铭刻在我心中。

世间充满了苦难和悲哀

　　　　　　　　　　　　　　　　　※ 杨　光

　　1995 年岁末一个寒风刺骨的日子，我认识了樊刚。

　　那天是一次临时性的朋友聚会，因为彼此间不熟悉，所以我特
别带了两本自己的诗集。记得我在送给樊刚的诗集扉页上，郑重地
写上了一句：对于心灵而言，生命总是要辉煌一次的。一次、也仅
只一次。然后他笑容可掬地望着我，然后他紧紧地握住我的手。

　　那天酒桌上坐满了 12 个人，8 个身有残疾。樊刚无疑是他们中
体质最差最少言语也最多微笑的一个。那天我唱三遍齐秦都唱砸了。
那天有点抑制不住，在众人的掌声中轻轻地流下了泪。

　　其实樊刚与我早就见过，他经营的小卖店就坐落在市图书馆的
斜坡上面，十年来，我从未间断过风雨兼程的读书生活，也偶尔同
小卖店昏暗灯光下那个孱弱的身影交谈过。也正是这三千多个时移
事往的时日，我们在各自的人生之旅中追逐着神圣的梦想。我被人
们称之为诗人时，他也以无法行走的身躯和不可想象的磨难，实现
了他做为生意人的也是残疾人的某种生的辉煌。那时我们都觉着相
见恨晚。后来给经济合搞残疾人专辑，请他随便谈谈，可能是过于

激动的原因吧，平常妙语连珠的他倒显出几分犹豫来。问他什么是真正的友谊？他竟然沉默了。后来他告诉我：友谊就是风雨中随时搀扶着你的那双手，而这30年来，每一次跌倒对他而言都或许是致命的，你无法说清谁在什么时候帮助过你，所以你要回报的是整个生命。因为我也是个病人，也曾采取过自绝于人世的草率之举，所以我和他约定：70年以后一起自杀，而这中间的路无论风霜雨雪、阴晴冷暖，都要努力走好。

常常就在夜里，我们守在电话机旁，谈艺术，谈生活。

常常就在平日，我遇到委屈和困惑就想到一脸自信的朋友樊刚。

他的名字容易让人想起那个为艺术而献身的荷兰人；他的歌声容易让人想到那个唱《星星点灯》的郑智化；他的沉思默想呢？我不知道像谁，他大我几岁，只觉着像我思想和情感上的一位稳重的兄长。

尽管他是个投身商海的生意人，可我们从不谈钱。

他给我讲第一次进货卖货时的经历；讲读我作品时的一些感受；讲他创办自强商行的诸多艰辛和困难；讲残疾人事业的被冷落和鄙视；讲人海漂浮的复杂与苦恼；讲收听电台节目时的快乐喜悦；讲自己对未来的神往和期冀……后来我注意到，几乎每次聚会他总要唱起那首《我和我追逐的梦》。我想起温森特那句话：厄运助成功者一臂之力。

樊刚的朋友有很多吧，生意场上的，生活中的，熟悉的和陌生的。他们和我一样为他执着的生命而感动而激励着自己。只是我想，他心灵深处难免有一点孤独和无奈，在这沧桑人世，有许多东西是命中注定要割舍和放弃的，而仅凭着傲然的理智和不熄的情感，就能挽留住那逝水流年吗？

原来要用诗去描述他的经历和情感，却发现，所有的语言都那样憔悴。

樊刚过生日时，我送了他一部雨果的《悲惨世界》。题字是：因

为世间充满了苦难和悲哀，所以才显现出善良人心灵的可贵，当你拥有或失去一切的时候，记得还有我这样的朋友。

第二天他打来电话，说他整夜失眠。我知道有一种岁月中不可抗拒的力量在托举着我们平凡却并不平庸的一生，如果有一天我们过早地远离了这繁华和喧嚣，我们应该有理由对自己说：我们活过，并且爱过。因为有樊刚这样的朋友，我感到生命是那样的真实可信。我们还怀疑什么？

那一刀剁在了母亲的手上，也剁在了我的心上。

一夜白了头

※ 叶　白

我的家乡在沂濛山腹地。这里土壤多为沙石，小麦、玉米等农作物不易生长，村民们一年到头全靠地瓜干煎饼来维持生活。我们兄妹4人，我在家是老大，日子过得很苦。但母亲没有听邻居大叔那句"穷读书、富放猪"的致富经，先后把我们送进了学校。

从我记事起，便知道父亲没日没夜地在山上采石头卖，辛辛苦苦的父亲采一天石头才能挣5角钱。母亲在田里劳作，操持一家人的生计。常年的辛劳使她患了一身的病。

我12岁那年，考上了县城一中，这对于一个农家娃来说十分不易。在县城一中读书那几年，我一日三餐靠吃母亲送来的地瓜煎饼和咸菜充饥，发愤苦读，为的是考上大学，让母亲得到些许的安慰。没想以日后我以5分之差落榜。

记得从县城看榜回家时，母亲正蹲在地下剁地瓜皮。见我回来，她期盼地问："儿子，考上没有？"

我不敢正视母亲的眼睛，眼泪禁不住流了出来，"别泄气，考不上再考。"母亲又继续剁地瓜皮。只听"哎哟"一声，我抬头一看，母亲正用右手使劲捂着翻地瓜的手，殷红的鲜血顺着手背淌了下来，

滴在了未剁碎的地瓜皮上。

那一刀剁在了母亲的手上，也剁在了我的心上，整整疼了好几年啊！

第二年，我考上了山东省丝绸工业学校。母亲再也拿不出一分钱。她东借西借只借到了70元钱，可离300多元的学杂费还差得太远。母亲三天三夜没合眼，看见母亲更加消瘦的脸和日渐增多的皱纹，我哭了："妈，这个学我不上了。""说什么傻话，多读书没坏处。妈会想出办法的。"第四天吃完晚饭，母亲告诉我她去姑姑家借些钱。

那天，我和父亲坐在灯下一直等到半夜12点，母亲还没回家。我坐不住了，因为去姑姑家都是坎坷不平的山路，要经过几座山和一片阴森的坟地，就是白天走，也叫人毛骨惊然。我懊悔极了，我怎么就没想到要陪母亲一起去呢！父亲也急得不行，就在我们准备出门接母亲时，母亲跟跟跄跄地回来了，额头上，手上都是血。

我扑过去："娘，发生什么事了？"

母亲轻描淡写地说："没什么，路上遇到打劫的，要钱，我说没有，他搜了半天，没搜着，就把我打了一顿。"说着，母亲脱掉鞋，从里面拿出一沓钱递到我手里："儿子，拿去交学费吧。"

接过母亲差一点搭上性命换来的两百多元钱，我的泪水再也忍不住了。

在丝绸学校读书的日子里，每当就餐时，我捧着热气腾腾的馒头都会想起母亲，体弱多病的母亲长年累月咀嚼的都是地瓜煎饼呀！

寒假结束返校前，我故意对母亲说学校的饭菜吃不饱。母亲心疼地为我连夜准备了一大尼龙袋地瓜干煎饼。

回校后，我把煎饼放在床下的木箱里，每当吃饭时，我就拿上几个偷偷溜出校园，眺望遥远的故乡，啃那令我既爱又恨的煎饼。放暑假时，我用省下的50多斤馒头票去食堂换回了两袋馒头。

当我把馒头捧给母亲时，母亲迟迟没有伸手，愣了好半天，她才说:"儿子,这是你偷的吗?""娘,不是……""不是偷的,怎么有两袋白面馒头?这么多年,娘见也没见么多白馍呀。"

我把事情的经过告诉了母亲后说:"娘,自从我记事起,您就天天吃地瓜干煎饼,这次您就接受儿子这份孝心,吃顿白馍吧。"

母亲怔怔地望着我好大一会儿,伸出双手颤抖地接过馒头,哺哺地说:"好儿子,娘吃。"

1991年,我从丝绸学校毕业后原指望找个好工作能够供弟弟妹妹上学,减轻父母的压力。可我的梦想很快被无情的现实击得粉碎。我分配去的那家工厂很不景气。经常一两个月发不出工资。后来我又调了几个单位,但都不尽如人意。我自己的温饱问题都不能解决,又何谈顾及乡下弟妹呢?

这一切对我打击很大。此时,家庭的负担已使父亲越来越力不从心了。

这年年底,我回家过年。一天吃晚饭时,父亲对妹妹甩出一句硬邦邦的话:"兰子过年后别上学了,家里实在没有办法供你读书了。"妹妹傻了一般地看着父亲。母亲则"霍"地站了起来:"不行。"父亲瞥了母亲一眼:"你有什么本事供她上学?""我就是到街上要饭,也要供兰子上学!"母亲大声喊道。父亲打了母亲,母亲鼻子里的血流在她的衣衫上。

妹妹"哇"的一声哭了起来,她跪在父亲跟前,抱着父亲的腿,苦苦地哀求:"爹爹,别打娘了,我以后每天都不吃早饭和午饭了,省下钱来上学行吗?"

我被眼前的一幕惊呆了,我压根儿就没想到父亲会打母亲,也没想到妹妹会有如此执着的求学精神。

沉默了好长时间,我看见一行浑浊的泪从父亲那张苍老。枯叶般的脸上滚了下来。

他扶起妹妹,哽咽着说:"兰子,不是爹不想让你读书,是你今生投错了胎呀!"

母亲默默地对墙而坐，久久沉默不语。

第二天凌晨，大约 3 点多钟，被一夜噩梦惊醒的父亲发现母亲不在床上，他匆忙披上衣服提着灯笼来到了院子里，借着微弱的灯光，发现昏迷的母亲直挺挺地躺在院子一棵老榆树下，脖了上套着绳索，在绳子的另一端，是一根胳膊般粗的榆树枝。父亲摸了摸母亲的胸口，心还在跳动。很显然，母亲上吊时，树枝便断裂了，是老榆树救了母亲的命。

令我们非常奇怪的是，第二年春天，那棵本来很茂盛的老榆树竟没有发芽，不久就枯死了。

1995 年 8 月，辍学两年的妹妹靠自学考取了泰安贸易学校。这本是一件喜事，但那高达 7000 元的学费却使母亲一夜之间急白了头。

妹妹恳求母亲："娘，我想上学呀，能不能借些钱，等我毕业后一定还。要不就找一个有钱的婆家要 7000 元钱还债。""借，我娃能考上，是我娃的本事，娘一定要让你按时上学。"

第二天，母亲让我用独轮车推着她，妹妹在前面拉着，走上了向亲戚借钱的路。这条路真难呀！我们走了几十里路，借遍了 20 多个亲戚，任凭母亲磨破嘴皮也没借到一块钱。

回家的路上，我看到大滴的泪珠顺着母亲满是皱纹的脸滑落，这是我第一次看见我的母亲流泪。我知道那是失望的泪，是无奈的泪，也是自责的泪。我不知道怎么安慰母亲，我恨自己这么大的男儿竟不能为母亲来担生活的重负。

晚上，由于一天的奔波，我不知不觉地睡着了。半夜，一阵急促的敲门声把我惊醒，弟弟跌跌撞撞地闯进来，语无伦次地说："哥，娘……出事了……"

我脑袋"嗡"一声，忙冲到母亲房间，只见她斜躺在床上，口吐白沫，脸色发青，已不省人事，旁边有一个翻倒的农药瓶。妹妹抱着母亲的腿放声大哭；"娘，娘，您醒醒，我不上学了。

悲痛欲绝的父亲招呼我和弟弟在乡亲们的帮助下，迅速将母亲送往医院。

感谢白衣天使，母亲打了一天一夜的吊瓶后，终于脱离危险。母亲睁开眼的第一句话是："我无能，我想让孩子上学呀！"

母亲对儿女的这份真情感动了我家的亲戚们，做生意的舅舅送来了2000元，其他亲戚你200、我300，在妹妹报到前一天，终于凑足了所需的学杂费，妹妹启程那天，在母亲面前长跪不起。

如今，妹妹已经毕业，在一家企业上班，两个弟弟也参加了工作，我于1998年调到基层政府机关工作，家里的境况有了很大的改善，我们兄妹4人以最大的努力在使母亲度过一个幸福的晚年。

我坚信每个人都能避免做出令人难过的事，只要有一个赞美的环境感染他、引导他，相信他一定能走出误区，走向光明。

赞美的效用

※ 詹启星

电视新闻、报纸屡屡不断报道泯灭人性的案件，但我确信良善的行为永远是社会的本质。因为童年时自己深刻体验了父亲的信心与爱。

在上小学时，因课业和行为都可以轻松应付父母及师长的期许，所以生活的重心转向了同学间百玩不腻的电玩和漫画。但小孩子资源有限却欲望无穷，为了更新的游戏需要更多的消费，我打开哥哥陈放有序的抽屉，不告而取，生平第一次偷别人的东西。

有了不劳而获的经验，偷窃像吸毒刺激欲望般难以自拔。家中每个人从来不曾防备，也未察觉最小的弟弟——我，竟规划了一套偷钱的顺序，让家人的警觉降至最低。

直到一天中午和父亲午睡，心里正盘算如何趁父亲熟睡后翻寻他的外裤口袋。酷暑难耐，父亲以为儿子难耐闷热而无法入睡，拿了扇子帮我扇凉，说："看你睡不着，讲个故事给你听吧！"

其实父亲根本不会讲什么童话故事，只是絮絮叨叨，把自己记忆中小儿子种种的可爱、懂事、孝顺、聪明等既满意又得意地缓缓讲了一堆。

不记得父亲究竟说了我什么好处，更不知何时入眠，但清楚记得在父亲的话语中，我偷偷地哭了。父亲手扇的微风、真爱的话语，使我在深深自责的泪水中彻底洗涤自我。我想，我的人格是从几十年前的那一刻淬炼成型的。

我坚信每个人都能避免做出令人难过的事，只要有一个赞美的环境感染他、引导他，相信他一定能走出误区，走向光明。

谁想得到羸弱的老太太会有那么多东西与人分享。

朋友是个老太太

※ 施 朋

　　我十二岁那年，全家迁居英格兰，我小小年纪，那已经是第四次大搬家了。父亲任职于政府，每隔几年总须派驻海外一次，因此我已惯于与朋友忍痛分手。

　　我们在柏克郡租了幢占地宽广的十八世纪农庄。附近有古堡和严穆的教堂。我性喜大自然，最高兴的还是看到环绕我们屋子一望无际的农田和林地。毗连后院篱笆的密林里，网状的小路几乎可以通往任何地方。雉鸡会在你走近时拍翅飞起，投进前面浓密的月桂树叶和欧洲蕨。

　　我总是得闲便独自在树林里田野间漫游，扮演侠盗罗宝汉，作白日梦，收集昆虫，观赏鸟雀。它是男孩子的乐园——却也是个孤寂的乐园。我一向独来独往，难得和人深交，以免下次搬家时有什么牵绊。怎知有天我却无意中交上一个朋友。

　　我们在英格兰住了大约半年后，老农克劳福允许我在他范围广阔的产业上任意闯荡。我每周末去远足，爬上斜坡漫长的小山，可达一处浓密得几乎进不去的树林，名叫"熊林"。我心想，这是我的神密堡垒，简直就是圣地。我穿过了一道有刺铁丝网溜进去，把艳阳和喊喳抚攘的虫子及动物都留在外面，静静进入另一世界———一个有穹隆拱顶的大教堂，树干为栋，多少年来积叠的棕色长松针为软毯。我自己的呼吸声在耳朵里嗡然作响，林地里任何生物最轻微的蠕动，也会在这个全属于我的乐园里回荡。

某个春日下午，我漫步于上星期似曾瞥见有个池塘的附近。我悄悄前行，小心翼翼，以免惊扰坚鸟或喜鹊，免得它大声警告其他生物躲起来。

也许就是那位几乎被我撞上的瘦小老太太和我同样愣呆的缘故。她倒抽一口冷气，本能地用手捂住她的喉咙。但是，她很快就恢复镇定，绽出一个欢迎的微笑，我立刻放下心来。她胸前挂着一副像是高倍率的望远镜。"哈罗，小伙子，"她说，"你是美国人，或是加拿大人？"

美国人。我匆匆回话：我住在山的另一边；我只是来看看这里是不是有个池塘；农夫克劳福说过我可以到处逛，而且，反正……我正要回家，那么，就再见吧。

我正要转身，老太太欣嫣一笑，接着问："你今天看到过从那边小树叶里出来的一只小猫头鹰吗？"她指向树林边缘。

她懂猫头鹰？我觉得诧异。缺德的同学说，只有我这种"鸟痴"才知道一点关于鸟儿的事情。寻常孩子用的是弹弓。

"没有，"我回答，"我以前见过。不过都不够近，总是它们先看见我。"

老太太笑起来："是啊，它们非常机警。自从它们在这里出现以来，猎场管理员总是开枪射它们。它们是引进的，你知道吧，不是土生土长的。"

"不是本地的？"我问着，劲儿也上来了。知道这种事的人一定有一套——即使她擅闯我的宝地。

"哦，不是的！"她回答，又笑起来。"我家里有些关于禽鸟的书，关于它们的一切问题书上都有。说起来，"她突然说，"我正要

回家喝茶，吃些果酱小烘饼。你愿意一起来吗？"

以前有人警告过我不要搭上陌生人，可是不知什么道理，我觉得这位老太太不像是坏人。我说："好的。"

"我是劳勃森——格拉斯哥太太，"她自我介绍，伸出白净细嫩的手。

"迈可，"我笨拙地握握那双手。

我们随即上路，老太太用令人意外的轻快步履大步走。她谈到大约十年前她丈夫从大学教授职务退休后如何和她一起迁居柏克郡。"他去年过世了，"她说，突然若有所思，"因此我现在是自己一个人，有用不完的时间四处走。"

不久我看到一幢砖砌小屋在逐渐四沉的阳光里发出粉红色的光影。劳勃森——格拉斯哥太太打开大门，请我进去，我游目四顾，对着层层叠叠的书架子，正面镶玻璃、摆放象牙、乌木和石刻雕像的框架，以及满是化石的橱柜，不禁暗自欣羡。那里还有长满苔藓和蕨类的玻璃培育箱和好几盘钉住的蝴蝶标本。最好的是十几只刻制的鸟儿——包括一只稍稍蛀坏、装了玻璃眼睛的鸟鹦，在它的栖息金属横条上歪在一边。

"哇！"我只挤得出这么个字。

"你母亲是不是要你在什么时间回家？"她一面烧水泡茶一面问。

我说谎："没有。"接着，我瞟了时钟一眼，又说："呃，也许五点钟吧。"那么我会有将近一个小时，虽然还不够我问遍屋子里的每一件东西。在大门口喝茶和满嘴果酱烘饼之间的空档，我学到各式各样的知识——如何沿公共小径的卵石间寻觅饼海胆化石；或者根据睡鼠啃啮榛子的咬痕，可以知道它是否就在附近。

那个钟头实在过得太快。劳勃森——格拉斯哥太太简直是把我推出大门的。不过她送我出门时借给我两大册书，一册全是美丽的鸟雀插图，另一册则是蝴蝶和其他昆虫。我答应下个周末送还，如果她不介意我来串门子的话。她微笑说，她盼望再看到我。

我交上了全世界最好的朋友。

归还两册书时，她借了更多书给我。没过多久，我几乎是每周末都去看她，对博物学的认识多了，身上迸发出这种气息。在学校里，我有个"教授"的绰号，赢得同学间或多或少的敬意。甚至有个恶霸同学也拿来一只他发现的（更可能是他杀的）死秧鸡请我鉴定。

那个夏天，我和我这朋友快活地度过了好些嫌短不嫌长的日子。我发现她会做天下最好的黄油松饼。我们结伴在熊林寻幽探秘，愉快地嚼着松饼讨论她借我看的书。下午我们常留在她的小屋里，她会谈她丈夫，说他是多好一个人。有一两次，她似乎快哭出来了，便急忙离座再去泡一点茶。不过她回来时总是笑咪咪的。"

时日流逝，我没看出来她越来越羸弱、也没以前那样爱笑。相知太深，有时候会使你对熟人的身形面貌习焉不察，因为你知道自己是在跟对方的心灵而非形貌倾谈。我当然想得到她很寂寞；我可不知道她有病。

回到学校以后，我长得很快。我玩足球，也交到一个好朋友。不过我周末仍到那小砖屋串门子，而且那里总有新鲜松饼。

那天早晨我下楼到厨房去，桌上有个似曾相识的饼干罐子。我朝冰箱走过去时仔细看了它一眼。

母亲用奇怪的温柔神态瞧着我。"儿啊，"她开了口，意态艰涩。从她的音调里，我什么都明白了。

她手搁在饼干罐子上。"克劳福先生早上带了这些松饼来，"她停了一下，显然觉得很难开口，"说是劳勃森——格拉斯哥太太留给你的。"

我凝望窗外，泪水刺痛我的眼睛。

"我很抱歉，迈可，她昨天去世了，"母亲说，"她年纪大也病得很重，该是时候了。"

母亲搂住的肩膀："她很寂寞，有你陪，她好开心。你很幸运，

能做她那么要好的朋友。"

我默默地拿了罐子到我房间，把它放在床上，接着匆匆下楼，冲出前门，跑进树林。

我漫无目标地徘徊了好一阵子，直到干了泪眼，恢复正常视感为止。那时是春天——离我在熊林里碰到那老太太几乎整整一年。我四下打量，突然意识到我现在所知的居然那么多。我知道在什么地方的长草里找寻蜂兰；在弃置已久的马槽里可以找到水蝇、豉甲和蜻蜓幼虫。我也知道，我卧房里有一罐天下最香脆的松饼，我应该回去细尝，连每粒碎屑也不放过。

而我确实那样做了。

慢慢地，老旧的圆罐子塞满了晒干的树叶、化石和五颜六色的小石头、一只死的鹿角甲虫、一枚燧石箭头及数不尽的其他零碎儿。这罐子我今天还留着。

我还有许多别的东西，很久以前在熊林里那次邂逅的遗赠。它是大自然亲授的睿智，包括有形的和无形的；关于变化的和不变的东西，还有这么个事实：尽管表面上看起来迥然不同的两个人，却可能建立起最宝贵最罕见的情缘——一段历久不渝和收获丰硕的友谊。

亲爱的，瞧瞧窗子外面，瞧瞧墙上那最后一片藤叶。难道你没有想过，为什么风刮得那样厉害，它却从来不摇一摇，动一动呢？

最后一叶

※ 张厚德

在华盛顿广场西边的一个小区里，街道都横七竖八地伸展开去，又分裂成一小条一小条的"胡同"。这些"胡同"稀奇古怪地拐着弯子。一条街有时自己本身交叉了不止一次。有一回一个画家发现这条街有一种优越性：要是有个收帐的跑到这条街上，来催要颜料、纸张和画布的钱，他就会突然发现自己两手空空，原路返回，一文钱的帐也没有要到！

所以，不久之后不少画家就摸到这个古色古香的老格林尼治村来，寻求朝北的窗户、十八世纪的尖顶山墙、荷兰式的阁楼，以及低廉的房租。然后，他们又从第六街买来一些锡蜡杯酒和一两只火锅，这里便成了"艺术区"。

苏和琼西的画室设在一所又宽又矮的三层楼砖房的顶楼上。"琼西"是琼娜的爱称。她俩一个来自缅因州，一个是加利福尼亚州人。她们是第八街的"台尔蒙尼歌之家"吃份饭时碰到的，她们发现彼此对艺术，生菜色拉和时装的爱好非常一致，便合租了那间画室。

那是五月里的事。到了十一月，一个冷酷的、肉眼看不见的、医生们叫做"肺炎"的不速之客，在艺术区里悄悄地游荡，用他冰冷的手指头这里碰一下那里碰一下。在广场东头，这个破坏者明目张胆地踏着大步，一下子就击倒几十个受害者，可是在迷宫一样，狭窄而铺满青苔的"胡同"里，他的步伐就慢了下来。

肺炎先生不是一个你们心目中行侠仗义的老的绅士。一个身子单薄，被加利福尼亚州的西风刮得没有血色的弱女子，本来不应该是这个有着红拳头的、呼吸急促的老家伙打击的对象。然而，琼西却遭到了打击；她躺在一张油漆过的铁床上，一动也不动，凝决望着小小的荷兰式玻璃窗外对面砖房的空墙。

一天早晨，那个忙碌的医生扬了扬他那毛茸茸的灰白色眉毛，把苏叫到外边的走廊上。

"我看，她的病只有十分之一的恢复希望，"他一面把体温表里的水银柱甩下去，一面说，"这一分希望就是她要活下去的念头。有些人好象不愿意活下去，喜欢照顾殡仪馆的生意，简直让整个医药界都无能为力。你的朋友断定自己是不会痊愈的了。她是不是有什么心事呢？"

"她——她希望有一天能够去画那不勒斯的海湾。"苏说。

"画画？——真是瞎耻！她脑子里没有什么值得她想了又想的事——比如说，一个男人？"

"男人？"苏象吹口琴似地扯着嗓子说，"男人难道值得——不，医生，没有这样的事。"

"哦，那么就是她病得太衰弱了，"医生说，"我一定尽我的努力用科学所能达到的全部力量去治疗她。可是我的病人开始算计会有多少辆马车送她出丧，我就得把治疗的效果减掉百分之五十。只要你能想法让她对冬季在大衣袖子的时新式样的感到兴趣而提出一两个问题，那我可以向你保证把医好她的机会从十分之一提高到五分之一。"

医生走后，苏走进工作室里，把一条日本餐巾哭成一团湿。后来她手里拿着画板，装作精神抖擞的样子走进琼西的屋子，嘴里吹着爵士音乐调子。

琼西躺着，脸朝着窗口，被子底下的身体纹丝不动。苏以为她睡着了，赶忙停止吹口哨。

她架好画板，开始给杂志里的故事画一张钢笔插图。年轻的画家为了铺平通向艺术的道路不得不给杂志里的故事画插图，而这些故事是年轻的作家为了铺平通向文学的道路而不得不写的。苏正在给故事主人公，一个爱达荷州牧人的身上，画上一条马匹展览会空的时髦马裤和一片单眼镜时，忽然听到一个重复了几次的低微的声音。她快步走到床边。

琼西的眼睛睁得很大。她望着窗外，数着⋯倒过来数。

"十二，"她数道，歇了一会又说，"十一，"然后是"十"和"九"；接着几乎同时数着"八"和"七"。

苏关切地看了看窗外。那儿有什么可数的呢？只见一个空荡阴暗的院子，二十英尺以外还有一所砖房的空墙。一棵老极了的长春藤，枯萎的根纠结在一块，枝干攀在砖墙的半腰上。秋天的寒风把藤上的叶子差不多全都吹掉了。

"什么呀，亲爱的？"苏问道。

"六，"琼西几乎用耳语低声说道，"它们现在越落越快了。三天前还有差不多一百片。我数得头都疼了。但是现在好数了。又掉了一片。只剩下五片了。"

"五片什么呀，亲爱的。告诉你的苏娣吧。"

"叶子。长春藤上的。等到最后一片叶子掉下来，我也就该去了。这件事我三天前就知道了。难道医生没有告诉你？"

"哼，我从来没听过这种傻话，"苏十分不以为然地说，"那些破长春藤叶子和你的病好不好有什么关系？你以前不是很喜欢这棵树吗？你这个淘气孩子。不要说傻话了。瞧，医生今天早晨还告诉

我，说你迅速痊愈的机会是，——让我一字不改地照他的话说吧——他说有九成把握。噢，那简直和我们在纽约坐电车或者走过一座新楼房的把握一样大。喝点汤吧，让苏娣去画她的画，好把它卖给编辑先生，换了钱来给她的病孩子买点红葡萄酒，再给她自己买点猪排解解馋。"

"你不用买酒了，"琼西的眼睛直盯着窗外说道，"又落了一片。不，我不想喝汤。只剩下四片了。我想在天黑以前等着看那最后的一片叶子掉下去。然后我也要去了。"

"琼西，亲爱的，"苏俯着身子对她说，"你答应我闭上眼睛，不要瞧窗外，等我画完，行吗？明天我非得交出这些插图。我需要光线，否则我就拉下窗帘了。"

"你不能到那间屋子里去画吗？"琼西冷冷地问道。

"我愿意待在你跟前"，苏说，"再说，我也不想你老看着那些讨厌的长春藤叶子。"

"你一画完就叫我，"琼西说着，便闭上眼睛。她脸色苍白，一动不动地躺在床上，就象是座横倒在地上的雕象。"因为我想看那最后一片叶子掉下来，我等得不耐烦了，他想得不耐烦了。我想摆脱一切，飘下去，飘下去，象一片可怜的疲倦了的叶子那样。"

"你睡一会吧，"苏说道，我得下楼把贝尔门叫上来，给我当那个隐居的老矿工的模特儿。我一会儿就回来的。不要动，等我回来。"

老贝尔门是住在她们这座楼房底的一个画家。他年过六十，有一把象米开朗琪罗的摩西雕象妹那样的大胡子，这胡子长在一个象半人半兽的森林之神的头颅上，双鬓曲地飘拂在小鬼似的身躯上。贝尔门是个失败的画家。他操了四十年的画笔，还远没有摸着艺术女神的衣裙。他老是说就要画他的那幅杰作了，可是直到现在他还没有动笔。几年来，他除了偶尔画点商业广告之类的玩意儿以外，什么也没有画过。他给艺术区里穷得雇不起职业模特儿的年轻画家们当模特儿，挣一点钱。他喝酒毫无节制，还时常提起他要画的那幅杰作。除此以外，他是一个火气十足的小老头子，十分瞧不起别人的温情，却认为自己是专门保护楼上画室里那两个年轻女画家的一只看家狗。

苏在楼下他那间光线黯淡的斗室里找到了嘴里酒气扑鼻的贝尔门。一幅空白的画布绷在一个画架上，摆在屋角里，等待那幅杰作已经二十五年了，可是连一极线条还没等着。苏把琼西的胡思乱想告诉了他，还说她害怕琼西自个儿瘦小柔弱得象一片叶子一样，对这个世界的留恋越来越微弱，恐怕真会离世飘走了。

老贝尔门两只发红的眼睛显然在迎风流泪，他十分轻蔑地嗤笑这种痴呆的胡思乱想。

"什么，"他喊道，"世界上真会有人蠢到因为那些该死的长春藤叶子落掉就想死？我从来没有听说过这种怪事。不，我才不给你那隐居的矿工糊涂虫当模特儿呢。你干吗让她的胡思乱想？唉，可怜的琼西小姐。"

"她病得很厉害很虚弱"，苏说，"发高烧发得她神经昏乱，满脑子都是古怪想法。好吗，贝尔门先生，你不愿意给我当模特儿，就拉倒，我看你是个讨厌的老——老罗唆鬼。"

"你简直太婆婆妈妈了！"贝尔门喊道，"谁说我不愿意当模特儿？走，我和你一块去。我不是讲了半天愿意给你当模特儿吗？老天爷，琼西小姐这么好的姑娘真不应该躺在这种地方生病。总有一天我要画一幅杰作，我们就可以都搬出去了。一定的！"

他们上楼以后，琼西正睡着觉。苏把窗帘拉下，一直遮住窗台，做手势叫贝尔门到隔壁屋子里去。他们在那时提心吊胆地瞅着窗外那棵长春藤。后来他们默默无言，彼此对望了一会。寒冷的雨夹杂着雪花不停地下着。贝尔门穿着他的旧的蓝衬衣，坐在一把翻过来充当岩石的铁壶上，扮作隐居的矿工。

第二天早晨，苏只睡了一个小时的觉，醒来了，她看见琼西无

神的眼睛睁得大大地注视着拉下的绿窗帘。

"把窗帘拉起来，我要看看。"她低声地命令道。

苏疲倦地照办了。

然而，看呀！经过了漫长一夜的风吹雨打，在砖墙上还挂着一片藤叶。它是长春藤上最后的一片叶子了。靠近茎部仍然是深绿色，可是锯齿形的叶子边缘已经枯萎发黄，它傲然挂在一根离地二十多英尺的藤枝上。

"这是最后一片叶子。"琼西说道，"我以为它昨晚一定会落掉的。我听见风声的。今天它一定会落掉，我也会死的。"

"哎呀，哎呀，"苏把疲乏的脸庞挨近枕头边上对她说。"你不肯为自己着想，也得为我想想啊。我可怎么办呢？"

可是琼西不回答。当一个灵魂正在准备走上那神秘的、遥远的死亡之途时，她是世界上最寂寞的人了。那些把她和友谊及大地联结起来的关系逐渐消失以后，她那个狂想越来越强烈了。

白天总算过去了，甚至在暮色中她们还能看见那片孤零零的藤叶仍紧紧地依附在靠墙的枝上。后来，夜的到临带来了呼啸的北风，雨点不停地拍着窗子，雨水从低垂的荷兰式屋檐上流泻下来。

天刚蒙蒙亮，琼西就毫不留情地吩咐拉起窗帘来。

那片藤叶仍然在那里。

琼西躺着对它看了许久。然后她招呼正在煤气炉上给她煮鸡汤的苏。

"我是一个坏女孩子，苏娣，"琼西说，"天意让那片最后的藤叶留在那里，证明我多么坏。想死是有罪过的。你现在就给我拿点鸡汤来，再拿点羼葡萄酒的牛奶来，再——不，先给我一面小镜子，再把枕头垫垫高，我要坐起来看你做饭。"

过了一个钟头，她说道：

"苏娣，我希望有一天能去画那不勒斯的海湾。"

下午医生来了，他走的时候，苏找了个借口跑到廊上。

"有五成希望。"医生一面说,一面把苏细瘦的颤抖的手握在自己的手里,"好好护理,你会成功的。现在我得去看楼下另一个病人。他的名字叫贝尔门——听说也是个画家。也是肺炎。他年纪太大,身体又弱,病势很重。他是治不好的了;今天要把他送到医院里,让他更舒服一点。"

第二天,医生对苏说:"她已经脱离危险,你成功了。现在只剩下营养和护理了。"

下午苏跑到琼西的床前,琼西正躺着,安详地编织着一条毫无用处的深蓝色线披肩。苏用一只胳臂连枕头带人一抱住了她。

"我有件事要告诉你,小家伙,"她说,"贝尔门先生今天在医院里患肺炎去世了。他只病了两天。头一天早晨,门房发现他在楼下自己那间房里痛得动弹不了。他的鞋子和衣服全都湿透了,冰凉冰凉的。他们搞不清梦在那个凄风苦雨的夜晚,他究竟到哪里去了。后来他们发现了一盏没有熄灭的灯笼,一把挪动过地方的梯子,几支扔得满地的画笔,还有——亲爱的,瞧瞧窗子外面,瞧瞧墙上那最后一片藤叶。难道你没有想过,为什么风刮得那样厉害,它却从来不摇一摇,动一动呢?唉,亲爱的,这片叶子才是贝尔门的杰作——就是在最后一片叶子掉下来的晚上,他把它画在那里的。"

　　这位很胖、很美、温馨可爱的老师轻轻说道："我愿你是我的女儿!"这一刻,我流下了辛酸的眼泪。这是一个受委屈的孩子终于见到自己的亲人的那种百感交集的眼泪。

难忘的八个字

※ 玛丽·安·伯德

　　我是在人们讥讽的眼神中长大的。因为我生了一副兔唇。我的这种特征随着年龄的增长更加突出,我心里很清楚,对别人来说我的模样令人厌恶:一个小女孩,有着一副畸形难看的嘴唇,弯曲的鼻子,倾斜的牙齿,说起话来还结巴。

　　同学们问我:"你的嘴巴怎么会变得这样?"我撒谎说小时候摔了一跤,给地上的碎玻璃割破了嘴巴。我觉得这样说,比告诉他们我生出来就是兔唇要好受点。我越来越敢肯定:除了家里人以外,没人会爱我,甚至没人会喜欢我。

　　二年级时,我进了伦纳德夫人的班级。伦纳德夫人很胖,很美,温馨可爱,她有着金光闪闪的头发和一双黑黑的、笑眯眯的眼睛。每个孩子都喜欢她,敬慕她。但是,没有一个人比我更爱她。因为这里有个很不一般的缘故——

　　我们低年级同学每年都有"耳语测验"。孩子们依次走到教室的门边,用右手捂着右边耳朵,然后老师在她的讲台上轻轻说一句话,再由那个孩子把话复述出来。可是我的左耳先天失聪，几乎听不见任何声音，我不愿意把这事说出来，因为我怕同学们会更加嘲笑我。

不过我有办法对付这种"耳语测验"。早在幼儿园做游戏时，我就发现没人看你是否真正捂住了耳朵，他们只注意你重复的话对不对。所以每次我都假装用手盖紧耳朵。这次，和往常一样，我又是最后一个。每个孩子都兴高采烈，因为他们的"耳语测验"做得挺好。我心想：老师会说什么呢？以前，老师们一般总是说"天是蓝色的"，或者是"你有没有一双新鞋"等等。

终于轮到我了，我把左耳对着伦纳德老师，同时用右手紧紧捂住了右耳。然后，稍稍把右手抬起一点，这样就足以听清老师的话了。我非常害怕自己的作弊被老师发现，心中忐忑不安。

我等待着……然后，伦纳德老师说了八个字，这八个字仿佛是一束温暖的阳光直射进我的心田，这八个字抚慰了我受伤的、幼小的心灵，这八个字改变了我对人生的看法。

这位很胖、很美、温馨可爱的老师轻轻说道：

"我愿你是我的女儿！"

这一刻，我流下了辛酸的眼泪。这是一个受委屈的孩子终于见到自己的亲人的那种百感交集的眼泪。

美德，只有她而不是金钱能带来幸福。我是以切身体验来说此话的。在困苦中是美德支撑着我，我之所以没有以自杀来结束我的生命，除了艺术之外，我要感谢她。

海利根施苔特遗嘱

※ 贝多芬

此遗嘱留给我的兄弟卡尔和……噢，你们人哪，我在你们心中的形象是敌视一切，执拗倔强，要不就是说我悲观厌世。你们实在是冤枉我了，你们并不知道你们得到这种印象的隐秘之原因。我的心灵、我的思想自幼就怀着这样一个友善的温存感，要亲自成就丰功伟业。我一直抱有这样的使命感。但是你们只要想一想，六年以来一种不可救药的状况侵袭着我，这种状况又因庸医误诊而更趋恶化。年复一年，我怀着痊愈的希望，却一再受骗上当，终于不得不看清了这是一种长久持续的疾病（治愈它大概需要经年累月，或许根本就是不可能的）。

生就一个热情似火的性格，甚至会为社交场合的消遣娱乐所动，我却过早地享受孤寂，过着与世隔绝的生活。有时我也想超越所有这一切，啊，可我却被听觉已坏的这个双重的惨痛经验无情地推回来，但是我还不能告诉人们说：请说得再大声一点，请放开嗓子吼吧，因为我聋了！啊，怎么可能呢？这样一来，等于是要我宣布我丧失了听觉，而对于我来说这个器官本来应当比别人的更加完美。过去我的这个器官是最出色的，其完美的程度过去和现在我的同人中都鲜有人能及——啊，我不能这样做。假如你们看到我抽身离开你们，就请原谅我吧！本来我是想置身于你们当中的。不幸的双重痛苦使我备受煎熬，因为我一则必然被误解，二则不能享受人们在社交中得到的休闲、高雅的交谈，不能互诉衷肠。我几乎只能参加实在无法推托的社交活动，不得不像一个被放逐者一样活着。我一走近一个谈话圈子，一阵恐惧就袭上心头，生怕陷入让别人看出我的状况的危险。这半年里，我的处境也并无二致。我的主治医生要求我尽量保护我的听觉，我目前的状况与我现在的自我感觉几乎相同。虽然在交际冲动的驱使下，我也禁不住诱惑，参加了一些社交活动。但是每当站在我身边的人听见远处传来的笛声，而我却对此无动于衷，或是有人听见牧人在歌唱，而我还是什么也听不见，这对于我是何等的耻辱！诸如此类的事件使我近乎绝望，只差一步之遥，我便会亲手结束自己的生命——只有她，只有艺术在支撑着我。啊，我感觉到，在创造出全部我觉得有兴趣要做的一切之前，我是不会轻生的，所以我才姑且苟延这可悲的生命——实在是可悲啊，躯体是如此的敏感，任何稍快一点的变化，就可以把我从最佳状态带入最糟糕的状态——忍耐——只有忍耐。我现在不得不选择你作为我的引路人，我必须——我时刻企望，这就是我作出的决定——坚持到底，直到铁面无私的命运女神无情地将这条线扯断，这样也许更好，也许不好，但我都会从容应对。

我才二十八岁就被迫成为哲人，这并不容易啊，对于一个艺术家比起对于其他任何人都更难——神性啊，你向下看，看看我的内心吧，你了解我的内心，你知道博爱及行善的冲动就居住在我的心中。世人啊，如果你们读到这里，就想一想你们待我的不公平；而这个不幸之人，他在想人世间是否能找到一个跟他相似的人，尽管也为自然的障碍所阻，却竭尽全力以被接纳进入伟大的艺术家和伟

人之列，他只有以此来安慰自己。卡尔和……我的兄弟们，一旦我死去而施密特教授还活着的话，你们立即以我的名义请他将我真实的病况描述出来，并且请你们把这里这张写了遗嘱的纸附到我的病史中，至少让世人在我死后尽量同我和解。同时我在此宣布：你们两人为我那点小小的财产（如果还可以把它叫做财产的话）的继承人。你们公平地分配，融洽相处，互相帮助是我最希望看到的。过去你们所做的使我不快的事，我已原谅你们了。卡尔弟弟，我尤其感谢你在这最后的时日里对我表示的亲近。我希望你们过上衣食无忧、快乐的生活，让你们的儿女品德高尚。美德，只有她而不是金钱能带来幸福。我是以切身体验来说此话的。在困苦中是美德支撑着我，我之所以没有以自杀来结束我的生命，除了艺术之外，我要感谢她。永别了，你们相互珍重吧——我向所有的朋友表示感谢，对于利希诺夫斯基侯爵和施密特教授。我更要特别感谢。利希诺夫斯基侯爵的那些乐器，我希望你们当中有一人来保管它们，但是不要因此在你们当中引起争端。如果这些乐器不能体现其存在的价值，你们就把它们卖掉。如果我在坟墓里还能对你们有用，我是多么高兴——就这样办吧——我怀着欢乐奔向死亡——要是它来早了，使我还来不及施展我的全部艺术能力，那么就让它早些来同我艰辛的命运相对抗吧。我还是希望它晚一点来——不过我也满足了，难道这不是最好的解脱痛苦的方式吗——你想什么时候来，就什么时候来吧，我勇敢地迎接你。永别了，不要完全忘记死去的我，我有权受到你们这样对待，因为我这一生中常常想到你们，想使你们幸福。

路德维希·凡·贝多芬于海利根施苔特

立此遗嘱，一八〇二年十月六日

这年头人们行乐的机会越过越多，不在乎等到逢年过节；所以过年情景一回回地淡下去，像从前那样热狂地期待着，热狂地 受用着的事情，怕只在老年人的口忆，小孩子的想象中存在着罢了。

圣　诞　节

※ 朱自清

十二月二十五日圣诞节。英国人过圣诞节，好像我们旧历 年的味儿。习俗上宗教上，这一日简直就是"元旦"；据说七世 纪时便已如此，十四世纪至十八世纪中叶，虽然将"元旦"改到 三月二十五日，但是以后情形又照旧了。至于一月一日，不过名 义上的岁首，他们向来是不大看重的。

这年头人们行乐的机会越过越多，不在乎等到逢年过节；所以过年情景一回回地淡下去，像从前那样热狂地期待着，热狂地 受用着的事情，怕只在老年人的口忆，小孩子的想象中存在着罢了。大都市里特别是这样；在上海就看得出，不用说更繁华的伦 敦了。再说这种不景气的日子，谁还有心肠认真找乐儿？所以 虽然圣诞节，大家也只点缀点缀，应个景儿罢了。

可是邮差却忙坏了，成千成万的贺片经过他们的手。贺片 之外还有月份牌。这种月份牌一点儿大，装在卡片上，也有画，也有吉

语。花样也不少，却比贺片差远了。贺片分两种，一种填 上姓名，一种印上姓名。交游广的用后一种，自然贵些；据说前 些年也得勾心斗角地出花样，这一年却多半简简单单的，为的好 省些钱。前一种却不同，各家书纸店得抢买主，所以花色比以先 还多些。不过据说也没有十二分新鲜出奇的样子，这个究竟只是应景的玩意儿呀。但是在一个外国人眼里，五光十色，也就够瞧的。曾经到旧城一家大书纸店里看过，样本厚厚的四大册，足 有三千种之多。

样本开头是皇家贺片：英王的是圣保罗堂图；王后的内外两幅画，其一是花园图；威尔士亲王的是候人图；约克公爵夫妇的是一六六零年圣詹姆士公园冰戏图；马利公主的是行猎图。圣保罗堂庄严宏大，下临伦敦城；园里的花透着上帝的微笑；候人比喻好运气和欢乐在人生的大道上等着你；圣詹姆士公园（在圣詹姆士宫南）代表宫廷，溜冰和行猎代表英国人运动的嗜好。那幅溜冰图古色古香，而且十足神气。这些贺片原样很大，也有小号的，谁都可以买来填上自己名字寄给人。此外有全金色的，晶莹照眼；有"蝴蝶翅"的，闪闪的宝蓝光；有雕空嵌花纱的，玲珑剔透，如嚼冰雪。又有羊皮纸仿四折本的；嵌铜片小风车的；嵌彩玻璃片圣母像的；嵌剪纸的鸟的；在猫头鹰头上粘羊毛的：都为的教人有实体感。

太太们也忙得可以的，张罗着亲戚朋友丈夫孩子的礼物，张罗着装饰屋子，圣诞树，火鸡等等。节前一个礼拜，每天电灯初亮时上牛津街一带去看，步道上挨肩擦背匆匆来往的满是办年货的，不用说是太太们多。装饰屋子有两件东西不可没有，便是冬青和"苹果寄生"（mistletoe）的枝子。前者教堂里也用；后者却只用在人家里；大都插在高处。冬青取其青，有时还带着小红果儿；用以装饰圣诞节，由来已久，有人疑心是基督教徒从罗马风俗里捡来的。"苹果寄生"带着白色小浆果儿，却是英国土俗，至晚十七世纪初就用它了。从前在它底下，少年男人可以和任何女子接吻：但接吻后他得摘掉一粒果子。果子搞完了，就不准再在下面接吻了。

圣诞树也有种种装饰，树上挂着给孩子们的礼物，装饰的繁简大约看人家的情形。我在朋友的房东太太家看见的只是小小一株；据说从乌尔乌斯三六公司（货价只有三便士六便士两码）买来，才六便士，合四五毛钱。可是放在餐桌上，青青的，的里瓜拉挂着些耀眼的玻璃球儿，绕着树更安排些"哀斯基摩人"一类小玩意，也热热闹闹地凑趣儿。圣诞树的风俗是从德国来的；德国也许是从斯堪第那维亚传下来的。斯堪第那维亚神话里有所谓世界树，叫做"乙格抓西儿"（Yggdrasil），用根和枝子联系着天地幽冥三界。这是株枯树，可是滴着蜜。根下是诸德之泉；树中间坐着一只鹰，一只松鼠，四只公鹿；根旁一条毒蛇，老是啃着根。松鼠上下窜，在顶上的鹰与聪敏的毒蛇之间挑拨是非。树震动不得，震动了，地底下的妖魔便会起来捣乱。想着这段神话，现在的圣诞树真是更显得温暖可亲了。圣诞树和那些冬青，"苹果寄生"，到了来年六日一齐烧去；烧的时候，在场的都动手，为的是分点儿福气。

圣诞节的晚上，在朋友的房东太太家里。照例该吃火鸡，酸梅布丁：那位房东太太手头颇窘，却还卖了几件旧家具，买了一只二十二磅重的大火鸡来过节。可惜女仆不小心，烤枯了一点儿；老太太自个儿唠叨了几句，大节下，也就算了。可是火鸡味道也并不怎样特别似的。吃饭时候，大家一面扔纸球，一面扯花炮——两个人扯，有时只响一下，有时还夹着小纸片儿，多半是带着"爱"字儿的吉语。饭后做游戏，有音乐椅子（椅子数目比人少一个；乐声止时，众人抢着坐），掩目吹蜡烛，抓瞎，抢人（分队），抢气球等等，大家居然一团孩子气。最后还有跳舞。这一晚过去，第二天差不多什么都照旧了。

新年大家若无其事地过去；有些旧人家愿意上午第一个进门的是个头发深，气色黑些的人，说这样人带进新年是吉利的。朋友的房东太太那早晨特意通电话请一家熟买卖的掌柜上她家去；他正是这样的人。新年也卖历本：人家常用的是老摩尔历本，书纸店里买，

价钱贱，只两便士。这一年的，面上印着"乔治王陛下登极第二十三年"：有一块小图，画着日月星地球，地球外一个圈儿，画着黄道十二宫的像，如"白羊""金牛""双子"等。古来星座的名字，取像于人物，也另有风味。历本前有一整幅观像图，题道，"将来怎样?""老摩尔告诉你"。从图中看，老摩尔创于一千七百年，到现在已经二百多年了。每月一面，上栏可以说是"推背图"，但没有神秘气；下栏分日数，星期，大事记，日出没时间，月出没时间，伦敦潮汛，时事预测各项。此外还有月盈缺表，各港潮汛表，行星运行表，三岛集期表，邮政章程，大路规则，做点心法，养家禽法，家事常识。广告也不少，卖丸药的最多，满是给太太们预备的，因为这种历本原是给太太们预备的。

　　给别人一份关爱吧，纵使是一句微不足道的话，对那些忧郁、无助的心灵都会是一缕明媚的阳光，或许其荒芜的心田从此就衍生出一片勃勃绿意。

阳光的声音

※ 王秋洪

　　十八岁那年，我从宜春师范毕业，通过关系，分配到本乡的初级中学。三年前我还是这所学校的一名普通学生，如今摇身一变，一下子和我的师辈们"平起平坐"，像猴子爬到桌上充狮子，心里总有股虚虚的感觉。

　　开学这天，我到校长处报到，校长问我打算教哪门课？我说我较喜欢语文。

　　校长说："语文只缺一个老师，已经分来一位大学中文系的。"校长把"大学中文系"几个字咬得很重，说罢便伸懒腰打一长串哈欠。

　　辞别校长，我找到总务主任，请他安排住处。主任说学校住房紧张，让我吃点苦回家住。尔后就旋开茶杯，吹气、呷茶，再吹气、呷茶。我刚出门，就听主任对办公室的另一个人说："是乡政府出面，把他硬塞进来的……"

　　我跟跟跄跄走下楼梯，户外阳光白得刺眼。

接下来便是我担任初一的班主任，成天被新生烦得头昏眼花。午休的时候，老师们鸟似地飞回各自的家歇息去了，我一个人"憋"在办公室里，如一头烦躁的困兽，室外吵声不绝，甚至还有调皮的学生在窗外探头探脑扮怪相，隔着栅栏逗熊似地开心。阳光自窗棂探身进来，离我很近，可离我的心很远。我真有种穷途末路的感觉。

大概是第四天的午饭时分，我徘徊在办公楼前面的树下，秋日的阳光筛落在树荫里，斑斑点点，一如我零零乱乱的心事。正当我独自感伤时，章老师走进了我的视野中。章老师教过我初三的生理课，他讲课活泼，为人随和，给我的印象很深。听说这几天他送儿子到外地读书，所以眼下才见着他。就在他与我擦身而过的时候，我总算鼓起勇气喊了一声。

章老师转身看着我，眼神有些茫然，显然，他已经记不起我了。

我把自己的名字及分配到这里的事告诉他。

"记得，记得。"他上前一步拉住我，欣喜地说，"欢迎你！欢迎你！"我感到他握手的力度。

欢迎你！这真是我始料不及的，这是我在几天内听到的最动人的话。我的眼泪都出来了。我这是矫情吗？一点也不。这的确是一句平白朴实的话，就如同一杯水，人们可以毫不在意，而对一个沙漠上的旅人来说，一杯水再也不是一杯水，而是一条命！

章老师将手搭在我肩上，静静地听了我的倾诉后，哄学生似地劝我，并说帮我去向学校争取。然后拉着我到他家吃中饭。

走出树荫，一缕阳光柔柔地探进我的心底，我似乎找到了一种依靠，就像一个落水的人，一根稻草对他来说也是求之不得的。

几天后，我惊喜地得到了一间小屋。闲时，推开窗子，阳光便水一般流进我的斗室，在我的心田明丽地抒情；鸟儿于窗前划出优美的弧线，悠扬的嘤哨仿佛在传唱经久不息的词赋："欢迎你！欢迎你……"这话本应是领导代表学校说的，但领导不说，而一位普通教师却声情并茂地说了，尽管只代表他一个人，但我却丝毫不觉得有损于这句话的分量，反而更坚定了我呆下去的勇气。在这个世上，只要有一个正直、善良的人还在爱着你，你就有生存、发展的希望，何况爱我们的人终究不会是一个！后来一次闲聊中我才知道：我的住房本来是照顾给章老师的——他教龄长，就学的子女多，上学期学校就作了决定。可为了我，他一家人仍挤在一间房屋……

阿基米德说：给我一个支点，我可以撬起整个地球。我只是一个凡人，但既然给了我一个"支点"，我又怎能辜负欢迎我的人呢？通过努力，我取得了自学考试专科文凭，并被评为优秀班主任，获青年优质课竞赛第一名。繁重的教学之余，我还坚持业余创作，迄今已发表习作百余篇。

转眼我在这所乡村中学工作 10 年了，那句质朴动人的话一直在我心头回响。我常告诫自己，给别人一份关爱吧，纵使是一句微不足道的话，对那些忧郁、无助的心灵都会是一缕明媚的阳光，或许其荒芜的心田从此就衍生出一片勃勃绿意。

感悟青少年的
哲理美文 ③

竭宝峰◎主编

青春记忆

辽海出版社

责任编辑：于文海　孙德军

图书在版编目（CIP）数据

感悟青少年的哲理美文/竭宝峰主编．—沈阳：辽海出版
社，2009.07（2015.5重印）

（文化百科丛书）

ISBN 978－7－80669－023－9

Ⅰ.①感…　Ⅱ.①竭…　Ⅲ.①散文－作品集－世界②随笔－作品集－世
界　Ⅳ.①I16

中国版本图书馆 CIP 数据核字（2009）第 095199 号

感悟青少年的哲理美文

主编：竭宝峰

青 春 记 忆

出　版：辽海出版社	地　址：沈阳市和平区十一纬路25号
印　刷：北京一鑫印务有限责任公司	字　数：700千字
开　本：700×1000mm　1/16	印　张：40
版　次：2009年7月新1版	印　次：2015年5月第2次印刷
书　号：ISBN 978－7－80669－023－9	定价：149.00元（全5册）

如发现印装质量问题，影响阅读，请与印刷厂联系调换

《感悟青少年的哲理美文》
编委会

总　序

哲理，一般有两种意思。一是指能使人的精神新生的原理或概念；二指关于宇宙和人生根本的原理。

哲理，是感悟的参透，思想的火花，理念的凝聚，睿智的结晶。哲理不受时空限制，它纵贯古今，横亘中外，包容大千世界，透析人生社会，寄寓于人生百态，闪现在思维瞬间。

有事物即有哲理，这是不以人的意志为转移的。不同的人对同一事物会有不同的认识和感悟，因为哲理是世界观，是方法论，不同的世界观，不同的方法论，会引出不同的认识，这也是不足奇怪的。

美文，是一个与时俱进的概念。它可以指作为独立文体的美文。周作文最早从西方引入"美文"的概念，于1921年发表《美文》，提倡"记述的"、"艺术的"叙事抒情散文，"给新文学开辟出一块新土地"。经过一大批学者、作家的应和和拓荒，彻底打破了美文不能用白话的迷信。美文作为一种独立文体的地位遂得以在文学史上确立。作为独立文体的美文，实质是散文的一种。

广义的美文是指不带实用目的，专供直觉欣赏的作品。带有实用目的的写作，如新闻、公文、论述等可统称为杂文。美文重感性，长于抒情；杂文重知性，长于达意。不过两者也不是界线分明，杂

文写好了，可以与美文欣赏，美文中也往往有实用的目的。

哲理美文有自己的艺术特色。哲理美文的象征思维：哲理美文因为超越日常经验的意义和自身的自然物理性质，构成了本体的象征表达。它摒弃的是浅薄，而是达到一种与人的思想性相通、生命交感、灵气往来的境界。哲理美文的联想思维：由于哲理美文是个立体的、综合的思维体系，经过联想，文章拥有更丰富的内涵。哲理美文中的情感思维：哲理美文在本质意义上是思想表达对情感的一种依赖。由于作者对生活的感悟过程有情感参与，理解的结果有情感及想象的加入，所以哲理美文中的思想就不是枯燥的说教和议论，而是寓含了生活情感的思想。

由于哲理美文的上述特色，时常阅读这类文章，自然能在潜移默化中受到启迪和熏陶，经受思想的洗礼和升华。这种内化作用要比其他文体更为巨大。

哲理美文以种种形象来参与生命的真理，从而揭示万物之间的永恒相似。它因其深邃性和心灵透辟的整合，给我们一种透过现象深入本质、揭示事物的底蕴，观念具有震撼性的审美效果。

本书选编的哲理美文有散文，也有杂文。有与心灵的约会，有生活的剪影，有对青春的记忆，有对人生的体味，也有对往事的遥想。

无论涉及到哪个层面，只要把握哲理美文的思维方式，去感受哲理美文所蕴藏的深厚文化积淀，都可以得到文学艺术的享受和思想的感悟。

本书编委会

目　录

十八岁以下的决定 …………………………… ※ 戴尔·卡耐基 001

锻造生命的铁 ………………………………… ※ 奥里森·马登 004

新的生命 ……………………………………… ※ 蒙　田 006

青春的秘密 …………………………………… ※ 托尔斯泰 007

生命的春天 …………………………………… ※ 塞缪尔·约翰逊 008

春天的遐想 …………………………………… ※ 泰戈尔 010

一心一意 ……………………………………… ※ 安德烈·莫洛亚 012

导师 …………………………………………… ※ 鲁　迅 014

人话 …………………………………………… ※ 朱自清 016

绝版的美丽 …………………………………… ※ 何其美 019

让老父再赢一次 ……………………………… ※ 刘子厚 021

公交车站引出的故事 ………………………… ※ 王　纯 024

青春泥泞 ……………………………………… ※ 万山红 027

微笑如花 ……………………………………… ※ 方敏之 030

论时光 ………………………………………… ※ 纪伯伦 032

寄露沙 ………………………………………… ※ 石评梅 033

女子装饰的心理 ……………………………… ※ 萧　红 035

迟来的婚礼 …………………………………… ※ 吴天绌 038

情意绵绵的春雨 ……………………………… ※ 万丽芳 040

黄金慧心 ……………………………………… ※ 刘俊才 042

积极面对生活 …………………………………… ※ 张庄文 045

我要独自去闯荡 ………………………………… ※ 王果平 047

两颗心在黑暗中行过 …………………………… ※ 张田田 051

神秘的电话 ……………………………………… ※ 欣　然 053

爱情不是游戏 …………………………………… ※ 田志轩 055

无聊的应酬 ……………………………………… ※ 亨利·梭罗 057

不觉寂寞 ………………………………………… ※ 享利·梭罗 058

女性的智慧 ……………………………………… ※ 亨·路·门肯 060

令人得益的社交 ………………………………… ※ 休　谟 068

怨歌 ……………………………………………… ※ 乔　叟 070

致缪塞 …………………………………………… ※ 乔治·桑 073

时髦 ……………………………………………… ※ 蒙泰朗 075

大自然的启示 …………………………………… ※ 松下幸之助 077

人生就是追求幸福 ……………………………… ※ 托尔斯泰 079

现实主义者 ……………………………………… ※ 珍妮特·洛尔 080

美 ………………………………………………… ※ 伏尔泰 083

一个树木的家庭 ………………………………… ※ 于·列那尔 085

窗外的春光 ……………………………………… ※ 庐　隐 087

海棠依旧 ………………………………………… ※ 郑海棠 090

一炮而红的大牌演员 …………………………… ※ 张思春 094

晓庆的谎言 ……………………………………… ※ 刘小妹 096

新春的第一声问候 …………………………… ※ 汪　平 099

等你穿鞋的朋友 ………………………………… ※ 高　飞 101

第一，你将如何谋生？你将做一名农夫、邮差、化学家、森林管理员、速记员、兽医、大学教授，或者你想摆一个牛肉饼摊子？

第二，你将选择谁做你孩子的父亲或母亲？

十八岁以下的决定

※ 戴尔·卡耐基

如果你的年龄是在十八岁以下，那么你可能即将作出你生命中最重要的两项决定——这两项决定将深深地改变你的一生。

第一，你将如何谋生？你将做一名农夫、邮差、化学家、森林管理员、速记员、兽医、大学教授，或者你想摆一个牛肉饼摊子？

第二，你将选择谁做你孩子的父亲或母亲？

这两项重大决定，通常都像赌博。哈里·艾默生·佛斯迪克在他的《透视的力量》一书中说："每位小男孩在选择如何度过一个假期时都是赌徒。他必须以他的日子作赌注。"

你如何才能减低选择假期时的赌博性？首先，如果可能的话，试着去找寻你所喜欢的工作。有一次我请教大卫·古里奇（轮胎制造商古里奇公司的董事长）成功的第一要诀是什么，他回答说："喜爱你的工作。"他说："如果你喜欢你所从事的工作，你工作的时间也许很长，但却丝毫不觉得是在工作，反倒像是游戏。"

爱迪生就是一个好例子。这位未曾进过学校的送报童，后来却使美国的工业生活完全改观。爱迪生几乎每天在他的实验室里辛苦工作十八个小时，在那里吃饭、睡觉，但他丝毫不以为苦。"我一生中从未做过一天工作"，他宣称，"我每天乐趣无穷"。

我奉劝年轻朋友们不要只因为你家人希望你那么做，就勉强从事某一行业。不要贸然从事某一行业，除非你喜欢。不过，你仍然要仔细考虑父母所给你的劝告。他们的年纪比你大，已获得那种惟有从众多经验及过去岁月中才能得到的智慧。但是，到了最后分析时，你自己必须作最后决定。将来工作时，快乐或悲哀的是你自己。

现在让我替你提供下述建议——其中有一些是警告——以便你选择工作时作参考：

一、阅读并研究一些有关选择一位职业辅导员的建议。尤其是那些由最权威人士提供的意见。

二、避免选择那些已拥挤的职业和事业。在美国，谋生的方法共有二万多种以上。结果在一所学校内，三分之二的男孩子选择了五种职业——二万种职业中的五项——而五分之四的女孩子也是一样。难怪少数的事业和职业会人满为患，难怪白领阶级之间会产生不安全感、忧虑和"焦急性的精神病"。

三、避免选择那些生机只有十分之一的行业。例如，兜售人寿保险。每年有数以千计的人——经常有许多失业者事先未打听清楚，就开始贸然兜售人寿保险。

四、在你决定投入某一项职业之前，先花几个礼拜的时间，对该项工作做个全盘性的认识。如何才能达到这个目的？你可以和那些在这一行业中干过十年、二十年或三十年的人士面谈。

这些会谈对你的将来可能有极深的影响。我从自己的经验中了解这一点。我在二十几岁时，向两位老人家请教职业上的指导。现在回想起来，可以清楚地发现那两次会谈是我生命中的转折点。事实上，如果没有那两次会谈，我的一生将会变成什么样子，实在是

难以想像。

记住，你是在从事你生命中最重要且影响最深远的两项决定中的一项。因此，在你采取行动之前，多花点时间探求事实真相。如果你不这样做，在下半辈子中，你可能后悔不已。

五、克服"你只适合一项职业"的错误观念。每个正常的人，都可在多项职业上成功。同样，每个正常的人，也可能在多项职业上失败。

人的自我完善只稍稍取决于先天的资质。我们的生命铁块能否被锻造得灿烂辉煌，取决于我们模仿的榜样、付出的艰辛、所受的教育和阅历。

锻造生命的铁

※ 奥里森·马登

一块质地粗糙的金属在人的智慧与它的分子的相互作用下，价值倍增，那么谁还能限制人——这个肉体、思想、道德和精神力量的完美混合物——的发展潜力呢？要开发利用铁块只有一打的工序，而人的思想和性格却能受到上千种影响；铁块只是在外界刺激下才能起作用的惰性物质，而人却是各种作用力和反作用力的合成物，他能通过更高的自我——那个居于特殊地位的真实人格——来进行控制和掌握方向。人的自我完善只稍稍取决于先天的资质。我们的生命铁块能否被锻造得灿烂辉煌，取决于我们模仿的榜样、付出的艰辛、所受的教育和阅历。

我们的生活也会遇到铁块所经历的所有痛苦考验，通过这些考验，它才能达到最佳状态。逆境的打击、贫困与痛苦中的挣扎、灾难与丧亲之痛的卓绝考验、艰苦环境的压迫、忧虑焦灼的折磨、重重困难的阻碍、令人心寒的冷嘲热讽、经年累月枯燥的教育和纪律带来的劳累——所有这一切对一个志存高远的人都是必不可少的。

经过千锤百炼之后，铁块变硬了，变得更纯，更富延展性，更有韧性，它适合任何工匠所梦想的用途。如果每一锤都会打断它，每一个熔炉都会烧毁它，每一个碾子都会粉碎它，那它还有什么用？它应该具有能经受一切考验的优点和品质。

这些品质获益于每一次考验，最后巩固下来。铁块中的品质主要还是天生的，但是我们身上的品质却主要是成长、学习和不断进取的产物，这取决于占主导地位的个人意志。

每一个工匠都在生铁里看到了经过加工后的成品，我们也应该在自己的生活中看到灿烂的前途，并去把它化为现实。如果我们只看到马掌或刀片，我们所有的努力与辛劳都不会产生钟表发条与游丝。我们必须目光远大，必须勇于斗争、经受考验并付出必要的代价，而且还要相信，我们所经受的痛苦和所做的努力最终会酬谢我们。

新生命的萌芽，从来没有像今天这么旺盛。阳光下我不断成长，大地慷慨地赋予我生命。天国，又把那神奇世界的光辉洒满我一身。

新的生命

※ 蒙 田

我惊奇地发现我身上蕴藏着新的生命。我仿佛是一片被砍伐过不止一次的树林那样孕育着生机。新生命的萌芽，从来没有像今天这么旺盛。阳光下我不断成长，大地慷慨地赋予我生命。天国，又把那神奇世界的光辉洒满我一身。

有人告诉我，体力凝成的果就是灵魂，但是，当我的体力渐渐衰退时，我的灵魂却依旧高涨。寒冬临近了，我的心中却充满着盎然春意。我闻到了我青春时代的芬芳，闻到了紫罗兰、丁香和蔷薇的气息。愈是接近终点，我愈能真切感觉到那期待着我的未来世界的永恒的交响乐的声音。啊，这声音竟如此美妙、纯真。

啊，青春，青春，你无所顾忌，你仿佛拥有宇宙间一切的宝藏，连忧愁也给你安慰，连悲哀也对你有帮助，你自信而大胆，你说：瞧吧！只有我才活着。

青春的秘密

※ 托尔斯泰

啊，青春，青春，你无所顾忌，你仿佛拥有宇宙间一切的宝藏，连忧愁也给你安慰，连悲哀也对你有帮助，你自信而大胆，你说：瞧吧！只有我才活着。可是你的日子也在时时刻刻地飞走了，不留一点痕迹，白白地消失了，而且你身上的一切也都像太阳下面的雪一样，消失了。

也许你魅力的整个秘密，并不在于你能够做任何事情，而在于你能够想你做得到任何事情——正在于你浪费尽了你自己不知道怎样用到别处去的力量，正在于我们中间每个人都认真地以为自己是个浪子，认真地认为他有权利说："啊，倘使我不白白耗费时间，我什么都办得到！"

我也是这样……那个时候，我用一声叹息，一种凄凉的感情送走了我那昙花一现的初恋的幻梦的时候，我希望过什么，我期待过什么，我预见了什么光明灿烂的前途吗？

然而我希望过的一切，有什么实现了呢？现在黄昏的阴影已经开始笼罩到我的生命上来了，在这个时候，我还有什么比一瞬间消逝的春潮雷雨的回忆更新鲜、更可宝贵呢？

冬天的僵冷与黑暗，以及我们眼见的各种物体所裸露出来的奇形怪状，会使我们向往下一个季节，既是为了躲避阴冷的冬天，也是因为晴朗的春天给人以生机和活力。

生命的春天

※ 塞缪尔·约翰逊

每个人都会不满足于现状，多少总要驰骋幻想未来的幸福，而且，会凭借解脱眼前困惑他的烦恼，凭借他获得的利益，去把握时间以谋求改善现状。

当这种常常要用最大的忍耐盼来的时刻最后到来时，往往降临的并不是人们企盼的幸福。于是，我们又以新的希望自我安慰，又用同样的热情企盼未来。

如果这种心情占了上风，人们就会把希望寄托在他难以企及的事物上，也许就真会碰上运气，因为他们不是仓促从事。并且，为了使幸福更加完善，他们还会注意采取必要的措施，等待幸福时刻的到来。

很久以前，我认识的一个人就有这样的性情，他沉迷于幸福的梦想中，这给他带来的损害要比妄想通常产生的损害少得多，同时，他还会常常调整方案，显示他的希望之花常开不败，也许很多人都想知道他是用什么方法得到如此廉价而永恒的满足。其实他只是将

困难移到下一个春天，那么他的精神也会得到暂时的满足。如果他的健康可以得到补偿，那么，春天就能补偿；如果因价格昂贵而买不起他所需要的东西，那么，在春天这种东西就会跌价。

事实上，春天悄然来到却往往并无人们所想像的那种效益，但人们常常这样肯定：可能下次会顺利些，不到仲夏很难说眼前的春意就令人失望；不到春意了无踪迹的时候，人们总是经常谈论春天的降临，而当它一旦飘离之后，人们却还觉得春天仍在人间。

同这样的人长谈，在思索这个快乐的季节时，也许会感到极大的愉快。我还发现有很多人也被同样的热情所感染（这样比拟是无愧的），这使我感到满意。因为，难道有优秀的诗人面对那些花瓣，那阵阵柔风，那青春的颤音，而不显露他们的喜爱？即使最丰富的想像也难以包容那金色季节的静穆与欢欣，而又会有永恒的春天作为对永不腐朽的清白的最高奖赏。

的确，在世界新旧交替过程中，有一种不可言传的喜悦展现出无数大自然的奇珍异宝。冬天的僵冷与黑暗，以及我们眼见的各种物体所裸露出来的奇形怪状，会使我们向往下一个季节，既是为了躲避阴冷的冬天，也是因为晴朗的春天给人以生机和活力。

> 人在固体中是固体，在树木中是树木，在飞禽走兽中
是飞禽走兽。

春天的遐想

010

※ 泰戈尔

直到今日，我承认我与树木的亲谊是有着悠久历史的。

我一直反对不分时间地点的紧张工作。森林女神自古是我们的亲姐姐，今天邀请我们这些小弟弟进入她的华堂，为我们描吉祥痣。我们如同见亲人般与她们拥抱，捧着泥土在凉荫下消度时光。我欢迎春风欢快地掠过我的心田，但不要卷起林木听不懂的心语。直至杰特拉月下旬，我把在泥土、清风、空气中濯洗、染绿的生活播布四方，然后静立在光影之中。

然而，所有的工作还得继续进行，文债的账簿在面前摊开着。落入世风的庞大机器和杂事的陷阱，春天来了，依旧动弹不得。

这种经常的现状逼得我站出来大声疾呼，与世界脱离并不能表明你的光荣，人伟大是因为人中间蕴藏世界的全部神奇。人在固体中是固体，在树木中是树木，在飞禽走兽中是飞禽走兽。自然王宫的每座殿堂对他都是敞开的，但敞开又怎样？一个个季节从各个殿堂送来的请柬，人如果拒绝收下，坐在椅子上，丝毫不动，那博大的权利如何获得？做一个完整的人，需和万物浑然交融，人为何不

记住这一点，却把人性当做叛逆世界的一面小旗而高高举起？为何一再骄傲地宣称："我不是固体，我不是植物，我不是动物，我是人。我只会工作、批评、统治、反叛？"为何不说："我是一切，我与世界融为一体，我属于世界，独居不是我的本意。"

哎，社会的笼中鸟！今天，高天的蔚蓝如思妇的瞳仁中浮现的梦幻，树叶的葱绿像少女秀额似的新奇，春风像团圆的热望一样活跃，可你敛起翅翼，绕足琐事的锁链叮当作响。

人生便是如此！

生活的艺术则是选择一个高尚的目标，全力以赴地为
之奋斗。

一心一意

※ 安德烈·莫洛亚

没有人敢说他的精力和才智是无穷的。面面俱到者，往往一事
无成。我见多了那些见异思迁的人。他们一会儿觉得"我能成为一
名伟大的音乐家"；一会儿又认为"办企业对我来说易如反掌"；一
会儿又说"我若涉足政界，准能一举成功"。到头来，这号人只是五
音不全的业余音乐爱好者、破产的企业老板以及失业的公务员。拿
破仑曾这样说："战争的艺术就是在某一点上集中最大优势兵力。"
生活的艺术则是选择一个高尚的目标，全力以赴地为之奋斗。职业
的选择不能听任自然，初出茅庐者都应该扪心自问："我具有哪种本
领？哪个工作才适合我？"如果力所不及，强求也是徒劳。如果你有
个大胆又果敢的儿子，那么，就让他去当飞行员。因为留他在办公
室只能埋没他的才干。但选择一旦做出，除非发生错误或严重意外，
你决对不可轻易改变主意。

在已确定的职业范围内，仍有必要做进一步的选择。一位作家
不可能什么小说都写，一位官员不可能改变全世界。一位旅行家不
可能走遍天涯海角。除此以外，你最好顺从天意，摆脱权力欲。给

你一点必要的选择时间，但是有限。军人在充分考虑了一道命令的后果之后，他们习惯于在讨论中一语定夺："执行！"你也可以同样的方式，结束你的自我讨论。"明年我干什么？是继续上学，还是就此工作？是先立业，还是先成家？"对这些问题，反复考虑是自然的，但是为自己限定一定的时间也是必要的。时间一过，就应当做出决定。"执行"的决定既已做出，就别给自己找后悔的理由，因为，世界上的事情总是在千变万化。

为了保证忠实地执行自己做出的决定，经常制定既能体现长远规划，又能显示近期目标的工作计划是有益的。几个月之后，几年之后，再回头看看当初的计划，我们会对自己的能力和素质产生信心。但是，在项目众多的计划中，我们还有必要分清事件的轻重缓急。在这方面，应该倾注全部的心血，全心全意干你该干的事。当你的思想和行动都朝着一个目标努力时，人便能够快速达到目的地。然后，你可以回顾一下以往的足迹，察看一番走过的弯路，如果事业尚未成功，那么继续前进。

什么都懂一点的人是讨人喜欢的。但是干事业，你只能在一定的时间内，专心致志于一个目标。美国人讲："一心一意。"也许你常常会被一些问题纠缠不清，难以下手，并由此而心烦意乱，但是，只要你肯不懈努力，障碍就会乖乖地成为你走向成功的踏脚石。

青年又何须寻那挂着金字招牌的导师呢？不如寻朋友，联合起来，同向着似乎可以生存的方向走。

导　师

※鲁　迅

近来很通行说青年；开口青年，闭口也青年。但青年又何能一概而论？有醒着的，有睡着的，有昏着的，有躺着的，有玩着的，此外还多。但是，自然也有要前进的。

要前进的青年们大抵想寻求一个导师。然而我敢说：他们将永远寻不到。寻不到倒是运气；自知的谢不敏，自许的果真识路么？凡自以为识路者，总过了"而立"之年，灰色可掬了，老态可掬了，圆稳而已，自己却误以为识路。假如真识路，自己就早进向他的目标，何至于还在做导师。说佛法的和尚，卖仙药的道士，将来都与白骨是"一丘之貉"，人们现在却向他听生西的大法，求上升的真传，岂不可笑！

但是我并非敢将这些人一切抹杀；和他们随便谈谈，是可以的。说话的也不过能说话，弄笔的也不过能弄笔；别人如果希望他打拳，则是自己错。他如果能打拳，早已打拳了，但那时，别人大概又要希望他翻筋斗。

有些青年似乎也觉悟了，我记得《京报副刊》征求青年必读书

时，曾有一位发过牢骚，终于说：只有自己可靠！我现在还想斗胆转一句，虽然有些杀风景，就是：自己也未必可靠的。

我们都不大有记性。这也无怪，人生苦痛的事太多了，尤其是在中国。记性好的，大概都被厚重的苦痛压死了；只有记性坏的，适者生存，还能欣然活着。但我们究竟还有一点记忆，回想起来，怎样的"今是昨非"呵，怎样的"日是心非"呵，怎样的"今日之我与昨日之我哉"呵。我们还没有正在饿得要死时于无人处见别人的饭，正在穷得要死时于无人处见别人的钱，正在性欲旺盛时遇见异性，而且很美的。我想，大话不宜讲得太早，否则倘有记性将来想到时会脸红。

或者还是知道自己之不甚可靠者，倒较为可靠罢。

青年又何须寻那挂着金字招牌的导师呢？不如寻朋友，联合起来，同向着似乎可以生存的方向走。你们所多的是生力，遇见深林，可以辟成平地的，遇见旷野，可以栽种树木的，遇见沙漠，可以开掘井泉的。问什么荆棘塞途的老路，寻什么乌烟瘴气的鸟导师！

015

> 不懂人话，不会说人话，干脆就是畜生！这叫拐着弯儿骂人，又叫骂人不带脏字儿。

人　话

※ 朱自清

在北平呆过的人总该懂得"人话"这个词儿。小商人和洋车夫等等彼此动了气，往往破口问这么句话：

你懂人话不懂——要不就说：

你会说人话不会？

这是一句很重的话，意思并不是问对面的人懂不懂人话，会不会说人话，意思是骂他不懂人话，不会说人话。不懂人话，不会说人话，干脆就是畜生！这叫拐着弯儿骂人，又叫骂人不带脏字儿。不带脏字儿是不带脏字儿，可到底是"骂街"，所以高尚人士不用这个词儿。他们生气的时候也会说"不通人性"，"不像人"，"不是人"，还有"不像话"，"不成话"等等，可就是不肯用"人话"这个词儿。"不像话"，"不成话"，是没道理的意思；"不通人性"，"不像人"，"不是人"还不就是畜生？比起"不懂人话"，"不说人话"来，还少拐了一个弯儿呢。可是高尚人士要在人背后才说那些话，当着面大概他们是不说的。这就听着火气小，口气轻似的，听惯了这就觉得"不通人性"，"不像人"，"不是人"那几句来得斯文

点儿，不像"人话"那么野。其实，按字面儿说，"人话"倒是个含蓄的词儿。

北平人讲究规矩，他们说规矩，就是客气。我们走进一家大点儿的铺子，总有个伙计出来招待，哈哈腰说，"您来啦！"出来的时候，又是个伙计送客，哈哈腰说，"您走啦，不坐会儿啦？"这就是规矩。洋车夫看同伙的问好儿，总说，"您老爷子好？老太太好？""您少爷在哪儿上学？"从不说"你爸爸"，"你妈妈"，"你儿子"，可也不会说"令尊"，"令堂"，"令郎"那些个，这也是规矩。有的人觉得这些都是假仁假义，假声假气，不天真，不自然。他们说北平有官气，说这些就是凭据。不过天真不容易表现，有时也不便表现。只有在最亲近的人面前，天真才有流露的机会，再说天真有时就是任性，也不一定是可爱的。所以得讲规矩。规矩是调节天真的，也就是"礼"，四维之首的"礼"。礼须要调节，得有点儿做作是真的，可不能说是假。调节和做作是为了求中和，求平衡，求自然——这儿是所谓"习惯成自然"。规矩也罢，礼也罢，无非教给人做人的道理。我们现在到过许多大城市，回想北平，似乎讲究规矩并不坏，至少我们少碰了许多硬钉子。讲究规矩是客气，也是人气，北平人爱说的那套话都是他们所谓"人话"。

别处人不用"人话"这个词儿，只说讲理不讲理，雅俗通用。讲理是讲理性，讲道理。所谓"理性"（这是老名词，重读"理"字，翻译的名词"理性"，重读"性"字）自然是人的理性，所谓道理也就是做人的道理。现在人爱说"合理"，那个"理"的意思比"讲理"的"理"宽得多。"讲理"当然"合理"，这是常识，似乎用不着检出西哲亚里士多德的大帽子，说"人是理性的动物"。可是这句话还是用得着，"讲理"是"理性的动物"的话，可不就是"人话"？不过不讲理的人还是不讲理的人，并不明白的包含着"不懂人话"，"不会说人话"所包含着的意思。讲理不一定和平，上海的"讲茶"就常教人触目惊心的。可是看字面儿，"你讲理不讲理?"的确比"你懂人话不懂","你会说人话不会?"和平点儿。"不讲理"比"不懂人话","不会说人话"多拐了个弯儿,就不至于影响人格了。所谓做人的道理大概指的恕道,就是孔子所说的"己所不欲,勿施于人"。而"人话"要的也就是恕道。按说"理"这个词儿其实有点儿灰色,赶不上"人话"那个词儿鲜明,现在也许有人觉得还用得着这么个鲜明的词儿。不过向来的小商人、洋车夫等等把它用得太鲜明了,鲜明得露了骨,反而糟蹋了它,这真是怪可惜的。

一点善心，一点善行，对世界的影响可能会超出你想像，世界对你的回报也可能超出你想像。

绝版的美丽

※ 何其美

为了帮助我的一个贫困学生，我每月给她汇一次款。汇款人姓名和地址都是假的，为的是不给她增加心理压力。

第一次汇款后不久，我上课时便发现那学生有些异样。她深深地低着头，显得心情沉重而不安。看那神情，似乎是从笔迹中猜出了我是汇款人。十六七岁的女孩子，正是敏感且自尊的年龄，都怪我粗心，没把事情做得周全些。

第二次汇款时，我在附言上写了一句话："你只有坦然地接受帮助，帮助你的人才能坦然。"我相信她是一个聪明的女孩儿，一定能理解和接受我的这份善意。

新年前夕，我收到了一张特别的贺卡。虽然没写姓名，但我同样认出了这正是那学生的笔迹。这张贺卡是自制的，画面是用碎布条儿拼成的一棵大树。树下是用细沙粘成的一行歪斜却仍顽强地伸向远方的脚印，旁边有一行小字："也许贺卡并不美丽，美丽的是制作贺卡的这份心意。好人便是这一棵大树，脚印是我艰难的感激。点滴的恩情将让我终身铭记！"

　　窗外，雪花大片大片地飘落，热热闹闹又无声无息。这一刻，我真的觉得这世界明净而温暖。街头待价而沽的贺卡，人人都可轻易地互相赠送，而这张精心制作的贺卡，需要怎样的专注与细致。我只做了一点儿小事，得到的却是一份绝版的美丽。我想起了一句话：好雪片片，不落别处。这一刻，美丽的雪花片片落人了我的心田。

我一直希望能向父亲证明我的撞球技术不逊于他，现在机会来了

让老父再赢一次

※ 刘子厚

我父母来我家才住上两天，我又和父亲争论起来。多年来我们俩常常争辩，这次邀请二老来跟我和妻子小住几天，目的就是要和父亲言归于好。

争论之后，我打电话给哥哥乔治，告诉他这件事。

"你为什么就是不能和爸好好相处呢？"哥哥问。他比我大十三岁。"去打打撞球吧，"他建议，"你应该还记得你们俩以前多么喜欢打落袋撞球。"

于是我带父亲到附近一个撞球场去。撞球场里光线暗淡，飘溢着新鲜啤酒的气味。我们开了球桌上方圆锥形的灯，从墙旁的架子上挑选球杆。

父亲把他选的球杆放在球桌上滚了几下，看出球杆不直，便换了一根。第二根还是不行，他换了一根，又一根，直至找到了合意的。我用三角框把目标球放好。

"传统打法吗，爸？"我问。他点点头。

我发球。母球停了，在另一端的目标球只有一个离开了原位。我给父亲制造了一个远距离球，不容易打，但应该难不倒他。

我看着父亲弯下身去，瞄准目标。他虽然已七十六岁，手架依然稳固，推杆动作依然顺畅潇洒。

父亲没有击中那个孤立的球，母球撞到目标球堆，把球撞散了。我有十几个球可以选择，每一个都颇容易打。我记得他从前对我说过："击球以前要先想好下一步。和高手较量的时候，永远不要给对方机会。"

他这番话是三十多年前说的。那时我在念大学，打撞球已算得上是好手，但就是赢不了父亲。我们常常比试，每次都打上几个小时。我总是汗流浃背，越来越急躁，他则始终气定神闲，有条不紊地把球一个一个击入袋中。不时有其他同学站在旁边观战，我会一边以父亲的技术感到很有面子，一边又为了屡战屡败而恼怒。我很希望能向他证明我的撞球技术不逊于他。

我幼年时，父亲为了养家，经常到外地去打球，往往一去就是几个星期。哥哥十几岁时跟父亲出征过一次，多年之后他把当时的所见所闻告诉了我。哥哥说，父亲在小镇的撞球场里和农场主、五金店售货员、地痞流氓等比试，未逢敌手，对方落败之后就把折皱的钞票扔在铺了绿泥的球桌上。赢球后回到低级旅馆的房间，父亲就给自己斟一杯威士忌加汽水，哥哥则盘腿坐在床上数钞票，把当天赢的钱记在活页簿上。

我但愿自己当时也在父亲身边为他助阵。看到他击球进袋的时候，我一定会心花怒放。只可惜我当时还是婴儿。到我十几岁时，父亲已不再外出比赛。"那是很久以前的事了，"他总是这样说，同时把手一扬。

后来我也爱上打撞球。我遇强愈强，只有和父亲交手时例外，到今天为止，我从未赢过他。

才打了几个回合，我就看出父亲的视力已明显衰退。我的得分遥遥领先，但仍打得又凶又狠，毫不放松。我以其人之道还治其人之身，像他当年对我那样对他穷追猛打。这本来是个大报复的好机

会，但我并没有好好把握，我又凶又狠地打了一会儿就心软了。我实在不能忍受自己这种行为；我的心不是铁造的。

这时我已领先二十多分。我从球桌后退一步，看见两鬓灰白的父亲挂着球杆等候。我再弯下身来，击出了一个差得无可再差的球，不但没把球打进袋，还把其他球撞得四下散开。

"你发什么神经？"父亲觉得很奇怪，"竟然这样打法。"我摇摇头，假装自己也觉得不像话。这一局父亲赢了。

下一局我又故意打失一球；这一次是打得太猛了，球撞在袋框上反弹回来。"你像是铁匠在打铁，"父亲说。

比赛结果是我输了三分。我伸出手臂搭着父亲的肩膀说："爸，你仍然是最棒的。"

"你本应可以打败我的，"他说，"可惜太大意了，像往常一样。"他摇摇头，好像真的为我惋惜。

当晚我们在寓所的露天平台上用餐。天气温和，暖风徐来，暗紫色的天空上星光灿烂，闪烁的烛光照亮了我们的脸庞。我举起一杯红酒说："干杯！祝爸妈健康！"我们把杯子碰在一起。我妻子。我母亲。我父亲。我。

"打球谁赢了，儿子？"我母亲一边吃一边问，"打败爸了吗？"

我莞尔而笑。"妈，别开玩笑了。你应该知道我向来不是爸的对手。"

"他太大意了，老伴，"父亲说，"他起先把我打得落花流水，但后来一再出错。"

"啊，"母亲说，"原来是儿子故意让你赢的。"父亲看看她，又看看我。"你这混蛋！"他说，"你确是故意让我赢的。"

"得了，爸。你想想看吧，多年以来我一直想赢你，要是终于有机会把你打败，我会故意输吗？"

"你这混蛋！"父亲点点头，向我微笑。这是他来我们家之后第一次向我微笑。

没有信任就没有我们的今天也没有我们的以后……

公交车站引出的故事

※ 王 纯

　　他和她的相识，纯属偶然。只因为每天都在同一个车站等公交车。他被她的典雅娟秀吸引，她倾心于他的高大潇洒。他叫王威，她叫小薇。

　　不知道是从哪天的哪一次同车哪一句话开始，他们相识了。从此，无论是他先来到车站还是她先来到车站，他总是等着她或她在默默等他。于是，有了了解，有了约会，开始热恋。那时他23岁，她21岁。

　　爱情原本可以就这样无波无澜地生长，开花，结果，可是……

　　有一天有一件事开始使王威坐卧不安：小薇被厂里抽调到公关部做公关小姐，大家都说她又聪明又漂亮又善交际能歌善舞是个公关的天才。从此，小薇常常开始与厂长一起陪同客户或外商步入高级餐厅、各大宾馆、娱乐场所，外商老板工作之余还常常邀请她跳舞。因此，小薇晚上常常回家很晚。王威心急如焚地表示每天晚上要来接她回家，小薇则抿嘴一笑，说，回家晚有厂长和外商的车送呢。说得很轻巧，很随意。

　　又不久，小薇被一家豪华高档舞厅聘去做兼职公关小姐，小薇

答应王威只做一个月。从她去的第一天开始，舞厅来客就暴涨。舞场乐台上的小薇袅袅婷婷，光彩照人。她手执麦克风做主持人、唱歌，间或陪客人跳舞，莺声燕语，宛若轻灵的仙子，连王威也感到能与她共度时光是一种享受。然而当他看到她接过客人的小费并被人相拥而舞时，他油然而生一种撕心裂肺被人掏肝的感觉。虽然那舞跳得极文明，极得体。

王威感到小薇要变心了。他不去想小薇的善良可爱，他只固执地认为与这么多人每天周旋是学不出好的。

这天，小薇欢欢乐乐地来王威家找他。王威虎着脸拿出一个小本一支笔，小薇茫然地望着他。

"小薇，从今儿起，你必须把你每天和什么人接触，干了什么都一清二楚地写在本上。"

小薇这才反过劲来。她直感到一盆污水泼向自己。她涨红了脸喊着："你不信任我？我做了什么见不得光明的事？你有什么权力要求我这样？"

"两伊战争"升级了。王威声嘶力竭地喊："你是我的未婚妻，我的!!"他冲向小薇，猛然拽起她的胳膊，举起手，又在空中停住了。小薇被拽疼。她愤然地抡起胳膊扬起手把巴掌重重狠狠地一下扇向王威那张变形的脸——你是个没有大脑的野人!"——王威一下怔住不动了。小薇也随着那声脆响惊呆了。她突然害怕起来，她想象不出自己刚才的举动，她捂着脸呜呜地哭着跑回家。

妈妈上前问原因，小薇一五一十地告诉了妈妈。妈妈沉吟半晌，说："小薇呀，这个时代的确发生了许多变化。你们年轻人的行为观念也在变，但许多事情是需要时间适应的。你怎么能动手打人呢？"

吃过晚饭，王威捂着挨了一巴掌的脸来了……
……

一年后，小薇和王威结婚了。新婚之夜，小薇抚摸着自己打的丈夫的那面脸，羞涩地说："……记我仇吗？"王威摇摇头说："这

一巴掌让我明白一个道理。""什么？我打出功劳来了。"小薇笑盈
盈地闪着那双美丽的眼睛问。"真的，是信任。没有信任的爱再深也
是没有根基的，再浓也是虚无缥缈的。没有信任就没有我们的今天
也没有我们的以后……"

因为年轻，我可能会失去很多机会，但正是因为年轻，我还能创造出许许多多的机会来。

青春泥泞

※ 万山红

1987年我从一所体育大学毕业，被分配到一个机关当文体干部。那一年，我刚好23岁——太阳和鲜花隅语的年龄。

上班的前一天，我的一位好友现身说法地告诉我说："你是新来的，做事要小心谨慎还要勤快，别显山别露水。要夹着尾巴做人。"

我把他的话，当成了座右铭。

每天早晨，我早早就来到办公室，打水、拖地、擦桌子。等同屋的人来了，他们的桌子上，早就放好了一杯升腾着热气的茶水。开会的时候，我像军人一样，坐得板板的，连一次"二郎腿"都没敢跷起过。有一次，机关到农村果园拉苹果，办公室主任对我说："你年轻，留下来住几天，等苹果收齐了，我们再来接你。"我当时很感激他给了我一次可以表达豪言壮语的机会。还有一次，机关到居民区搞环境卫生，总务处长对我说："你年轻，前边的垃圾堆就归你清除了。"我二话没说，脱掉衣服就大干起来。干体力活，我从来就不吝惜汗水。

科长对我的表现很满意，他像长辈似的，拍着我稚嫩的肩膀，语重心长地说："平时多看些书，充实充实自己。多写点东西，对你将来的成长有好处。"

于是，我的桌子上，便有了莎士比亚、雨果和老舍的书。

日子在我的胡须上淡淡地过去，我在平淡的乏味中，学会了怎样不出声音，就能喝到开水。

有一天，我无意中经过一个办公室，一阵狡黠的笑声，不经意地从里边传了出来。笑声过后，就听有人不屑地说："一个体育棒子，会有什么出息？"紧接着，另一个声音附和着说："可不是咋的，整个一头脑简单四肢发达的主儿。"他的话音未落，又是一阵疯狂的笑声。我在他们开心的冲击波中狼狈地跑开了。

同屋的马大哥为人随和，和我相处得很好。他知道我非常喜欢文学，有一天，他拿着一份《工人日报》对我说："报社正举办'建家征文'比赛，你有没有兴趣参加？"我颓废地摇摇头，他说："你该向大家展示一下你的才华了。"

在他的劝说下，我决定试试。我的第一篇报告文学《八年春雨》就是在这种背景下写出来的。

没想到，两个月后，它一举夺得了全国一等奖，并收录在工人出版社出版的《构筑工会大厦的人们》一书中。

从北京领奖回来，我原以为会扬眉吐气地得意一把，没想到，我的处境并没有因为我得了一等奖而有所改变。我得到的却是人们惊异的狐疑的目光，那种目光似乎在不放心地问："这真是你写的吗？"直到后来，我的一个中篇小说发表后，杂志社寄来一笔可观的稿费，才平息了人们的好奇。

后来，只要我一趴在桌子上写点什么，就会有人说："作家又写小说了？"

科长来到我的身边，把他的手放在我的肩头，这次远没有上次的亲切和体贴。他说："你拿了一等奖，这很好，年轻人可别骄傲哟！还有……为了不让别人说你不务正业，我想，你还是把那些没

用的书拿回家吧。"

有一次，机关评选副科级调研员，每个人必须述职。我正按要求填写着述职报告。马大哥看我认真的样子，很世故地笑笑说："我劝你还是别写了，机关数你年龄小，年老的怕你顶替他，年纪和你相仿的怕你超过他。你何必做分母呢？"我觉得他说得有道理，就将写了一半的报告连同我的梦想撕得粉碎。

今年，市委在全市选派35岁以下的大学毕业生到基层挂职锻炼，全机关只有我一个人够条件。可下派的并不是我，而是一个45岁的中层干部。一些朋友知道此事后，纷纷为我打抱不平，怂恿我到领导家讨个说法。我也觉得自己很委屈。晚上，我回到家里，爸爸见我不高兴的样子，就心疼地问我是怎么回事，我就将事情的前后原原本本地告诉了爸爸。爸爸用慈祥的目光注视着我，说："孩子，我给你讲个故事听听。一位残疾人来到天堂找到上帝，抱怨上帝没有给他一副健全的四肢，上帝就给这位残疾人介绍了一个朋友，这个人因刚刚死去不久，才升入天堂，他对残疾人说：珍惜吧！至少你还活着；一个官场失意的人到天堂找到上帝，抱怨上帝没有给他高官厚禄，上帝就将那位残疾人介绍给他，残疾人对他说：珍惜吧！至少你还健康；一个年轻人到天堂找到上帝，抱怨上帝没有让人们重视他，上帝就把那位官场失意的人介绍给他，那人对年轻人说：珍惜吧！至少你还年轻。"

是呀！因为年轻，我可能会失去很多机会，但正是因为年轻，我还能创造出许许多多的机会来，正如伟大的莎士比亚所说："首要的是对待自己要忠实，就像先有白昼后有黑夜，只有这样，才能对别人也忠实。"

我期待青春走过泥泞，我更珍惜走过泥泞后，青春带给我的一切。

　　我更深深地感受到隐藏在这种微笑背后的力量对生活的信心。

微笑如花

※ 方敏之

　　楼下的空地上前不久新开了一家小吃摊，经营煎饼、馒头、稀饭等小吃。摊主是一位四十开外的中年男人，虽然神情很是疲倦，但他脸上始终挂着一种平和而又温暖的微笑。因地段偏僻，小吃摊的生意较冷清，而他脸上的笑容并未因此而收敛片刻，依然笑对着时间的流逝和人来车往，淡定如云。

　　因自己客居异乡，生活没有规律，早餐或晚餐常在他的小吃摊上将就，时间长了，便也与他混得半熟。

　　后来从他的口中得知，他妻子前年遭遇了车祸，至今仍然躺在床上，儿子读高中毕业班，正是需要在他身上大把花钱的时候，不巧的是今年他也下岗了，贫困的生活犹如雪上添霜。没办法，只好出来张罗小吃摊，赚多少算多少，只求能把家支撑下来……令我吃惊的是，当他叙说这些常人不敢想象的不幸时，脸上平和的微笑仍然没有丝毫的改变。

　　一天在他摊上吃过晚餐正准备离去时，他叫住了我，笑着对我说："师傅，今天我搬家什的板车坏了，你能不能帮我搬点东西回

家?"我爽快地答应了。

　　刚走进他狭窄的家，我就被半埋于枕头上的一张笑脸感动了——这是他的妻子，躺在床上侧过脸对着他微笑着，正如他示人的微笑——平和而又温暖。从这张微笑着的脸上，根本找不到一丝半点重残在身、卧床已久。生活贫困的人所表露出的烦躁、孤癖、茫然、嫉恨、厌世等表情。这张脸虽然苍白、清瘦，但洋溢出来的微笑，却如花般明媚、灿烂，使得简陋的房间温馨如春。他们好像无视我这个外人的存在。他坐在她身边，问她的身体情况；她用手摸摸他的脸，询问他累不累，那轻柔的声音和悦耳的笑声，像空气一样在房间里流淌。而更加令人感动的是，他们放学回来的儿子，脸上的微笑一如他的父母，在平和、温暖之中，还透出一种希望。

　　我很感动，也突然地明白了他们为什么示人以如花般的微笑的原因了，更深深感受到了隐蔽在这和微笑背后无可比拟的力量——对生活的信心。我想，这才是支撑起一个真正幸福家庭的所在，哪怕遭受再大的不幸和厄运，都能够平安、快乐地面对和度过。

但那在你里面无时间性的"我",却觉悟到生命的无穷。也知道昨日只是今日的回忆,而明日只是今日的梦想。

论 时 光

※ 纪伯伦

于是一个天文家说:时光怎样讲呢?

他回答说:

你要测量那不可量、不能量的时间。

你要按照时辰与季候来调节你的举止,引导你的精神。

你要把时光当做一条溪水,你要坐在岸旁,看他流逝。

但那在你里面无时间性的"我",却觉悟到生命的无穷。

也知道昨日只是今日的回忆,而明日只是今日的梦想。

那在你里面歌唱着、默想着的,仍住在那第一刻在太空散布群星的圈子里。

你们中间谁不觉得他的爱的能力是无穷的呢?

又有谁不觉得那爱,虽是无穷,却是在他本身的中心绕行,不是从这爱的思念移到那爱的思念,也不从这爱的行为移到那爱的行为么?而且时光岂不也像爱,是不可分析,没有罅隙的么?

但若在你的意想里,你定要把时光分成季候,那就让每一季候围绕住其他的季候。

也让今日用回忆拥抱着过去,用希望拥抱着将来。

世界上是一条绳子系着的，我是紧缚在母亲绳上的一
个小扣，我为母亲的绳子安全，我没有勇气去斩断而破坏
一切的忍心；因之，我才感到生不愿而死不能的痛苦！

寄露沙

※ 石评梅

你满挟着同情心的几句话，我看了后哭了！我的泪依然还不曾
流完，仍然这样汹涌，这样泛滥；我真不解为了什么这样？是我懦
弱的表示吗？我是最后战死的先锋，我总算牺牲了感情让意志去杀
人的女魔，我何尝真的如一般女子那么懦弱呢？

造物小儿有意弄人，使我用那极神妙奇异的心之手去杀人，同
时又使我迷惘怨愤陷于自杀；朋友！幸我素量宽、大，不然，经此
次打击，能免于死，大概也难免于疯吧？陷入如斯命运之人，已不
能拯救，而且不必拯救；你又何须为了我的颓丧而叹息呢？

往昔春花如锦的生涯，在我觉着是枯叶飘泊的命运；到如今真
的到这种绝境时，我已无语能藉以比拟。才知道人间极苦痛的事是
不能写不能道的。朋友！我将告诉你什么？

世界上是一条绳子系着的，我是紧缚在母亲绳上的一个小扣，
我为母亲的绳子安全，我没有勇气去斩断而破坏一切的忍心；因之，
我才感到生不愿而死不能的痛苦！宇的观念战胜了，我愿葬他埋他

之后，我也飘然远去，不论沧海畔，深涧傍，都可以作我埋心葬骨之地。母亲的观念战胜了，又觉着以宇死后我感到的惨痛，而让我年高无依的老母去承受，我心何忍！如斯两相抵触，最后的胜利，朋友！我真不知如何判决了。

此身不死，即此心不死，此心不死，即此情更难死。从此风雨之夕，花前月下，常飘浮着我这凄清的瘦影；自然，我有时也要哽咽地唱出那悲惨哀怨像夜莺一样的曲子；假如君宇有灵，这便是我的那颗心。

人生大概是不能脱离痛苦的，如此缠绵悲惨哀伤的痛苦，是千百人中，千年间难以遭逢的事。所以我当俯伏着向上帝手中接受了这样特别的礼赠，我无怨言，更无怒容。

现在这种悼亡追悔的心情，是爱我的人最后留给我的纪念。因之，我要赞美珍贵我今日所觉到的一切异感和我将来一切的觉悟。相信这是爱我的人由他最可爱的手递给我的。那末，朋友！你又何须为我而倍增凄伤呢？

> 装饰主要的用意，大都是一方以取悦于男性，一方足以表示自己的高贵。

女子装饰的心理

※ 萧　红

装饰本来不仅限于女子一方面的，古代氏族的社会，男子的装饰不但极讲究，且更较女子而过。古代一切狩猎氏族，他们的装饰较衣服更为华丽，他们甘愿裸体，但对于装饰不肯忽视。所以装饰之于原始人，正如现在衣服之于我们一样重要。现在我们先讲讲原始人的装饰，然后由此推知女子装饰之由来。

原始人的装饰有两种，一种是固定的为黥创文身，穿耳，穿鼻，穿唇等；一种是活动的，就是连系在身体上暂时应用的，如带缨、钮子这类。他们装饰的颜色主要的是红色，他们身上的涂彩多半以赤色条绘饰，因为血是红的，红色表示热烈，具有高度的兴奋力。就是很多的动物，对于赤色也和人类一样容易感觉，有强烈的情绪的连系。其次是黄色，也有相当的美感，也为原始人所采用，再是白色和黑色，但较少采用。他们装饰所选用的颜色，颇受他们的皮肤的颜色所影响，如白色和赤色对于黑色的澳洲人颇为采用，他们所采用的颜色是要与他们皮肤的颜色有截然分别的。

至于原始人对于装饰的观念怎样呢？他们究竟为什么要装饰？

又为什么要这样装饰呢？这就谈到了他们装饰的心理问题了。

我们大概会惊异于他们这种重视装饰的心理罢，如黥身是他们身体装饰中最痛苦的，用刀或铁箭在身上刺成各种花纹，有的且刺满全身，他们竟于忍受痛苦而为其人的勇敢毅力的表示。而这种忍受，大都是为了装饰美观，极少含有其他作用。少年男女到了相当年龄，便执行着这种苦刑，而以为荣。以为假如身上没能刺刻着花纹，则将来很难找到爱侣。至于活动的装饰，如各种环缨之类的佩戴物，则一方面表示他们勇敢善战，不懦怯，一方面是引起异性的爱悦，因为他们都以勇敢善斗为荣。身上所佩戴的许多珍贵的装饰物，表示他们的富有，是以勇敢夺得或猎取来的。总之，原始人装饰的用意，一方面是引起异性爱悦，一方面是引起他人的敬畏。事实上，各种装饰是兼具此两种意义的，这实在是生存竞争中不可少和有效的工具。由这些情形看来，在原始社会中男子的装饰较女子讲究，也是因为原始社会的人民没有确定的婚姻制度，无恒久的配偶，而女子在任何情形中都有结婚的机会，男子要得到伴侣比较困难，故必须用种种手段以满足其欲望。

但在文明社会中，男女关系与此完全相反，男子处处站在优越地位，社会上一切法律权利都握在男子手中，女子全居于被动地位。虽然近年来有男女平等的法律，但在父权制度之下女子仍然是受动的。因此，男子可以行动自由，女子至少要受相当的约制。这样一来，女子为达到其获得伴侣的欲望，因此也要借种种手段以取悦异性了。这种手段便是装饰。

装饰主要的用意，大都是一方以取悦于男性，一方足以表示自己的高贵。脸上敷着白粉、红脂、口红、蔻丹等。刚才说过红色是原始人用作装饰的主要颜色，红白相称特别鲜明，不独引人注目，亦以表示其不亲劳动的身份。故牙齿既然是白的，口唇必须涂红。西洋妇女脸上涂桔黄色的粉，这是表示她们的富有，因为夏天海滨避暑为海风吹拂脸颊成黄色。白色最能显示脸部和身体的轮廓，原

始人跳舞往往在夜间昏昏的灯光和月色之下，用白色把身体涂成条纹，使身体轮廓显明，易为人注目。

妇女用红白二色饰脸部，也是利用其颜色鲜明，且白色其热烈性，易使人感动。中国少女结婚时多穿红衣红裙，大概不外这个意义。

女子装饰亦随社会习惯而变迁。昔人的观念以柔弱娇小为美，故女子束腰裹脚之风盛行，有"楚王好细腰，宫中多饿死"者的惨事。近来体育发达，国人观念改变，重健康，好运动，女子以体格壮健肤色红黑为美。现在一班新进的女子大都不施脂粉，以太阳光下的红黑色肤色的天然风致为美了。黑色太阳镜之盛行，不外表示其常常外出的习惯而已。

一场爱情长跑下来，竟追了十三年……

迟来的婚礼

※ 吴天绌

"认识你们大姐时，我二十八岁，她不过才二十二岁，想不到一场爱情长跑下来，我竟追了她十三年。转眼自己已步入中年，而她也坐三望四了……"

在大姐的结婚喜宴上，终于尝到新郎滋味的大姐夫，几杯黄汤下肚，只见平日木讷的他，竟侃侃谈起他与大姐相恋十三年的点点滴滴，将多年的心事一吐为快。

毕竟十三年实在是不算短的日子。这场漫长的追求，看在我们这些做弟妹的眼里，其实颇能理解大姐夫终于当上新郎倌的复杂感触。

我在家中排行老幺，上有一个哥哥、两个姐姐，和大姐整整相差了十二岁。父亲在我小学三年级时即过世，母亲也在我国小时跟着亡故。印象中，对父亲的记忆始终不够清晰，而母亲则似乎身体欠佳，仿佛她一直就是那么病恹恹的躺在床上。

所谓"长姐如母"，在如此的环境下，我可以说是大姐一手拉拔着长大的。而我、小哥、二姐三人，都因大姐的照顾而念到大学毕业，惟独大姐只有国小毕业，这点仿佛是她上辈子欠我们的，更是

我们永远也还不了的。

　　而大姐和大姐夫的相恋过程，更是几经波折。那时大姐在故乡嘉应开了一家小吃店，大姐夫由常客进而看上了老板娘，最后索性客串起店小二。

　　但大姐始终放心不下我们，誓言我若大学未毕业，她则绝口不提婚嫁事；然而，这不仅让大姐夫足足苦等了十三年，也让我始终有股说不出的愧疚。

　　喜宴上，几经我们怂恿、逼迫，害羞的大姐夫当着众亲友的面，深情吻了新娘，全场霎时响起一片欢呼和掌声。

　　那一刻，我看到大姐和大姐夫都淌下了泪，频频以手帕为对方拭泪。而我、小哥、二姐也都跟着不由自主的流下泪来。

　　那是夹杂欢欣和感动的泪。

当面前不再有绿树，当身旁不再有清澈的语言能表达我此刻的情感，只有自己的心，在默默地为你祝福，祝福里有我血脉的电波。

情意绵绵的春雨

※ 万丽芳

雨，春雨，情意绵绵的春雨……

似丝，编织着春的梦境，如纤指，描摹着春的蓝图。

走下客轮，雨一会儿便浸湿了蓝色军装的表层，大檐帽上开始滴落一串令人打憷的雨滴。离家时我忘了带伞。

站到墙角边，等一会吧，可雨绵绵无尽。急着归舰的心打碎了片刻的犹豫，我向雨中走去。

雨停了？抬头……噢，一把花伞撑在我的头顶，象一朵绿色的云在缓缓飘移。

身边，一位披肩发的少女。目光与目光相撞，又迅速地移开。她的一手举着小伞，另一边一只包提在手里。我接过来。没有说一句话。好象一切都没有发生。我——一个年轻的海军军官和一位美丽的少女在一把伞下移动，共同制造一个移动的晴天

我们走着，满街在雨中急行的人没有忘记给我们送来一双双羡慕的眼光和一张张笑容……

近，挨得这样近，胸中涌起了一阵潮汐。在行人的眼里，我们该是一对情侣，可在现实的码头边，我们却第一次相识。

一把圆圆的伞，一座友谊的桥，架了心与心彼此的沟渠；一把圆圆的伞，是一个放大了的句号，要结束人与人之间的隔膜，人的自私……

车站到了，她的目的地也到了，从桑塔纳里走出一个抱着会说话孩子的他，小孩甜甜地喊了一声"妈妈"，她亲了亲孩子给了我一个善意的微笑，他也给了我一个友好的微笑，我的微笑中也送去了真挚。

"再见！"她收起小伞，而这小伞又在我心中撑起，撑得越来越大。

我不想乘车了，就这样走着，让春雨给我的思绪染上颜色，我的心永远不会淋湿。

啊！多好的春雨，绵绵细雨中充满了生命的气息……

而生活却是依旧严峻，并不依自己的感觉而改变。

黄金慧心

※ 刘俊才

我发明过一个评判谁是乐观主义者的小方法，那就是看他对过年过节的态度。凡是欢天喜地、热情似火欢度的，肯定不是悲观主义者，因为悲观主义者总是会想到未来是黑暗的。我这人，可以算是介乎两者之间。比如过春节我会置办年货，张灯结彩，情不自禁地被那种吉祥的气氛所感染。可心里却明白，年年岁岁，过去、现在、将来，人类的欢乐总与痛苦交织在一起，而且痛苦往往更会刻骨铭心，长久难忘。

惟有前年春节，我提不起任何欢庆的兴致，而是面壁而坐，默默无语，以此哀悼一个新逝的少女——那是个带有甜美气息的美丽少女。

那少女是我朋友的独女，也是个天之骄女。她俊俏伶俐，能歌善舞，一进中学大门就被导演选去，在几部电视剧中饰演角色。一时间，同学的羡慕、亲友的夸奖，使她迷失了自己。她变得盛气凌人，爱穿扎眼的衣服，出门还用眼角的余光扫来扫去，窥探别人有没有认出她这位刚刚升起的明星。

她的自我感觉变了，目光停留在世界浮华的一面，而生活却是依旧严峻，并不以她的感觉而改变。年末的一个冰雪之日，她上学时迟到了，同时迟到的还有另一位普通的女生。教师按常规，将她俩各自批评了几句。那女生吐吐舌头，回座位去了，而她则感到遭受了极大的灾难：她竟遭到与那不起眼的女生相同的待遇。一怒之下，她离校而去。走在人海茫茫的大街上，她企盼被人认出、追随。那种被人捧着的滋味宠坏了她。

晚上，父母得知了此事，苦口婆心地劝她，她不开腔，眼神怪怪的。翌日清晨，她早早出门，但不是去学校，而是灰心绝顶地登上一座僻静的高楼，纵身往下一跳。

一个年轻芬芳的生命消亡了，令所有活着的人扼腕叹息。她的父母，双鬓都白了，当他们相互搀扶着来收尸时，已经淌不出泪来，只是心头在滴血罢了。

其实，我最赞成"大器晚成"，那种成功是历经磨难、厚积薄发、在艰难的道路上考验了韧性的。当然，像那位少女似的，机遇早早来敲门，岂有拒之门外之理？只是，她作茧自缚，最终毁灭了自己的性命。

一个人，若要活得从容、坦然，非要怀有一颗黄金慧心不可。因为不论你声名显赫，还是朴实平凡，作为一个独立的个体，人都得面对人生种种可知或人不可知的关口。从某种角度看，人生还有着某种悲剧意味，难以十全十美，而且那些缺陷、磨难、挫折绝不会间断，它们是永恒的。能包容它们、战胜它们的，惟有博大的黄金慧心。

那黄金慧心便是一颗平常心。

黄金慧心是最为平凡的，也最为真实、自如，因而也最富有力量。就如那少女，她若能破茧而出，看到尽管小有名气，可她还是她，还得老老实实地求进步，认认真真地生活，惨剧便不会发生了。

　　怀有一颗黄金慧心，便能胜不骄，败不馁，活在松弛的心境中。永远记住自己是个可贵的朴实的人，平凡素雅却永远保持自己的黄金慧心，从容地用自己所喜欢的思维方式生活，那其实是另一种境界中的与众不同，一花独放。

所谓"生命有限、行善要早",期盼我的朋友能够早日顿悟,早日以积极的态度回报社会所给予的一切。

积极面对生活

※ 张庄文

一个家庭事业两头忙的朋友去医院就诊,由于医生误诊,以为自己将不久于人世,遂怀着恶劣的心情出国散心。这趟旅行不仅让她开了眼界,见识了世界之广,也使她的人生观彻底改变,不再汲汲营营追逐金钱与权势。回国后,她毅然决然辞去工作,打点细软准备接受治疗,结果去医院复诊后却发现自己根本没病。从此,她开始过着逍遥、悠闲的日子,觉得人生不必过于认真,要及时行乐。

她常常对她的朋友灌输"及时享乐"的思想,几个朋友受了她的影响,渐渐抛开以往追求成长的积极态度,不再为教育孩子下工夫读书、不再参与社团服务工作。她们认为人生无常,要善待自己、好好享受,所以,她们一起去参加休闲俱乐部,沉浸在三温暖、喝下午茶、唱歌、走访名山大川的活动中,日子过得真的很悠闲自在。社会问题、经济风暴、政治动荡丝毫不能影响她们的兴致。

站在朋友的立场,我为她们的幸福感到高兴,然而她们对社会的冷漠态度却又使我倍感惋惜,其实像她们这样的人,有钱有闲,最有能力帮助别人了。虽然人生无常、生命有限,要好好把握,可是，生命的光与热是不会死亡的，就像我们现在仍然享有前人留下的智慧与爱一样。如果我们曾经感念别人的恩泽，何不将自己的爱与大家分享，也去关心别人，让自己有限的生命因为付出爱而永远发光。

况且，个人的所有成就，包括衣食住行各种生活基本需求，都有赖于别人给予、成全，人与人之间更多的关联是互助与爱，不是竞争与角力，所以抛去名利欲望，并不意味着离群索居，看淡人生不是冷却人情，因为我们依然在享受社会的资源，依赖别人的照顾。我认为善待自己、淡薄名利是行善的首要条件，不是人生的终极目标。所谓"生命有限、行善要早"，期盼我的朋友能够早日顿悟，早日以积极的态度回报社会所给予的一切。

但我坚信，即使失败一百回，在第一百零一回的时候，我会成功的。

我要独自去闯荡

※ 王果平

一九九七年的夏天，怀抱着一个红彤彤的梦，像许多已走出校门的"过来人"一样，开始走向我的一个个人生驿站。

毕业分配的时候，我是一个最彻底，最坚决的改革急先锋。当同窗好友为自己未来的婆家奔走呼号的时候，我却稳如泰山，郑重其事地策划着毕业后的每一步行动。诚然，我时刻都在提醒自己，不能为未来套上"理想主义"的光环，这是吾辈最易犯的大忌。因此，每一步行动，都作了失败和成功的两种准备。并给自己许下了诺言：失败百次，决不回头！

六月底，拿着学校的一纸"派遣证"，径直去了人才交流中心，办好了档案挂靠手续，义无反顾地走向了漫漫的寻梦之途。

第一站，广东佛山。是应朋友之邀来这里的，朋友投资，我出力，成立了一家公司，但因资金等诸多原因，原计划成立的广告公司无法注册，勉勉强强注册了一家"红五月电子设计有限公司"，委屈透顶，却又万般无奈。经过一个月的苦心经营，居然砸了。

想来也是，能不砸吗？人生地不熟，几个全是凭着激情行事的合伙人，经济滑坡大气候的影响，公司牌子说服力的欠缺，同行竞争的激烈，房租等开支的庞大，一个月下来，前景暗淡，若继续下去，恐怕难以收摊。三十六计，走为上计，出师未捷，当头一瓢凉水，好在当初就有"一颗红心，两种打算"的准备。

第二站，花花世界，广州。公司砸了，还是按预定路线走吧，先打工，后创业。来广州之前也道听途说过，在广州应聘设计，最低也能拿三千多一个月，那就退而求其次吧。匆匆忙忙安置好栖身之所，第二天，通过朋友引荐去了一家国营的大广告公司，创新部经理对我还真不错，当即就让我上班了，并答应给我的待遇是，一间房、试用期月薪二千元，这待遇虽然离我的"远大理想"相去十万八千里，但因前车之鉴，也就委屈点吧。第二天上班时，创意部经理把我领到总经理办公室，老总笑容可掬，热情地迎接我："不错，小伙子，好好干，我们这里就需要你这样的人才。"然后，递给我一份已经拟好的协议书。

"……试用期三个月，月工资一千元，食宿自理……"

"老总，"我说，"您这协议书怎么跟昨天刘经理答应我的 不一样？"老总十分诚恳地说："我们公司新分配来的本科生一个月才八百元，我给你一千元，是因为我们重用你了。"我旋即盘算了一下，每月房租就花去六百，还剩下四百，吃饭，穿衣，乘车，起码的生存还维持不了啊！我顿时蔫了气，也不知道是怎么跟老总告辞的，开始了另一漫漫的应聘之路。

我买来了一大堆报纸，《羊城晚报》，《广州日报》，《人才市场报》，仔仔细细寻了每一角落，居然有不少的招聘启事。我顿然有了"柳暗花明又一村"的感觉，我不相信没有适合我施展才华的舞台。

我便逐家应聘，天哪，我奔波了一整天，居然没一家广告公司聘我。面试时的问话，真叫我哭笑不得。第一家公司的老板居然把我这个地地道道湖南人称作北方人，他说："你北方人来广州，懂粤语吗？对广州的环境熟悉吗？"听了我的如实回答被否决了。后来碰

到的一连串无关痛痒的问话，诸如来广州有多久了，这里有没有熟人，你愿意当操作员吗，你有工作经验吗等等。关于设计方面的问题，居然很少过问。

通过一个多星期的应聘，依然无"家"可归。最让我心痛的是一家广告公司，给我的基本工资三百元一个月，外加提成，依我看那公司散漫的气氛，恐怕一个月就那么几十元的提成。还有一家输出公司老板问我是否愿意"三班倒"，即操作机器，且月薪五百元。经过这番"洗礼"，我明白了，原来广州这花花世界已人满为患，普通人才已大大的供过于求，以致于任何一家小小的公司对应聘者都挑精选肥。我所认为的那些恐怕没人会找得着的小公司，经理办公桌上都有一叠高高的应聘自荐书。最后终于有一家公司真心实意地想用我，条件是：自费参加培训电脑，培训期一个月，没有工资，食宿自理，且须签订一年的合同，即帮该公司干活一年，月薪一千五开始，且以我的毕业证作押。

"早知道伤心总是难免的"，权衡再三，我必须自费培训电脑，于是乎，借钱花了一个月的时间进行了电脑系统培训，培训结束，我已无米下锅了，房东也以各种形式催交房租了，同时我也向几家较大的广告公司寄去了求职信，两天后，居然通过面试，且面试顺利通过，此刻，自然难免欣喜若狂。

正在此时，远在北京的同学、朋友纷纷来信来电，召我北上，同创大业，且前景诱人，此时的我又陷入了深深的矛盾之中。其实，我早已感觉到广州并不很适合我，北京才是我该去的地方，但事到如今，好不容易找到了一家公司又要放弃，早知如此，何必当初呢？这天晚上，彻夜不眠，但等到天亮时，毅然作出决定。

对，北上！只有北京才是我的根基。一想到北京，心中猛然涌起一股流离的酸楚。我班二十几个人几乎全在北京，那么多朋友、老师全在北京，他们是我实现梦想不可缺少的因素啊。来到广州，真有点身在他乡的感觉，光是那鸟语般的粤语，让你丈二和尚摸不着头脑。置身此地，大有"虎落平阳被犬欺"之感。

第三站，我离不开的北京。到了西站，被我的哥儿们前呼后拥接到他们的住处，一种久违了的温暖、亲切、熟悉即刻属于我。因同学引荐，第二天就去一家广告公司上班了，相对广州而言，收入高得多，但这也不过是一个过渡期，不到一个月，我便跟老板结了账，辞去了工作，现在正在为自己的梦想进行紧张的筹划。虽然我不敢保证这一次绝对成功，但我坚信，即使失败一百回，在第一百零一回的时候，我会成功的。

离校已半年的时间，我一直在寻找并建造着自己的一个个人生驿站。守株待兔不是吾辈的秉性，"天道酬勤"的古训一直激励我奋进，每当我在寻梦中心力交瘁的时候，我的耳边常会回荡起那激励我奋进的旋律……

"每一颗泪水伴每一个幻想，默默一一尝透……"

我能承受这死的颤栗，就把它当做新的爱抚。

两颗心在黑暗中行过

※ 张田田

琳达·柏提希完全献出了她自己。琳达是个杰出的教师，但她感觉，如果她有时间的话，她宁愿去创造伟大的艺术和诗篇。在她28 岁那年，她开始有严重的头痛现象。她的医生发现，她有个巨大的脑瘤。他们告诉她，手术后存活的机会只有 2%。所以，他们没有立刻帮她开刀，先等 6 个月再说。

她知道她相当有艺术天赋。所以在这 6 个月中她狂热地画、狂热地写。除了某一篇以外，她所有的诗篇都在杂志上刊出来。她的画作也都被放在一流的艺廊中展售，除了某一幅以外。

在 6 个月结束时，她动了手术。手术前一夜，她决定完全捐献自己。她签了"我愿意"的声明，如果死了，她就捐出她身体的每一个部分给比 她更需要它们的人。

不幸的是，琳达的手术夺走了她的生命。结果，她的眼睛被送到马里兰州贝瑟丝达的眼角膜银行给南加州的一个领受者。一个年轻人，28 岁，从黑暗中见到了光明。这个年轻人深深地感恩，写信给眼角膜银行致谢。虽然已经捐出了 3 万个眼角膜，这是这个眼角膜银行所接到的第二个"谢谢你"！

进一步地，他说他要感谢捐献者的父母。孩子愿意捐出眼睛，他们也定是好人。有人把柏提希的家的住址告诉他，他于是决定飞到史代登岛去看他们。他来时并没有预先通知，按了门铃，自我介绍以后，柏提希太太过来拥抱他。她说："年轻人，如果你没什么地方要去，我丈夫和我会很高兴与你共度周末。"

他留了下来，当他环视琳达的房间时，他看见她读过了柏拉图；他曾用盲人点字法读过柏拉图。她读了黑格尔；他也用盲人点字法读过黑格尔。

第二天早上，柏提希太太看着他说："你知道吗？我很确定我曾在哪儿看过你，但不知道是在哪里。"忽然间她记起来了。她跑上楼，拿出琳达最后画的那幅画，它是她的理想男人画像。

画中人和接受琳达眼睛的男人十分相似。

然后，她的母亲念了琳达在她临终的床上写的最后一首诗。它写道：

两颗心在黑暗中行过

坠入爱中

永远无法获得彼此的目光眷顾。

上帝是不是真有那么一点幽默感？

神秘的电话

※ 欣 然

妻子丽莎和我不眠不休，只为出版我俩苦心经营的一份小周报，我负责执笔，她招揽广告。多少个晚上，镇上其他人和孩子都已进入梦乡，我俩却工作至深宵。

某个夜里，我们上床歇一歇，几个钟头后又起来。我吃了些麦片，喝了一大瓶汽水，然后进城去印刷厂。丽莎好不容易替五个孩子配对袜子穿妥，打点年长的三个带备午餐出门上学。我累得实在不应该驾车。丽莎也累得实在什么都不应该做。

"现在气温是二十一度，阳光普照。又是一个风和日历的日子，"汽车上的收音机传来节目主持人愉快的声音，我只当作耳边风。

然而那一大瓶汽水的后果我却不能置之不理。我自知根本不可能熬到城里，离我家只有几里路。

那边厢，丽莎筋疲力竭之余，正要打电话给水电公司解释为何迟缴费用，希望人家法外施恩，多供一天热水和电力。她翻查号码，然后拨了她以为是电力公司的那个号码。

我在停车处下了车，便听到公用电话亭里铃声大作。那里只有我一个人，但我仍然下意识环顾了一下四周。

我想这电话搭错线真是错得离谱。

然后我心里想："听听有何不可?"于是走到电话亭，拿起听筒。

"喂?"我说。

沉默。接着是一声尖叫。

"汤姆!你在电力公司干嘛"

"丽莎!你怎么会打电话到公用电话亭来?"

我们说了一大堆"真的难以置信"、"简直不可思议。"

我们一直拿着听筒，惊欢过后便谈起来。不慌不忙地认真地互吐心声，无人骚抚——我俩多久没有这样讲过话了。我们甚至谈到那电费单。我叫她好好睡一下;她嘱咐我绑好安全带，别再喝汽水。

可是我还不愿意挂线。我们分享了一阵子奇妙的感觉。尽管电力公司的电话号码跟这电话亭只差一个数字，但丽莎拨电话时我刚好在那里却简直是完全没可能的事，我们只能假设是上帝知道在那个早上我俩最需要的是彼此的声音。神为我们接的线。

那个电话令我们家起了微妙变化。我们奇怪自己对工作怎么可以如此狂热，以致须由陌生人来叫孩子上床。我怎么可以坐到早餐桌上而从不说声"早"?

两年后，我们结束了那桩支配我们生活的生意，也找到工作——在电话公司。你说，上帝是不是真有那么一点幽默感?

先学会怎样去爱，才有资格追求爱。

爱情不是游戏

※ 田志轩

一个男孩和一个女孩相识了。经过一段时间的接触后，这个男孩爱上了这个女孩。他想为她付出自己的一切，让她幸福，让她快乐。他甚至把他的秘密告诉了这个女孩。他与她初相识的时候，他爱着并追求着另一位女孩。甚至他们相识的几个月里，他还和那个女孩约会着，往来着。

这个女孩不怪他，并问他："你为什么不去爱她，而来爱我呢？""因为，你太善良了，你对我太好了，无论我怎样，你总是始终如一地对我好，温柔地对待我。"

"你为什么对我那么好？"

"因为我爱你。"女孩柔柔地羞怯地说。

最后，女孩决定嫁给他，他们挑选了一个好日子。

就在举行婚礼的前几天，这个男孩别出心裁地出个主意想要考验这位"准"妻子，看她爱他到底有多深，是否一生一世全心全意。他托人给她捎个口信说，他不同意这桩婚事了，并且给了她一个最后约会的时间。

然后约会那天，他整整等了一天，她都没有来。他害怕并且后悔了，后悔自己不该开这么大的玩笑。然而这一切都是徒劳的，任他怎样解释，女孩永远地远离了他。

这个男孩终于明白了：爱情不是一场游戏。谁拿爱情开玩笑，谁就会受到应得的处罚。

那个男孩就是我！我该先学会怎样去爱，才有资格追求爱。

在身体和灵魂都很健康有力的时候，我们可以不断地从类似的，但更正常、更自然的社会中得到鼓舞，这样能使我们免于沉浸于寂寞中。

无聊的应酬

※ 亨利·梭罗

　　社交是不值得珍惜的，每次还来不及相互交流一下有用的信息聚会就结束了。我们在每日三餐的时间里相见，大家重新尝尝我们这种陈腐乳酪的味道。我们都必须遵守若干条规则，那就是所谓的礼节和礼貌，使得这种经常的聚会太平无事，聚会人和平相处，避免争吵发生。我们相会于邮局，于社交场所，于每晚的炉火边；我们生活得太拥挤，互相干扰，彼此牵绊，这就使得彼此之间少了那份尊重。当然，所有重要而热忱的聚会，次数少一点也够了。试想工厂中的女工，永远不能独自生活，甚至做梦也难于孤独。人的价值并不在他的皮肤上，所以我们不必要去碰皮肤。

　　有这么一个传言，说一个人迷了路，又饥又渴，最后支持不住倒在一棵大树下。由于体力不济，病态的想像力让他看到周围有许多奇怪的幻象，他误认为这一切都是实际存在的。同样，在身体和灵魂都很健康有力的时候，我们可以不断地从类似的，但更正常、更自然的社会中得到鼓舞，这样能使我们免于沉浸于寂寞中。

我从微明的早晨进入了漫长的黄昏，其间有许多思想扎下了根，并茁壮成长起来。

不觉寂寞

※ 享利·梭罗

即使一件最微不足道的自然事物，包括愤世嫉俗的可怜人和最悲观失望的忧郁之人，也可以在人生中找到最可信赖、最最幸福的伴侣，只要是生活在大自然之间并具有五官的人，就不可能有很阴郁的忧虑。对于健全而无邪的耳朵，暴风雨还真是伊奥勒斯的音乐呢。单纯而勇敢的人是绝不会产生庸俗的伤感的。当我享受着四季的友爱时，我相信，我生活中不会再有艰难险阻。

今天，好雨洒在我的豆子上，使我在屋里待了整天，这雨既不使我沮丧，也不使我抑郁，我却欢喜的很。虽然它使我不能够锄地，但它比锄地更有价值。如果雨下得太久，使地里的种子、地底的土豆烂掉，但它却使高地的草茁壮成长，既然高地的草可以茁壮成长，那对我也有着极大的好处。有时，我将自己和别人做比较，好像我比别人更得诸神的宠爱，比我应得的似乎还多；好像我有一张证书和保单在他们手上，别人却没有，因此我受到了特别的引导和保护。我并没因此而忘乎所以，我依旧在规规矩矩做人。我从不觉得寂寞，也感受不到寂寞感的压迫，只有一次，在我进了森林数星期后，我

怀疑了一个小时，不知宁静而健康的生活中是否应当有些近邻，独处好像与高兴无缘。同时，我觉得我的情绪有些失常，但我似乎也预知自己会恢复正常。当我被这些思想控制所左右时，温和的雨丝飘洒下来，我突然感觉到能跟大自然做伴是如此甜蜜，如此受惠。就在这滴答滴答的雨声中，我屋子周围的每一处声响和每一件事物似乎都变得友爱和谐起来。一下子这支持我的气氛把我想像中的有邻居方便一点的思潮压下去了，从此之后，我就没有再想到过邻居这回事。每一支小小松针都富于同情心地胀大起来，成了我的朋友。突然感觉在这里面一定有我的同类，我不再寂寞。虽然我是处在一般人所谓凄惨荒凉的境况中，然而那最接近于我的血统，而且我发现最富于人性的并不是某个人或村民，从今后我不会对任何地方再说陌生了。

……

"……在生者的大地上，他们的日子很短，
托斯卡尔的美丽女儿啊。"

我在春秋两季的长时间暴风雨当中度过了我某些愉快时光，这弄得我上午下午都被禁闭在室内，只有不停止的大雨和咆哮给我解闷。我从微明的早晨进入了漫长的黄昏，其间有许多思想扎下了根，并茁壮成长起来。

> 女人不仅聪明，而且还几乎独占了某些比较含蓄、实用的聪明才智。

女性的智慧

※ 亨·路·门肯

家庭中的女性们永远认为一家之主是个不中用的人，尽管她们表面上对他尊重至极。男人的言行纵然显得很漂亮，也难以骗得过她们，因为她们了解他真正的底细，知道他肤浅又可怜，换句话说，这足以说明女人自有女人的聪颖，或如常言所说，具有女性的直觉。这所谓的直觉就表现在对实际情况具有敏锐精确的洞察力，从来不为感情所动，始终能够把现象与本质区分得泾渭分明。在一般人的家庭圈子里，这里所谓的现象是位英雄、权贵、半个神人。而所谓的本质则是个四处行骗的人。

的确，做妻子的有时也会羡慕丈夫的某些使她比较平心静气的特权和情感。丈夫享有做男人的行动自由和选择职业的自由；他莫名其妙地洋洋自得；他像农民一样有些小小的不良嗜好；他有本事把真情的生硬面孔藏起来，装出一付风流多情的样子；平日里，他像孩子一般天真无邪。这一切做妻子的也会羡慕，但是她从不羡慕丈夫那不够充实、荒唐的心灵。

女性天生就具有男人所不能及的灵性，她们能够机敏地感觉到

男人在装模做样，说大话，夸海口，心里真切地明白男人永远是可悲而又可笑的角色，但她们表面上流露出来的却是一番嘲弄式的怜爱，世人称此为"母性"。女人之所以要像做母亲那样地对待男人，只是因为她们看得透彻，知道男人窝囊，需要周围的人对他们和蔼可亲，同时又自欺欺人得十分可爱。女人这种嘲弄态度不仅在现实生活中随处可见，就是在女作家的作品里也是贯穿始终的基调。女小说家大凡手法高明值得认真一读的，从不以认真的笔调刻画男主人公。我想不起来女人笔下的男性角色有哪一个骨子里不是蠢材的。

以现代人类的发展水平来看已达到了成熟阶段，然而要论证妇女却仍需有得心应手的聪明才智。这有力地证明做丈夫的眼力很成问题，成见深得已不可救药，智力又普遍低下。其次，女人不仅聪明，而且还几乎独占了某些比较含蓄、实用的聪明才智。事实上，把这种聪明才智本身说成是女人特有的气质也未尝不可，因为其中不止一处流露出显著的女性特征，就像狠毒、自虐或喜好红妆粉黛也显然属于女性的特征一样。男人身心刚强，打架拼杀均毫无惧色。他们浪漫多情，钟爱自认为善与美的东西；崇尚情义，生性乐观，乐善好施；懂得苦干又能持久的诀窍；待人和蔼宽厚。

不过，说到男人具备最基本的聪明才智，说到他们似乎还能够透过妄想和幻觉的外壳发现并展示永恒真理的内核——至少从这方面说，他们还十分娇嫩，仍然还乳臭未干。男人的根本特点和品性，也就是说那些还没有堕落的男人的特征，在傻瓜身上也能找到。史前野人肌肉发达，臭气满身。如果没有女人管着，替他操心，他就十足一付可怜相：一个长了胡子的娃娃，一只身大如牛的兔子，简直是背叛上帝的初衷。

请不要误会，我这里并非说阳刚之气对生化反应复合物造就卓越才能的过程毫无作用。我只是说，这种复合物离开了女性的柔弱就不可能形成，它是两种成分交互作用的产物。在天才女性身上可以看到相反的情形，她们一般都有点男子气，不仅锋芒毕露，而且也刮刮脸什么的。比如，乔治·桑、叶卡捷琳娜大帝、英国的伊丽莎白女王、罗莎·博纳尔、科西玛·科西玛·瓦格纳等人就是如此。无论男性还是女性，不蕴涵一点异性的特征，就不可能取得登峰造极的成就。男人身上要是没有一点女人的气质做弥补，便会过分愚钝，过分的天真浪漫，太容易被想像哄得昏昏入睡，成不了大器，最多只能当个骑兵、神学家或是公司的经理之类的人物。而女人要是没有一点男人那奇妙的天真劲儿，便会过分的现实，不容想像力海阔天空任由驰骋，而所谓天才，它的核心就是想像力。男子汉气概十足的男人缺乏机智，无法如实表达自己心底里的远大梦想，而彻头彻尾的女人则往往把人生看得太透，根本不懂得梦想。

062

男人大多自命不凡，总以为女人天资不足，学不了男人那一大堆小聪明、那一套没有用的学问和枯燥乏味的陈词滥调。而一般男人用心思主要靠的就是这些，丈夫认为自己比妻子聪明，不是因为自己能把一系列数字加得准确无误，就是因为自己分得清政敌之间主张的异同，再者就是因为自己摸着了某种肮脏下流的买卖或行当的底细。当然，这种才能无聊得很，实在算不上才智的标志，实际上不过是一套小花招、小噱头而已。掌握这套东西跟狗宝宝学钻圈、跳越障碍差不多，并不怎么费心劳神。

经商的男人甚至专业人才的脑袋里装的那套过时的思想全都幼稚得出奇。世间日常的沿街叫卖，讨价还价或是按照一般常规开点蹩脚的药，胡乱办个案，同驾驶出租车、煎一盘鱼没什么两样，都不需要真正的精明。

实际上，同一般的商人和专业人才——我只说那些成功发迹的人，且不说那些明显失意潦倒的人——接触多了，谁都会纳闷这些人怎么都是呆头呆脑的，老实天真得不可救药，而且还不通常情，实在让人吃惊。已故的佛朗西斯·查尔斯·亚当斯的祖父和曾祖父都曾是美国总统，他本人一辈子与美国几位"天才"实业家交往甚密。晚年时，他曾透露说他从未听到其中任何一位说过什么值得一

听的话。照理说，这些人可谓是人中骄子，超群之能士，可是论智力，一个个都是不中用的酒囊饭袋。

当然，话又说回来，这种禀性的男人要是真的聪明，就绝不会在粗俗平庸的小事上获得成功；而他们善于掌握并记住看家本领的那套胡言乱语，则恰恰证明他们的智力低下。这种说法不消说是有根据的。世人公认的一流人才往往对所谓的实际问题束手无策。要是让亚里士多德用 3.472,701 乘以 99.999，很难想像他会不出错，也难以想像他能记住这条或那条铁路两年内运量比例的变化幅度、一百磅三寸大钉的数目或是猪油从加尔维斯顿运到鹿特丹的运费。同样也无法想像他会精通桥牌、高尔夫球或别的什么简单的游戏，即那些所谓事业成功的男人才借以消遣娱乐的游戏。

哈夫洛克·埃利斯对英国的天才作了了不起的研究，发现一流的男人几乎没有一位精于此等雕虫小技。他们不善系领带，理财记账让他们大伤脑筋，对党派政治一窍不通。总之，他们恰恰就是在一般男人最能充分发挥自己的活动领域里寸步难行，无能为力，很容易被实际智力像狗宝宝一样远在他们之下的人所超过。

若让理发师见到这种心不灵手不巧，不会小手艺、小诀窍的情况，一定会说笨，生意兴隆的男服店老板准会说傻透了。其实，这种特点是一流男人同一、二流甚至三流女人共有的特点。

做事要心灵或者手巧，在有些职业里显得很突出，比如在钢琴调音、当律师或是给报纸写社论等，尽管这些职业绝大部分都是妇女在体格上完全力所能及的，其中妇女因为有极其巨大的社会障碍而不能从事的职业也并不多，可是妇女在这些职业上成功的事例却少之甚少。她们当律师、编辑或厂长、搞批发、开旅馆毫无建树的原因不在外部。社会上种种禁忌的阻碍作用并不大。敢想敢干、抛去顾虑、闯入禁区而安然无恙的女人大有人在。一旦闯了进去，就不会再有什么特别的障碍。可是，众所周知，真正从事这些行当和职业的妇女为数很少，其中与男人竞争的过程中成名成家的更是寥寥无几。

其中原因我已说过，不在外部而在内部，在于她们也意识到天外有天，因而心思不定；她们也嫌小事微不足道，俗不可耐，但是又不善机械呆板的例行公事和空洞无聊的技艺。这种情况也存在于层次较高的男人中间。大多数男人办事循规蹈矩，可以达到有意无意的程度，并且因此而得意自夸。而女人即便从事按基督教国家习俗规定专属于她们的事情，也难得见到有这样熟练。常听人们说，饭做得很好的家庭主妇、自己会做衣服而活儿做得粗看不出是她自己做的家庭主妇、善于给孩子讲解为人处事及清洁个人卫生原理的家庭主妇，实属凤毛麟角，要是遇着个别，人们所敬重的却往往不是她的大才大智。

最典型的实例就是美国。在美国妇女的地位比别的文明国家或半文明国家都要高，认为妇女智力不如男人的旧观念遭到非常有力的否定。美国资产阶级家庭的餐桌突出地证明了美国家庭主妇的手艺有缺陷。应邀赴宴的宾客若能够找出合适理由绝不会受这份洋罪，实在躲不过时，就当自己遇着一个有手颤毛病的人给自己刮胡子一样，无可奈何地忍着点。世界上只有美国的妇女最有增进智力的闲暇和自由，智力水平最高。但是，家里饭菜最差的在美国，治理全部家政最欠妥当的在美国，请外人、而且由男人代劳、做按理说自己能够承担的事情最多的也在美国。难怪这个妇女获解放受尊崇的国家竟然是汤料罐头、猪肉罐头、套餐罐头以及其他一切现成食品的王国，而且世界上当以美国人最喜欢把培养儿童智力的任务全部塞给大多数是白痴的专职教师去承担，把儿童体格锻炼、健康护理的事情全部交给大多是江湖骗子的儿科医生、体育"专家"、性卫生专家等诸如此类的专业人才。

总而言之，为了生存许多人不得不固守乏味平淡的行业。妇女们厌恶这种机械枯燥的事情，不过往往是不自觉的，有时甚至还乖

乖地逆来顺受。妇女们不愿意说明她们聪颖机敏。她们要是乐于从事这类手艺并引以为荣，而且还以勤勉娴熟的态度加以表示，那就把自己降到了与侍者领班、会计师、教师或者地毯掸灰工之流的男人同等的水平之上，还颇为得意。女人但凡不是愚顽至极的，生来就有完全逃避责任的倾向；如果实在无法逃避，就把要求降到最低。如果某个意外事件使女人暂时或永远打消结婚的念头，并投身到世间一般的事业中与男人较量，那么她们常常是摘取顶峰旗帜的那个人。妇女无论从事什么工作，凡是只需要反复不变的技巧、不很高明的骗人伎俩的，往往都失败；凡需要独立思考、随机应变的，却常常得手。所以，她们当律师十有八九不成功，因为当律师只需用空洞言辞、陈腔滥调作武器，惯于把这些言之无物的废话说得比常情、真理和正义还要动听。她们也不擅长经商，因为做生意大体上就是浅薄琐碎的交易活动加上坑蒙拐骗凑成的杂烩，而她们的正直感使她们厌恶这种东西。但是，女人当护士一般都很成功，因为病人需要善解人意、值得信任的护士。

凡是在技艺方面，尤其在那些只是需要思维敏捷、不需要天才妙招予以配合的次要层面上与男人展开竞争时，她从来就毫不逊色。就是在烟花巷里，人们也会发现足够的机智和勇气以及落难时能屈能伸的韧性。这些品质足以使任何由男人专门从事的职业所需的禀赋相形见绌。如果一般男人的工作需要的精明机灵只是干老鸨那个行当所需的一半，那么他们随时都可以摆脱挨饿的危机。

人人都知道，男人对女人智力胜过自己总是耿耿于怀，自负的心态驱使他们否认自己不如女人。不过他们也难得用心思索，进行逻辑分析和有证有据的分析，无法驳倒这种说法。再说他们的态度从表面上看似乎也有一定的来由。他们把一种人为制造的品格强加在女人头上，完全掩盖了她们真正的品格，而这种荒谬的态度却博得了女人的认同，因为女人们觉得这样有好处。但是，尽管每个正常的男人都自称比所有的女人、尤其比自己的妻子天分高，并且聊以自慰，可他们偏偏又不断地戳穿自己的牛皮，老是求助于他们所谓的女人的直觉，对女人言听计从。这就是说，男人切身体会到，女人对许多重大事情的判断比自己周密深刻。可是他们又不愿意承认女人之所以有这样深邃的洞察力是女人的才智胜出一筹的缘故，于是他搬出一种理论，说这是由于女人有某种无形而让人捉摸不透的天赋，有某种半神秘的超级敏感性，有某种实质上是近于人类而又非人类的本能。

其实，只要研究一下什么样的情况促使男人求助于所谓女人的本能，便能了解这种本能的实质是什么。男人需要由女人本能来解决的并不是纯技术问题，而是一些比较罕见、比较根本因而困难得多的问题。这种难题只是偶尔才遇到一个，因此考验他们不是在技巧上能否训练出来的问题，而是是否具有真正的逻辑推理能力。在我看来，男人里面除了自知不行而且怕老婆以外，没有一个会为了雇佣职员、贷款给某个小客户或是为了某个经常耍弄的骗钱花招去请教妻子。可是，事关找个做买卖的伙伴、候补公职或是千金出阁之类的大事，连极其自负的男人都会探探妻子的口风。因为这类事情至关紧要，涉及前程幸福之根本，需要当事的男人集思广益才好。决策失误，关系重大，连虚荣心也会为之收敛。正是在这种情况下，女人超群的领悟力，不言而喻地便得到了发挥的机会，而且还必须承认这一点。正是在这方面，女人不受男人那种所谓的情感、迷信思想和陈规陋习的影响，将自己区分现象与本质的独特天赋用之于工作，发挥那称之为直觉的东西的作用。

什么? 直觉? 胡说! 女人是人类最卓越的现实主义者。她们表面上似乎不懂逻辑，实际上通晓一种罕见、隐晦的超级逻辑。她们表面上似乎反复无常，实际上执著坚持真理，尽管真理像云彩一样飘忽不定，她们却始终执著地追随真理。表面上她们似乎十分愚钝，容易上当受骗，实际上她们心明眼亮得很……男人身上有时也显示出同样无情的聪颖，这种男人比一般的男人来得冷漠沉着，天生具

有特殊的逻辑头脑，深知世态炎凉，喜欢冷嘲热讽。男人偶尔也很有头脑，但是，男人中间像年已四十八岁、儿女成群的妇女那样的头脑冷静聪颖、判断一贯正确、很少为表面现象所迷惑的，恕我直言还真是少得可怜。

交谈必须要借助到诗歌、政论、历史及哲学中的道理，因为如果不借助这些，将不会有什么交谈的题目能适合于有理性的人的交谈。

令人得益的社交

※ 休　谟

社交界是由一帮有着种种兴趣爱好喜欢交际的人汇聚而成。愉快的鉴赏，轻松优雅的理智，对各种人类生活事务深浅不一的思考，对公共生活的责任感，对具体事物的缺陷或完美的观察，把人们从四面八方各个阶层聚拢在一起。思考这样的一些问题，如果只靠一个人孤寂地进行是缺乏力度的，也是行不通的，需要与他一样的人参与进来，需要与同类的人谈话交流，以获得心智上应有的训练。这样一来人们自然会形成社会团体，其中的每个人都能够以他力所能及的最好方式发表他对种种问题的见解，交流信息，彼此获得愉快。

但是，这种聚会交谈必须要借助到诗歌、政论、历史及哲学中的道理，因为如果不借助这些，将不会有什么交谈的题目能适合于有理性的人的交谈。如果没有这类话题，我们的全部交谈岂不都成了无聊乏味的哼哼唧唧了吗，那样我们的心智还能有什么增益，除了老是那一套：

没完没了的胡吹瞎说和无聊之谈。

闲言碎语，家长里短。

搞得糊里糊涂，意乱心烦。

这样消磨时间在同伴间是最不受欢迎的，也是最耗损我们情趣和意志的。

　　不论我前途是光明还是黑暗，我从来就是永远是你的
躬顺真实的侍者。你是我生命之源，也是我生命的终局，
是光辉的维纳斯的太阳。

怨　　歌

※乔　叟

　　此刻的我悲惨至极，并且对此种惨景竟束手无策，我惟有向控
制着我的生命的她高声呼吁，可是她对一个真心人竟毫无怜悯。我
虽忠诚相待，她仍不惜置我于死地。

　　难道我一切言行都不能博得你的一点儿欢心吗？啊，完了！我
的苦命呀！见我悲叹你反欢笑，把我的幸福剥夺殆尽。我好比被抛
在一座无情的海岛上，再也无从逃生。甜心呀，我爱你最真切，可
是我竟受到了这样的待遇。

　　我总结出一条真理：如果你的美色与仁德是可以估价的话，由
你叫我如何愁苦，我也甘心情愿；原来我是世途上最渺小的一个行
客，竟而妄自尊大，敢于高攀绝顶，遭你的冷眼也便不足为奇了。

　　啊，我的生命已到达了尽头，我知道死亡就是我的终结。我惟
有悲唱一支令人生厌的歌曲：在苦难中我度过这一生。

　　我虽苦恼已极，但你当初的恩遇和我的深情促使我不顾一切，
爱更甚于命。

如是，我绝望了，我在爱中求生——岂能求生，我在绝望中只有死亡！你既叫我无辜受难，以至于死，难道我就此放过不问？是呀，诚然我因她而不免一死，但我为她颠倒，却是我自作自受；是我自愿听她使唤，这岂是她的罪？

那么，我的烦恼既由自己造成，且自己甘心承受，她并未加以可否，可我该一言道破：即使我不幸而死，却无损于她的德性。我是一条可怜虫，一怨她天生丽质，二怨我对她中意。

如此看来，我苦恼而死，仍是起因于她。此刻只消她愿意讲出一句好话，我便得救。难道她竟眼见我愁痛而自鸣得意吗？啊，人们供她使唤乃至丧命，想必她已司空见惯，且引以为乐了。

可是，她既是我心目中的绝代佳人，是自然界所塑造的空前绝后的完善成品，却为何竟然把慈悲弃若粪土呢？这显然是自然界中的莫大缺陷，对于这一点我无法理解。

然而，天呀，这一切又不是我意中人的差错，我惟有痛责造物主与自然之神。她虽对我缺乏怜悯，我仍不应藐视她心中所好，因为她一贯如此。见人们嗟叹，她便要笑，这原是她的一时高兴。而对她的一切好恶，我只有惟命是从，毫无异议。

尽管如此，我仍将鼓起十二分的勇气，埋下一颗愁苦的心，向你恳求，望你施展大恩，倾听我冒昧呈辞，表达我的沉痛，至少求你一读我这首诉歌。我一面胆战心惊，惟恐于不知不觉中一言不慎，反而使你心生厌恶。

愿上帝拯救我的灵魂！天下恨事莫过于因我的失言而惹起了你的怒火。其实，直到我葬于黄土，你也难遇见一个更为真情的侍者。我只顾向你诉怨，还望你宽恕我，啊，我心头的爱人儿！

不论我前途是光明还是黑暗，我从来就是永远是你的躬顺真实的侍者。你是我生命之源，也是我生命的终局，是光辉的维纳斯的太阳。自有上帝和我的真心为证，我对你的爱永远如初恋一般真诚，这是我的惟一意愿。我对生死毫无怨言。

汗

在百鸟择配的圣发楞泰因的节日，我作了这首诉歌，这首伤心曲，现在我献给她，我的一切已归她所有，永远由她支配。虽然她还未垂青于我，我仍将为她效劳到底，即使她置我于死地，我也依然对她钟情。

爱情是一个庙，凡恋爱的人建筑这个庙作为一个多少值得他崇拜的对象。而庙中美丽的东西，并不十分是神，而是神坛。

致 缪 塞

※ 乔治·桑

我的朋友，愿上帝制止你现在的精神和心理状态。爱情是一个庙，凡恋爱的人建筑这个庙作为一个多少值得他崇拜的对象。而庙中美丽的东西，并不十分是神，而是神坛。你为什么要怕重新来试行这一着呢？无论神像是久已竖起，或即刻会跌成粉碎，然你总算已经建了一个美丽的庙。你的心灵将住在庙中，内中并且将充满敬神的香烟，而一个像你的心灵一样的心灵必定创造伟大的工作。神也许有变迁，但当你自身存在的时候，这个庙是会存在的。它是一个庄严的避难所，你可以在敬神的香烟中把你的心锻炼得结结实实，这颗心是十分丰富而有力，当神丧失了根基的时候，此心即可重新更换一个神。你以为一种恋爱或两种恋爱足以使一种强健的心灵精疲力竭么？我也早已相信这一点，但我现在才知道情形恰恰相反。这是一种火，它总是要努力燃烧起来，并且通明透亮的。这也许是一个人整个的生命中一种可怕的、庄严的、和忍耐的工作。这是一顶有刺的花冠，当一个人的头发开始苍白的时候，这花冠便扬苞吐蕊，现出玫瑰花来了。上帝也许是要把我们的痛苦与勤劳和我们的道德力比较一下，有一个时候是我们休息的日子，是我们对于过去的劳苦自鸣得意的日子。失望的眼泪快乐的歌咏，哪一个是这两个心灵生活的时期中最美丽的呢？也许是第一个吧。我是进到第二个时期，然我觉得和梦幻一样；可是第一个时期是上帝所爱的是上帝所庇护的，因为那些经过此时期的人是需要上帝帮助的。这个时期的结果是最活泼的感觉和最热烈的诗歌。这是一条羊肠鸟道的山路，充满了危险与困难。然这条路是向着巍巍的高处走的，它总是俯瞰无气力的人们所息栖的单调而低下的世界。

没有什么是比思想更具有个人特点的了，也没有任何两种思想是相同的，犹如没有两个指纹是相同的一样。

时　髦

※ 蒙泰朗

对于法国人，许多名人都有各自不同的看法。如诗人拜伦曾对一个法国人这样说："你们法国人，干什么事都是赶时髦。你们自以为喜欢我的诗，可是 25 年后，你们就会觉得这样的诗令人难以容忍。"后来这样的事果然发生了。卢梭曾描述法国人说："这个善于模仿的民族中大概有许多稀奇古怪的事。这些事简直让人不可思议，因为谁也不敢去做。随大流是当地表示谨慎稳重时的至理名言。这个能做，那个不能做，这是最高的决定。……所有的人都在同样情况下，同时在那里做同样的事情。一切都是有节奏的，就像军队在战斗中的动作一样。你可以说这是钉在同一块木板上，或是被同一根线牵动的木偶人。"夏多布里昂也曾惊异于法国人，他说："在法国，令人感到莫名其妙的是，如果有人听见别人对他的邻居高喊当心传染病，他就会大叫可要了我的命啦！"

以上的这些行为，人们还以为自己是思考过的，并且是以新的方式思考的。更有甚者，人们还以为自己已付诸行动。奇怪的是，我们法国人似乎很容易忘记自己的话语，也许昨天还高谈阔论的东西，今天就不闻不问了。说起某种生活方式，不论是美妇倩女还是文人学者，动辄斩钉截铁地宣称它已经"过时"，不屑一顾。孰不知正是这种生活方式养育了他，让他得到了现有的一切。至于青年人，在他们一生的这个关键时期，都有一种特殊的病态：凡是在他们之前已经发明创造过的东西，他们都要拿过来重新发明创造一番。

精神和道德的风尚通常都是经过各方面共同酝酿创造出来的，就像妇女的时装一样，完全是由时装行业在确定的日期制造出来的。另外，制造精神和道德风尚的地方还很多，如宫廷、集团、报纸、甚至政府等等。民众随着一拥而入：他们的千年梦想就是与他人共同"思考"。可是，没有什么是比思想更具有个人特点的了，也没有任何两种思想是相同的，犹如没有两个指纹是相同的一样。民众的疯狂只是一时的，要不了多久他们就会主动退出来。

无论是喜，还是悲，人生仿佛流云，时刻在移动变化，不做瞬间的停留。

大自然的启示

※ 松下幸之助

在春风的吹拂下，嫩芽正一日一日地茁壮成长。当我的思虑仍停留在小小的嫩叶上时，那嫩叶却在我不注意的当儿，摇身变成饱满的绿叶了。

自然界迅速的变化令我惊讶不已，它一刻也不停地活动、成长、改变着。在和风与阳光孕育的大自然中，在这一片绿叶中，似乎涌溢着自然迸发出的生命，并时时刻刻涌现着无穷的生命力。

在暴风雨中，立着一株小小的白花，默默地承受风吹雨打。不知那是什么花，在淅淅沥沥落个不停的雨中，竟发出闪亮的光彩，雨珠一滴滴从绿叶的尖上悄然滚落，那娇弱引人怜爱的花姿，突然给人一种心情舒畅的感觉。

雨要下就下吧，风要吹就吹吧，花瓣浸润在雨中摇颤着，它的根虽细小，却稳固地纠结于土地之中。

雨要下就下吧，风要吹就吹吧，风风雨雨总有停时。到那时，小白花仍骄傲地抬着头，仍然坚毅地绽放。

经过风雨的磨练和洗礼，小白花的花瓣愈加洁白，绿叶更加鲜绿。

风雨中，小鸟鼓动着翅膀朝天空飞去，不知飞向何方，那小巧的身躯一直飞离视线之外。当雨停止时，它拍动着弱小的翅膀，敞开喉咙，清脆的鸣叫又在空中回荡着。

雨要下就下吧，风要吹就吹吧！依存大自然而生的小花与小鸟高傲地宣告着。当回顾人类这种惶恐不安的度日方式时，我们或许该效法小花小鸟那与大自然相辅相成的和谐步调。

云，快快慢慢、大大小小、白白淡淡、高高低低，没有一刻保持着相同的模样。仿佛是溃散崩离，又不像在溃散崩离中；时刻在变化着的云朵，在深蓝色的夏空中，以各式各样的姿态飘流而过。

人的命运、人的心恰似天天都在变动的云朵，因此，人的际遇也是昨日不同于今日。

人生可以编织成明明暗暗、各式各样的人生际遇，命运分分秒秒都变幻莫测。这不禁使人为之又喜又悲。

无论是喜，还是悲，人生都不会因此而驻足，无论是喜，还是悲，人生仿佛流云，时刻在移动变化，不做瞬间的停留。

倘若人的思绪有衡量法则，就算不时会心慌意乱，终究会令人泰然自得。

所以，即使欢喜，也不必得意忘形；即使悲戚，也不必怨天尤人。若每个人都能抱持坦诚、谦虚的胸怀，在自己的工作岗位上，认真负责地工作，必可体会出那漫长人生中的无穷情趣。

在人生旅途中，并不是一帆风顺的，总会有坎坎坷坷，犹如穿插在崇山峻岭中一样，时而风吹雨打，困顿难行；时而雨过天晴，鸟语花香。为此，时刻要提醒自己，振作精神，克服困难，继续奔向前方。

在那山头上，孕育着人生的新希望。

人生就是追求幸福。人只要追求，就会得到：不能成
为死亡的生命和不能成为灾祸的幸福。

人生就是追求幸福

※ 托尔斯泰

人生就是追求幸福。人企求什么，就能得到什么。

当人把自己的动物肉体存在的规律看作自己生命的规律的时候，他就会看到以死亡和痛苦的形式表现出来的恶。人不会看到死亡和痛苦，除非他降低到动物的水平，而在这个时候，死亡和痛苦会像一群吓人的东西从四面八方向他袭来，把他赶到一条为他开启的、服从理性规律、表现在爱中的人生道路上去。只是人违背自己的生命规律的时候，死亡和痛苦才会出现。对于遵照自己的规律生活的人来讲，既没有死亡，也没有痛苦。

"凡劳苦担重担的人，可以到我这里来，我就使你们得安息。"

"我心里柔和谦卑，你们当负我的轭，学我的样式。这样你们心里就必得享安息。"

"因为我的轭是容易的，我的担子是轻省的。"

《马太福音》第十一章

人生就是追求幸福。人只要追求，就会得到。不能成为死亡的生命，就不能成为灾祸的幸福。

我对自己从不怀疑，也从不曾灰心过。

现实主义者

※ 珍妮特·洛尔

在拜读巴菲特的成功投资秘诀之前，我们有必要先看一下他在过一种丰富的、满意的、有价值的生活方面说了些什么：

自由自在、无拘无束的生活

吸引我从事证券工作的原因之一，是它可以让你过你自己想过的生活。你没有必要为成功而打扮。

我想像不出生活中还有什么我想要而不能拥有的东西。

都说挣钱难花钱容易，我的感觉却恰恰相反。

拥有一种爱好

不打桥牌的年轻人都犯了一个大错误。

我打桥牌时从不让脑中有任何杂念。

我经常说，如果有三个会玩桥牌的同牢房牌友，我不介意进班房。我从不敢碰触电脑，生怕它找我麻烦。但一旦上路之后，我发现它很简单。除了会在电脑上玩桥牌之外，我对这玩意儿一窍不通。

索定目标，绝不放弃

我经常感到，研究商业中的失败案例，要比研究成功案例的收获多得多。而成功案例却是商学院的研究项目。但我的合伙人查理·芒格说，他最想知道的，就是他会在哪儿死——这样他就可以永远不去那儿。

让生活永远充满希望

我不会以我挣的钱来衡量我生命的价值。其他人也许会这么做，但我一定不会。

钱，在某种程度上，有时会给你些帮助，但它无法改变你的健康状况或让别人爱你。

诚实第一

如果说要建立起一个稳定的信誉，也许需要 20 年或者更长时间，但要摧毁它却只需眨眼之时。若明白了这一点，你做起事来就会不同了。

在商业不景气时，我们散布谣言说，我们的糖果有着春药的功效，这非常有效。但谣言是谎言，而糖果则不然。

相信你自己

我对自己从不怀疑，也从不曾灰心过。

我始终知道我会富有。对此我不曾有过一丝一毫的怀疑。

我在心里为自己设了一个成绩牌。如果我做了某些其他人不喜欢，但我感觉良好的事，我会打上对号。如果其他人称赞我所做过的事，但我自己却不满意，我会写上"×"。

把美这个词运用到任何事物以前，它一定会在人身上
引起尊敬和愉悦的感情。

美

※ 伏尔泰

如果问一只雄性狗熊美是什么，绝对的美是什么？它就会回答
说是它的雌性狗熊，因为她有黑得发亮的脸庞，锋利的牙齿、厚厚
的脚掌、雄壮的体魄和长长的棕毛。如果问一个来自几内亚的黑人
美是什么？他就会说，美是黑得油亮的皮肤，深陷的眼睛和一个扁
平的鼻子。

同样的问题，妖魔会告诉你美就是一对角，四只爪子和一条尾
巴。最后，如果去向哲学家们请教，他们的回答将是夸大了的胡言
乱语，他们会闭上眼睛，慢慢地说美就是某物符合美的原型并在本
质上与其是一致的。

我与一位哲学家去看过一场悲剧。"多么美好啊！"当时他说。
"你在它里面发现了什么美好的东西？"我问他。"作者已经达到了
他的目的。"他说。第二天，他吃了一些对他身体有好处的药。"药
达到了它的目的。"我对他说，"多么美好的药啊！"他意识到不能
说药是美好的，并意识到在把美这个词运用到任何事物以前，它一
定会在人身上引起尊敬和愉悦的感情。他终于承认那场悲剧给了他

两种不同的感受，他说这就是美之所在。

我们一起去了英国，同样是那场悲剧，翻译得一字不差。可它使所有的观众都打起了哈欠。"天呐！"他说，"美的理念对英国人来说和对法国人来说竟有如此大的差别。"良久思考以后，他得出结论：美是很相对的，就如同在日本是正派的事到了罗马就不正派，在巴黎时髦的东西到了北京就未必兴起，于是他再也无法提起精神去写那篇早已计划好的有关美的长篇论文。

他们的死亡是缓慢的，他们让死去的树也站立着，直至朽腐而变成尘埃。

一个树木的家庭

※ 于·列那尔

一个烈日当头的中午，我穿过一片郁葱的草原与他们偶遇。

他们不喜欢声音，没有住到路边。他们居住在未开垦的田野上，靠着一道只有鸟儿才知道的清泉。

遥望树林，似乎密不可入。但当我靠近，树枝和树干渐渐松开。他们谨慎地欢迎我。我可以休息、乘凉，但我猜测，他们正监视着我，不敢掉以轻心。

他们的家也有长幼、尊卑之分，年纪最大的住在中间，而那些小家伙，有些还刚刚长出第一批叶子，却遍地皆是，从不分离。

他们的死亡是缓慢的，他们让死去的树也站立着，直至朽腐而变成尘埃。

他们用枝条互相抚摸、问候，感觉同伴的存在。如果风气喘吁吁地要将他们连根拔起，他们的手臂就愤怒挥动。但是，在他们之间，却没有任何争吵，有的只是和睦的低语。

这才应是我真正的家。另一个家我很快会忘掉。这些树木会逐渐逐渐接纳我，而为了表示我的诚意，我开始学习应该做到的

事情:

我已开始监视流云。

我也已开始呆在原地一动不动。

而且,我几乎开始沉默。

说不出是喜悦，还是惆怅，但是一颗心灵涨得满满的，——莫非是满园春色关不住，——不，这连她自己都不能相信；然而仅仅是为了一些过去的眷恋，而使这颗心不能安定吧！

窗外的春光

※ 庐　隐

几天不曾见太阳的影子，沉闷包围了她的心。今早从梦中醒来，睁开眼，一线耀眼的阳光已映射在她红色的壁上，连忙披衣起来，走到窗前，把洒着花影的素幔拉开。前几天种的素心兰，已经开了几朵，淡绿色的瓣儿，衬了一颗朱红色的花心，风致真特别，即所谓"冰洁花丛艳小莲，红心一缕更嫣然"了。同时一股沁人心脾的幽香，喷鼻醒脑，平板的周遭，立刻涌起波动，春神的薄翼，似乎已扇动了全世界凝滞的灵魂。

说不出是喜悦，还是惆怅，但是一颗心灵涨得满满的，——莫非是满园春色关不住，——不，这连她自己都不能相信；然而仅仅是为了一些过去的眷恋，而使这颗心不能安定吧！本来人生如梦，在她过去的生活中，有多少梦影已经模糊了，就是从前曾使她惆怅过，甚至于流泪的那种情绪，现在也差不多消逝净尽，就是不曾消逝的而在她心头的意义上，也已经变了色调，那就是说从前以为严重了不得的事，现在看来，也许仅仅只是一些幼稚的可笑罢了！

兰花的清香，又是一阵浓厚的包袭过来，几只蜜蜂嗡嗡的在花旁兜着圈子，她深切的意识到，窗外已充满了春光；同时二十年前的一个梦影，从那深埋的心底复活了：

一个仅仅十零岁的孩子，为了脾气的古怪，不被家人们的了解，于是把她送到一所囚牢似的教会学校去寄宿。那学校的校长是美国人，——一个五十岁的老处女，对于孩子们管得异常严厉，整月整年不许孩子走出那所建筑庄严的楼房外去；四围的环境又是异样的枯燥，院子是一片沙上地；在角落里时时可以发现被孩子们踏陷的深坑，坑里纵横着人体的骨骼，没有树也没有花，所以也永远听不见鸟儿的歌曲。

春风有时也许可怜孩子们的寂寞吧！在那洒过春雨的土地上，吹出一些青草来——有一种名叫"辣辣棍棍"的，那草根有些甜辣的味儿，孩子们常常伏在地上，寻找这种草根，放在口里细细的嚼咀；这可算是春给她们特别的恩惠了！

那个孤零的孩子，处在这种阴森冷漠的环境里，更是倔强，没有朋友，在她那小小的心灵中，虽然还不曾认识什么是世界；也不会给这个世界一个估价，不过她总觉得自己所处的这个世界，是有些乏味；她追求另一个世界。在一个春风吹得最起劲的时候，她的心也燃烧着更热烈的希冀，但是这所囚牢似的学校，那一对黑漆的大门仍然严严的关着，就连从门缝看看外面的世界，也只是一个梦想。于是在下课后，她独自跑到地窖里去，那是一个更森严可怕的地方，四围是石板作的墙，房顶也是冷冰冰的大石板，走进去便有一股冷气袭上来，可是在她的心里，总觉得比那死气沉沉的校舍，多少有些神秘性吧。最能引诱她的当然还是那几扇矮小的窗子，因为窗子外就是一座花园。这一天她忽然看见窗前一丛蝴蝶兰和金钟罩，已经盛开了，这算给了她一个大诱惑，自从发现了这窗外的春光后，这个孤零的孩子，在她生命上，也开了一朵光明的花，她每

天像一只猫儿般，只要有工夫，便蜷伏在那地窖的窗子上，默然的幻想着窗外神秘的世界。

她没有哲学家那种富有根据的想像，也没有科学家那种理智的头脑，她小小的心，只是被一种天所赋与的热情紧咬着。她觉得自己所坐着的这个地窖，就是所谓人间吧——一切都是冷硬淡漠，而那窗子外的世界却不一样了。那里一切都是美丽的，和谐的，自由的吧！她欣羡着那外面的神秘世界，于是那小小的灵魂，每每跟着春风，一同飞翔了。她觉得自己变成一只蝴蝶，在那盛开着美丽的花丛中翱翔着，有时她觉得自己是一只小鸟，直扑天空，伏在柔软的白云间甜睡着。她整日支着颐不动不响的尽量陶醉，直到夕阳进到山背后，大地垂下黑幕时，她才怏怏的离开那灵魂的休憩地，回到陌生的校舍里去。

她每日每日照例的到地窖里来，——一直过完了整个的春天。忽然她看见蝴蝶兰残了，金钟罩也倒了头，只剩下一丛深碧的叶子，苍茂的在薰风里撼动着，那时她竟莫名其妙的流下眼泪来。这孩子真古怪得可以，十零岁的孩子前途正远大着呢，这春老花残，绿肥红瘦，怎能惹起她那么深切的悲感呢?! 但是孩子从小就是这样古怪，因此她被家人所摒弃。同时也被社会所摒弃。在她的童年里，便只能在梦境里寻求安慰和快乐，一直到她否认现实世界的一切，成了一个疏狂孤介的人。在她三十年的岁月里，只有这些片段的梦境，维系着她的生命。

阳光渐渐的已移到那素心兰上，这目前的窗外春光，撩拨起她童年的眷恋，她深深的叹息了："唉，多缺陷的现实的世界呵！在这春神努力的创造美丽的刹那间，你也想遮饰起你的丑恶吗？人类假使的连这些梦影般的安慰也没有，我真不知道人们怎能延续他们的生命哟！"

但愿这窗外的春光，永驻人间吧！她这样虔诚的默祝着，素心兰像是解意出的向她点着头。

可看到这灿烂盛开的花，我感到了无限的温暖。

海棠依旧

※ 郑海棠

　　这是我的一位朋友讲给我听的故事。我的朋友喜欢养花，尤其喜欢四季海棠，就是那种又被叫做玻璃翠的鲜艳娇嫩的花。他说他原来养它，只是出于一个男子汉喜爱保护美好而弱小事物的本能，而后来，却正是通过这弱小的花儿，使他从消沉中重新振作了精神。

　　那是一个秋日。他拖着疲惫的身体，走在回家的路上，心中却没有多少回家的喜悦。秋阳暖洋洋地照着，街心花园里，盛开的花丛正在尽情展现着最后的辉煌。而他的心里却泛起了一重深深的悲伤。仅有一个属于自己的房间就能称为家么？

　　走进住宅小区，他抬头去望自己住的那栋楼。楼上的阳台十之八九都封闭着，相临的阳台之间大多还装上了半圆形的铁栅栏。既未封闭也没有隔断装置的只有他和他的邻居了。

　　这么望着的时候，他猛然惊呆了。他的阳台上，那盆海棠花正灿烂地开着，像一团火，几乎灼伤了他的双眼。

　　这怎么可能呢！整整半年没人管了，它怎么能够活下来，而且活得那么好呢！

　　他急切地跑上楼去，打开房门。半年多没人住过的屋内，冷清

得近乎死寂。但此时，他心中的落寞消沉之情早已被对那盆海棠花的好奇之情所取代了。他急切地打开通往阳台的那扇门。他无心收拾房间，他要守着那盆海棠，探寻它的秘密。

太阳快要落过西边那栋高层建筑的时候，他听见阳台隔墙那边的门响了一下。接着，阳台上探出半个身子，一只装着挺长一个喷头的洒水壶伸了过来。

这是一位十分漂亮的长发女孩。正要浇花的时候，猛然看见了坐在阳台上的他，愣住了。

他笑了一下，说："你好！"

女孩说："你好。你就是这海棠花的主人吧？你回来的正是时候。暑假结束了，我明天就要返校上学，正愁没人接我的手呢。我爷爷奶奶老胳膊老腿的，我可不敢让他们干这个活儿。"

"可是……我以前似乎没见过你呀。"

"是的，我们搬来才一个月。"女孩告诉他，浇花的任务是老房主家那位大姐走时特意交待的，那把特制的洒水壶也是她走时留下的。

"噢！是那位丑姑娘吗？"他问。

"你认为她很丑吗？"女孩反问道，"我认为能这么关心一盆无人照管的花儿的姑娘绝不是丑姑娘。同样，我想养这种花的小伙子也绝不会是个粗俗的人。"

"哦！……"他被噎住了。看来，这是个直率而又机敏的女孩。他有点敏感地问道："她都告诉你些什么——关于我的事情？"

"没有。她只说你出远门去了。可这花多好啊！不能让它枯死，对吗？"

"哦……对的！"他深深地叹了口气说，"可我……我是刚从监狱回来的，你知道吗？"

女孩好奇地睁大了眼睛："怎么啦？"

"过失伤人，入狱半年。"

"哦，过失！"女孩松了口气，"生活中，大大小小谁能没点过失呢。我倒想听听，你的过失是怎么回事——你不介意吧？我们指导老师要求，暑假结束时要交一篇文稿的。我的文章就写的那位大姐交给我的这件既浪漫又美好还带点神秘的事。可我现在还不知道该怎么结束呢。你不愿帮助我吗？"

"晦，倒成了我帮助你了！"他苦笑了一下说，"我的故事其实很简单，没有一点传奇色彩。我和你一样是学文的。可是也给裹携下海了。结果折了本，背了一身烂账。女朋友又落井下石，撇下我，跟一个大款走了。我很苦闷，借酒浇愁，喝多了，与人发生了点冲突，失手打伤了人。就这样，平平淡淡，没一点意思。"

"是没意思。"女孩说，"为此险些毁了自己的一生，不值得。不过，你以后的日子还长着呢，重新开始，一切都来得及的。"

他说："谢谢你的鼓励！你知道我守着这花儿坐了半天，都想了些什么吗？在回来的路上，我对以后的日子依然心灰意冷。可看到这灿烂盛开的花，我感到了无限的温暖。你看，它在夕阳的映照之下真像一团火啊！它就是你和我的老邻居那火热的心啊！它表示着一种温情，一片爱心。它已重新点燃了我对生活的信心。从此以后，我不会再消沉下去了。"

女孩听得挺受感动。她张口刚要说什么，就听那边屋里有了动静。女孩哎呀叫了一声说："奶奶，我今日耽误做饭了，只好劳动您老人家了。哎，多做一份饭啊，我这儿有位新朋友。"

他说："这怎么好，我……"

女孩说："客气什么。我爷爷奶奶前几天还念叨呢，说对门住的也不知道是个什么样的人，什么时候回来了认识认识，也好互相照应呀。"

他没什么可说的了。事实上，他刚回来，家里也确实没有什么可吃的。

女孩说："现在，我来帮你打扫房间吧。"说罢，就抽身回屋去

了。很快，从他的门口，传来了清脆的敲门声。

他打开门。女孩背抄着手，夸张地迈着方步走进门来，俨然一副古代书生的架势，口中诵读着李清照的《如梦令》：

"昨夜雨疏风骤，浓睡不消残酒。试问卷帘人，却道海棠依旧。"

"知否，知否，应是绿肥红瘦。"他接道。

他们相对着哈哈大笑起来。

"自那以后，我再没有发过忧愁。无论多难多苦的事，我都会笑着去面对它。"我的朋友最后说。

　　我想我能一炮而红固然是靠些机运，但要不是我平时就严于律己、累积实力，怎能在这可遇不可求的机会中迅速绽放璀璨光芒？天下就没有白吃的午餐。

一炮而红的大牌演员

※ 张思春

　　在学校剧团里，我是个默默无闻的演员，多是扮演些微不足道、跑龙套的角色，观众对我也没有什么印象。有人说小牌演员就像绿叶一样，有了我们，才能衬托出红花（大牌演员）的美丽，此话固然不假，但我实在不甘永远屈居于小角色的地位。为什么永远是我在帮衬别人，而不让别人来烘托我？我的实力不比那些红牌演员差啊！由衷地希望有一天能时来运转、鲤鱼跳龙门成为名演员，尝尝那远近闻名的滋味。试想成为红牌演员那种走路有风、万般恩宠集于一身的感觉，指导教授、导演如众星拱月似的捧着你，在校园里喜爱你的影迷用崇拜、羡慕的目光注视你，还有表演完后观众络绎不绝的喝采声……啊！我怎能抗拒这种吸引力呢？

　　为了快快使"美梦成真"，我比谁都努力：台词记得一字不差、倒背如流，用心去揣摩各个角色。我尤其用心地向女主角偷偷学习，细心观察她的表演方式且谨记在心，同时偷学她的演技，彻底了解她为何能成为红牌演员的原因。我常对自己说："我绝不比那女主角

差，只不过时运未到。"因此我要求自己，女主角会的我都要会，甚至要超越她，青出于蓝而胜于蓝。随着我的努力，我的演技是日益精进。

就在那年十月，机会终于来了！原来的女主角在年度公演前两天因盲肠炎开刀不能参加演出，为了找代替的人，可急坏了导演。一见这可遇不可求的机会，我鼓起勇气向导演"毛遂自荐"，起初他还怀疑我的能力，但试镜后立即将剧本交给我说道："好，我决定了，不用怀疑，就是你，你就是女主角！限你在最短时间内将台词背熟，接着彩排。"

接到这令我喜出望外的任务，我高兴得差点飞上天。但仍按捺心中的狂喜，加紧练习。终于，演出成功了，我将这角色发挥得淋漓尽致，极度完美地呈现在观众面前，观众的掌声使我一炮而红，剧团中的人也从此对我刮目相看。哇！这是真的吗？我真的成为大牌演员了！真是老天不负苦心人。

我想我能一炮而红固然是靠些机运，但要不是我平时就严于律己、累积实力，怎能在这可遇不可求的机会中迅速绽放璀璨光芒？天下就没有白吃的午餐。

那一夜难眠。我一直听着她辗转反侧的声音。

晓庆的谎言

※ 刘小妹

考入大学后我认识的第一个女孩子就是晓庆。那时是夏天，江城的暑气正浓，她一袭白裙，文文静静纤纤弱弱的，我一看她便热意减了三分。她在宿舍楼前接我，帮我提行李。

"我们要在一起住4年。"她微笑着说。

自然而然地，我和她成了密友，吃一样的饭菜，梳一样的发型，偶尔也穿一样的衣服。有一次和她去听一位名教授做报告，旁边一位男生忸忸半天塞过一张纸条：请问你们是孪生姐妹吗？

我和晓庆相视而笑。回到宿舍照镜子，比较了好半天，鼻子眉毛眼睛嘴巴，都无半点相似之处。不过再看她讨人怜爱的模样，我也在心里窃喜。这感觉如同刚买回一件新衣，一回头在大街上见另一人穿了同样的衣服美得无以复加，自己便也轻飘飘地觉得自己有眼光起来。

晓庆心细如丝，我心粗如杵。和她在一起，我总是丢东西，小到一把钥匙，大到一把新伞。她总是提醒我，帮我拾回。我便乐得不拘小节了。有一回下了很长时间的雨，天晴后我晒被子。那天是周末，我去参加一位高中同学的生日Party，回到宿舍时已是晚上，

我坐着和她们闲聊。11点上床，猛抬头发觉我的铺上少了什么东西。我大惊失色，可又不好意思叫嚷，开门狂奔下楼，可铁丝上早没了我那床棉被的影子。垂头丧气地回到寝室，见晓庆正得意地笑。"这一场虚惊，是让你长个记性，"她说，"下次打死我我也不帮你收了，将来谁娶你，真正瞎了眼。"

她从床角抽出我的被子。我讪讪地笑："谁叫我有这个福气呢!"

就这样地和她携手，一直走到大四。

大四那年找工作，很多单位对女孩子亮起了"红灯"。我们是师范院校的非师范生，自然就更处于劣势。武汉地区高校的人才交流会开了7天，我和晓庆不歇气地跑了7天。她说，如果我们能去同一个单位就好了。后来我和她去一家单位投推荐表，招聘人员说："你们是一个班的，最好不要在一个单位竞争，这样容易'自相残杀'。"我和她不信。那个单位要两个人，我和她势均力敌。

最后我说了一句蠢话："你们要么把我们都要了，要么都拒绝。"

结果我们双双落选。已经碰了很多次壁，我的信心便一点点地消逝了。我烦躁不安，每天醒来觉得如石压心。晓庆却安慰我："没什么大不了的，车到山前必有路，你没见往届的分配形势?越到后面好单位越多。"

我知道她也是想安慰自己，我便竭力相信。我们每天都三番五次地去看走廊那块小黑板，小黑板上隔几天便会有分配信息公布。她比我乐观，她说："你看你看，又有新单位来要人了吗?我们还是有希望一起'继续干革命'的嘛!"

我苦笑。那些单位是别人的单位。我后悔我选错了专业。

好在三月接近尾声的时候，又来了一家对口的单位。找晓庆去应聘，招聘人员看我们的自荐材料，一遍又一遍。

"都不错。"他点头，"可是，我们只能在你们俩中选一个。"

招聘人员留下了我们的应聘材料，说是再比较比较。我和晓庆回学校，一路无话，一种只可意会的尴尬在空气中滚动。生存是最最现实也最最无情的东西，我和她都知道，却不能多说什么。这时候，放弃是一种痛苦，争取是一种背叛。可如果再等下去，我们可能会都找不到着落。

那一夜难眠。我一直听着她辗转反侧的声音。我想我该放弃，毕竟，知己难得。我又真的害怕留下终生的遗憾。

第二天早上起来，晓庆黑了眼圈。

"你去吧。"晓庆说，"我放弃，我们不能死在一块，还是先解决你吧。"

我想我的患得患失、便有了许多许多的愧疚，觉得自己不配做晓庆的挚友。

我执意不允她放弃。

"要么我放弃，要么我们公平竞争，由他们裁决。"我对她说。

她点头同意公平竞争。3天之后，面试通知来了，晓庆却默默地收拾行装。她说我回家一趟，我们家帮我找了个好单位，错过这个机会就晚了。

晓庆的谎言，我一眼就能识破，同室4年，我能破译她的每一个眼神。我竭力挽留，可她让我看她的车票。

"抓住这个机会。我们家在县城，我回去找工作比你容易。"

我想哭，却没有泪。晓庆走了，我留了下来。当面试已通过的通知传来时，我的心如铅一样沉重。

晓庆最终回了家乡。毕业会餐，我和她对饮。我从来就不知道，我可以喝那么多那么多的酒。

晓庆说：酒逢知己千杯少啊！

我的泪，便和着酒汹涌而出。

同事们像约好了似的，纷纷把电话打回单位里。

新春的第一声问候

※ 汪　平

　　单位的同事都是年轻人，尚未成家立业，父母又都在外地，因此，过年了，他们一个接一个的都回去了。由于我家离这里太远，而年假时间又太短，只能留在这里固守城池，日夜值班。

　　年三十的夜里，坐在冷冷清清的办公室中，想象着这个世界上幸福的人们都与亲人们聚集在一起的情景，我的心底便不由自主地升起一阵又一阵的寒意。窗外响着僻僻啪啪的鞭炮声，不时有几束烟花的彩光映照在玻璃窗上，使节日的气氛显得更加热烈，也更增加了我的孤独感。

　　我不禁长叹了一口气，思绪纷涌，百感交集。

　　就在这时，电话铃突然响了。

　　是谁呢？这么晚了，该做的工作我都做了，该联系的业务也都联系了，还打电话过来干什么呢？

　　我不耐烦地抓起话筒，一听，竟然是单位的一位同事。同事早已在千里之外的家中，挂的是长途。他说："你好，新春快乐！"说完，没等我来得及表示什么，他便把电话挂断了。而此时，我是多么想说一声谢谢啊！但是，他却没有给我这样的机会，也许他只是做了他想做的事，并不需要我的感谢吧？

说句真心话，我和这位同事并不怎么熟悉，见了面也只不过互问一声"吃了，走了，哪里去"一类的客套话，更不用说是有过什么亲密的交往和深厚的友谊了。说白了，我们只不过是"认识的陌生人"罢了。但是，正是这个人，正是这个我从来没有认真留意过也从来没有认真对待过的人，他通过电话，在这个国度地另外一处地方，给我送来了新春第一声亲切而温馨的问候，使我知道在这个世上，在这新春的第一个夜里，还有人在关注和惦记着我，使我的心里一下子就增添了许多暖意。

紧接着，电话铃声又接二连三地响起来。同事们像约好了似的，纷纷地把电话打回到单位里，除了向我问候以外，他们还用带着各种各样方言味道的普通话和我插诨打科开玩笑，使我觉得他们好像就坐在我的身边，一下子便驱散了积聚在我心头的所有的凄凉和孤寂。

生存在这个世界上，只要你稍稍的留意一下，真情到处都可以寻觅得到。新年的夜里，整夜整夜，我都坐在办公桌前，被这个世界上的真挚情意感动得泪落如雨。

我脑子里轰然一声，忽然间全部思想都消失了。

等你穿鞋的朋友

※ 高 飞

那一年高考落榜，我和好友阿静、子露同时考入本市一所大型企业。这所国家重点扶持的企业在市里颇有名气，我们3人能同时被录用，那份高兴劲儿就甭提了。

进去头3个月是培训阶段，每天集中在大会议室上课。那些枯燥的集成电路技术将我们弄得七荤八素，不胜厌烦。但听说培训结束将要进行一次严格的考试，并将按考试成绩分配工种，大家又不敢等闲视之。于是不管刮风下雨，我和阿静、子露都从不缺课。

3个人中，我和阿静的性格比较相近，子露则显然太有个性，有时甚至让我受不了。记得有一回下大雨，我进教室后很自然地把湿雨衣搁在旁边的座位上，子露马上来敲我背了，"嗨，你把雨衣挂在门口去嘛。"

我懒得动身，说："没关系，空座位那么多呢。"

子露却坚持道："你的雨衣这么湿，弄得满椅子满地都是水，你让下一堂课的人怎么坐啊？"

一旁的阿静赶紧打圆场："算了，又不只有她这样。"

"都像你们这么想，大家都没椅子坐了，自私！"子露毫不留情地说，一把抓起我的雨衣，就硬给挂到门口去了。当着众多新同事的面，我觉得脸上很下不来，火烧火燎的。于是接下来的一整天我硬是没去理子露，只管和阿静说话。子露却毫不在意，一下课就将自己的笔记本扔到我桌上。因为我眼睛近视，黑板上的线路图总看不清，子露便每天抄了先借给我看。这倒大大出乎我的意料。原来我已打算再不向子露借笔记了，当然也不再主动搭理她。

类似的事情后来又发生了好几回，每一回子露都用她那张不饶人的嘴，弄得我或阿静在众人面前不胜难堪。我几次忍无可忍，下定决心再不理她，都是阿静劝我打消这个念头。她说："跟子露这样的人交朋友，没大好处，但也绝对没坏处。她心无城府，决不会坑你，关键时刻，说不定还能利用利用她的炮筒子脾气呢。"

阿静的这番理论，我说不上是对是错，但想想子露毕竟也没太对不起我的地方。去年我母亲住院，还是她主动来帮我一起陪夜，端屎倒尿，买饭打水，就连母亲都被她感动了。或许阿静说得对，她就这脾气这嘴，心眼儿却不坏。

我和阿静也有分歧，但那通常只发生在对某些问题的看法上。比如有一回子露问过我们俩一个问题：假设现在洪水来了，所有的人都在逃命，而你的朋友还在找她的鞋，你会等她吗？

"笑话，这种时候还找鞋，傻瓜才会等她穿鞋呢，拽上就跑呗。"阿静毫不犹豫地说。

"可是，不穿鞋或许逃不快，一样得被洪水追上。"我说。

子露笑笑，又转向阿静："如果外面满地都是玻璃渣，你总得等她穿鞋吧？"

"哪怕满地刀刃刃啊，是脚重要还是命重要？"阿静不屑地说。

"可是，我认为还是得等她穿上鞋，我一定得等她。"我固执地说。

阿静气急了，大声冲我说："阿容，改改你这种老好人的迂腐吧！那种时候，能够拉着朋友一起走已经相当不容易了，你居然还

会傻到等她穿鞋。事实上啊，我敢保证这种时候都老早各自逃命了，谁还等来等去，这是一种求生的本能！"她涨红了脸，好似眼前真的来了洪水。

不过争执归争执，并不因此影响我和阿静的友情，毕竟那只是一项假设。这样的假设在我们的生活中永远都不会变成现实，我想。

考试按期进行了。从试场出来，我和阿静紧张地对着试题，我发现自己错了很多，而阿静却几乎题题答对。我惭愧而惶恐了，已看到自己前途不妙。阿静赶紧安慰我道："塞翁失马，焉知非福。听说这回分配工种机关里有两个名额，你虽然没考好，但你笔头好，天生就是坐办公室的料。我考得好，也未必是件好事，你想这种考试考的都是技术，你技术越好，就越适合下车间。"下车间是我们这些人最害怕的一件事，四班三运转，大夜班翻小夜班，不光体力上吃不消，说出去也不好听，恐怕将来找对象都麻烦。

在紧张而忐忑的等待中，分配工作的日子终于到了。阿静的猜测还真灵验，人事部主任宣布将从我们这批人中挑选两个人去机关工作，剩下的一部分分散到各个职能部门，其余全部下车间。

当阿静以考试总分第一的成绩被宣布分配到机关时，我真为她高兴。但出乎我意料的是，紧跟着的第二个名字竟然是我。

子露却被分配到了车间。

我和阿静同时进了机关，但阿静是文秘，我只做了一个打字员。阿静很忙，每天忙着接待写报告陪领导视察，穿着职业套装风头十足。我也很忙，每天忙着打字复印油印装订。我和阿静同在一幢办公楼一个部门，却通常只局限于相遇时互相点点头。

倒是子露常常来我的打字室。她三班倒空闲的时间多，一有空就跑了来，和我聊天，帮我一起油印装订，还偷偷带了好吃的东西来跟我分享。子露的开朗、风趣和对我的关怀使我在透不过气的忙碌中，感觉到一丝如沐春风的快乐。

如果没有已退职的人事部主任的那一番话，或许我的生活会一如既往的平静，那天这位主任来请我打印一份材料。

"小丁，你和陈子露很要好吧？"不知为什么他主动提到了子露。

"是啊，我和子露、徐静都是从小长大的好朋友。"

"子露这女孩真够义气，我现在想想，当初可真委屈她了。"主任忽然叹了口气。我一愣，本能地感觉到了什么。

"你还记得那次分配工种吗？原定进机关的名额里根本没有你，是徐静和另一个人。可没想到子露不知从哪里得到的消息，晚上找到了我的家。"

"子露拿来了厚厚的一本剪贴本，上面全都是你在报刊上发表的文章，她当时又气又急，慷慨陈词。我便故意激将她道，如果我给小丁调进机关，让你下车间，你干不干？没想这小丫头嘴硬，横着脖子说，去就去，更不可思议的是，她还去找了总经理。总经理居然被她说动，同意让你进了机关。唉，只委屈了子露这小丫头啊！"主任一副内疚的样子。

我脑子里轰然一声，忽然间全部思想都消失了。

我几乎没有丝毫犹豫地当晚就去找了子露。门一开，望着子露这两年因为上夜班明显消瘦的脸，我的眼泪就控制不住地往下掉。

"子露，我值得你那么做吗？"那晚，我翻来覆去只说着这么一句话。

子露笑了，她温柔地看着我的眼睛，说："值得。因为你是一个会等我穿鞋的朋友。"

感悟青少年的
哲理美文 ⑤

竭宝峰◎主编

往事
遥想

辽海出版社

责任编辑：于文海　孙德军

图书在版编目（CIP）数据

感悟青少年的哲理美文/竭宝峰主编 . —沈阳：辽海出版社，2009. 07（2015. 5 重印）

（文化百科丛书）

ISBN 978 - 7 - 80669 - 023 - 9

Ⅰ. ①感…　Ⅱ. ①竭…　Ⅲ. ①散文 - 作品集 - 世界②随笔 - 作品集 - 世界　Ⅳ. ①I16

中国版本图书馆 CIP 数据核字（2009）第 095199 号

感悟青少年的哲理美文

主编：竭宝峰

往　事　遥　想

出　版：辽海出版社		地　址：沈阳市和平区十一纬路 25 号	
印　刷：北京一鑫印务有限责任公司		字　数：700 千字	
开　本：700×1000mm　1/16		印　张：40	
版　次：2009 年 7 月新 1 版		印　次：2015 年 5 月第 2 次印刷	
书　号：ISBN 978 - 7 - 80669 - 023 - 9		定价：149.00 元（全 5 册）	

如发现印装质量问题，影响阅读，请与印刷厂联系调换

总　序

　　哲理，一般有两种意思。一是指能使人的精神新生的原理或概念；二指关于宇宙和人生根本的原理。

　　哲理，是感悟的参透，思想的火花，理念的凝聚，睿智的结晶。哲理不受时空限制，它纵贯古今，横亘中外，包容大千世界，透析人生社会，寄寓于人生百态，闪现在思维瞬间。

　　有事物即有哲理，这是不以人的意志为转移的。不同的人对同一事物会有不同的认识和感悟，因为哲理是世界观，是方法论，不同的世界观，不同的方法论，会引出不同的认识，这也是不足奇怪的。

　　美文，是一个与时俱进的概念。它可以指作为独立文体的美文。周作文最早从西方引入"美文"的概念，于1921年发表《美文》，提倡"记述的"、"艺术的"叙事抒情散文，"给新文学开辟出一块新土地"。经过一大批学者、作家的应和和拓荒，彻底打破了美文不能用白话的迷信。美文作为一种独立文体的地位遂得以在文学史上确立。作为独立文体的美文，实质是散文的一种。

　　广义的美文是指不带实用目的，专供直觉欣赏的作品。带有实用目的的写作，如新闻、公文、论述等可统称为杂文。美文重感性，长于抒情；杂文重知性，长于达意。不过两者也不是界线分明，杂

文写好了，可以与美文欣赏，美文中也往往有实用的目的。

哲理美文有自己的艺术特色。哲理美文的象征思维：哲理美文因为超越日常经验的意义和自身的自然物理性质，构成了本体的象征表达。它摒弃的是浅薄，而是达到一种与人的思想性相通、生命交感、灵气往来的境界。哲理美文的联想思维：由于哲理美文是个立体的、综合的思维体系，经过联想，文章拥有更丰富的内涵。哲理美文中的情感思维：哲理美文在本质意义上是思想表达对情感的一种依赖。由于作者对生活的感悟过程有情感参与，理解的结果有情感及想象的加入，所以哲理美文中的思想就不是枯燥的说教和议论，而是寓含了生活情感的思想。

由于哲理美文的上述特色，时常阅读这类文章，自然能在潜移默化中受到启迪和熏陶，经受思想的洗礼和升华。这种内化作用要比其他文体更为巨大。

哲理美文以种种形象来参与生命的真理，从而揭示万物之间的永恒相似。它因其深邃性和心灵透辟的整合，给我们一种透过现象深入本质、揭示事物的底蕴，观念具有震撼性的审美效果。

本书选编的哲理美文有散文，也有杂文。有与心灵的约会，有生活的剪影，有对青春的记忆，有对人生的体味，也有对往事的遐想。

无论涉及到哪个层面，只要把握哲理美文的思维方式，去感受哲理美文所蕴藏的深厚文化积淀，都可以得到文学艺术的享受和思想的感悟。

本书编委会

目　录

中国人的生命圈 …………………………………… ※ 鲁　迅 001

"过去"的人生 …………………………………… ※ 梁遇春 003

好的故事 …………………………………………… ※ 鲁　迅 005

心里只是想着你 …………………………………… ※ 陆小曼 009

我似乎看见你了 …………………………………… ※ 庐　隐 011

我心里只有你的影子 ……………………………… ※ 陆小曼 013

此情可待 …………………………………………… ※ 张晓风 016

初恋的情人 ………………………………………… ※ 麦　迪 024

最有灵验的是你 ………………………………… ※ 莱丝皮纳斯 027

一颗只能恋爱一次的心儿 ………………………… ※ 克拉拉 030

音容如昨 …………………………………………… ※ 夏绿蒂 031

信任让我幸福 …………………………………… ※ 乔治·桑 033

靠近你的灵魂 …………………………………… ※ 梅克夫人 037

你这完美迷人的人啊 …………………………… ※ 爱伦·泰瑞 039

我欠你的人情 …………………………………… ※ 爱伦·泰瑞 041

美丽的蔷薇花 …………………………………… ※ 屠格涅夫 043

爱情的故事 …………………………………… ※ 圣琼·佩斯 045

与恋人书 ……………………………………… ※ 托尔斯泰 047

论青年 ……………………………………………… ※ 朱自清 050

人生就是奔波 ……………………………………… ※ 周文东 054

握住时机之手 ……………………………… ※ 何志芳 055

成功背后的代价 …………………………… ※ 鲁　萍 056

不可能的奇迹需久候 ……………………… ※ 亚　特 057

改变生命的经验 …………………………… ※ 保　罗 060

谁说败局已定 ……………………… ※ 夏尔·戴高乐 064

我要拥抱鹰旗 ……………………………… ※ 拿破仑 066

中年的寂寞 ………………………………… ※ 夏丏尊 067

什么事不可能 ……………………………… ※ 邹韬奋 069

世故三昧 …………………………………… ※ 鲁　迅 072

后悔已晚 …………………………………… ※ 刘　强 075

出色的母爱 ………………………………… ※ 斐克尔 077

心中有爱 …………………………………… ※ 卡　特 079

百万富翁与清洁女工 ……………………… ※ 劳伦斯 081

人不能无所事事 …………………………… ※ 华利士 083

悼念乔治·桑 ……………………………… ※ 雨　果 085

让他人觉得自己重要 ……………………… ※ 卡耐基 088

多从他人角度考虑问题 …………………… ※ 卡耐基 100

再从外面炸进来，这"生命圈"便收缩而为"生命
线"；再炸进来，大家便都逃进那炸好了的"腹地"里面
去，这"生命圈"便完结而为"生命〇"。

中国人的生命圈

※鲁 迅

"蝼蚁尚知贪生"，中国百姓向来自称"蚁民"，我为暂时保全
自己的生命计，时常留心着比较安全的处所，除英雄豪杰之外，想
必不至于讥笑我的罢。

不过，我对于正面的记载，是不大相信的，往往用一种另外的
看法。例如罢，报上说，北平正在设备防空，我见了并不觉得可靠；
但一看见载着古物的南运，却立刻感到古城的危机，并且由这古物
的行踪，推测中国乐土的所在。

现在，一批一批的古物，都集中到上海来了，可见最安全的地
方，到底也还是在上海的租界上。

然而，房租是一定要贵起来的了。

这在"蚁民"，也是一个大打击，所以还得想想另外的地方。

想来想去，想到了一个"生命圈"。这就是说，既非"腹地"，
也非"边疆"是介乎两者之间，正如一个环子，一个圈子的所在，
在这里倒或者也可以"苟延性命于×世"的。

"边疆"上是飞机抛炸弹。据日本报,说是在剿灭"兵匪";据中国报,说是屠戮了人民,村落市廛,一片瓦砾。"腹地"里也是飞机抛炸弹。据上海报,说是在剿灭"共匪",他们被炸得一塌胡涂;"共匪"的报上怎么说呢,我们可不知道。但总而言之,边疆上是炸,炸,炸;腹地里也是炸,炸,炸。虽然一面是别人炸,一面是自己炸,炸手不同,而被炸则一。只有在这两者之间的,只要炸弹不要误行落下来,倒还有可免"血肉横飞"的希望,所以我名之曰"中国人的生命圈"。

再从外面炸进来,这"生命圈"便收缩而为"生命线";再炸进来,大家便都逃进那炸好了的"腹地"里面去,这"生命圈"便完结而为"生命○"。

其实,这预感是大家都有的,只要看这一年来,文章上不大见有"我中国地大物博,人口众多"的套话了,便是一个证据。而有一位先生,还在演说上自己说中国人是"弱小民族"哩。

但这一番话,阔人们是不以为然的,因为他们不但有飞机,还有他们的"外国"!

这故事很美丽，幽雅，有趣。许多美的人和美的事，错综起来像一天云锦，而且万颗奔星似的飞动着，同时又展开去，以至于无穷。

好的故事

※ 鲁 迅

灯火渐渐地缩小了，在预告石油的已经不多；石油又不是老牌，早熏得灯罩很昏暗。鞭爆的繁响在四近，烟草的烟雾在身边：是昏沉的夜。

我闭了眼睛，向后一仰，靠在椅背上；捏着《初学记》的手搁在膝髁上。

我在蒙胧中，看见一个好的故事。

这故事很美丽，幽雅，有趣。许多美的人和美的事，错综起来像一天云锦，而且万颗奔星似的飞动着，同时又展开去，以至于无穷。

我仿佛记得曾坐小船经过山阴道，两岸边的乌桕，新禾，野花，鸡，狗，丛树和枯树，茅屋，塔，伽蓝，农夫和村妇，村女，晒着的衣裳，和尚，蓑笠，天云，竹，……都倒影在澄碧的小河中，随着每一打桨，各各夹带了闪烁的日子，并水里的萍藻游鱼，一同荡漾。诸影诸物，换不解散，而且摇动，扩大，互相融和；刚一融合，却又退缩，复近于原形。边缘都参差如夏云头，镶着日光，发出水银色焰。凡是我所经过的河，都是如此。

现在我所见的故事也如此。水中的青天的底子，一切事物统在上面交错，织成一篇，永是生动，永是展开，我看不见这一篇的结束。

河边枯柳树下的几株瘦削的一丈红，该是村女种的罢。大红花和斑红花，都在水里面浮动，忽而碎散，拉长了，缕缕的胭脂水，然而没有晕。茅屋，狗，塔，村女，云，……也都浮动着。大红花一朵朵全被拉长了，这时是泼剌奔送的红锦带。带织入狗中，狗织入白云中，白云织入村女中……。在一瞬间，他们又将退缩了。但斑红花影也已碎散，伸长，就要织进塔，村女，狗，茅屋，云里去。

现在我所见的故事清楚起来了。美丽，幽雅，有趣，而且分明。

青天上面有无数美的人和美的事，我——看见，——知道。

我就要凝视他们……。

我正要凝视他们时，骤然一惊，睁开眼，云锦也已皱蹙，凌乱，仿佛有谁掷一块大石下河水中，水波陡然起立，将整篇的影子撕成片片了，我无意识地赶忙捏住几乎坠地的《初学记》，眼前还剩着几点虹霓色的碎影。

我真爱这一篇好的故事，趁碎影还在，我要追回他，完成他，留下他。我抛了书，欠身伸手去取笔，——何尝有一丝碎影，只见昏暗的灯光，我不在小船里了。

但我总记得见过这一篇好的故事，在昏沉的夜……

心里只是想着你，——忽然好像听得见你那活泼的笑声……紧紧握着我的手往嘴边送，又好像你那顽皮的笑脸，偷偷的偎到我的颊边送了一个吻去。

心里只是想着你

※ 陆小曼

这一回去得真不冤，说不尽的好，等我一件件的来告诉你。我们这几天虽然没有亲近，可是没有一天我不想你的，在山中每天晚上想写，可只恨没有将你带去，其实带去也不妨，她们都是老早上了床，只有我一个睡不着呆坐着，若是带了你去不是我每天可以亲近你吗？我的日记呀，今天我拿起你来心里不知有多少欢喜，恨不能将我要说的话像机器似的倒出来，急得我反不知从哪里说起了。

那天我们一群人到西山脚下改坐轿子上大觉寺，一连十几个轿子一条蛇似的游着上去，山路很难走，坐在轿上滚来滚去像坐在海船上遇着大风一样摇摆，我是平生第一次坐，差一点把我滚了出来。走了3里多路快到寺前，只见一片片的白山，白得好像才下过雪一般，山石树木一样都看不清，从山脚到山顶满都是白，我心里奇怪极了。这分明是暖和的春天，身上还穿着夹衣，微风一阵阵吹着入夏的暖气，为什么眼前会有雪山涌出呢？打不破这个疑团，我只得回头问那抬轿的轿夫，"唉！你们这儿山上的雪，怎么到现在还不化呢？"那轿夫跑得面头流着汗，听了我的话他们好象奇怪似的一面擦汗一面问我，"大姑娘：你说甚么？今年的冬天比哪年都热，山上压根儿就没有下过雪，你那儿瞧见有雪呀？"他们一边说着便四下里乱寻，脸上都现出了惊奇的样子。那时我真急了，不由的就叫着说，"你们看那边满山雪白的不是雪是甚么？"我话还没有说完，他们倒都狂笑起来了。"真是城里姑娘不出门！连杏花都不认识，倒说是雪，你想五六月里哪儿来的雪呢？"甚么！杏花儿！我简直叫他们给笑呆了。顾不得他们笑，我只乐得恨不能跳出轿子，一口气跑上山去看一个明白。天下真有这种奇景吗？乐极了也忘记我的身子是坐在轿子里呢，伸长脖子直往前看，急得抬轿的人叫起来了，"姑娘：快不要动呀，轿子要翻了"，一连几晃，几乎把我抛进小涧去。这一下才吓回了我的魂，只好老老实实地坐着再也不敢动了。

上山也没有路，大家只是一脚脚的从这块石头跳到那一块石头上，不要说轿夫不敢斜一斜眼睛，就是我们坐轿的人都连气也不敢喘，两只手使劲拉着轿杠几、两个眼死盯着轿夫的两只脚，只怕他们失脚滑下山涧去。那时候大家只顾着自己性命的出入，眼前不易得的美景连斜都不去斜一眼了。

走过一个山顶才到了平地，一条又小又弯的路带着我们走进大觉寺的脚下。两旁全是杏树林，一直到山顶，除了一条羊肠小路只容得一个人行走以外，简直满都是树。这时候正是5月里杏花盛开的时候，所以远看去简直像一座雪山，走近来才看得出一朵朵的花，坠得树枝都看不出了。我们在树阴里慢慢地往上走，鼻子里微风吹来阵阵的花香，别有一种说不出的甜味。摩，我再也想不到人间还有这样美的地方，恐怕神仙住的地方也不过如此了。

我那时乐得连路都不会走了，左一转右一转，四围不见别的，只是花。回头看见跟在后面的人，慢慢在那儿往上走，只像都在梦里似的，我自己也觉得我已经不是一个人了。这样的所在简直不配我们这样的浊物来，你看那一片雪白的花，白得一尘不染，哪有半

点人间的污气？我一口气跑上了山顶，站在一块最高的石峰，定一定神往下一看，呀，摩！你知道我看见了甚么？咳，只恨我这支笔没有力量来描写那时我眼底所见的奇景！真美！从上往下斜着下去只见一片白，对面山坡上照过来的斜阳，更使它无限的鲜丽，那时我恨不能将我的全身压下去，到花间去打一个滚，可是又恐怕我压坏了粉嫩的花瓣儿。在山脚下又看见一片碧绿的草，几间茅屋，三两声狗吠声，一个田家的景象，满都现在我的眼前，荡漾着无限的温柔。这一忽儿我忘记了自己，丢掉了一切的烦恼，喘着一口大气，拼命想将那鲜甜味儿吸进我的身体，洗去我五腑内的浊气，重新变一个人，我愿意丢弃一切，永远躲在这个地方，不要再去尘世间见人。真的，摩，那时我连你都忘了，一个人呆在那儿不是他们叫我我还不醒呢！

一天的劳乏，到了晚上，大家都睡得正浓，我因为想着你不能安睡，窗外的明月又在纱窗上映着逗我，便一个就走到院子里去，只见一片白色，照得梧桐树的叶子在地下来回的飘动。这时候我也不怕朝露里受寒，也不管夜风吹得身上发抖，一直跑出了庙门，一群小雀儿让我吓得一起就向林子里飞，我睁开眼睛一看，原来庙前就是一大片杏树林子。

这时候我鼻子里闻着一阵芳香，不像玫瑰，不像白兰，只薰得我好像酒醉一般。慢慢我不觉耽不下来，一条腿软得站都站不住了。晕沉沉的耳边送过来清呖呖的夜莺声，好似唱着歌，在嘲笑我孤单的形影；醉人的花香，轻含着鲜洁的清气，又阵阵的送进我的鼻管。忽隐忽现的月华，在云隙里探出头来从雪白的花瓣里偷看着我，好象笑我为甚么不带着爱人来。这恼人的春色，更引起我想你的真挚，逗得我阵阵心酸，不由得就睡在蔓草上，闭着眼轻轻地叫着你的名字（你听见没有？）。我似梦非梦的睡了也不知有多久，心里只是想着你——忽然好象听得你那活泼的笑声，象珠子似的在我耳边滚，"曼，我来，"又觉得你那伟大的手，紧紧握着我的手往嘴边送，又好象你那顽皮的笑脸，偷偷的偎到我的颊边送了一个吻去。这一下我吓得连气都不敢喘，难道你真回来了么？急急的睁眼一看，哪有你半点影子？身旁一无所有，再低头一看，原来才发现，自己的右手不知在甚么时候握住了我的左手，身上多了几朵落花，花瓣儿飘在我的颊边好似你在偷吻似的。真可笑！迷梦的幻影竟当了真，自己便不觉无味得很，站起来，只好把花枝儿泄气，用力一拉，花瓣儿纷纷落地，打得我一身；林内的宿鸟以为起了狂风，一声叫就往四处乱飞。一个美丽的宁静的月夜叫我一阵无味的恼怒给破坏了。我心里也再不要看眼前的美景，一边走一边想着你，为甚么不留下你，为甚么让你走。

5 月 11 日

呵，异云，我似乎看见你了！你神秘而含情的眼，充
满天真热情的唇，都逼真地在我心眼里跳动……

我似乎看见你了

※ 庐　隐

异云，亲爱的！

在星期四一天之内，我收到你三封信，我把每一封看过之后，
呆呆地坐在寂静的屋里，我遥望着对面的沙发。呵，异云，我似乎
看见你了！你神秘而含情的眼，充满天真热情的唇，都逼真地在我
心眼里跳动，这时候，我极想捉住这一切，但当我立起身来，我才
知道这完全是我心里的幻觉。唉，异云，亲爱的！我们真是不能分
离呢！

我来到世界上什么样的把戏也都尝过了。从来没有一个了解我
的灵魂的人，现在我在无意中遇到你，我们第一次见面，就是基于
心灵的认识。异云，你想我是怎样欣幸？我常常为了你的了解我而
欢喜到流泪，真的，异云，我常常想天使我认识你，一定是叫你来
补偿我此前所受的坎坷。

最初我是世故太深了，不敢自沉于陶醉中，但现在我知道我自
己的错误，我真太傻！此后我愿将整个身心交付你，希望你为了我
增加生命的勇气，同时我因为你也敢大胆创造一个新的世界了

悲观虽是我的根性，但是环境也很有关系，现在以及将来我愿我能扩大悲观的范围，为一切不幸者同情，而对于我自己的生活力求充实与美满。

从前我总觉得我是命运手中的泥，现在我知道错了。我要为了你纯洁的爱，用大无畏的精神自造命运。唉，异云！你所赐与我的真不能以量计了。

我常常想到你——尤其是你灵魂的脆弱最易受伤——使我不放心！我希望你此后将一切的苦恼都向我面前倾吐，我愿意替你分担，如果碰到难受的时候，你就飞到我面前来吧。亲爱的，我愿为你而好好的作人，自然我也愿为你牺牲一切，只要我们俩能够互相慰藉互相帮助，走完这一条艰辛的人生旅程，别的阻碍应当合力摧毁它。异云，我自然知道而且相信你也是绝对同情的。

你学校的功课很忙，希望你不要使你的灵魂接受其他的负担，好好注意你的身体。至于我呢？近来已绝对不想摧残自己了，从前我觉得没有前途，所以希望早些结束，现在我是正在努力创造新生命，我又怎能不好好保养？爱人，请你放心罢。

无聊的朋友我也不愿常和他们鬼混，而且我的事情也不少，同时还要努力创作，所以以后我也极力避免无谓的应酬。异云，望你相信我，只要你所劝告我的话，我一定听从——因为你是爱我的。

诗人来信说些什么？星期六三点钟以后我准在家等你。亲爱的，我盼望今夜能在梦中见到你，并且盼望是一个美妙的热烈的梦呢！再谈吧，祝你

高兴，我的爱人！

冷鸥

1928～1930 年

这时候我眼里已经没有了我自己，我心里只有你的影子，你的身体，我不要想自身的安全，我只想你能因为爱我而得到一些安慰，那我看着也是乐的。

我心里只有你的影子

※ 陆小曼

3 月 28 日

一连又是几天不能亲近你了，摩！这日子真有点过不下去了，一天到晚只是忙些无味的应酬，你的信息又听不到，你的信也不来，算来你上工了也有十几天了，也该有信来了，为甚天天拿进来的信我老也见不着你的呢？难道说你真的预备从此不来信了么？也许朋友们的劝慰是有理的。你应该离开我去海外洗一洗脑子，也许可以洗去我这污浊的黑影，使你永远忘记你曾经认识过我。我的投进你的生命中也许是于你不利，也许竟可破坏你的终身的幸福的，我自己也明白，也看得很清，而且我们的爱是不能让社会明了，是不能叫人们原谅的。所以我不该盼你有信来，临行时你我不是约好不通信，不来往，大家试一试能不能彼此相忘的么？在嘴里说的时候，我的心里早就起了反对（不知你心里如何?），口内不管怎样地硬，心里照样还是软绵绵的；那一忽儿的口边硬在半小时内早就跑远了，因此不等到家我就变了主意，我相信你也许同我一样，不过今天不知怎样有点信不过你了，难道现在你真想实行那句话了么？难道你才离开我就变了方向了？你若能真的从此不理我倒又是一件事了。本来我昨天就想退出了，大概你在第三封信内可以看见我的意思了，你还是去走那比较容易一点的旧路吧，那一条路你本来已经开辟得快成形了，为什么又半路中断去呢？前面又不是绝对没有希望，你不妨再去走走看，也许可以得到圆满的结果，我这边还是满地的荆棘，就是我二人合力的工作也不知几时才可以达到目的地呢？其中的情形还要你自己再三想想才好。我很愿意你能得着你最初的恋爱，我愿意你快乐，因为你的快乐就和我的一样。我的爱你，并不一定要你回答我，只要你能得到安慰，我心就安慰了，我还是能照样地爱你，并不一定要你知道的。是的，摩！我心里乱极了，这时候我眼里已经没有了我自己，我心里只有你的影子，你的身体，我不要想自身的安全，我只想你能因为爱我而得到一些安慰，那我看着也是乐的。

爱人的目的是爱情，为了目前的小波浪忽然舍得将几年来两人辛辛苦苦织好的爱情之网用剪子铰得粉碎，这未免是不知道怎样去多领略点人生之味的人们的态度了。

"过去"的人生

※ 梁遇春

来信中很含着"既有今日，何必当初"的意思。这差不多是失恋人的口号，也是失恋人心中最苦痛的观念。我很反对这种论调，我反对，并不是因为我想打破你的烦恼同愁怨。一个人的情调应当任它自然地发展，旁人更不当来用话去压制它的生长，使他堕到一种莫明其妙的烦闷网子里去。真真同情于朋友忧愁的人，绝不会残忍地去扑灭他朋友怀在心中的幽情。他一定用他的情感的共鸣使他朋友得点真同情的好处，我总觉"既有今日，何必当初"这句话对"过去"未免太藐视了。我是个恋着"过去"的骸骨同化石的人，我深切感到"过去"在人生的意义，尽管你讲什么"从前种种譬如昨日死，以后种种譬如今日生"同 Let bygones be bygones；"从前"是不会死的。就算形质上看不见，它的精神却还是一样地存在。"过去"也不至于烟消火灭般过去了；它总留了深刻的足迹。理想主义者看宇宙一切过程都是向一个目的走去的，换句话就是世界上物事都是发展一个基本的意义的。他们把"过去"包在"现在"中间一齐望"将来"的路上走，所以 Emerson 讲"只要我们能够得到'现在'，把'过去'拿去给狗子罢了"。这可算是诗人的幻觉。这么漂亮的肥皂泡子不是人人都会吹的。我们老爱一部一部地观察人生，好像舍不得这样猪八戒吃人参果般用一个大抽象概念解释过去。所以我相信要深深地领略人生的味的人们，非把"过去"当做有它独立的价值不可，千万不要只看做"现在"的工具。由我们生来不带乐观性的人看来，"将来"总未免太渺茫了，"现在"不过一刹那，好像一个没有存在的东西似的，所以只有"过去"是这不断时间之流中站得住的岩石。我们只好紧紧抱着它，才免得受漂流无依的苦痛。"过去"是个美术化的东西，因为它同我们隔远看不见了，它另外有一种缥缈不实之美。她像一块风景近看瞧不出好来，到远处一看，就成个美不胜收的好景了。为的是已经物质上不存在，只在我们心境中憧憬着，所以"过去"又带了神秘的色彩。对于我们含有 Melancholy 性质的人们"过去"更是个无价之宝。Howthorne 在他《古屋之苔》书中说："我以我往事的记忆，一个也不能丢了。就是错误同烦恼，我也爱把它们记着。一切的回忆同样地都是我精神的食料。现在把它们都忘丢，就是同我没有活在世间过一样。"不过"过去"是很容易被人忽略去的。而一般失恋的苦恼都是由忘记"过去"，太重"现在"的结果。实在讲起来失恋人所丢失的只是一小部分现在的爱情。他们从前已经过去的爱情是存在"时间"的宝库中，绝对不会失丢的。在这短促的人生，我们最大的需求同目的是爱，过去的爱同现在的爱是一样重要的。因为现在的爱丢了就把从前之爱看得一个钱也不值，这就有点近视眼了。只要从前你们曾经真挚的地互爱过，这个记忆已很值得好好保存起来，作这千灾百难人生的慰藉，所以我意思是，"今日"是"今日"，"当初"依然是"当初"，不要因为有了今日的结果，把"当初"一切看做都是镜花水月白费了心思的。爱人的目的是爱情，为了目前的小波浪忽然舍得将几年来两人辛辛苦苦织好的爱情之网用剪子铰得粉碎，这

未免是不知道怎样去多领略点人生之味的人们的态度了。我劝你将这网子仔细保护着，当你感到寂寞或孤栖的时候，把这网子慢慢张开在你心眼的前面，深深地去享受它的美丽，好像吃过青果后回甘一般，那也不枉你们从前的一场要好了。

我们护守着这份情谊，使它依然焕发，依然鲜洁，正如别人所说的，我们是何等幸运。

此情可待

※ 张晓风

德：

从疾风中走回来，觉得自己像是被浮起来了。山上的草香得那样浓，让我想到，要不是有这样猛烈的风，恐怕空气都会给香得凝冻起来！

我昂首而行，黑暗中没有人能看见我的笑容。白色的芦荻在夜色中点染着凉意——这是深秋了，我们的日子在不知不觉中临近了。我遂觉得，我的心像一张新帆，其中每一个角落都被大风吹得那样饱满。

星斗清而亮，每一颗都低低地俯下头来。溪水流着，把灯影和星光都流乱了。我忽然感到一种幸福，那样混沌而又陶然的幸福。我从来没有这样亲切地感受到造物的宠爱真——的，我们这样平庸，我总觉得幸福应该给予比我们更好的人。

但这是真实的，第一张贺卡已经放在我的案上了。洒满了细碎精致的透明亮片，灯光下展示着一个闪烁而又真实的梦境。画上的

金钟摇荡，遥遥地传来美丽的回响。我仿佛能听见那悠扬的音韵，我仿佛能嗅到那沁人的玫瑰花香！而尤其让我神往的，是那几行可爱的祝词：

愿婚礼的记忆存至永远，
愿你们的情爱与日俱增。

是的，德，永远在增进，永远在更新，永远没有一个边和底——六年了，我们护守着这份情谊，使它依然焕发，依然鲜洁，正如别人所说的，我们是何等幸运。每次回顾我们的交往，我就仿佛走进博物馆的长廊。其间每一处景物都意味着一段美丽的回忆。每一件东西都牵扯着一个动人的故事。

那样久远的事了。刚认识你的那年才 17 岁，一个多么容易错误的年纪！但是，我知道，我没有错。我生命中再没有一件决定比这项更正确了。前天，大伙儿一起吃饭，你笑着说："我这个笨人，我这辈子只做了一件聪明的事。"你没有再说下去，妹妹却拍起手来说："我知道了！"啊，德，我能够快乐地说，我也知道。因为你做的那件聪明事，我也做了。

那时候，大学生活刚刚展开在我面前。台北的寒风让我每日思念南部的家。在那小小的阁楼里，我呵着手写蜡纸。在草木摇落的道路上，我独自骑车去上学。生活是那样黯淡，心情是那样沉重。在我的日记上有这样一句话："我担心，我会冻死在这小楼上。"而这时候，你来了。你那种毫无企冀的友谊，四面环护着我，让我的心触及最温柔的阳光。

我没有兄长，从小我也没有和男孩子同学过。但和你交往却是那样自然，和你谈话又是那样舒服。有时候，我想，如果我是男孩子多么好呢！我们可以一起去爬山，去泛舟。让小船在湖里任意飘荡、任意停泊，没有人会感到惊奇。好几年以后，我将这些想法告诉你，你微笑地注视着我："那，我可不愿意，如果你真想做男孩子，我就做女孩。"而今，德，我没有变成男孩子，但我们可以去遨游，去做山和湖的梦。因为，我们将有更亲密的关系了。啊，想象中终生相爱相随，该是多么美好！

那时候，我们穿着学校规定的卡其服。我新烫的头发又总是被风刮得乱蓬蓬的。想起来，我总不明白你为什么那样喜欢接近我。那年大考的时候，我蜷曲在沙发里念书。你跑来，热心地为我讲解英文文法。好心的房东为我们送来一盘春卷，我慌乱极了，竟吃得洒了一裙子。你瞅着我说："你真像我妹妹，她和你一样大。"我窘得不知如何是好，只是一径低着头，假作抖那长长的裙幅。

那些日子真是冷极了。每逢没有课的下午，我总是留在小楼上，弹弹风琴，把一本拜尔琴谱都快翻烂了。有一天你对我说："我常在楼下听你弹琴。你好像常弹那首甜蜜的家庭。怎样？在想家吗？"我很感激你的窃听，唯有你了解、关切我凄楚的心情。德，那个时候，当你独自听着的时候，你想些什么呢？你想到有一天我们会组织一个家庭吗？你想到我们要用一生的时间，以心灵的手指合奏这首歌吗？

寒假过后，你把那叠泰戈尔诗集还给我。你指着其中一行请我看：

如果你不能爱我，就请原谅我的痛苦吧！

我于是知道发生什么事了。我不希望这件事发生，我真的不希望。并非由于我厌恶你，而是因为我太珍重这份素净的友谊，反倒不希望有爱情去加深它的色彩。

但我却乐于和你继续交往。你总是给我一种安慰稳妥的感觉。从头起，我就付给你我全部的信任。只是，当时我心中总向往着那种传奇式的、惊心动魄的恋爱。并且喜欢那么一点点的悲剧气氛。

为着这些可笑的理由，我耽延着没有接受你的奉献。我奇怪你为什么仍做那样固执的等待？

你那些小小的关怀常令我感动。那年圣诞节你把得来不易的几颗巧克力糖，全部拿来给我了。我爱吃笋豆里的笋子，唯有你注意到，并且耐心地为我挑出来。我常常不晓得照料自己，唯有你想到用自己的外衣披在我身上（我至今不能忘记那衣服的温暖，它在我心中象征了许多意义）。是你，敦促我读书；是你，容忍我偶发的气性；是你，仔细纠正我写作的错误；是你，教导我为人的道理。如果说，我像你的妹妹，那是因为你太像我大哥的缘故。

后来，我们一起得到学校的工读金。分配给我们的是打扫教室的工作。每次你总强迫我放下扫帚，我便只好遥遥地站在教室的末端，看你奋力工作。在炎热的夏季里，你的汗水滴落在地上。我无言地站着，等你扫好了，我就去掸掸桌椅，并且帮你把它们排齐。每次，当我们目光偶然相遇的时候，总感到那样兴奋。我们是这样地彼此了解，我们合作的时候总是那样完美。我注意到你手上的硬茧，它们把那虚幻的字眼十分具体地说明了。我们就在那飞扬的尘影中完成了大学课程——我们的经济从来没有富裕过，我们的日子却从来没有贫乏过。我们活在梦里，活在诗里，活在无穷无尽的彩色希望里。记得有一次我提到玛格丽特公主在她婚礼中说的一句话："世界上从来没有两个人像我们这样快乐过。"你毫不在意地说："那是因为他们不认识我们的缘故。"我喜欢你的自豪，因为我也如此自豪着。

我们终于毕业了，你在掌声中走到台上，代表全系领取毕业证书。我的掌声也夹在众人之中，但我知道你听到了。在那美好的6月清晨，我的眼中噙着欣喜的泪。我感到那样骄傲，我第一次分沾你的成功、你的光荣。

"我在台上偷眼看你，"你把系着彩带的文凭交给我："要不是中国风俗如此，我一走下台来就要把它送到你面前去的。"

我接过它，心里垂着沉甸甸的喜悦。你站在我面前，高昂而谦和、刚毅而温柔。我忽然发现，我关心你的成功，远远超过我自己的。

那一年，你在军中。在那样忙碌的生活中，在那样辛苦的演习里，你却那样努力地准备研究所的考试。我知道，你是为谁而做的。在凄长的分别岁月里，我开始了解，存在于我们中间的是怎样一种感情。你来看我，把南部的冬阳全带来了。那厚呢的陆战队军服重新唤起我童年时期对于号角和战马的梦。我一直没有告诉你，当时你临别敬礼的镜头烙在心上有多深。

我帮着你搜索资料，把抄来的范文一篇篇断句、注释。我那样竭力地做，怀着无上的骄傲。这件事对我而言，有太大的意义。这是第一次，我和你共赴一件事。所以当你把录取通知转寄给我的时候，我竟忍不住哭了。德，没有人经历过我们的奋斗，没有人像我们这样相期相勉，没有人多年来在冬夜图书馆的寒灯下彼此伴读。因此，也就没有人了解成功带给我们的兴奋。

我们又可以见面了。能见到真真实实的你是多么幸福。我们又可以去作长长的散步，又可以蹲在旧书摊上享受一个闲散黄昏。我永不能忘记那次去泛舟，回程的时候，忽然起了大风。小船在湖里直打转，你奋力摇橹，累得一身都汗湿了。

"我们的道路也许就是这样吧！"我望着平静而险恶的湖面说，"也许我使你的负担更重了。"

"我不在意，我高兴去搏斗！"你说得那样急切，使我不敢正视你的目光，"只要你肯在我的船上，晓风，你是我最甜蜜的负荷。"

那天我们的船顺利地拢了岸。德，我忘了告诉你，我愿意留在你的船上，我乐于把舵手的位置给你。没有人能给我像你给我的安全感。

只是，人海茫茫，哪里是我们共济的小舟呢？这两年来，为着成家的计划，我们劳累到几乎虐待自己的地步。每次，你快乐的笑

容总鼓励着我。

那天晚上你送我回宿舍，当我们迈上那斜斜的山坡，你忽然驻足说：

我在地毯的那一端等你！我等着你，晓风，直到你对我完全满意。

我抬起头来，长长的道路伸延着，如同圣坛前柔软的红毯。我迟疑了一下，便踏向前去。

现在回想起来，已不记得当时是否是个月夜了，只觉得你诚挚的言词闪烁着，在我心中亮起一天星月的清辉。

"就快了！"那以后你常乐观地对我说："我们马上就可以有一个小小的家，你是那屋子的主人，你喜欢吧？"

我喜欢的，德，我喜欢一间小小的陋屋。到天黑时分我便去拉上长长的落地窗帘，捻亮柔和的灯光，一同享受简单的晚餐。但是，哪里是我们的家呢？哪儿是我们自己的宅院呢？

你借来一辆半旧的脚踏车，四处去打听出租的房子，每次你疲惫不堪地回来，我就感到一种痛楚。

"没有合意的，"你失望地说，"而且太贵，明天我再去看。"

我没有想到有那么多困难，我从不知道成家有那么多琐碎的事，但至终我们总算找到一栋小小的屋子了。有着窄窄的前庭，以及矮矮的榕树。朋友笑它小得像个巢，但我已经十分满意了。无论如何，我们有了可以憩息的地方。当你把钥匙交给我的时候，那重量使我的手臂几乎为之下沉。它让我想起一首可爱的英文诗。

> 我是一个持家者吗？
> 哦，是的。
> 但不止，

我还得持护着一颗心。

　　我知道，你交给我的钥匙也不止此数。你心灵中的每一个空间我都持有一枚钥匙，我都有权径行出入。

　　亚寄来一卷录音带，隔着半个地球，他的祝福依然厚厚地绕着我。那样多好心的朋友来帮我们整理。擦窗子的，补纸门的，扫地的，挂画儿的，插花瓶的，拥拥熙熙地挤满了一屋子。我老觉得我们的小屋快要炸了，快要被澎湃的爱情和友谊撑破了。你觉得吗？他们全都兴奋着，我怎能不兴奋呢？我们将有一个出色的婚礼，一定的。

　　这些日子我总是累着。去试礼服，去订鲜花，去买首饰，去选窗帘的颜色。我的心像一座喷泉，在阳光下涌溢着七彩的水珠儿。各种奇特复杂的情绪使我眩昏。有时候我也分不清自己是在快乐还是在茫然，是在忧愁还是在兴奋？我眷恋着旧日的生活，它们是那样可爱。我将不再住在宿舍里，享受阳台上的落日。我将不再偎在母亲的身旁，听她长夜话家常。而前面的日子又是怎样的呢？德，我忽然觉得自己好像要被送到另一个境域里去了。那里的道路是我未走过的，那里的生活是我过不惯的，我怎能不惴惴然呢？如果说有什么可以安慰我的，那就是：我知道你必定和我一同前去。

　　冬天就来了，我们的婚礼在即。我喜欢选择这季节，好和你厮守一个长长的严冬。我们屋角里不是放着一个小火炉吗？当寒流来时，我愿其中常闪耀着炭火的红光。我喜欢我们的日子从黯淡凛冽的季节开始，这祥，明年的春花才对我们具有更美的意义。

　　我即使走入礼堂，德，当结婚进行曲奏响的时候，父亲将挽着我，送我走到坛前，我的步履将凌过如梦如幻的花香。那时，你将以怎样的微笑迎接我呢？

　　我们已有过长长的等待，现在只剩下最后的一段了。等待是美

的，正如奋斗是美的一样。而今，铺满花瓣的红毯伸向两端，美丽的希冀盘旋飞舞。我将去接你，和你同去采撷无穷的幸福。当金钟轻摇，蜡炬燃起，我乐于走过众人去立下永恒的誓愿。因为，哦，德，因为我知道，是谁，在地毯的那一端等我。

1965 年左右

正如凡事都是如过客一样，这感觉也很快便过去了。

不久我便能站起来，走回家去。

初恋的情人

※ 麦 迪

我记得阳光怎样轻抚着她的头发。她转过头来，我们四目交投，在喧闹的课室里，灵光突然一闪。我感觉到心底仿佛受了一下重击。就这样，我的初恋开始了。

她名叫蕾淇儿。从那时起，我的小学和中学都是在精神恍惚中度过的，只要一见到她，我便心如撞鹿，在她面前更是张口结舌。在今天，还有人会在黄昏的阴影下，像只倒霉的夏虫那样，给窗子——她的窗子——里淡淡的光所吸引而留连不去的吗？那种神魂颠倒、朝思暮想和纯情的倾慕，使我像个傻子，连嗓子也变了。这一切，现在看来有如一场痴梦。我知道当时我的确很苦恼，但却难以真正相信记忆中我做过的事，那就是甜蜜地忍受痛苦。

我看到她沿着一条林荫小径步行去学校或回家，整个人顿时会不听使唤。她永远表现得那么从容，那么自若。在家里，我会回味每一次的相遇，而想到自己那么窝囊又会非常懊恼。即使如此，我们步入少年时期之后，我就感觉到她在温柔地容忍着我。

我们还没有成熟到互相把对方视作情侣。她那正统犹太教徒的

教养和我自己的天主教徒顾忌，使我们二人都守身如玉，尽管我们是那么渴求，但就连只是亲吻一下也是个渺茫的梦。有一次，我终于有机会搂着她起舞了——当然是有监护人在场的情况下。在我轻拥之下，她咯咯笑了起来，这种表示对我完全信赖的笑声，使我对自己的遐想感到非常惭愧。

无论如何，对蕾琪儿有的仍然只是单恋。中学毕业之后，她继续上大学，我则参军去了。我们卷入第二次世界大战时，我被派到海外。有一阵子我们互有书信往来，接获她的信成为那段难熬的漫长岁月里的大事。有一次，她寄来了一张她穿泳衣的小照，使我异想天开起来。在下一封信里我提到了结婚的可能性，自此之后，她的复信便越来越少，也没有那么亲切了。

025

我回到美国之后，第一件事便是去找蕾琪儿。她的母亲来应门。蕾琪儿已经不住在那里，嫁了一个她在大学里结识的医科学生。"我还以为她已写信告诉你了。"她母亲说。

在等候退役时，我终于收到她那封"断情"信。她婉言解释说，我们是没有可能结婚的。现在回想起来，我一定很快就恢复过来了，虽然在最初的那几个月，我相信自己痛不欲生。后来，我像蕾琪儿一样，找到了另一个人，而且学会了和这个人相亲相爱，长相厮守，直到今天。

岁月如流，事隔四十多年后，我最近又拉到蕾琪儿的消息。她的丈夫已去世了，现在她路经此地，从我们一个朋友那里得知我的地址。我们相约见面。

我又好奇又兴奋。最近几年来，我已完全没有想起她，因此那个早上她突然来电，令我大吃一惊。待真正见到她时，我更是惊愕不已。餐桌前这个白发苍苍的老妇，就是我梦寐以求的蕾琪儿、照片上的婀娜美人吗？

然而，时间已使我们更互相了解和尊重。我们像老朋友般叙旧，很快就知道大家都已做了祖父母。

"你还记得这个吗？"她递给我一张残旧的纸。那是我在学校时写给她的一首诗。我细看那些格律既不工整、韵脚又不挫锵的诗句。她看着我的脸，突然从我手中抢回那张纸，放回皮包里，好像怕我会把它撕掉。

我告诉她，打仗时我一直把她的照片带在身边。

"那是行不通的，你知道。"她说。

"你怎能那么肯定？"我反问她，"啊，姑娘，那可能是天衣无缝的搭配——我的爱尔兰人良知和你的犹太人犯罪感！"

我们的笑声惊动了邻桌的人。后来我们一直只是在偷眼看对方，不敢彼此正视。我想我们在对方身上看到的，否定了我们一度所深信的想法，那就是我们以为自己永恒不变。

我送她上出租车之前，她转过身来看着我。"我只是想多见你一次，告诉你一句话，"我们的目光相遇，"我要多谢你曾经那样爱我。"我们亲吻一下，她就离去了。

我的影子在一家店铺的橱窗玻璃中瞪着我——一个上了年纪的人，灰白的头发在晚风中飘动。我决定走路回家。她那一吻留在我唇上的灼热感觉仍未退去。我感到软弱无力，便在公园的长椅上坐了下来。四周的草木在夕阳梦幻般的余晖下闪耀着。我如释重负。一件事圆满结束了，眼前的景致那么美丽，我巴不得喜悦地高歌和大叫大跳。

正如凡事都是如过客一样，这感觉也很快便过去了。不久我便能站起来，走回家去。

> 我心爱的人啊，最有灵验的是你，你可以减去我的痛苦，可以使我心醉，使我忘记过去和未来。

最有灵验的是你

※ 莱丝皮纳斯

亲爱的朋友！

我从"奥菲厄斯"那儿来，这使我的心温柔，安静下来。我流了眼泪，但没有痛哭。我的痛苦是和缓的，每想到你悲伤便消失了，我的思念便集中到你一个人身上。我哭悼死者，但我的爱情仍只倾注在你的身上，我这颗心偏要二者兼顾。

何等奇妙的艺术啊！肯定是一种上帝的馈赠！音乐必定是一个细致的人发明出来安慰不幸的人的。

亲爱的朋友，一个人对于无法避免的痛苦除掉找镇痛剂以外，别无办法，而全世界的东西能作为我的心灵的镇痛剂的仅有 3 种。我心爱的人啊，最有灵验的是你，你可以减去我的痛苦，可以使我心醉，使我忘记过去和未来。在一切药物中，除掉这种最好的外，就要算鸦片烟了。这东西对于帮助我抵抗失望很有价值，它的效益是关于生理上的，但我却不可一日没有它。第三种便是音乐。那美丽的音符差不多可以使我忘却了悲哀不幸，当我一生最快乐的时刻，音乐却没有对我现在这个时刻富于真正的价值。

亲爱的朋友，当你还没出发之前，我一次也没去"奥菲厄斯"，我不需前往，因为你在我这儿，你刚才还在我这儿，我等待着你，这便是我生活的内容，这就足够了。可是我现在，憔悴地呻吟在荒野之中，失望与精神上的痛苦不断地袭来，我必须寻找各种方式来拯救自己，然而这些方式对于损害我生命的毒物来说，显得何等软弱无力啊！

亲爱的朋友，一种内在的声音悄悄告诉我："你将再看到他，你的生命将会重新获得价值，你的忧愁也将不至于难以忍受！"即使这只是幻想也是好的，因为这是最终的幻想，格里朗伯爵来听音乐剧，坐在王家的包厢里，和成千的格里朗家族都在这里。我照常坐在我的包厢里，我看见了他的夫人。他像平常一样和我打招呼，并不令人讨厌。伯爵到我的包厢来看我，我们并没有说起他的夫人，而谈了一阵子关于他的事业，一大笔财产就是一大宗负担，他在美洲有工厂、商店，还有法律事务所，他总是忙忙碌碌。因此可以获得利益，但这并不是理想的事业，幸福并不存在于丰富的财产中。幸福在哪儿呢？幸福在一个寂寞而又笨拙的学者的工作室中，或者是在工厂中的第一流的作业者手中，他们都在创造，而不至于精神枯竭。或者是在忠实的农民中间，他们有许多儿女和相应的收入。地球上其余部分都充满着愚人、蠢蛋和无赖汉！

我读过一部关于戏剧的书，很不令人满意，但其中也有几点可以称道的，我为你留着这本书。

整个世界都是暗淡无光。对此，我感到非常欣慰。我常常想在门上这样写着："走进来的，是向我致以敬意；不进来的，却也让我非常欢喜！"

马蒙泰尔先生向我请求：要在我这里朗读一个新的音乐喜剧，他来了，我们共有12名听众。大家喜欢听《老新郎》，这是剧的名称。第一幕开头使我觉得很混乱，我所听到的全部出乎常理，你知道，我竟没听进一个字。就是绞死我，我也记不住剧中的一个人

物和一点情节来，真的，毫不夸张。我退了出来，并且说了实话，同时也觉得他们也坚持不了多大会儿。当我听到同伴们重新高声争论起来时，我真有点惊讶了。

自从我的注意力不能集中在某事物上之后，我最喜欢朗诵。这使我自由自在。在交谈时，我自己绝不介入，他们常是互相吵闹，特别是那几个争强好胜的家伙，吵闹得最凶，有时真令人难堪。你当相信，我只爱和你，或和查斯泰卢克思的骑士闲谈。

晚安！现在应当让你休息了。我在火车中写的这封信。演音乐剧的日子是我最舒服、畅快的日子。我独自呆在剧场，将家中的门紧锁着。达列伯特已经见到了那"小丑"，"小丑"对他所说的笑话比"奥菲厄斯"要多。各有各的长处。

现在要暂时分手了，明天再会！

1774 年 10 月 14 日，星期五晚间这样你还会怀疑吗？你如果仍旧怀疑，那会让一颗只能爱恋一次的心儿破碎下去……

一颗只能恋爱一次的心儿

※ 克拉拉

你还怀疑我吗？我原谅你。我是一个弱女子，对了，只是一个弱女子，可我具有一颗很坚强的心，坚强而难以移易！这句话足以扫除你的一切疑虑了！

至今我也是忧愁满怀。然而，如果你在这封信后面写上一句令人宽慰的话给我，也许我会无牵无挂地走出这个广阔的世界。我已经答应了我的父亲，我会以安乐为怀，会在美术和音乐世界上再呆上几年。所以你将会从我这儿得到一点消息。当你知道这桩或那桩事情时，你会产生疑虑的，但你要想着："她是为了我才干这一切的啊！"这样你还会怀疑吗？你如果仍旧怀疑，那你会让一颗只能恋爱一次的心儿破碎下去……

1837 年

再见了，先生，我相信不久就能获悉你的消息。想到这一点，我就喜欢，因为你的和蔼亲切永不会从我记忆中消失。

音容如昨

※ 夏绿蒂

1844 年 10 月 24 日

今晨我特别高兴——近两年来我很少这样高兴过，因为我熟识的一位先生要到布鲁塞尔去，他表示愿为我带一封信给你，由他面交或经他妹妹转交你，要我放心，信一定会送到你手上。

我不打算写长信。首先，时间来不及——这信马上就得送走；其次，我怕叨扰你。我只想问问，你可曾收到我在五月初以及在八月间写给你的信？六个月来，我一直在等待先生的信——六个月的期待是很长的，你知道！但我不抱怨，而我这小小的忧愁将得到丰厚的报偿，如果你现在写一封信，交给这位先生——或他的妹妹带给我，他会万无一失地交到我手里。

不管信多么短，都能使我满足——只是别忘了告诉我你身体可好，先生，以及夫人和孩子们可好，还有教师和学生们可好。

家父和舍妹向你问好。我父亲的病渐重了。不过他尚未完全失明。我妹妹们都好，但我可怜的弟弟还在生病。

再见了，先生，我相信不久就能获悉你的消息。想到这一点，我就喜欢，因为你的和蔼亲切永不会从我记忆中消失。这记忆存在多久，它在我心中激起的敬仰就存在多久。

你最忠诚的学生

夏·勃朗特

在布鲁塞尔时你送给我的书，我刚把它们全都装订好。我喜欢沉思地凝望着这些书，它们构成相当可观的一批藏书。有伯纳丹·德·圣彼埃尔的全集，有巴斯卡尔的《沉思录》，一本诗集，两本德文书。还有埃热教授阁下在皇家文学院授奖大会上的两篇演讲——它们的价值胜过所有其他的书。

哦，我亲爱的宝贝，难道我不知道你说要为我献出生命时，你说的全是真心话吗？在世上还有什么比这信任更宝贵呢？我就是凭借这一信任来重建我的幸福的。

信任让我幸福

※ 乔治·桑

1834 年 6 月 26 日威尼斯

我亲爱的宝贝，几天前我收到了你的票子，今天又收到了你的信。你马上把莫里斯的消息告诉了我，并且料理了这无聊的寄钱的事，我真感激不尽。钱，我终于拿到手了，这多亏了邮局的一名职员，他花了很大功夫检查所有的留局候领信件，最后在"伦敦"的那一格中找到了布库瓦朗的信。我对这可怜的小伙子一会儿大加谴责，一会儿又像哭死人和入殓者那样对待他，原来他倒是十分踏实严谨的。我终于还清了债，并且有钱想吃什么就可以吃什么了。我亲爱的小家伙，你简直没法想象，有一段时间，命运使我尝受了怎样的痛苦和悲伤。我曾跟你说了其中一些……出于愤怒，我又送回了〔剪去了十行左右〕……他离开。贫困就是这么一回事。虽然人们对它不屑一顾，虽然有强壮的身体去承受它，而且有拼命工作的勇气，那也是无济于事的。贫穷会令你感受屈辱，会赋予那些有钱的粗鲁人以责骂和抱怨你的权利。我总是大胆地、傲然地面对贫困，因为我拥有可以凭此生活下去的东西，无需德米多夫先生的财宝。然而一次不巧的机遇，一次荒唐的意外事件，邮局一名职员的疏忽竟令我受到了屈辱（如果对于一个像我这样理所当然的傲气的人来说是屈辱的话），起码也成了投在我面前阻碍我前行的污物或令人讨厌的泥泞。正是这些东西使我忧郁消沉，引起我的自杀之念。这念头成了紧紧纠缠着我的忧伤伴侣。不过，我的宝贝，你不必担心，或许它还会一直跟着我〔划去："十年"二字〕，而不致对我有任何伤害。因为现在，我毕竟没有爱情的愁苦。我之所以经受得住过去感受的一切，大概是因为物质生活中的不快和厌倦总没有爱情和友谊的痛苦那么强烈。我的上一封信该使你放心下来了吧。如果我还找出什么理由来埋怨你托付给我的那位朋友，那我简直是个没心肝的人了。他真是个天使，温存、善良而又忠诚。当我神志健全的时候，我是热爱生活的，可是，你知道，外部世界有些烦恼问题是那么令人痛苦，竟使我们失了常态。所以当我被厄运困扰的时候，我的日子就十分难过。不过运气也有好转的时候，我希望我刚踏上好运阶段。我对儿子已放下心来，又收到了女儿的好消息，在威尼斯不欠一分钱的债了，下个月巴黎的所有债务都将还清，要是布洛兹不给我〔由于把上文的剪去而缺漏〕，八月份我就要与孩子们相见拥抱了。〔剪去一段，有脱漏：不，我肯定不会离开他们很长时间。我会活不下去的。他们也需要我，由于……必须旅行旅行，见见世面！这就是我们的情形，生活必须如此，艺术家的前程也要求非这样不可。不管怎么样，皮埃特罗将在巴黎与我相会〕。你说得很对，我的幸福来源于你的眼泪，可并不是你的绝望与痛苦的泪水，而是你热情而富于献身精神的热泪。你日后也许会更懂得去爱，你的性格或许会更平和、适度，但你永远不会像你在这些忧伤日子那样崇高伟大。别讨厌对往事的追忆，当你陷于烦恼与孤独之中时，请记住你曾给我留下的亲切、珍贵的回忆，它远胜于一切占有的快感。

　　我不想你为了我的事情留在巴黎。如果你有钱，如果你想旅游，

噢，我求求你，去行行乐或至少去消遣一下吧。现在我的事情很顺利。布库瓦朗并非陷入情网也没有死去。他会像往常那样照料一切的。只是你在巴黎的时候，请你有时去看看我的儿子。如果你发觉布库瓦朗怠慢了他，就请把他带出来。不过，你不在时，布洛兹也会把他的消息告诉我的。我想，我母亲也会让他有出门的机会。我不想和普朗什发生任何联系。布库瓦朗跟我提到他时，语气那么冷淡、含蓄，我看得出来，布洛兹的闲话中也有不少真实的成份。布洛兹把那些坏话都搬给了你，他真是个糊涂虫。布库瓦朗什么也没跟我说，不过他却令我领会我该坚持怎么办。我会跟普朗什论论理，此事秘密进行，但准会长时间地把他的嘴堵住。

至于你嘛，最好的答覆就是耸耸肩，像以前那样哼哼小调。你可能去什么地方、愿意去什么地方，就到什么地方去吧，只要我能够见到你，见面机会多少，随你安排。可至少让我看看你是否像从前那样脸色红润，是否像你夸口的那样长得胖胖的；至少让我对你的身体放心，让我心花怒放地像拥抱我的莫里斯那样拥抱你，同时听着你说你是我的朋友、我心爱的儿子，你对我始终如一。我还不知道帕杰洛能否陪伴我，我有点害怕一人独自远行，也害怕他会因为我离开而感到痛苦。另一方面，我知道他不会接受我的一点儿钱，他会赔罪一番，然后才决定往别处借债。他倒是很不想离开我……〔此处撕去〕十分高兴地与你相见拥抱。我希望这会使他忘却他的尴尬处境。

关于普朗什，这里再多说几句。布库瓦朗告诉我，普朗什正校对我在布洛兹处付印的全部稿子的校样。如果他喜欢干，那倒是件大好事，既然不是我请他去做的，我也用不着向他道谢。那是他和布洛兹之间的事情。不过，布洛兹把我要在杂志上发表的写给你的信委托他校阅，在我看来，他就太不够谨慎了。你该知道事物如何，布洛兹是怎样重读经改正的校样的。你也知道，即使更换了一个音节也会歪曲整句话甚至整段话的意思的。有时候，恶意篡改或疏忽大意都会弄出奇怪的错误来。《费加罗报》的 ou（或者）改成 où（那里）就是明证。

我怎么可能会对你的问题感到惊讶或生气呢？哦，我亲爱的宝贝，难道我不知道你说要为我献出生命时，你说的全是真心话吗？在世上还有什么比这信任更宝贵呢？我就是凭借这一信任来重建我的幸福的。今后在我身上可能发生的一切重大事情都是以你的友谊为基础，不是吗？你将我托付给一个深情与美德都如阿尔卑斯山那样永恒不变的人。我从外界生活中所感受到的一点点痛苦，都完全由你和他分担了。除了叫莫里斯给她妈妈写信，叫布洛兹给乔治寄钱来，就不须再注意别的什么。只有失去你的爱才会给我带来痛苦，可不能让这种情况发生。也只有你的爱，才使我在一切可能承受的痛苦中得到慰藉。请想想吧，我的宝贝，你在我的生活中和我的儿女占着同等地位。仅仅有两三个重大打击会将我置于死地，那就是孩子的死亡或是你的冷漠相待。至于皮埃尔，他的身体比我们都强壮，他的心不属于他自己而是属于我们的，就像我们胸膛里的那颗心一样。

再见了，再见了，我亲爱的天使，别为我而难过，相反地，从对你老情人的回忆中寻找你的希望和安慰吧。她疼爱着你，她祈求上帝让你得到爱。

请你把这里附上的一封信投进你路上见到的第一个邮筒。

明天，我就把《雅克》第二卷的半本寄出。请再三告诉布洛兹，7 月 15 日他就会收齐全本小说，他得分期地把最后的一千法郎寄给我。我打算 25 日在这儿启程。请你读读《雅克》并请把其中最荒唐的东西删去。希望布洛兹很快收到罗什富科先生的款子。听说布洛兹买下了巴黎杂志，他做了一笔赔本生意。这可是真的？

> 我有多少的话要说呀！这因为我觉得在精神上和你这么靠近，才使我有力量向你打开了我的灵魂。

靠近你的灵魂

※ 梅克夫人

没有收到你的信，我是多么寂寞呀，彼得·伊里奇，现在我居然收到了，我是多么快活呀！如果我有权的话，我要请你允许我随便什么时候喜欢，就给你写信——要这样做我就可以时常知道你是在什么地方，尤其夏天，我简直听不到关于你的消息。你的信对于我不仅是一种愉快，而且真正有好处。因此，亲爱的彼得·伊里奇，即使我没有向你要求，假如你能给我心中的这种向往说一个"好"字，那么你就使我感到说不出的快活了。

昨天我从彼得堡回来。我是不幸的——又一次错过了你的《瓦古拉》，因为他们没有演奏。我将要设法取得一点抵偿，所以我要求你，彼得·伊里奇，给我写一部小提琴和钢琴合奏的曲子，可以表现而且称为《谴责》（Reproach）的曲子。我手头有柯纳（Kohne）作的一首短曲，也叫做《谴责》（Lereproach），也是给小提琴和钢琴合奏的。我喜欢他，但它没有说出我所需要的东西，而且也好像说到某一个人似的。我的《谴责》必须是不针对某一个人的。它可以写大自然、写命运，就我看起来可以如此，别人如何那就不去管他了。它必须表现出不能忍受的精神疲乏，恰如法国话所谓：Jen'en-peuxplus（我再也不要它了）。在它里面必须有碎了的心，被蹂躏的信念，伤害了的自尊，消失了的幸福，包含一切，对人是那么亲切甜蜜的一切，从他身上无情地取去了的一切。

如果你曾失去过你所爱、你所认为亲切的事物时，那你就会了解这种感情。在这部《谴责》中，必须听见不幸的憧憬，失望的投降，灵魂的衰萎，此外，如果你认为妥当的话，还可以有死亡。在音乐里是可以发现这样的慰藉的——即是说生命并不照着要求而给与。对了，在《谴责》里还必须听见被剥夺了去的幸福的记忆。没有比音乐更能描写这样子的一种精神状态，而谁也不比你更能了解它。

因此我勇敢地把我的感情，我的意见，我的愿望写给你，我深信这一回我最亲切的感念是送到适当的去处了。

我不能写短信给你。我有很多的话要说呀！这因为我觉得在精神上和你这么靠近，才使我有力量向你打开了我的灵魂。

我知道你不会从通常的观点加以判断的。

我知道你会从你自己的观点加以判断的。

你的标准和理想是在音乐的泥土上生了根，可是谢谢上帝，这都不是在一种打了纸型的音乐坏境中生长的，所以它们才显得这么可敬与高贵。这些不仅是空话和谢意，而是你在我心中引起的感情与热情的小小的表现。

AuYevoiy（再见），我不想说"别了"，因为我不想这封信写完……

献身于你的（我的灵魂献身于你的）——

1877 年 5 月 12 日，莫斯科

啊！你这完美迷人的人啊。你真是一个可爱的宝贝儿！你的信和我的冷鸡排成了我的晚餐，进餐时我始终笑个不停。

你这完美迷人的人啊

※ 爱伦·泰瑞

啊！你这完美迷人的人啊。你真是个可爱的宝贝儿！你的信和我的冷鸡排成了我的晚餐，进餐时我始终笑个不停。

离开"工场"前我听亨利·欧文说你明天中午 12 点 30 分要与他会面，这使我很高兴。然后他带我回家，但并没有进屋。

后来又收到你的信，还有明天发行的《星期六评论》！！

不要误解我的话，不要把我看成一个"从未见过一位值得见面和结识的男人"的可爱又可怜的人物！这不是事实。我曾见到过许多出色的家伙，他们全都值得结识，我一直爱他们（不要误解我的话），并已对没完没了地关怀他们感到疲惫不堪，可是我从未抛弃过他们（这真不合理）。你一定要把你的剧本读给我听。我可以拿到《康蒂妲》吗？你是不是认为我会带着它逃走？

对了——我就是一位"亲切的女人"。

已经有好多人这样告诉我了。啊，晚安，你这招人疼爱的活宝。你真是太好了！明天十二点半时，我可能不在那里。

但是我知道，欧文在见过你后会立刻驱车赶到我这里来，根据他的观点，把有关你的一切都告诉我。

但他是一个如此聪明的老傻瓜，当我们一起结识某人时，他总是通过我的眼光去观察对方——评论家除外！

刚刚又读了一遍你的信，忍不住又笑出声来。谢天谢地这里只有我一个人。已经 1 点钟了。晚安——还有早安。

你这个活宝！

爱伦·泰瑞
1896 年 9 月 26 日

我对你一无所求，亲爱的老弟——我的意思是没有更多的要求。我欠你的人情，既然我爱你，所以丝毫不在乎你写不写信。

我欠你的人情

041

※ 爱伦·泰瑞

好吧，今天我不写信，可我将把它带在身边随时思考。晚上从剧院回来后，我就可以与你一起共享安静的时光了，那时我们再聊。你在上封信里说，你想完成你的作品，不打算再写"没用的信"了，这真令人伤心，我想只要我不断地写下去，你也会给我回信，以免让我觉得被"抛弃"。那我就一直等到周末再把信发出去，以便让你缓口气。你对我非常和蔼甜蜜。然而，很遗憾，你没有把我的照片放进鼻烟盒里。

我身上没有任何你"想要的，以及从别人那里要不到的"东西，我对你也一无所求，亲爱的老弟——我的意思是没有更多的要求。我欠你的人情，既然我爱你，所以丝毫不在乎你写不写信。我要告诉你，在那天晚上（首演之夜）的演出结束后，我是多么想立刻跑到你的身边啊，可是我却要摆出女主角的样子，去帮助亨利和所有人。啊，我当时始终都渴望着赶快离开，去一个安静的地方——与你在一起，或去听听音乐。

下周你不能把《康蒂妲》寄给我吗？我现在非常地烦躁和沮丧，需要一点欢乐。把剧本寄来吧，做个乖孩子。作为奖励，本周末之前我将不给你写信，也不去你家找你，因为我太想要这个本子了。瞧！我只是想要你"能给"我的东西！

我那该死的孩子已经发现了你的手迹，埃迪小姐对她上了年纪的母亲非常不礼貌。她为你画了张像，说是会说话的肖像，让我把它放在内衣里面。我把它送给你。

一个绝妙的主意！我希望你娶她！别人都不行（笨蛋们都被她吓跑了）。那样你就属于我了，你不喜欢她时，我也能要她回来！

爱伦（不必回信）

1896 年 10 月 15 日

"蔷薇花，多么美，多么新鲜……"

美丽的蔷薇花

※ 屠格涅夫

不记得在什么地方，在什么时候，已经很久，很久了，我读过一首诗。我很快就忘了它……可是第一行至今还留在我的记忆里：

"蔷薇花，多么美，多么新鲜……"

现在是冬天，玻璃窗上结了霜；在阴暗的屋子里燃着孤零零的一支蜡烛。我蜷缩地坐在一个角落里；在我的脑中那一行诗句反复地回响着！

"蔷薇花，多么美，多么新鲜……"

我看见自己站在一个俄国田家的矮窗前。夏天的黄昏静静地化入了夜，温暖的空气里充满了末犀草和菩提树的芳香。窗口坐着一个年轻的姑娘，她靠在一只手膀上，头垂在肩际。她不转眼地默默凝视着天空，好像等着看那最初的星星。她的梦幻的眼里带着何等率直的感动，她的欲语半启的嘴唇带着何等动人的天真，它那尚未被万事扰乱、还在发育的胸膛，呼吸得多么平稳，她那年青的面颜的轮廓又是多么纯洁，多么温柔！我不敢对她说话：可是我非常爱她，我的心跳得多么厉害！

"蔷薇花，多么美，多么新鲜……"

然而在这里，在我的屋子里，光线渐渐地暗淡下去了。……燃尽了的蜡烛忽然摇曳地放起光来，跳舞的影子在天花板上晃动。墙壁外面霜雪飒飒地发响，房里仿佛起了老人的寂寞的私语。……

"蔷薇花，多么美，多么新鲜……"

在我的眼前又浮现了另外的景象。我听见了乡居生活的愉快的喧哗。两个亚麻色的头紧紧偎着，用她们光亮眼睛活泼地望着我，粉红色的脸颊因为忍住笑声而颤动起来。她们的手亲密的扭在一起，年轻的善良的声音响着，一个压倒一个；再远一点，在这舒适的小屋的举动处，另一双也是年轻的手，用那不熟练的指头不停地打着旧钢琴的键盘；南奈尔的瓦尔兹掩不住古老的茶炊的吁吁声……

"蔷薇花，多么美，多么新鲜……"

蜡烛闪闪地燃尽就灭了……谁在那边发出这嘎声的干咳！我的老狗蜷伏在我的脚边，它是我唯一的伴侣……我冷……我冻僵了……她们全死了……死了……

"蔷薇花，多么美，多么新鲜……"

　　我爱人们，这爱是纯洁的，毫无私心；我更爱你，这爱是高尚的，脱俗超凡。

爱情的故事

※ 圣琼·佩斯

　　在一间孤零零的茅舍里面，坐着一位青春年少的小伙子。他透过窗户一会儿向缀满群星的夜空张望，一会儿又低头凝视着手中一位姑娘的画像。那画像的每根线条、每种色彩，都在青年的脸上反映出来，因此，这世界上的秘密和永恒世界的天机都在这脸上暴露无遗。那姑娘的画像在与青年喁喁私语，情意绵绵，使他的两眼变得好像耳朵一般，能听懂那屋子空间中遨游的灵魂的语言；那画像又仿佛把青年的一切化为一颗心。爱情使它像火一样炽烈，相思又使它如海一样深沉。

　　就这样过了一个时辰，那时候好似美梦中一分钟那样短暂，又仿佛是在永恒的人生中度过了一年。然后，青年把画像在画前放好，提笔在一张纸上写道：

　　"我心爱的人！

　　"伟大的超然物外的真情实感，无法通过人类相通的语言在人与人之间相传，而只能靠心心相印，默无一言。今夜万籁俱寂，我觉得正是这静谧在你我两颗心之间把情书递传。这书信是如此轻柔，胜似微风把深情写在水上头；这静谧又仿佛拿着我们两颗心中的情书，对我们两颗心轻轻地诵读。但是，正如上帝的旨意把心灵囚禁在躯体内部，爱情的旨意竟让我也变成了话语的俘虏……亲爱的！人们说，爱情会把人变得好似熊熊烈火在燃烧，能把一切都吞噬掉。我发现，离别的时间不能将你我的精神世界隔断。还有，第一次相见，我就知道我的心灵早已认识你不知多少年了。看到你的第一眼，实际上并非第一眼……我亲爱的！使我们这两颗被苍天贬滴下凡的心重新相聚在一起的时分，使我不禁再次相信，心灵的确不会泯灭，它将永世长存。只在这样的时刻里，造化才算揭去了自己的假面具，露出了它那有限的常令人怀疑的正义……

"亲爱的！你是否还记得那座花园——我们曾站在那里相互注视着情人的脸？你是否知道，当时你的眼神告诉我，你对我的爱并非出自对我的怜悯？那眼神告诉我，并教我对自己，也对世人说：出自公正的馈赠远胜过悲天悯人的施舍，而虚假的爱情则像沼泽中的水一样污浊。

"亲爱的！我想让自己度过伟大、壮丽的一生，能让后世人长记心中，引起他们的爱戴，博得他们的尊敬。我遇见你时，这一生已经开始，而我深信它会永垂青史。因为我认为你是那样不凡，一定能将上帝寄存在我身上的神力通过伟大的言行得以体现，就好似太阳催开百花，使它们争奇斗妍，馨香满园。似这样，我的爱将永世存在，为我自己，也为后代。我爱人们，这爱是纯洁的，毫无私心；我更爱你，这爱是高尚的，脱俗超凡。"

青年站起身，在屋子里踱来踱去。然后他向窗外望去，只见月光溶溶，月色迷离。他坐下来，又接着写下去：

"原谅我吧，亲爱的！因为我刚才竟用了第二人称与你交谈，而实际上，你是我们同时出自上帝手中时我失落的美丽自身的另一半。原谅我吧，亲爱的！"

您看，我是太想爱您了，所以才教您如何使我爱您。

与恋人书

※ 托尔斯泰

可亲的瓦利里娅·弗拉基米罗夫娜

想起昨天给您写的那封信心里十分难过，现在真不知道怎样写信才好了，而单只想念您是不够的，我非常想给您写信。寄上几本书，请您试着读一读，先从小短篇，从童话读起，那些童话很美。请把您的真实意见告诉我。尼古连卡的事我没来得及做，书也下次再给他寄。别拉温的的确确坏得无法形容，想到一位好姑娘会嫁给他就无法不在乎，那简直是罪过。如果这桩亲事是真的，请写信告诉我，我要给拉扎列维切娃写封信。这段时间我只见到我在文学界的朋友，其中我喜欢的不多。至于社交界的熟人，我都避免接触，至今谁也没有见到。今天跟伊万·伊万诺维奇第一次工作了一个晚上，我很满意。我怎么总谈自己啊，我的上一封信也许使您对我暗怀怨恨，我甚至完全冷漠了吧？给您寄上的还有屠格涅夫的小说，请您也读一读，如果不觉得枯燥的话。依我看，几乎都很好，您的意见还是请您直言不讳说出来，不管多么荒谬。席勒说过：Wage nur zu irren zu traumen！这句话对极了，应该不怕错，坚决果敢地做，只有这样才能达到真理。是的，对您说来还不容易明白，还太早。

您怎么不给我写信？哪怕写像我这样的让人讨厌的信也可以嘛！您怎么不给我写信呢？科斯坚卡并不爱您，这是真的。我是说，他并不珍视您。不过科斯坚卡人很好，这是我原来没有想到的。他发生了很大变化，《圣经》上的话是不容易懂的，他不久前懂得了一个大道理：善——好。记得常常问您的话吧？您也会懂得的，但要过些时日。说来痛心，这个伟大的真理必须经过痛苦的磨炼才能懂得，他经过痛苦的磨炼懂得了，而您还没有真正生活过，没有享乐过，也没有痛苦过，您只知道欢喜和悲伤。有些人一生都不曾尝到享乐与痛苦的滋味。请您告诉我，您是否清楚地懂得我的问题？您是不是这样一个人？不管怎样，您还是可亲的，确实可亲，可亲极了。您怎么不给我写信啊？我想对您说关于赫拉波维茨基和赫拉波维茨卡娅的生活方式的话，没有您的回音我是没有决心说出的，尤其是您对我的第二封信的回音。不过，说实在的，平心而论，我现在比最初想念您已经少多了，也平静多了，可是毕竟比以往我想念任何女子多得多。请您回答我这样一个问题，尽可能真诚地在每封信里回答我：您在多大程度上以怎样的方式想念我？我对任何人都没有体验过的对您的特殊感情是这样的：只要我遇到或大或小的不惯例，如失败，自尊心受辱等等，我立即想起您，并且想：'这是小事一桩，那儿还有一位小姐呢，我有什么可在乎的。"这是一种美好的感情。您生活怎样？您工作吗？看在上帝的面上，给我写信吧。请您不要嘲笑工作二字。做聪明有益的工作，为了善的目的而工作是非常好的，即使做一点小事，削削木棍什么的也行，这是精神充实的美好生活的首要条件，因而也是幸福的首要条件。比如我，今天工作了，就觉得心安理得，有一点点沾沾自喜，但并非骄傲，而且觉得自己是善良的。今天我就无论如何不会给您写昨天那种恼怒的信了，今天我对全世界都怀有好感，而对您则怀有我希望一辈子都感受到的那种感情。啊，如果您能理解，能感受，能像我一样从痛苦中悟出这个信念，那有多好啊！这个信念就是：唯一可能的、唯一

起初的、永恒的最高幸福来自三件东西：劳动、忘我的爱！我懂得这一点，我将这个信念珍藏心中，但按照这个信念生活一年当中只有两个来小时，而您有着真诚的天性，您能将全身心献给这个信念，就如同您能将自己献给人们——m－lle Vergani 等人一样。如果两个人以这个信念结合在一起，那简直是幸福的顶峰。再见。这不是用语言能证明的，而是上帝在适当的时候暗示的。愿基督与您同在，可亲的，真正可亲的瓦列里娅·弗拉基米罗夫娜。我不知道至今您给我更多的是什么，是精神痛苦，还是精神享受。但我在现在这种时刻是愚不可及的，以到无论是前者还是后者我都十分感激您。

看在上帝面上，千万不要每天给我写信。不过，如果没有愿望，就不用写。不，如果不愿写，就只写这样一句话：今天几号，不想给您写信，然后寄出。我会高兴的。看在上帝的面上，写信不要杜撰，不要重读，您看，我就是这样，我敢于在您面前夸耀这一点，您以为我不想在您面前卖弄吗？不，我宁愿在您面前只炫耀真诚坦率，而您更应该如此，比您聪明的女子我认识不少，但比您诚实的女子我还没有遇到过。此外，过分的聪明令人反感，而诚实越多越完满则越可爱。您看，我是太想爱您了，所以才教您如何使我爱您。确实，我对您的主要感情还不是爱，而是尽力去爱您的热切愿望。

看在上帝面上，快给我写信吧，要写得尽可能多，尽可能不流畅，因而更真实。

如果会劳动会爱，为爱而劳动，爱你所从事的劳动，那么活在世上会非常之好。使劲拥抱亲爱的任涅奇卡。也抱抱那两个平季加什卡。紧握奥莉加·弗拉基米罗夫娜的手。

请告诉纳塔利娅·彼得罗夫娜，奥·屠格涅娃不想结婚。如果您忽然想给我写点什么又拿不定主意，那么也请暗示一下想写什么。应该大胆讲清一切问题。我对您说了不少客气的话，可您从来不说。

> 老年人的衰朽，是过去，青年人还幼稚，是将来，占有现在的只是中年人。

论 青 年

※ 朱自清

冯友兰先生在《新事论·赞中华》篇里第一次指出现在一般人对于青年的估价超过老年之上。这扼要的说明了我们的时代。这是青年时代，而这时代该从五四运动开始。从那时起，青年人才抬起了头，发现了自己，不再仅仅的做祖父母的孙子，父母的儿子，社会的小孩子。他们发现了自己，发现了自己的群，发现了自己和自己的群的力量。他们跟传统斗争，跟社会斗争，不断的在争取自己领导权甚至社会领导权，要名副其实的做新中国的主人。但是，像一切时代一切社会一样，中国的领导权掌握在老年人和中年人的手里，特别是中年人的手里。于是乎来了青年的反抗，在学校里反抗师长，在社会上反抗统治者。他们反抗传统和纪律，用怠工，有时也用挺击。中年统治者记得五四以前青年的沉静，觉着现在青年爱捣乱，惹麻烦，第一步打算压制下去。可是不成。于是乎敷衍下去。敷衍到了难以收拾的地步，来了集体训练，开出新局面，可是还得等着瞧呢。

青年反抗传统，反抗社会，自古已然，只是一向他们低头受压，

使不出大力气，见得沉静罢了。家庭里父代和子代闹别扭是常见的，正是压制与反抗的征象。政治上也有老少两代的斗争，汉朝的贾谊到戊戌六君子，例子并不少。中年人总是在统治的地位；老年人势力足以影响他们的地位时，就是老年时代，青年人势力足以影响他们的地位时，就是青年时代。老年和青年的势力互为消长，中年人却总是在位，因此无所谓中年时代。老年人的衰朽，是过去，青年人还幼稚，是将来，占有现在的只是中年人。他们一面得安慰老年人，培植青年人，一面也在讥笑前者，烦厌后者。安慰还是顺的，培植却常是逆的，所以更难。培植是凭中年人的学识经验做标准，大致要养成有为有守爱人爱物的中国人。青年却恨这种切近的典型的标准妨碍他们飞跃的理想。他们不甘心在理想还未疲倦的时候就被压进典型里去，所以总是挣扎着，在憧憬那海阔天空的境界。中年人不能了解青年人为什么总爱旁逸斜出不走正路，说是时代病。其实这倒是成德达材的大路；压迫的，挣扎着，材德的达成就在这两种力的平衡里。这两种力永恒的一步步平衡着，自古已然，不过现在更其表面化罢了。

青年人爱说自己是"天真的"、"纯洁的"，但是看看这时代，老练的青年可真不少。老练却只是工于自谋，到了临大事，决大疑，似乎又见得幼稚了。青年要求进步，要求改革，自然很好，他们有的是奋斗的力量。不过大处着眼难，小处下手易，他们的饱满的精力也许终于只用在自己的物质的改革跟进步上；于是骄奢淫逸，无所不为，有利无义，有我无人。中年里原也不缺少这种人，效率却赶不上青年的大。眼光小还可以有一步路，便是做了自了汉，得过且过的活下去；或者更退一步，遇事消极，马马虎虎对付着，一点不认真。中年人这两种也够多的。可是青年时就染上这些习气，未老先衰，不免更教人毛骨悚然。所幸青年人容易回头，"浪子回头金不换"，不像中年人往往将错就错，一直沉到底里去。

青年人容易脱胎换骨改样子，是真可以自负之处；精力足，岁月长，前路宽，也是真可以自负之处。总之可能多。可能多倚仗就大，所以青年人狂。人说青年时候不狂，什么时候才狂？不错。但是这狂气到时候也得收拾一下，不然会忘其所以的。青年人爱讽刺，冷嘲热骂，一学就成，挥之不去；但是这只足以取快一时，久了也会无聊起来的。青年人骂中年人逃避现实，圆通，不奋斗，妥协，自有他们的道理。不过青年人有时候让现实笼罩住，伸不出头，张不开眼，只模糊地看到面前一段儿路，真是"前不见古人，后不见来者"。这又是小处。若是能够偶然到所谓"世界外之世界"里歇一下脚，也许可以将自己放大些。青年也有时候偏执不回，过去一度以为读书就不能救国就是的。那时蔡孑民先生却指出"读书不忘救国，救国不忘读书"。这不是妥协，而是一种权衡轻重的圆通观。懂得这种圆通，就可以将自己放平些。能够放大自己，放平自己，才有真正的"工作与严肃"，这里就需要奋斗了。

蔡孑民先生不愧人师，青年还是需要人师。用不着满口仁义道德，道貌岸然，也用不着一手摊经，一手握剑，只要认真而亲切的服务就是人师。但是这些人得组织起来，通力合作。讲道理，可是不敷衍，重诱导，可还归到守法上。不靠婆婆妈妈气去乞怜青年人，不靠甜言蜜语去买好青年人，也不靠刀子手枪去示威青年人。只言行一致按着应该做的放胆放手做去。不过基础得打在学校里；学校不妨尽量社会化，青年训练却还是得在学校里，学校好像实验室，可以严格的计划着进行一切；可不是温室，除非让它堕落到那地步。训练该注重集体的，集体训练好，个体也会改样子。人说教师只消传授知识就好，学生做人，该自己磨练去。但是得先有集体训练，教青年有胆量帮助人，制裁人，然后才可以让他们自己磨练去。这种集体训练的大任，得教师担当起来。现行的导师制注重个别指导，琐碎而难实践，不如缓办，让大家集中力量到集体训练上。学校以外倒是先有了集中训练，从集中军训起头，跟着来了各种训练班。

前者似乎太单纯了，效果和预期差得多，后者好像还差不多。不过训练班至多只是百尺竿头更进一步，培植根基还得在学校里。在青年时代，学校的使命更重大了，中年教师的责任也更重大了，他们得任劳任怨的领导一群青年人走上那威德达材的大路。

我们几乎很难找到一个人，能够成天只做他自己喜欢
的事，过他自己所愿意过的生活。

人生就是奔波

※ 周文东

我们几乎很难找到一个人，能够成天只做他自己喜欢的事，过他自己所愿意过的生活。

每个人都必须被动地做些他并不想做的事，表演一些他并不喜欢表演的角色，过一种他所不愿过的生活。所以，我们发现，有些人一有时间就吸烟。有些人一有时间就看小说。有些人一有时间就写文章。这些一有时间就想做的事，才真正是他所喜欢做的事。但是，因为他必须应付许许多多生活中的琐事，他没有充分的时间和自由去只管做他所喜欢做的。因此，这些小小的嗜好，就成为人生活中的一点寄托。

他从这里面找到他自己，得到生活的真味，暂时忘掉了世界的烦恼。

假如你懂得生活，同时你也懂得自己，那么，你一定会在生活中找到那么一点使你安心，使你忘忧，使你沉醉的所谓的寄托。

这寄托有时很容易找到。一本书、一张唱片、一支笔、几张纸，或集邮、或摄影、或游山玩水，只看你兴趣近于哪些方面，只看你是否诚心去找。

除非你作好准备，否则，机会会使你显得可笑。

握住时机之手

※ 何志芳

对重大的时机你作过准备吗？

除非你作好准备，否则，机会会使你显得可笑。"从这条路走过去可能吗？"拿破仑问那些被派去探测伯纳称之为死亡之路的工程技术人员。"也许吧，"回答是不敢肯定的。"它在可能的边缘上。""那么，前进！"小个子不理会工程人员讲的困难，下了决心。

出发前，所有的士兵和装备都经过严格细心的检查。破的鞋、穿洞的衣服、坏了的武器，都马上修补或互换。一切就绪，然后部队才前进。统帅的精神鼓舞着战士们。

战士皮带的闪光，出现在阿尔卑斯山高高的陡壁上，出现在高山的云雾中。每当军队遇到特殊困难的时候，雄壮的冲锋号就会响彻群山之巅。尽管危险的攀登中到处充满了障碍，致使队伍延长到30公里，但是他们一点不乱，也没有一个人掉队！4 天之后这支部队就突然出现在意大利平原上了。

当这"不可能"的事情完成之后，其他人才看到，这件事其实是早就可以做到的。许多统帅都具有必要的设备、工具和强壮的士兵，但是他们缺少毅力和决心。而拿破仑不怕困难，在前进中精明地抓住了自己的时机。

一般人只看到一举成名的荣耀，而漠视了"万骨枯"的代价。

成功背后的代价

※鲁　萍

世间有形形色色的人，从事形形色色的工作，产生了形形色色的结果。

有人羡慕明星的风采，但掌声后面有多少辛酸？

有人羡慕首长的地位，但权威后面有多少牺牲？

有人羡慕文学家的才华，但传世之作后面有多少挣扎？

有人羡慕企业家的财富，但投资后面又有多少风险？

一般人只看到一举成名的荣耀，而漠视了"万骨枯"的代价。

被社会公认成功的人几乎都有一个共同的特征：他们对工作的目标执着，他们从工作中得到乐趣——如地位、冒险的的报酬及理想的实现。

以大家较熟悉的名字为例，在美国如当初创设苹果电脑的杰伯、反败为胜的艾科卡；在日本如松下电器的创办人幸之助、丰田汽车的会长丰田英二；在台湾如台塑企业的王永庆。

在困难的岁月中，不可能的奇迹虽需长久等待，但终会来临。

不可能的奇迹需久候

※ 亚 特

二十岁是我出生以来最快乐的时光。我那时在体育运动方面非常活跃：擅长滑水及滑雪、打高尔夫球、网球、篮球和排球。我甚至在板球队担任投手，而且几乎天天跑步。当时我创办了一家网球场建筑公司，前途一片光明。而且我和全世界最美的女子订了婚。但悲剧发生了。

我在一阵金属扭曲和玻璃破碎的震动声响中醒来。就在一切刚开始混乱时又马上归于寂静。我睁开双眼时，整个世界一片黑暗。而当我开始恢复意识时，可以感觉温热的血布满我的脸，之后便是一阵排山倒海而来的疼痛。在失去意识之前隐约听到有人在呼叫我的名字。

圣诞夜，我告别了加州的家人，和一位朋友开车前往犹他州。此行是要和我未婚妻达拉丝去度剩下几天的假期。这是我们结婚计划的一部分。我们婚礼将在一个月后举行。这次旅程中由我驾驶前面八小时，之后因感疲倦加上朋友在我开车时已先休息，所以由他接手，我到后座休息。我系好安全带，而朋友继续在黑暗中开车。

他开了一个半小时后，竟然睡着了。之后，车子撞上了桥墩，又滚到路边，连转了好几圈。

当车子终于停下来时，我整个人已被弹了出去，摔到荒凉的路面并跌断了颈椎，胸部也受伤瘫痪了。救护车送我到拉斯维加斯的一家医院，医生宣布我将会四肢瘫痪，双脚失去功能，胃肌、三块主要胸肌及右三头肌也将失去作用，肩膀及手臂失去力量，双手也不能动作了。

这就是我新生活的开始。

医生说我必须有新的梦想及价值观。因为我目前身体的状况，将永远不能再工作——对于这一点我倒是颇为兴奋，因为毕竟我身体不能正常运作的部分只有百分之三十九。他们告诉我永远不能再开车；我的余生在饮食、日常生活基本需求上，均需依赖别人帮助。我最好也别再梦想结婚了，因为……谁会想要我？他们的结论是我永远不能再从事运动或激烈的活动。这是我年轻的生命中第一次心生恐惧。我害怕万一他们所说的真的成为事实。

躺在拉斯维加斯的病床上，我想着我所有的希望和梦想已成泡影。我想我的身体有没有可能恢复到和从前一样。我想着我是否可能再工作、组织家庭、有自己的家人，以及能否享受从前带给我极大乐趣的任何活动。

就在那段恐惧及怀疑的时光中，母亲来到我床边，轻声对我说："亚特，在困难的岁月中，不可能的奇迹虽需长久等待，但终会来临。"刹那间，黑暗的房间顿时充满希望之光及信心，我相信明天将会更好。

那是十一年前母亲说过的话，而现在我已是一家我所创立公司的总裁。我目前是专业的演说家及作家，出版了一本书——《奇迹需待时》。每年我旅行超过两万英里，与五百家公司、国立机构、推销组织及青年团体分享一个信息——"不可能的成功奇迹需久待。"每场观众都超过一万人。一九九二年，我被一个六州联合的中小企

业管理协会封为年度青年企业家。一九九四年，《成功》杂志封我为年度伟大的东山再起者之一。我生命的梦想真的实现了。

从那天起我学会了开车。我可以去任何我想去的地方，做想做的。我完全可以独立照顾自己了。从那天起我对自己的身体又有了感觉，而且我的右三头肌已有部分功能恢复了。

在我严重受伤的一年半后，我和当初美丽的未婚妻结婚了。一九九二年，我的妻子，达拉丝赢得"犹他太太"后冠，她还当选当年年度"美国太太"第四名。我们有两个孩子——一个三岁的女儿麦卡欣·蕾妮和一个一个月大的儿子达顿·亚瑟——他们是我们生活快乐的泉源。

之后，我再度回到运动的世界里，我学会了游泳、潜水、航海及滑雪，同时我也学会了橄榄球。我了解到自己不会再被任何伤痛击倒。我也参加十公里轮椅竞走和马拉松。一九九三年七月十日，我成为世界上第一位四肢瘫痪却参加三十二公里赛跑的人，在七日内来回犹他的盐湖城和圣乔治——这也许不是我做过最优秀的事，但绝对是最困难的。

为何我会做这许多事？那是因为在很久以前，我决定听从母亲的话及自己内心的声音，而非外界的各种杂音——包括像医生那样的专业人士所说的话。我接受目前的情况并不意味着我必须放弃自己的梦想。我找到再度燃起希望的理由。学习到梦想永远不会为现状所击退；梦想乃是由心而生，也只有在心中，它才会永不消失。因为当困难阻碍愈多时，不可能的奇迹更需耐心久候。

　　我们三个人有整整二十四小时的时间可以准备，看看
是否能够将供给一千名流浪汉温饱的这种梦想化为真实。

改变生命的经验

※ 保　罗

　　我已经学习到要非常小心地使用"不可能"这个字眼。

　　几年前，我拥有信仰的经历，冲击之大，以至于永远改变我往
后看待世界的态度。在那时候，我参加一个专门激发人类潜能，名
为"生命源泉"的组织。我和其他五十个同伴共同参与一项为期三
个月，探讨领导统御的训练课程。在一次我们固定的星期聚会里，
那些负责这次课程的人士带来了一项挑战，我的顿悟于是开始。他
们要求我们供应早餐给洛杉矶市区内一千名无家可归的流浪汉。我
们另须收集衣物作为捐赠。更重要的是，做这些事，我们不得花费
自己半毛钱。

　　因为我们之中没有人参与过任何的慈善事业，也没有人做过类
似的事情，因此我的第一个反应是："老天，这像是被判了十年徒
刑，要安然度过可还真难！"然而，只听到他们又说："顺便一提，
我们要你们这些家伙将所有事情在星期六早上完成。"他们说这话时
已经是星期四晚上，所以我很快地改变我的想法——"这——根
——本——不——可——能——！"我想和我持同一想法的人绝不只

我一个。

环顾四周，我看到五十张像刚洗过的白板一样苍白的脸。事实上，我们对自己该怎么完成任务或该怎么开始，都茫无头绪。然而就在这个节骨眼上，令人惊奇的事情发生了。既然没人愿意承认我们无法接受他们的挑战，我们都只好绷紧了脸说："是啊！我们当然能够达成任务，没问题！"

然后有个人接着说，"没错，我们需要分成几个小组。一组负责拿到食物，而另一组人负责衣物。"另一个人则说，"我有一部卡车，我们可以用来装载器皿锅盘什么的。"

"太棒了！"我们吱吱喳喳地讨论着。

于是其他人开始热烈响应："我们需要一组人负责策划团体活动和捐赠衣物的分配。"我则是负责通信联络的那一组。

凌晨两点不到，我们已经拟好了一份该做的清单，分派给适当的小组去执行，然后各自回家补充睡眠。我记得在入睡前我还在想着："天啊！真不知道我们要怎么完成这件事情，真是一点儿概念也没有……但我们一定会尽力去完成的。"

清晨六点钟，我的闹钟响了。几分钟后，同组的两个伙伴出现。我们三个人有整整二十四小时的时间可以准备，看看是否能够将供给一千名流浪汉温饱的这种梦想化为真实。

我们翻开电话簿，开始打电话给我们认为能够帮忙的每一个人。我第一个电话打给逢的公司总部。在说明了意图后，我被告知必须以书面申请食物，但那过程却要耗掉两个星期的时间。我耐心地解释我们并没有两个礼拜长的时间，我们必须在当天，最好是在傍晚之前，拿到食物。逢的分区经理回答说她在一小时之内便会给我答复。

我打电话给西方圆饼店，说明缘由，店里负责人的回答着实令人高兴："没问题。"突然间，我们便获得了一千两百份圆饼，接下来，当我和查奇农场搭上线，试图拿到一些鸡和鸡蛋时，我的呼叫器响了。那是某一组的伙伴打电话来说，他路过汉森果汁店，已装满了一卡车他们捐赠的新鲜胡萝卜汁、西瓜汁和其他各式各样的蔬果汁——真是一支漂亮的满分全垒打。

逢的分区经理回电表示，她已经为我们准备了各类的食物，其中还包括了六百条面包！十分钟后有人打电话告诉我说，他们筹备到五百份预备捐赠的墨西哥汤。几乎每十分钟便有人打电话来说他们说动某个人捐赠多少东西！"哇！我心里想着，"我们真的能完成任务吗？"

在十八小时毫无休息的工作之后，我们在温古尔甜甜圈专卖店前，小心地将八百个甜甜圈包装好，堆在我后车箱的其中一边，以便清晨五点时车内还有空间放得下一千二百份的圆饼。

补充了几个小时的睡眠后，我跳进车子，冲到西方圆饼店装载圆饼（我的车子此时闻起来像是一家面包店），然后向着洛杉矶市区前进。那时已是星期六早上了，而我的心正噗通噗通作响。当我在清晨大约五点四十五分开进停车场时，我可以看到小组的成员正在架设巨型的烤肉架。灌气球并摆设烤肉架上的炊具。（该有什么东西，我们都已设想好了）

我很快地跳下车子，开始卸下一袋袋的圆饼和一箱箱的甜甜圈。早上七点钟，停车场大门外已经开始有人在排队。我们提供热烘烘早餐的消息散布到周围邻近极为贫困的地区时，那个队伍开始越来越长，延伸到街道上，横跨整个市区。

早上不到七点四十五分，男人、女人甚至小孩们都排到这支领食物队伍中，他们的盘子上堆满了热烘烘的烤鸡、炒蛋、墨西哥汤、圆饼、甜甜圈和许多其他好吃的食物。在他们后面，是一堆堆折叠整齐的衣服，在餐后必定会被一抢而空。伴随着播音室里喇叭迸发出令人震撼的《四海一家》（We Are the World）的歌声，我一眼望过去，尽是一片满足的脸孔，不分任何肤色或年龄，全都快乐地吞食他们盘中的食物。早上十一点，所有食物都被吃光了，我们也已

经供应了一千一百四十个无家可归的流浪汉丰美的一餐。

　　在那之后，我的组员和那些无家可归的人，很自然地闻歌起舞，愉悦地庆祝这次活动。在舞蹈中，两位无家可归的流浪汉来到我面前说，今天的早餐是他们吃过最丰盛的一餐，而这也是他们参与类似活动中，第一次没有任何打架争食的场面。当他们之中的一人紧握着我的手时，我感到喉头一阵哽咽。我们成功了。我们在不到四十八个小时的时间内提供食物给一千多个无家可归的人。这种感触深深地打动了我的心灵。现在只要有人告诉我，他们想要做某件事情，但却认为不可能完成时，我便会在心里想着，"嘿！我知道你在想什么。我以前也是这么想的……"

但是难道败局已定，胜利已经无望？不，不能这样说！

谁说败局已定

※ 夏尔·戴高乐

担任了多年军队领导职务的将领们已经组成了一个政府。

这个政府借口军队打了败仗，便同敌人接触，谋取停战。

我们确实打了败仗，我们已经被敌人陆、空军的机械化部队所困。我们之所以落败，不仅因德军的人数众多，更其重要的是他们的飞机。坦克和作战战略、正是敌人的飞机。坦克和战略使我们的将领们惊惶失措，以至出此下策。

但是难道败局已定，胜利已经无望？不，不能这样说！

请相信我的话，因为我对自己所说的话完全有把握。我要告诉你们，法兰西并未落败。总有一天我们会用目前战胜我们的同样手段使自己转败为胜。

因为法国并非孤军作战。她并不孤立！绝不孤立！她有一个幅员辽阔的帝国作后盾，她可以同控制着海域并在继续作战的不列颠帝国结成联盟。她和英国一样，可以得到美国雄厚工业力量源源不断的支援。

这次战祸所及，并不限于我们不幸的祖国，战争的胜败亦不取决于法国战场的局势。这是一次世界大战。我们的一切过失。延误

以及所受的苦难都没关系，世界上仍有一切手段，能够最终粉碎敌人。我们今天虽然败于机械化部队，将来，却会依靠更高级的机械化部队夺取胜利。世界命运正系于此。

我，戴高乐将军，现在在伦敦发出广播讲话。我呼吁目前或将来来到英国国土的法国官兵，不论是否还持有武器，都和我联系；我呼吁具有制造武器技术的技师和技术工人，不论是目前或将来来到英国国土，都和我联系。

无论出现什么情况，我们都不容许法兰西抗战的烽火被扑灭，法兰西抗战烽火永不会被扑灭。

明天我还要和今天一样在伦敦发表广播讲话。

亲爱的鹰旗，我希望我给您的吻会在您最近的子孙上
有所回应啊！

我要拥抱鹰旗

066

※ 拿破仑

各位战友们，你们要善自珍重。这20年来，我们同在一起，你们的行为使我不再希求舒适。我常常发现你们都在步向光荣之路，由于你们才使得全欧洲的强权必须联合起来才能对付得了我们。

我的一些将军对他们的责任以及对法国都不忠实。法国本身还有其他的事情要做。我实在可以和你们以及忠心于我的勇敢的人们再进行一场政变的，但是法兰西国会不会赞同。因此，请你们忠于你们的新王，服从新指挥官，而且不要遗弃我们可爱的国家。

你们不要为我的命运怨叹，只要我知道你们都快乐，我也会快乐的。我可能会被赐死，但是，假使我能幸存，我将乐意去增进你们的光荣。我将会把我们所获得的伟大成就都写下来。

我不能拥抱你们全体，但我要拥抱你们的将军。来吧！小将军，我将紧紧拥抱着你！给我鹰旗吧，我也要拥抱它！啊！亲爱的鹰旗，我希望我给您的吻会在您最近的子孙上有所回应啊！再见，孩子们，我将永远祝福你们！你们也不要忘了我哦！

在我自己的交游中，最值得系念的老是一些少年时代
以来的朋友。

中年的寂寞

※ 夏丏尊

我已是一个中年的人。一到中年，就有许多不愉快的现象，眼
睛昏花了、记忆力减了，头发开始秃脱而且变白了，意兴、体力什
么都不如年青的时候，常不禁会感觉到难以名言的寂寞的情味。尤
其觉得难堪的是知友的逐渐减少和疏远，缺乏交际上的温暖的慰藉。

不消说，相识的人数，是随了年龄增加的，一个人年龄越大，
走过的地方，当过的职务越多，相识的人理该越增加了。可是相识
的人并不就是朋友，我们和许多人的相识，或是因了事务关系，或
是因了偶然的机缘，——如在别人请客的时候同席吃过饭之类。见
面时点头或握手，有事时走访或通信，口头上彼此也称"朋友"，笔
头上有时或称"仁兄"，诸如此类，其实只是一种社交上的客套，和
"顿首""百拜"同是仪式的虚伪。这种交际可以说是社交，和真正
的友谊，相差似乎很远。

真正的朋友，恐怕要算"总角之交"或"竹马之交"了。在小学
和中学的时代容易结成真实的友谊，那时彼此尚不感到生活的压迫，入
世未深，打算计较的念头也少，朋友的结成，全由于志趣相近或性情适

合，差不多可以说是"无所为"的，性质比较地纯粹。二十岁以后结成的友谊，大概已不免搀有各种各样的颜色分子在内，至于三十岁四十岁以后的朋友中间，颜色分子愈多，友谊的真实成分也就不免因而愈少了，这并不一定是"人心不古"，实可以说是人生的悲剧。人到了成年以后，彼此都有生活的重担须负，入世既深，顾忌的方面也自然加多起来，在交际上不许你不计较，不许你不打算，结果彼此都"勾心斗角"，像七巧板似地只选定了某一方面和对方去接合，这样的接合当然是很不坚固的，尤其是现在这样什么都到了尖锐化的时代。

在我自己的交游中，最值得系念的老是一些少年时代以来的朋友。这些朋友本来数目就不多，有些住在远地，连相会的机会也不可多得，他们有的年龄大过了我，有的小我几岁，都是中年以上的人了，平日各人所走的方向不同，思想趣味，境遇也都不免互异，大家晤谈起来，也常会遇到说不出的隔膜的情形。如大家话旧，旧事是彼此共喻的，而且大半都是少年时代的事，"旧游如梦"，把梦也似的过去的少年时代重提，因了谈话的进行，同时就会关联了想起许多当时的事情，许多当时的人的面影，这时好像自己仍回归少年时代去了。我常在这种时候感到一种快乐，同时也感到一种伤感，那情形好比老妇人突然在抽屉里或箱子里发现了她盛年时的影片。

逢到和旧友谈话，就不知不觉地把话题转到旧事上去，这是我的习惯，我在这上面无意识地会感到一种温暖的慰藉。可是这些旧友，一年比一年减少了，本来只是屈指可数的几个，少去一个，是无法弥补的。我每当听到一个旧友死的消息的时候，总要惆怅多时。

学校教育给我们的好处，不但只是灌输知识，最大的好处，恐怕还在给与我们求友的机会一点上。这好处我到了离学校之后才知道，这几年来更确切地体会到，深悔当时毫不自觉，马马虎虎地过了。近来每日早晚在路上见到两两三三地携着书包，携了手或挽了肩膀走着的青年学生们，我总艳羡他们有朋友之乐，暗暗地要在心中替他们祝福。

天下事只要有努力去干，什么事不可能？

什么事不可能

※ 邹韬奋

驾雾腾云，在从前哪一个人不视为"封神传"里的"瞎三话四"？不但在中国，就是在西洋，他们原来也有一句俗谚，遇着你说出不可能的事情，往往挪揄地说道："你不如尝试去飞上天吧。""You migh just well try to fly"。可见他们原来也是把"飞"视为不可能的事情。

我们试一考这件由不可能而变为可能的事情所经过的大略情形，便觉得很饶趣味。在西洋一百二十年前已经有人在那里实验这件"瞎三话四"的事情，他们看见鸟有翼膀能飞，所以实验的时候，总在那里用尽心力于构造人工的翼膀。最初不但在实验方面屡次失败，而且被人笑为发痴，这是所谓"意中事"。这几个"痴子"里面有一位叫做凯雷（George cavley），在一八〇九年（即距今一百二十年）做一篇文章登在一家杂志上，大发挥他的精密的"痴想"，据说现在飞机里的许多机件和原理，没有一件不被他猜着，所以现在说起飞机的发明家，有许多人推他做"鼻祖"。他原是英国一位有名的哲学家，不知怎地会跳出哲学的范围，想起什么飞上天的把戏来。他不但实行"痴想"，而且就在发表该文的第二年，竟造了一个飞机实验起来，起先上面没有什么原动机（Motor），后来竟给他配上了一个原动机。但是他发明的飞机在实验时，非但飞不起来，而且炸毁得一塌糊涂，算是失败了。但是从此以后，便唤起若干人的注意，有的研究机件，有的研究机身，慢慢地比以前较为端倪，不可能的程序已渐渐减少。不过这还是极少数"痴子"的信心，一般人还是嗤之以鼻。

许多"痴子"虽仍在那里继续的研究来，研究去，但是总飞不起来，一点距离都未曾飞过。一直到了一八九六年（距今三十三年前），有位美国物理学家叫蓝格雷（Samuel Pieapnt boglcy）造了一个飞机，才算第一次有些效验，不过这个飞机还不能在空中飞，不过在波陀马克河（Potomac River）旁，沿着地飞了半英里左右的距离。同时有一位由学徒出身的在美国的英国发明家，叫做麦克沁（Hi。M。），和还有一位发明家叫做爱德（N. C. Ader），也在那里"痴干"，改良了许多地方，但弄来弄去，还是飞不起来。后来爱德也在一八九六年总算造成一个飞机，能稍微离开地面飞过三百五十码的距离。同时在德国柏林也有一位工程师名叫李令索（ottolilienthal）对飞机的研究也有些成绩，他实验了二千次，最后一次由八十米达之高跌下来，把头颈跌断，做了科学界的"烈士"。

以上所说的实验，都还不够真正说得上一个"飞"字，可是没有先锋队的牺牲，真正的"飞"当然也无从达到。到了一九〇三年的十二月十七日（距今二十六年前），美国有一位叫赖奥维（orvelle wrigh）和他的弟弟赖威柏（Wibur Wright），他们不过受过初等教育，后来做机匠，不过做做寻常的机器脚踏车，竟对于飞机大饶兴趣，尽心研究，一跃而为发明家，根据他们研究所得，算是第一次乘着飞机飞了起来，但是只飞了二百六十码的距离。前年第一次一口气飞越大西洋而到达法国，以三十二小时飞过三千六百三十三哩（即一万余中国里）的林德白（Chares A. Lindbergh）当时还不及两岁。

赖奥维一九〇三年的飞机也还不是一蹴而成的，他们弟兄在一九〇〇年最初制成的飞机格式，原是想照放纸鸢办法，上面本预备坐一个人，但因为气力不足，只得让飞机独自飞翔，他们弟兄在一九〇一实验用的第二个飞机，要载人上飞还是不行，若在地上沿地拖着飞，可以一口气飞二十七哩，在水面可一口气驶三百尺，他们弟兄在一九〇三年，替航空事业开新纪元用的飞机，上面装有汽油原动机，其构造比之现在的飞机当然粗率得很，在当时则已经是空前的完备（该机现在英国伦敦科学博物院陈列）。赖威柏已于一九一二年逝世，赖奥维尚健在，已经五十八岁了。自他成功以后，从前似乎不可能的"飞"，已经成为无疑的可能的事情了。

天下事只要有努力去干，什么事不可能？但是我们对此问题至少还有下列两个更为明确的要点。

（一）事业愈大则困难亦愈甚，抵抗困难的时期也随之俱长，有的尽我们的一生尚不能目见其成者，我们若能尽其中一段的工夫，替后人开辟一段道路，或长或短，即是贡献。有所成功以备后人参考，固是贡献；即因尝试而失败，使后人有所借镜，亦是贡献。所以能向前努力者，无论成败，都有贡献。最无丝毫贡献者是不干，怕失败而不敢干，或半途遇着困难即不愿干。

（二）林德白可以三十二小时一直不停的飞渡万余里，在最初发明者横弄竖弄，竟飞不起来，至赖奥维算是成功了，也不过飞渡二百六十码。可见从不可能达到可能的境域，不是由这一点到那一点的那样简单。必须经过许多麻烦，经过许多失败，经过许多时间，经过许多筹划，经过许多手续，经过许多改进，若是性急朋友，老早丢下哪有成功的可能？所以昔贤告诉我们说"欲速不达"。

　　人世间真是难处的地方，说一个人"不通世故"，固然
不是好话，但说他"深于世故"也不是好话。

世故三昧

※鲁　迅

　　人世间真是难处的地方，说一个人"不通世故"，固然不是好话，但说他"深于世故"也不是好话。"世故"似乎也像"革命之不可不革，而亦不可太革"一样，不可不通，而亦不可太通的。

　　然而据我的经验，得到"深于世故"的恶谥者，却还是因为"不通世故"的缘故。

　　现在我假设以这样的话，来劝导青年人——

　　"如果你遇见社会上有不平事，万不可挺身而出，讲公道话，否则，事情倒会移到你头上来，甚至于会被指作反动分子的。如果你遇见有人被冤枉，被诬陷的，即使明知道他是好人，也万不可挺身而出，去给他解释或分辨，否则，你就会被人说是他的亲戚，或得了他的贿赂；倘使那是女人，就要被疑为她的情人的；如果他较有名，那便是党羽。

　　例如我自己罢，给一个毫不相干的女士做了一篇信札集的序，人们就说她是我的小姨；介绍一点科学的文艺理论，人们就说得了苏联的卢布。亲戚和金钱，在目下的中国，关系也真是大，事实给

与了教训，人们看惯了，以为人人都脱不了这关系，原也无足深怪的。

"然而，有些人其实也并不真相信，只是说着玩玩，有趣有趣的。即使有人为谣言，弄得凌迟碎剐，像明末的郑曼那样了，和自己也并不相干，总不如有趣的紧要。这时你如果去辨正，那就是使大家扫兴，结果还是你自己倒霉。我也有一个经验。那是十多年前，我在教育部里做'官僚'，常听得同事说，某女学校的学生，是可以叫出来嫖的，连机关的地址门牌，也说得明明白白。有一回我偶然走过这条街，一个人对于坏事情，是记性好一点的，我记起来了，便留心着那门牌，但这一号，却是一块小空地，有一口大井，一间很破烂的小屋，是几个山东人住着卖水的地方，决计做不了别用。

待到他们又在谈着这事的时候，我便说出我的所见来，而不料大家竟笑容尽敛，不欢而散了，此后不和我谈天者两三月。我事后才悟到打断了他们的兴致，是不应该的。

"所以，你最好是莫问是非曲直，一味附和着大家；但更好是不开口；而在更好之上的是连脸上也不显出心里的是非的模样来。

这是处世法的精义，只要黄河不流到脚下，炸弹不落在身边，可以保管一世没有挫折的。但我恐怕青年人未必以我的话为然；便是中年，老年人，也许要以为我是在教坏了他们的子弟。呜呼，那么，一片苦心，竟是白费了。

然而倘说中国现在正如唐虞盛世，却又未免是"世故"之谈。耳闻目睹的不算，单是看看报章，也就可以知道社会上有多少不平，人们有多少冤抑。但对于这些事，除了有时或有同业，同乡，同族的人们来说几句呼吁的话之外，利害无关的人的义愤的声音，我们是很少听到的。这很分明，是大家不开口；或者以为和自己不相干；或者连"以为和自己不相干"的意思也全没有。"世故"深到不自觉其"深于世故"，这才真是"深于世故"的了。这是中国处世法的精义中的精义。

而且，对于看了我的劝导青年人的话，心以为非的人物，我还有一下反攻在这里。他是以我为狡猾的。但是，我的话里，一面固然显示着我的狡猾，而且无能，但一面也显示着社会的黑暗。他单责个人，正是最稳妥的办法，倘使兼责社会，可就得站出去战斗了。责人的"深于世故"而避开了"世"不谈，这是更"深于世故"的玩艺，倘若自己不觉得，那就更深更深了，离三昧境盖不远矣。

不过凡事一说，即落言签，不再能得三昧。说"世故三昧"者，即非"世故三昧"。三昧真谛，在行而不言；我现在一说"行而不言"，却又失了真谛，离三昧境盖益远矣。

一切善知识，心知其意可也，唵！

当托尔斯泰重读这些幸福美好的时光记录时，两人都失声痛哭起来；他们清楚地意识到，那甜蜜的日子一去不复返了。

后悔已晚

※ 刘 强

托尔斯泰伯爵和他妻子都应该是最幸福的。他是世界上最著名的小说家之一。他的两部名著《战争与和平》禾《安娜·卡列尼娜》在人类的文学宝库中永远光芒四射。他们拥有财富、社会地位和孩子们。他们双双下跪，祈求上帝使他们的幸福长存。

后来，惊人的变化发生了。托尔斯泰渐渐对他写出来的巨著感到惭愧，此后他全力撰写呼吁和平、制止战争和消弭贫困的小册子。他放弃了全部田产，过着清贫的生活。

列夫·托尔斯泰的生活是一场悲剧，而原因就是他的婚姻。他的妻子喜爱奢华，而他鄙视排场。她追求社交界的名声和赞誉，而这些浅薄的事情丝毫不能吸引托尔斯泰。她渴望金钱和财产，但他却认为：财富与私产是一种罪恶。当他违拗了她的意志时，她就歇斯底里大发作，把装着鸦片的小瓶子凑到嘴边，在地板上打滚，发誓要自杀，还说要跳井自尽。

他们刚刚结婚时是誉满遐迩、幸福美满的。可是过了48年之后，托尔斯泰甚至连看妻子一眼都忍受不了。一天晚上，老迈的、心灵破碎的妻子跪在丈夫面前，恳求他为她大声朗读他日记里那些有关爱情的精彩段落。那是 50 年前他在日记中写下的关于她的片断。当托尔斯泰重读这些幸福美好的时光记录时，两人都失声痛哭起来；他们清楚地意识到，那甜蜜的日子一去不复返了。

终于，82 岁的托尔斯泰再也忍受不了家中悲惨的不幸，于 1910 年 10 月的一个飘着雪的夜晚离开了自己的妻子，逃入寒冷黑暗之中，他自己也不知道要去什么地方。11 天以后，他在一个火车站上死于肺炎。他临终前最后的要求是，不许妻子前来看他。

这就是托尔斯泰伯爵夫人为自己的吹毛求疵、抱怨不休和歇斯底里付出的代价。

凯瑟琳作为母亲，是一位出色的指导者。如果她发现孩子们当中有人对某件事感兴趣，只要有可能，她就会鼓励孩子发展这种兴趣。

出色的母爱

※ 斐克尔

凯瑟琳·杰克逊是世界超级摇滚歌星迈克尔·杰克逊的母亲，她和蔼、善良，又是一个非常坚强的人。

在她很小的时候，由于患小儿麻痹症成了跛足。

但这没有影响她对音乐的爱好。她认为：这个病虽然耽误自己很多学业，但对她来说这不是灾祸，而是上帝赐予她要她获胜的一次考验。

在迈克尔小的时候，她经常唱歌给他听。还教他演奏单簧管和弹钢琴。

她对迈克尔说："你们的演唱和舞蹈天资，就像美丽的落日或风暴后留给孩子们玩耍的白雪一样，全是上帝所赐。"

经过母亲的指导和培训，迈克尔终于成为一个出色的歌手。

当美国人从实况转播中首次看到迈克尔的乐队时，立刻被他们精湛的表演吸引了。

面对演出的成功和极高的评价，迈克尔并没有就此满足，而是继续排练，他在向音乐的高峰迈进。

迈克尔一家人口很多，住所却不大。乐队刚开始，收入也不多。有时他们排练音乐时，一些妒忌他们的孩子还会从窗口抛进石头。但是这些都没有使他们停止排练，他们依然围着母亲学弹琴、学唱歌。

凯瑟琳作为母亲，是一位出色的指导者。如果她发现孩子们当中有人对某件事感兴趣，只要有可能，她就会鼓励孩子发展这种兴趣。

迈克尔对电影演员产生了兴趣，母亲回家时就会带回一包关于电影明星的书。尽管有9个孩子，但她对每个孩子都像对待独生子女一样。

这都由于我已去世的妻子——凯瑟琳，她就埋葬在监狱外面。

心中有爱

※卡　特

1921，路易斯·劳斯（Lewis Lawes）出任星星监狱的典狱长，那是当时最难管理的监狱。可是二十年后劳斯退休时，该监狱却成为一所提倡人道主义的机构。研究报告将功劳归于劳斯，当他被问及该监狱改观的原因时，他说："这都由于我已去世的妻子——凯瑟琳，她就埋葬在监狱外面。"

凯瑟琳是三个孩子的母亲。劳斯成为典狱长时，当年，每个人都警告他千万不可踏进监狱，但这些话拦不住凯瑟琳！第一次举办监狱篮球赛时，她带着三个可爱的孩子走进体育馆，与服刑人员坐在一起。

她的态度是："我要与丈夫一道关照这些人，我相信他们也会关照我，我不必担心什么！"

一名被定有谋杀罪的犯人瞎了双眼，凯瑟琳知道后但前去看望。

她握住他的手问："你学过点字阅读法吗？"

"什么是'点字阅读法'？"他问。

于是她教他阅读。多年以后，这人每逢想起她的爱心还会流泪。

凯瑟琳在狱中遇到一个聋哑人，结果她自己到学校去学习手语。许多人说她是耶稣的化身。1921 年至 1937 年之间，她经常造访星星监狱。

后来，她在一桩交通意外事故中逝世。第二天，劳斯没有上班，代理典狱长代他的工作。消息似乎立刻传遍了监狱，大家都知道出事了。

接下来的一天，她的遗体被放在棺里运回家，她家距离监狱四分之三里路，代理典狱长早晨散步惊愕发现，一大群最凶悍、看来最冷酷的囚犯，竟如同牲口般齐集在监狱大门口。他走近去看，见有些人脸上竟带着悲哀和难过的眼泪。他知道这些人极爱凯瑟琳，于是转身对他们说："好了，各位，你们可以去，只要今晚记得回来报到！"然后他打开监狱大门，让一大队囚犯走出去，在没有守卫的情形之下，走四分之三里路去看凯瑟琳最后一面。结果，当晚每一位囚狱都回来报到。

无一例外。

没有人高贵或威严到可以忽略周遭的人的地步。

百万富翁与清洁女工

※ 劳伦斯

　　曾有一位百万富翁的办公室，设在第一国家银行大厦的二楼。当他要上二楼时，他会乘坐电梯；下楼时，则利用楼梯。他是个傲慢的人，过去曾经贫穷，后来白手起家；他是个自立更生的人，也为自己的成功感到骄傲。他每月按时缴房租，但对于那些管理升降机、高吊在行人道上擦窗户以及烧锅炉的人，根本不屑一顾。在过圣诞节的时候，也不会给他们一只火鸡，或一点小费。大厦有一位打扫楼梯和大厅的穷妇人，他常常从她身边经过，但直到最近才意识到她的存在。他的头向来抬得很高，心里想的尽是怎样赚更多钱。有一天他从办公室出来，要走下楼梯。清洁女工正站在楼梯中央，她从最上面开始检查楼梯是否干净。在最上面的一级阶梯有一处地方被水弄湿了，而且放着一大块肥皂，百万富翁正巧踩在上面。富翁踩在肥皂上面的那只脚向东方日出的地方滑过去，另一只脚则快速向日落的方向滑过去；后来他跌坐在楼梯的最后一级，却没有停止在那里，他开始往下滑，但滑下的方式却非他所预料，每滑一级，楼梯便发出如同打鼓般的一声闷响。清洁妇礼貌地站在一旁，任他往下滑。最后他由底层站起来，自忖是否应当走回大厦办公室，要求开除该名清洁女工；但他想到一旦把要求开除她的理由说出来，必会在这大厦的其他人中间传为笑谈。于是他没有说话。但从那天起，他开始注意那位清洁女工，带着慎重的态度走过她身旁。没有人高贵或威严到可以忽略周遭的人的地步。因为一位卑微的清洁女工和一块普通的肥皂，就能令一位大人物的心思立即脱离他事业而产生烦恼。

所以，不要把自己看得高过神的儿女中最卑微的一位，否则你也可能从骄傲之处往下坠，带着疼痛与瘀伤离去；更因怀疑那清洁女工站在肥皂水中间露出笑容而感到难堪。或许，她当天会因为你跌倒的滑稽样子而过得更愉快。

这是个缺少欢笑的时代，那令清洁女工脸上露出笑容的人有福了。

我想大多数人都有梦，但有多少人会化梦想为事实？
拉利·华特斯是少数那样做的人之一。

人不能无所事事

※ 华利士

我想大多数人都有梦，但有多少人会化梦想为事实？拉利·华特斯是少数那样做的人之一。他的故事是真实的，虽然你会觉得难以置信。

拉利是一位卡车司机，但他毕生的理想是飞行。他高中毕业后便加入了空军，希望成为一位飞行员。很不幸，他的视力不及格，因此当他退伍时，只能看着别人驾驶喷气式战斗机从他家后院飞过，他只有坐在草坪的椅子上，幻想着飞行的乐趣。

一天，拉利想到一个法子。他到当地的海陆军剩余物资店，买了一筒氦气和四十五个探测气象用的气球。那可不是颜色鲜艳的气球，而是非常耐用，充满气体时直径达四英尺大的气球。

在自家的后院里，拉利用皮条把大气球系在他的草坪的椅子（就是那种你会放在后院的椅子）上，他把椅子的另一端绑在汽车的保险杆上，然后开始给气球充气。接下来他又准备了三明治、饮料和一支气枪，以便在希望降落时可以打破一些气球，然后缓缓下降。完成准备工作之后，拉利坐上椅子，割断拉绳。他的计划是慢慢地降落回到地上。但事实可不是如此。

当拉利割断拉绳，他并没有缓缓上升，而是像炮弹一般向上发射；他也不仅是飞到二百英尺高，而是一直向上爬升，直停在一万一千英尺的高空！在那样的高度，他不敢贸然弄破任何一个气球，免得失去平衡，在半空中突然往下坠落。于是他停留在空中，飘浮了大约十四小时，他完全不知道该怎样回到地面。终于，拉利飘浮到洛杉矶国际机场的进口通道。一架泛美航机的飞行员通知指挥中心，说他看见一个家伙坐在椅子上悬在半空，膝盖上还放着一支气枪（这段飞行员与塔台的对话，我愿意付出任何代价来听）。

洛杉矶国际机场的位置是在海边，到了傍晚，海岸的风向便会改变。那时候，海军立刻派出一架直升机去营救，但救援人员很难接近他，因为螺旋桨发出的风力一再把那自制的新奇机械吹得愈来愈远。终于他们停在拉利的上方，垂下一条救生索，把他慢慢地拖上去。

拉利一回到地面便遭到逮捕。当他被戴上手铐，一位电视新闻记者大声问他："华特斯先生，你为什么这样做？"拉利停下来，瞪了那人一眼，满不在乎地说："人总不能无所事事。"

我记得，曾经有一天，我给她写过这样的话："感谢您，您的灵魂是如此伟大。"

悼念乔治·桑

※ 雨 果

我为一位死者哭泣，我向这位不朽者致敬。

昔日我曾爱慕过她，钦佩过她，崇敬过她，而后，在死神带来的庄严肃穆之中，我出神地凝视着她。

我祝贺她，因为她所做的是伟大的；我感激她，因为她所做的是美好的。我记得，曾经有一天，我给她写过这样的话："感谢您，您的灵魂是如此伟大。"

难道说我们真的失去她了吗？

不。

那些高大的身影虽然与世长辞，然而他们并未真正消失。远非如此，人们甚至可以说他们已经自我完成。他们在某种形式下消失了，但是在另一种形式中犹然可见。

这真是崇高的变容。

人类的躯体乃是一种遮掩。它能将神化的真正面貌——思想——遮掩起来。乔治·桑就是一种思想，她从肉体中超脱出来，自由自在，虽死犹生，永垂不朽。啊，自由的女神！

乔治·桑在我们这个时代具有独一无二的地位。其他的伟人都是男子，惟独她是伟大的女性。

在本世纪，法国革命的结束与人类革命的开始都是顺乎天理的，男女平等作为人与人之间平等的一部分。一个伟大的女性是必不可少的。妇女应该显示出，她们不仅保持天使般的禀性，而且还具有我们男子的才华。她们不仅应有强韧的力量，也要不失其温柔的禀性。乔治·桑就是这类女性的典范。

当法兰西遭到人们的凌辱时，完全需要有人挺身而出，为她争光载誉。乔治·桑永远是本世纪的光荣，永远是我们法兰西的骄傲。这位荣誉等身的女性是完美无缺的。她像巴贝斯一样有着一颗伟大的心；她像巴尔扎克一样有着伟大的精神；她像拉马丁一样有着伟大的灵魂。在她身上不乏诗才。在加里波第曾创造过奇迹的时代里，乔治·桑留下了无数杰作佳品。

列举她的杰作显然是毫无必要的，重复大众的记忆又有何益？她的那些杰作的伟力概括起来就是"善良"二字。乔治·桑确实是善良的，当然她也招来某些人的仇视。崇敬总是有它的对立面的，这就是仇恨。有人狂热崇拜，也有人恶意辱骂。仇恨与辱骂正好表现人们的反对，或者不妨说它表明了人们的赞同——反对者的叫骂往往会被后人视为一种赞美之辞。谁戴桂冠谁就招打，这是一条规律，咒骂的低劣正衬出欢呼的高尚。

像乔治·桑这样的人物，可谓公开的行善者，他们离别了我们，而几乎是在离逝的同时，人们在他们留下的似乎空荡荡的位子上发现新的进步已经出现。

每当人间的伟人逝世之时，我们都听到强大的振翅搏击的响声。一种事物消灭了，另一种事物降临了。

大地与苍穹都有阴晴圆缺。但是，这人间与那天上一样，消失之后就是再现。一个像火炬那样的男人或女子，在这种形式下熄灭了，在思想的形式下又复燃了。于是人们发现，曾经被认为是熄灭

了的，真实是永远不会熄灭。这火炬燃得比以往任何时候更加光彩夺目，从此它组成文明的一部分，从而屹立在人类无限的光明之列，并将增添文明的光芒。健康的革命之风吹动着这支火炬，并使它成为燎原之势，越烧越旺，那神秘的吹拂熄灭了虚假的光亮，却增添了真正的光明。

劳动者离去了，但他的劳动成果留了下来。

埃德加·基内逝世了，但是他的高深的哲学却越出了他的坟墓，居高临下劝告着人们。米谢莱去世了，可在他的身后记载着未来的史册却在高高耸起。乔治·桑虽然与我们永别了，但她留给我们以女权，充分显示出妇女有着不可抹煞的天才。正由于这样，革命才得以完全。让我们为死者哭泣吧，但是我们要看到他们的业绩。具有决定性意义的伟业，得益于颇可引以为豪的先驱者的英灵精神，必定会随之而来。一切真理、一切正义正在向我们走来。这就是我们听到的振翅搏击的响声。

让我们接受这些卓绝的死者在离别我们时所遗赠的一切！让我们去迎接未来！让我们在静静的沉思中，向那些伟大的离别者为我们预言将要到来的伟大女性致敬！

在日常生活中，我们有些人在人际交往上为什么会屡屡失败呢？究其原因就是因为他们不懂得或者忘记了一个重要原则——让他人感到自己重要。

让他人觉得自己重要

※ 卡耐基

在日常生活中，我们有些人在人际交往上为什么会屡屡失败呢？究其原因就是因为他们不懂得或者忘记了一个重要原则——让他人感到自己重要。他们喜欢自我表现，喜欢夸大吹嘘自己，而且只要获得一项成果，他们首先表现出的就是自己有多大的功劳，做出了多大贡献。其实也就是向他人表明，你们确实不太重要。无形之中，他们伤害了别人，当然也为自己树立了敌人。

有一次，我在纽约第三十二街和第八道交叉口处的邮局里排队等候寄一封挂号信。我发现有位营业员显然有了一些浮躁，秤重、拿邮票、找零钱、写收据，定会使人觉得单调无聊。我对自己说："我要让那位办事员喜欢我。而要让他喜欢，我显然必须说些好话——不是关于我自己，而是有关他的。"

"可我要称赞他哪些行为呢？"或换句话说："值得赞许的呢？"有时，这实在是个难题，尤其对方是一个陌生人时。但是，称赞眼前的这位职员似乎并不让我感到困难，我马上就找出可以让他高兴

的话题了。

当他开始为我服务时，我热切地对他说："我真希望能有你这样的头发。"

他有些惊讶地看着我，脸上泛出微笑。"啊，它已经不像以前那么好啦！"他谦虚地应答。我告诉他，虽然它可能已没有原来的美观，但仍然令人十分羡慕。他十分高兴，和我谈了一会儿，最后说道："我的头发曾令很多人羡慕。"

我想，这位先生一定步履轻快地去吃午饭；晚上回家，还会将此事十分炫耀地告诉他的太太；他还会照着镜子对自己说："瞧！我的头发多么让人羡慕。"

我在一次演讲的时候提起这件事，事后有人问我："你想从那人身上得到什么？"

我想从那人身上得到什么？我又能从那人身上得到什么？

问这话的先生是不是功利心太强了点？假若我们都是这么自私，一旦没有从他人身上得到好处，就不对他人表示一点赞赏或表达一点真诚的感谢——如果我们的心胸比野生的酸苹果大不了多少，那么我们的灵魂将会变得多么枯萎，我们的心灵会变得多么贫乏。

是的，我是希望从那位先生身上得到一点东西，但那东西是无价的，而且我已经得到了。那就是使别人得到欢乐后的满足感，这种满足感在经历了多年的风风雨雨之后，变得更加甜美和浓厚。

让他人感到自己重要是人类行为中的一个极为重要的法则。如果人们都遵从这一法则，那么谁也不会惹来什么麻烦，而且都可以得到真诚的友谊和永恒的快乐。反之，如果我们破坏了这个法则，难免会惹祸上身。

著名哲学家约翰·杜威说："人类本质里最深层的驱动力就是希望具有重要性。"哈佛著名心理学家威廉·詹姆士也说："人类本质中最殷切的需求是渴望得到他人的肯定。"我也曾指出：正是这种需求使得人类有别于其他动物；也正是这种需求，产生了丰富的人类文化。

实际上，在人类历史长河中，这一法则早已被无数哲学家深思和探讨过，结论是唯一的。2500 年前，索罗亚斯特在波斯用这个原则教导门徒；中国的孔子同样这么谆谆劝导他的门生；道教的始祖老子在函谷关也这么传输过教义；基督降生的前 500 年，佛陀已在神圣的恒河边这样教诲众生，甚至印度教的经典也这么记载着……这大概是世上为人处世最重要的法则："你要别人如何待你，你就要如何待别人。"

每一个人都希望自己被他人肯定、认同，需要自身的价值得以体现，希望自己在别人的心目中有一种很重要的地位。你不喜欢廉价、言不由衷的恭维，渴望出自真诚的赞美。你喜欢友人正像查理·夏布所说："真诚、慷慨地赞美他人。"我们的内心都是相通的。

为此，我们必须遵循这一永恒的定律——你希望别人怎样对待自己，那你就应该怎样去对待别人。

可在什么时间，又在什么地方开始做呢？怎么去做？答案是：随时，随地。

比方说，你在餐馆里点了一份炸薯条，而女侍者却端给你一份马铃薯，我们可以这样说："不好意思，有劳你了，但我比较喜欢炸薯条。"女侍者可能会这么回答："不，没有关系。"而且她还会高高兴兴地把马铃薯换走。因为我们已经对她表示了敬意。

面对日常生活中的诸多失误和麻烦，我们要学会运用这些词语来消除，如："对不起，麻烦你……"、"你愿意……"、"我能……"、"你介不介意……"、"非常感谢"等。

我们再看另一个例子。

你是否读过凯恩的小说《基督教徒，法官，英国曼岛人》？有成千上万的人读过他的小说。凯恩是个铁匠的儿子，一生只上过 8 年学，但他去世时已成为这个世界有史以来最为富有的作家。

凯恩是怎么创造财富的呢？大概情况是这样的：由于凯恩酷爱

诗，所以他将大诗人罗斯迪所有的诗都读了一遍。他还写了一篇演说辞，来歌颂罗斯迪在诗歌方面的艺术成就，并将它送给了罗斯迪本人。罗斯迪当然十分高兴。"任何一个青年能对我的才华有如此高深的见解，"罗斯迪说，"一定是个非常聪明的人。"

于是，罗斯迪将凯恩请到家中来，让他担任自己的秘书。这对凯恩来说可是改变人生道路的难得机会——因为他凭借这一新的身份，接触了许多当代著名的文学家，从他们那里接受有益的建议，并受到他们的鼓励和激发，开始了他自己的写作生涯，最终名闻世界。

凯恩的故乡是英国曼岛的格里巴堡，它现在已经成为世界各地旅游者观光赏景的胜地。他留下来的财产高达 250 万美元。可是，又有谁知道，如果他当初没有写那篇真诚赞美罗斯迪的演讲辞，他或许会穷困潦倒地死去呢？

这就是发自内心地真诚赞美的力量，这是一种伟大的力量！

罗斯迪认为自己很重要，这并不是什么新鲜事——几乎每个人都认为自己很重要，非常非常重要。而每个国家也是这样。

你认为你比日本人出色吗？可事实上日本人认为自己比你要出色得多。例如，当一个保守的日本人看到一位白人和一个日本女人在一起跳舞时，他一定会异常恼怒。

你认为你比印度人更聪明吗？那是你的自由。但成千上万的印度人却觉得自己比你要聪明，他们不屑于与你这个异教徒为伍，更不愿去碰那些被你的影子所玷污过的食物。

你认为你比爱斯基摩人更优秀吗？这也是你的自由。但是你真的想知道爱斯基摩人对你持什么看法吗？在爱斯基摩人当中，那些游手好闲、好吃懒做的流氓地痞，被爱斯基摩人称为"白人"——这是他们最蔑视人的称呼。

几乎每一个国家都认为自己比别的国家更好，于是就从中产生出爱国主义精神，也从中产生了战争。

一个不容否认的事实就是，凡是你见过的人，你可能都会觉得他在某些方面要比你强。实际上每个人都有其优点，都有值得别人学习的地方。承认对方的重要性，并由衷地表达出来，就会使你得到他的友谊。

千万不要忘记爱默生曾说过的话："凡是我所遇见的人，都有比我优秀之处。在这个方面，我正好可以向他学习。"

但让人感到愤怒的是，那些无所作为却自以为很成功的人，整天都在用令人恶心的浮华夸饰之词来掩饰他们内心的不安，到处招摇撞骗，不知廉耻。这种人正像莎士比亚所说的："人！狂傲的人！借着那么一点儿才能，竟然在上帝面前胡作非为，骗得天使们都流下了眼泪。"

下面我将讲 3 个故事，都是我班上那些从事商业的学员实行这些法则而获得成功的故事。

我先讲一位康涅狄格州律师的故事。由于他亲属方面的原因，他不想让别人知道他的姓名，所以我们暂且叫他 R 先生吧。

R 先生来我班上接受培训之后不久，就和他妻子驾车去长岛，看望她的几家亲戚。他妻子将他留下来，陪同她年迈的姑妈聊天，而她自己则去看望另几家亲戚。由于 R 先生要在班上做一次关于如何运用赞美法则的演讲，于是他打算从这位老太太这里开始训练自己这方面的才能。

R 先生在老太太的房子四周仔细巡视了一番，希望能找到一些他可以真诚赞美的东西。

"你这栋房子是建于 1890 年前后，对吗？" R 先生问老太太。

"是的，"老太太回答说，"正是那一年建的。"

"它使我回想起我出生的老家的房子。" R 先生说，"它真是太好了，真漂亮，里面真宽敞！你知道，人们现在再也不建这种房子了。"

"一点都不错，年轻人！"老太太也表示同感。她说，"现在的

那些年轻人可不怎么在乎漂亮的房子。他们所想要的，不过是一小套公寓和一个电冰箱，然后无忧无虑地开着汽车，到处去兜风闲逛。"

"这是一所凝聚了理想和希望的房子。"老太太的声音有些颤抖，陷入了回忆当中。她充满柔情地说："这房子是我和我丈夫爱情的结晶。我丈夫和我在建这栋房子之前，设计构思了许多年的时间。我们并没有请建筑师，它完全是我们自己设计的。"

然后，老太太领着 R 先生参观了这所老房子。房子里放满了老太太在世界各地旅行时搜集到的纪念珍品：波斯披肩、英国老茶具、威格瓷器、法式寝具、意大利油画，以及曾风靡法国封建王朝时期的专用于古堡装饰的丝帷。她对这些东西一直视如生命般宝贵。R先生对这些东西表示了真诚的赞美。

"老太太领我参观完房子之后，" R 先生说，"她又把我带到车库去。那里放着一辆几乎是全新的别克高级汽车。"

"这辆车是我丈夫在去世前不久买的。"老太太慢声细语地说，"他离我而去之后，我再也没有用过它……年轻人，你很会欣赏美丽的东西，我准备把这辆车送给你。"

"哦，不！姑妈！" R 先生说，"你这可让我不知如何是好了。对于你这番盛情，我当然感激不尽。可是我怎么能接受这么贵重的东西呢？我不是你的直系亲属，而且我自己也有一辆汽车。再说了，你的许多亲戚也很喜欢这辆别克车呢！"

"亲戚?!"老太太激动得大声喊道，"是的，我确实有亲戚。可是他们都正等着我死呢，这样他们就好得到我这辆汽车了。但他们谁也甭想得到它。"

"如果你不愿将它送给他们，那你可以把它卖给旧车专营公司。" R 先生告诉老太太。

"卖掉它?!"老太太叫了起来，"你以为我想卖掉它吗？你以为我愿意让那些和我素不相识的陌生人坐在我丈夫给我买的车中，到处跑来跑去吗？年轻人，我做梦都不会卖的。我只想把它送给你，因为你是个懂得欣赏美丽东西的人。"

R 先生尽力拒绝接受老太太的汽车，然而他最后不得不收下它，因为他的拒绝只会使她更加伤心。

这位老太太一个人孤独地住在这栋空荡荡的老房子里，她所拥有的只是她的波斯披肩、各种英国和法国古董以及她的回忆。她所渴望的，正是像 R 先生这样的赞美和欣赏。她也曾经年轻而美丽，拥有许许多多的追求者。她曾经和她的丈夫共同建了这所房子，这里面有他们永恒的、温馨的爱情，他们还从欧洲各国搜集到各种珍品来装饰这个爱情的巢窝。可是现在，她已经老了，在这年老孤寂的环境中，她渴望得到一点人间的温暖，得到一点真诚的赞美——但没有人给她所需要的东西。现在 R 先生给了她这一切，她的心犹如久旱逢甘露的大地一样，充满了感激，使她体会到了久别的情怀。一旦她得到这一切，那么即使将那辆别克车送给 R 先生，也绝不能完全表达她对他的感激之情。

请看下面的例子。

罗纳尔德·罗兰先生负责我们在加利福尼亚州的授课，他曾教过美工课，一次他讲了一个发生在初级手工班学生克里斯身上的故事。

"克里斯是个 14 岁的男孩子。他安静、害羞、缺乏自信心，平常在课堂上很少引人注意。一天，我见他正在伏案用功，便走过去与他搭话。他的内心深处似乎有一股见不到的火焰。当我问他喜不喜欢我上的课时，他脸上的表情发生了极大变化。我可以看出他的情绪有些激动，而且，想极力忍住泪水。

"'我的表现让你很失望，是不是？罗兰先生？'

"'啊，不！克里斯，你表现得很好。'

"那天下课后，克里斯用那对明亮的蓝眼睛看着我，并且肯定、有力地说：'谢谢你，罗兰先生！'克里斯让我知晓了一个道理——

我们都拥有自己的自尊。为了使自己不致忘记，我在教室前方挂了一个标语：'你是最重要的。'这样不但每个学生都可以看到，也随时提醒我：要公正地对待每一个学生，他们有着同等重要的地位。"

这是一个毫不夸张的事实：几乎所有你所遇见的每一个人都自以为在某些地方比你优秀。所以，要打动他们内心的最好方法，就是让他们有机会把这种优越感表现出来。

纽约园艺设计与保养公司的管理人唐纳德·麦克马亨曾向我讲述了这样一个故事：

"我曾经给一位名气很大的鉴赏家设计庭园，这位鉴赏家告诉我他想在哪里种一片石南和杜鹃花。

"我说道：'先生，听说你养了许多漂亮的好狗，每年在麦迪逊广场花园的展览里，你都能拿到好几个蓝带奖，是吗？'

"这一小小的称赞使鉴赏家春风满面。他回答说：'是的，我从养狗中得到了很多乐趣。走，我领你去看看它们。'

"他花了几十分钟的时间，带我参观各类的狗和所得的奖品，甚至向我说明血统如何影响狗的外貌和智慧。

"参观结束，他突然问我：'你有没有小孩？'

"我说：'我有个儿子。'

"'啊，他想不想要只小狗呢？'他问道。

"我回答说：'我想他一定儿兴奋得跳起来。'

"'那么，我要送一只给他。'鉴赏家慷慨地说。

"随后，他又教我如何侍养小狗，讲了一半却又停下来。'你大概不容易记下来。我写一份说明给你。'于是他走进屋里，打了一份血统谱和饲养说明书给我。

"就这样，他不但送我一只价值好几百美元的小狗，还在百忙中花了1个多小时陪我。而这样做的起因，仅仅是因为我一句轻描淡写的赞美。"

再看伊斯曼——著名的柯达公司的总经理。他发明了透明胶片，从而使活动电影变成了现实，他也因此而成为亿万富翁，成为全世界最著名的企业家之一。然而，尽管如此，伊斯曼仍然渴望得到别人的赞赏，哪怕是些许的赞赏也会让他激动难抑，就像你和我一样。

例如就在几年前，伊斯曼为了纪念他已经故去的母亲，准备在罗切斯特建造伊斯曼音乐学院和基尔伯恩大剧院。在纽约经营座椅生意的优美座椅公司的经理亚当斯得到消息后，决定承揽下这些建筑物中的座椅业务。他打电话给伊斯曼雇用的建筑师约托，两人打算一同去罗切斯特拜访伊斯曼。

亚当斯见到约托后，这位建筑师说："我知道你想要得到这笔订单。但我可以告诉你，伊斯曼先生是个很严厉的人，他是这个世界上最忙的人；如果你占用他的时间超过5分钟，那你就别指望得到这笔业务了。所以我认为，你最好是长话短说，快点儿说完就出来。"

但是，亚当斯见了伊斯曼之后，又是如何做的呢？

当他被领进房间时，伊斯曼正低着头看文件。过了片刻，伊斯曼摘下眼镜，抬起头来，走到约托和亚当斯两人跟前，说道："两位好，请问有何指教？"

建筑师约托作了简单介绍之后，亚当斯说：

"伊斯曼先生，当我们等候你的时候，我一直在欣赏你的办公室。我想如果我也有一个像你这样的办公室，我也一定会努力工作的。你知道，我干的是室内木工装潢行业，可是我一辈子还没有见过比这更棒的办公室。"

伊斯曼说："啊，如果不是你这样说，我倒真的想不起这些了。这办公室是不是很漂亮？当初装好之后，我就非常喜欢它。可是我现在每天都有一大堆的事要处理，脑子里想的只是工作，因此许久以来我竟没有注意到我自己这个漂亮的办公室。"

亚当斯走上前来，摸了摸伊斯曼的办公桌，说："这是英国橡木的，对吧？它与意大利橡木在质地上有点儿差异。"

"是的。"伊斯曼回答说，"那是进口的英国橡木桌子。这是我一位对硬质木材很有研究的朋友特意为我挑选的。"

随后，伊斯曼带领亚当斯和约托参观了整个办公室，还给他详细介绍了各种物品的大小比例、颜色、精细雕刻以及某些在他的参与下设计完成的装饰——很显然，伊斯曼很乐意向他的客人展示这些东西。

就在他们欣赏办公室内的木艺装饰时，伊斯曼向亚当斯说起了他正要捐资建造的一些机构，如罗切斯特大学、公众医院、顺势治疗医院、慈善养老院、儿童医院……说到这些的时候，伊斯曼是那样的谦虚和平静。亚当斯则不失时机地赞赏他用自己创造的财富来解救人类摆脱疾病痛苦的崇高行为。

过了一会儿，伊斯曼打开一个玻璃柜的锁，取出了他从一个英国人那里买来的一件发明——他所拥有的世界上第一架照相机。

然后，亚当斯又详细地向伊斯曼询问他早期艰苦创业的经过。伊斯曼先生于是打开了情感的匣子，充满感慨地讲了他幼年的贫困生活，说起他曾为了一天赚到 50 美分而给一家保险公司当业务员，以及他守寡的母亲为了维持一家人的生活而出租房屋开起旅店的事。贫困使伊斯曼日日夜夜都在痛苦中煎熬。他决心去赚钱，赚到足够多的钱，好让他母亲不再开旅店而被拖垮累死。

亚当斯静静地听着这些，听得着了迷一样。

伊斯曼又向亚当斯说起他当初试验胶片的经历：为了尽快试验成功，他整天整夜都呆在试验室做各种试验，只有在化学药品进行反应的时候眯上眼打个盹。有一次他竟连续工作 72 小时，由于劳累交加，他穿着工作服就睡着了。

亚当斯在 10 点一刻进到伊斯曼的办公室，而建筑师约托还警告他不要超过 5 分钟。可是 1 小时过去了、2 小时过去了……他们还在继续谈论。

最后，伊斯曼对亚当斯说："我上次从日本买了几张椅子回来，放在我家的阳台上。但它们已被太阳晒脱漆了，我就到街上去买了些油漆，亲自把它们给漆了一遍。你愿意去我家看看我漆得怎么样吗？好了，咱们说定了，就到我家来，我们一同吃午饭，并看看我油漆的那几张椅子。你看如何？"

亚当斯接受了伊斯曼先生的邀请。吃完午饭之后，伊斯曼让亚当斯看了看他"亲自"油漆的椅子。其实，这些椅子根本值不了几个钱，但对于亿万富翁伊斯曼先生来说可是件重要的东西，因为他"亲自"油漆了这些椅子，他为此而感到十分自豪。

伊斯曼先生这次要订购的座椅价值 90000 美元，众多的商家正盯着这笔生意。你能想到是谁得到了这笔生意吗？是亚当斯，还是他的竞争对手？

从那以后，直到伊斯曼先生去世，他和亚当斯始终保持着密切的联系，他们成了最亲密的朋友。

你和我应该如何运用这种赞美他人的黄金法则呢？为什么不从我们自己的家庭开始？我不知道还会有什么地方更需要它。你的妻子肯定会有她的优点，或者至少你曾认为她有某些优点，要不然你会娶她作妻子吗？可是，自从你上次赞赏她至今已有多久了？你还记得吗？

几年前，我曾去纽勃伦斯维克的米拉米奇河上游钓鱼。当时，我一个人住在加拿大森林中唯一的一座帐篷里，而我所能找到的唯一的读物是一张乡村报纸。为了打发时间，我把这份报纸从头到尾看了个遍，包括里面的广告和迪克斯的婚姻指南。迪克斯的文章写得好极了，因此我剪了下来保存好。她说，她只要听到那些训导新娘的话，就会非常厌烦，因此她认为应该有人给那些新郎一些明智的建议——

如果不知道赞美别人，就不要结婚；在结婚前赞美女人是很自然的事，但是在结婚之后赞美女人，则是必须要做的事，而这也是关系到你对妻子的真诚及家庭安全的事；婚姻并不是白开水，而是

情感的外交场所。

因此，如果你想每天都能得到快乐，就千万不要指责你的妻子，也不要将她和你母亲作不恰当的比较，这样只会招致她的抱怨。相反，你应该经常称赞她的治家本领，夸她把家中收拾得干干净净的；还要当着别人的面，说你很幸运地娶了一位既有才华又有美貌的妻子。即使她有时把牛排烤得像牛皮一样焦，把面包烤得像炭一样黑，你也不应该有丝毫的抱怨，只说她没有达到平常应有的水平，那么她一定会尽力达到你对她的期望。

不过，你不能突然开始，否则她会起疑心。

你要经常给她买些鲜花和糖果，不能只是口头上说："是的，我应该那样做。"而是要真的付诸实施！然后再送给她一个微笑，和她说上几句温暖的情话。如果有更多的夫妻能依此去做，我想就不会出现每 6 次婚姻中就有 1 次失败的现象了。

你想知道如何让女人对你产生爱情吗？好的，这里就有一条秘诀，而且非常有效。这可不是我发现的，我是从迪克斯那里学到的。她曾访问过一位著名的重婚犯——他曾获得过 23 个女人的芳心，以及她们存在银行的钱财（需要说明的是，迪克斯是在监狱中访问这人的）。当她问他是如何令女人对他产生爱情的时候，他说并没有什么神秘的，只要和女人谈论她自己就行了。

对男人来说，同样的方法也有效。"和一个男人谈论他自己的事，"大不列颠帝国最聪明的首相狄斯雷利说，"他会静听几个小时。"

> 对方表现出来的思想和行为是有一定原因的，你只要
> 寻出其中隐藏的原因来，你便得到了了解他人行动或人格
> 的钥匙。

多从他人角度考虑问题

※ 卡耐基

你有时可能会遇到这种情况：对方显然完全错了，但他却拒绝承认，一意孤行。在这种情况下，不要指责他人，因为这不是聪明人的做法。你应该了解他，从他人的角度去考虑问题。

对方表现出来的思想和行为是有一定原因的，你只要寻出其中隐藏的原因来，你便得到了了解他人行动或人格的钥匙。而要找到这种钥匙，就必须设身处地将你自己放在他人的位置上。

你可以这样思维："如果我处在他当时的环境中，我将有何感受，有何反应？"这样你就可省去许多时间与烦恼，也可以学习到许多处理人际关系的技巧。

"暂停一分钟，"肯尼斯·古德在他的作品《如何使人变得高贵》中说："暂停一分钟，将你对自己的事情的浓厚兴趣，和你对别的事的漠不关心做一做比较，然后你就会明白，世界上任何其他人也都是同样的态度。以后，你就能像林肯、罗斯福一样，把握住除看守监狱以外的任何工作的基础和机会。换句话说，为人处世之成

功与否，全在于你能否以同情之心接受别人的观点。"

萨姆·道格拉斯住在纽约州汉普斯特市，他以前总是数落他的妻子，说她在修整家中的草地、拔杂草、施肥和剪花草方面浪费了太多的时间。他批评她每个星期这样做两遍，可是草地看上去并不比4年前更好看。道格拉斯这种话当然让他妻子十分不高兴，因此每当他这样批评她时，家中就会长时间地笼罩着一层乌云。

在参加了我的辅导班之后，道格拉斯先生认识到了他这些年来犯的大错。他从来都没有想过，她在修整草地时，也会从中获得快乐，以及她渴望由此而得到夸奖的期盼。

一天晚上，吃完晚饭之后，妻子说要去除杂草，并想让道格拉斯陪她一同去。道格拉斯开始并没有答应，但过后他想了一下，决定陪她出去并帮她拔草。她显然非常兴奋，两个人一同干了一个多小时，度过了一个愉快的晚上。

从那以后，道格拉斯先生经常陪妻子修整草坪，并夸奖妻子，说她把草坪修整得很好看，把院子里的泥土地整理得像水泥地一样光滑。结果他们俩都从中获得了快乐，因为他学会了从妻子的观点来看事情。

吉拉德·利奥德在他的作品《深入他人之心》中评论说："当你认为别人的观念、感觉与你自己的观念和感觉同等重要，并向对方表示这一点时，你和别人的交谈才会轻松愉快。在谈话开始的时候，要尽量使对方提出这次谈话的目的或方向。如果你是个听者，你就要克制自己不要随意说话。如果对方是听者，你接受他的观点，将会使他大受鼓舞，能够与你开怀畅谈，并接受你的观念。"

我有一个习惯，爱到离家不远的公园中散步、骑马，以此作为消遣，像古时高尔人的传教士一样。我很喜欢橡树，所以每当我看见一些小树及灌木被人为地烧掉时，就非常痛心。这些火灾不是由粗心的吸烟者所致，它们差不多都是由到园中野炊的孩子们烧起来的，有时这些火蔓延得很凶，以致只有出动专业消防队才

101

能扑灭。

我注意到公园有一块警示牌，上面写道：凡引火者应受罚款及拘禁。但这牌子竖在偏僻的地方，能看见它的人很少。有一位骑马的警察在照看这一公园，但他对自己的职务不大认真，火仍然是经常蔓延。有一次，我跑去告诉附近警察那边园中着火了，要他通知消防队。谁知却被他以那不是我的管辖区为由拒绝了。

无奈，从那时起，我就在骑马的时候自愿担负起保护公共地方的义务。最初，我没有试着从儿童的角度来对待这件事。当我看见树下起火时就非常不快，急于想阻止他们。我上前警告他们，用威严的声调命令他们将火扑灭，而且，如果他们拒绝，我就用警察来恫吓他们。我只顾发泄我的情感，而没有考虑想野餐的孩子们的心理和感受。

这样做的后果是：那些孩子表面上服从了，心里却相当反感，等我一离开，他们又重新生火，并恨不得烧毁公园。

多年以后，我增加了一些有关人际关系学的知识与手段，于是我不再发布命令，甚至威吓他们，而是和颜悦色地向他们说道："孩子们，这样你们很开心是吗？你们在烤什么？知道吗，我像你们这般大时也喜欢生火，直到现在也很喜欢。但你们知道在公园中生火是极危险的，我知道你们会非常小心，但别的孩子们不会这样小心，他们过来见你们生了火，他们也会学着生火，回家的时候也不扑灭，以致造成火灾。如果我们都不小心，这里就会没有树林。而没有了草地和树木，我们就没有可以野餐的地方，而且，假若不慎引起火灾，你们还可能被拘捕入狱。我不干涉你们的快乐，我喜欢看到你们如此快乐，但请你们即刻将所有的树叶耙得离火远些，并在离开前，用土盖起来，下次取乐时，请到山丘那边的沙滩中生火好吗？那里会很安全，谢谢你们的合作，祝你们玩得开心，孩子们！"

同样是制止，但表达方式不同，就能产生不同的效果，后面这

一席话，会使孩子们产生一种同你合作的欲望，而且没有怨恨、没有反感、没有被强制服从命令的逆反心理，因为我让他们保全了面子。他们觉得好，我也感觉很好，因为我处理这件事情时，考虑了他们的心理感受。

当个人的问题显得更加急迫的时候，如果能从别人的观点来看问题，那么也能在一定程度上缓解紧张的气氛。例如澳洲南威尔士的伊丽莎白·诺瓦克已有 6 个星期没有支付分期购车的钱款，这使她遇到了一些麻烦。

"在某个星期五，"伊丽沙白说，"一位负责分期付款购车的男人给我打来电话，很不礼貌地告诉我，如果我在下周一早晨还不缴付 122 美元的话，他们公司将采取进一步措施。由于到了周末，我自然筹措不到这笔钱。因此，到了星期一时，我一大早就接到了那个男人气冲冲的电话。不过我并没有对他发火，我是从他的立场来分析这件事的。我先真诚地向他道歉，并说给他带来了这么大的麻烦，而且我已经不是头一次逾期未付款，因此我一定很让他为难。听了这些话，他的语气立即缓和下来，并说我根本不是令他头疼的顾客。他还举了好几个例子，说有些人很不讲理，不仅信口胡说，还躲着不见他。

"我没有说更多的话，就让他说出了心中的不愉快。然后，根本不需我请求，他就说即使我不能立刻缴付欠款也问题不大；还说如果月底之前我能先缴付 20 美元，然后在手头方便时付清余额，一切都好说。"

所以，当你明天请人熄火，或请他买一瓶你推销的"雅福达"清洁利，或捐 50 美元给红十字会以前，为什么不先停一下，闭上眼睛，从对方的角度将整个事情想一想？问问你自己："他为什么要这样做？"当然，那要费许多时间，但那能使你赢得朋友，培养情谊，并且减少摩擦，少惹麻烦。

哈佛商学院的一位院士说："在与人会谈以前，假如我对自己要的及对他人要回答的东西没有一个清楚的概念，那么，我情愿在办公室外面考虑 2 个小时。"

永远按照对方的观点去想，按他人的立场去对待事物，就像对待你自己的一样，这样的处事方法将是影响你终身事业的一个关键因素。